Nördliches Eismeer

CH RUSSLAND

S i b i r i e n

Irkutsk O

C H

D1340952

Adolf Muschg erzählt die Geschichte von Hermann Ludwig von Löwensterns (1777–1836) vergeblichen Versuchen, nach Japan zu gelangen. Löwensterns Lebensabenteuer, das um »die Entdeckung« eines Landes kreist, das sich seit Jahrhunderten abgeschottet hat, führt ihn selbst in eine prekäre Gefangenschaft, aus der ihn nur die Liebe wieder befreien kann. Im Zentrum des Romans steht daher die leidenschaftliche, extreme Liebesgeschichte Löwensterns mit Nadja, die auf vielfältige Weise mit den Protagonisten dieser Geschichte – realen historischen Figuren – verbunden ist. Diese Liebe stellt alles infrage und auf den Kopf: Rollen, Gefühle, Sprache und Erotik.

Seine geheime Geschichte hat Löwenstern zu Aufzeichnungen inspiriert, die auf verschlungenen Wegen in Adolf Muschgs Hände gelangt sind. Ein spannender, auf historischen Tatsachen beruhender Roman, der immer auch das Verhältnis zwischen dem Eigenen und dem Fremden in den Blick nimmt.

Adolf Muschg, geboren 1934 in Zürich, war u. a. Professor für deutsche Sprache und Literatur an der ETH in Zürich und Präsident der Akademie der Künste in Berlin. Sein umfangreiches Werk wurde mit zahlreichen Preisen ausgezeichnet, u. a. mit dem Hermann-Hesse-Preis, dem Georg-Büchner-Preis, dem Grimmelshausen-Preis und dem Schweizer Grand Prix Literatur. Zuletzt erschienen die Romane ›Kinderhochzeit‹, ›Sax‹ und ›Die japanische Tasche‹ sowie die Essays ›Im Erlebensfall‹.

Adolf Muschg

Löwenstern

Roman

dtv

Von Adolf Muschg ist bei <u>dtv</u> außerdem erschienen:
Sax (14303)

Ausführliche Informationen über
unsere Autoren und Bücher
<u>www.dtv.de</u>

2016 dtv Verlagsgesellschaft mbH & Co. KG, München
Lizenzausgabe mit Genehmigung des Verlages C.H. Beck
© 2012 Verlag C.H. Beck oHG, München
Umschlaggestaltung: dtv unter Verwendung
eines Fotos von akg-images/arkivi
Karten: © Peter Palm, Berlin
Druck und Bindung: Druckerei C.H.Beck, Nördlingen
Gedruckt auf säurefreiem, chlorfrei gebleichtem Papier
Printed in Germany · ISBN 978-3-423-14502-2

Wünscht' ich der Helden einer zu sein
Und dürfte frei es bekennen
So wär' es ein Seeheld
Hölderlin, Kolomb

Da mahl die Rede von Büchern ist, so empfehle ich Dir Gollownins Reise nach Japan. Du ersiehst daraus daß die Japaner das civilisirteste, urbanste Volk auf der Erde ist. Ja ich möchte sagen das christlichste Volk, wenn ich nicht zu meinem Erstaunen gelesen wie eben diesem Volke nichts so sehr verhaßt und zum Greul ist als eben das Christenthum. Ich will ein Japaner werden. Es ist ihnen nichts so verhaßt wie das +. Ich will ein Japaner werden.

Heinrich Heine an Moses Moser, 8. Oktober 1825

Minne einiget nicht. Sie einiget wohl an einem Werke, nicht an einem Wesen.

Meister Eckhart

gewidmet

Kaoru Noguchi,
der kollegialen Übersetzerin

und dem Gartenmeister
Shoji Inohana

Inhalt

I

Vorspiel. Portsmouth

1 Im März 1803, zur Zeit des kurzen Friedens von Amiens, verabschiedete Zar Alexander vor dem Winterpalais zu Petersburg eine Reihe junger Marineoffiziere, die angetreten waren, um zur Fortbildung nach England geschickt zu werden. Er nannte sie seine «Gesandten»; denn um die Größe Rußlands gebührend darzustellen, waren sie auch aufgrund ihres Gardemaßes ausgewählt worden. Unter diesen Umständen hatte es der Zar allerdings vorgezogen, hoch zu Roß den Beistand Gottes für die Expedition anzurufen. Seine Grauschimmelstute tänzelte, als er die Männer zuerst als Boten der wahren, durch den Tod Christi erkauften Freiheit ansprach, dann aber als Weltbürger in Uniform, wozu er aus dem Französischen ins Englische wechselte.

Der Eisgang der Newa hatte die Hauptstadt teilweise unter Wasser gesetzt; danach war nochmals Winter eingekehrt. Schneeschleier wehten über den Platz, auf dem die hohe Stimme des Zaren verloren klang. Jeder Laut schien die Stille noch zu vertiefen, das Scharren der Hufe auf dem Steinpflaster, das Wiehern aus dem Innern des Winterpalastes; über dem Dampf der Nüstern wirkte die Atemwolke des Zaren zierlich. Als er geendet hatte, fuhr er sich mit behandschuhter Hand über den Mund und sprang dann, wie in plötzlichem Entschluß, aus dem Sattel, um sich den jungen Offizieren zu nähern: sie bekamen Befehl, sich zu rühren.

Doch stand die Reihe kaum weniger stramm, als sie der Zar, begleitet vom Kommandanten der Gardemarine, abzuschreiten begann. Mann für Mann riefen sie ihren Namen, er nickte bei jedem, hielt auch einmal inne, um das eine oder andere Wort zu verlieren. Sobald der Angesprochene antwortete, wanderten die blauen Augen Seiner Majestät in die Höhe oder schon zum nächsten Mann, und seine Lippen zuckten, wenn sie ihr beständiges Lächeln festhielten. Er hatte bei Rikord angefangen und gleich *Français?* gefragt; *Italien*, antwortete Rikord. – Ihre Vorfahren waren Baumeister? erkundigte sich Alexander weiter, und Rikord antwortete mit rollendem R. – Mein Urgroßvater war *muratore* aus Bergamo und hatte die Ehre, zur Schönheit Ihrer Hauptstadt beizutragen. – Der Zar stand schon vor dem Nebenmann, der seinen Namen bellte: Chlebnikow. *Mais celui-ci est bien Russe,* sagte der Zar zum Kommandanten gewandt, der nachtrug, daß Chlebnikow sich im Schwedischen Krieg ausgezeichnet habe. Warum hat er keine Medaille? fragte der Zar, aber die Antwort schien ihn nicht mehr zu interessieren. Rasch ging er zum nächsten und übernächsten Seeoffizier und beschränkte sich darauf, vor jedem einen Augenblick wie prüfend stehenzubleiben. Schon war er beim Zweitletzten angekommen, dessen Haltung ausdrückte, daß er sich zugleich zu beugen und über sich hinauszuwachsen suchte: Fjodor Moor! – Endlich ein Deutscher, erwiderte der Zar auf deutsch. – Meine Mutter ist Russin und von Adel, Majestät, brachte Moor heraus. – *Un mariage d'amour?* bemerkte Alexander ohne Frageton und fügte bei: *Alors soyez bon fils* und hatte sich schon dem letzten zugewandt, Golownin, der ihn fast um einen Kopf überragte. – Golownin? wiederholte er auf russisch. – Und nicht bei der Garde? Und der hat ja die Georgsmedaille? Wo erworben? – Auf der «Rührmichnichtan», antwortete Golownin. – Wofür? – Wir haben eine schwedische Feuerkugel unschädlich gemacht. – Sehr brav, sagte der Zar, schon sichtbar ungeduldig, und wandte sich zum Gehen; es hatte zu schneien begonnen. – Gute Männer, warf er dem Kommandanten zu, bringen Sie alle heil zurück. Rußland braucht sie. – Einen Augenblick stand er wie einer, dem das Wichtigste entfallen ist, dann schwang er sich aufs Pferd, gab ihm die Sporen und sprengte, gefolgt von seiner Kavalkade, zum Winterpalais zurück. Für das Hurra, das ihm nachgeschrien wurde, bedankte er sich, ohne sich umzudrehen, mit zwei Fingern am Dreispitz; dann hüpften die Federbüsche im Schneegestöber außer Sicht.

Auch Rikord trug die Georgsmedaille; der Zar hatte sie übersehen. Rikord war blondgelockt und helläugig, auf delikate Art nervös und um ein keckes Wort nie verlegen. Er nannte sich einen versprengten Goten, der tausend Jahre Zeit gehabt hätte, italienische

Sitten anzunehmen – hoffnungslos, fügte er hinzu; sonst könnte ich *singen*. Dabei war er seiner tragenden Stimme wegen unter Kadetten als «Tenor» bekannt. Sein Urgroßvater war keineswegs nur *muratore*, sondern die rechte Hand des Stadtbaumeisters Rastrelli gewesen und hatte seinen Sohn zum Studium der Rechte auf die neue Universität Dorpat geschickt, wo er nebenbei fünf Sprachen lernte. Kaiserin Katharina hatte dem verdienten Justizrat ein Gut bei Twer geschenkt, aber es hatte noch einer weiteren Juristengeneration bedurft, in Gestalt von Pjotrs feinsinnigem und immer leidenden Vater, bis der Sohn allem, was in Rußland Recht hieß, den Rücken kehrte. Diplomat wollte er nicht werden, nur das Weltmeer hatte ihm das gewünschte Ausland zu bieten. Aber dann führte kein Weg am Nadelöhr der Kadettenanstalt im «Italienischen Palast» vorbei, und das kostete vier Jahre.

Immerhin hatte ihm die Kaserne einen Freund beschert: Wassili Michailowitsch Golownin. Dabei waren die beiden so ungleich wie nur möglich. Aber an Wasjas Übergröße war nichts Ungeschlachtes, das Werk seiner Hände blieb Feinarbeit, auch beim Schürzen grober Knoten, und im Takelwerk des Exerzierschiffes bewegte er sich wie auf dem festen Boden, kannte Schwindel sowenig wie Seekrankheit und schwamm wie eine Robbe. Dabei war er im tiefsten Rußland aufgewachsen und in seinen Bedürfnissen so anspruchslos, daß er sich sogar die Küche der Anstalt munden ließ. Schwerer als sein hagerer Körper wirkte sein Gesicht, und wäre von der breiten Stirn das Haar nicht so früh zurückgewichen, man hätte es bäurisch finden können. Aber sein wohlgeformter Mund hatte etwas Üppiges und zeigte von Natur einen bübischen Ausdruck, der mit seinem gefaßten Wesen auffallend kontrastierte. Dieser Kirschmund erinnerte Rikord an denjenigen Kittys, seiner irischen Gouvernante, die ihn mit märchenhaften Phantasien genährt hatte.

Golownins Eltern waren hintereinander weggestorben, als er sieben Jahre alt war. Er hatte sich in der stillen Bibliothek, unter den gestrengen Augen seiner Großtante, den melancholischen einer französischen Gouvernante und den unverwüstlich herzhaften einer Kinderfrau, an den Reisebeschreibungen Cooks zum frühen Leser gebildet. Doch da die Tante viel bettlägrig war, machte er sich auch in seiner kleinen, doch weitläufigen Welt immer mehr zu seinem eigenen Herrn und nützte seinen Spielraum mit wachsendem Bedacht. Er begleitete Pilgergruppen zum nahen Wallfahrtskloster, jüdische Händler zum Vieh- oder Tuchmarkt, schlich sich auch unter fahrendes Volk, zu Wahrsagerinnen und Kräuterfrauen, oder in die nächtlichen Feste der Zigeuner. Am liebsten besuchte er die Tatarendörfer, die zum Gut gehörten, lauschte dem Muezzin und gewann Freunde, die ihn in ihre Schule mitnahmen oder zum Freitagsgebet in die Moschee. Er lernte die Ehrfurcht, mit der sie ihm begegneten, mit Respekt für ihre Sitten erwidern, ohne sich tiefer darauf einzulassen. Denn er fühlte sich nicht zum Gutsherrn bestimmt; die Welt, auf die er sich vorbereitete, war eine ganz andere.

Sie waren schon zwei Jahre Marinekadetten, als Rikord auf ein Dokument stieß, das ihm den Einstieg des Landjunkers in die Seefahrt erklärte – es fiel aus einem alten nautischen Lehrbuch heraus, das ihm Golownin geliehen hatte. Denn bei aller Freundschaft, die damals noch nicht auf Leben und Tod geprüft war: über seine Kindheit sprach Golownin nie, und es schien ihn immer leicht zu genieren, wenn Rikord, der kluge, immer auch ein wenig altkluge Akademikersohn, um ihn warb und gar als Vorbild für sich in Anspruch nahm. Damals hatten sie sich oft nach Lichterlöschen in der Wärmkammer zwischen den Schlafsälen zusammengefunden, um lateinische Dichter zu lesen.Während Rikord seine Bildung fast mit der Muttermilch eingesogen hatte, hatte Golownin die «Oden» des Horaz, die er auf eigene Faust entdeckt hatte, für den Erwerb lateinischer Elementarkenntnisse verwenden müssen. Die Nachhilfe Rikords war willkommen, und dieser zeigte sich überglücklich, sie nach Dienstschluß zu leisten, und schlug sich dafür gern einige Nachtstunden um die Ohren. Da niemand sonst in der Kaserne solche Vorlieben teilte, blieben die Freunde vor dem lichtspendenden Feuer zuverlässig allein – es sei denn, es fielen, oft nach Mitternacht, ein paar nächtliche Ausbrecher herein, um mit gedämpftem Lärm und Juhe eine Schafskeule oder einen Schinken, den sie in der Vorstadt organisiert hatten, am Ofen zu braten, Weibergeschichten auszupacken und mit Wodka zu begießen. Golownin machte zu solchen Störungen gute Miene, während Rikord schmerzlich verstummte.

Aber dank dem vergessenen Brief hatte er einen Blick hinter die Kulissen von Golownins Schweigsamkeit getan, und zugleich in die familiären Hintergründe seiner Seetüchtigkeit; denn eigentlich wäre ein Golownin zum Dienst bei der Leibgarde von Preobraschenski bestimmt gewesen. Aber da hatte eine Hand eingegriffen, und was sie über den jungen Wasja zu Papier brachte, fand Rikord so lehrreich, daß er es insgeheim kopierte. Der kleine Vertrauensbruch war in anderer Hinsicht bedenklich, denn es handelte sich um die Abschrift eines Briefs an die verewigte Kaiserin Katharina, und an seiner Vertraulichkeit war kein Zweifel möglich. Der Verfasser war ein General Maxim Golownin, und die Tonart legte nahe, daß der Schreiber der allerhöchsten Adressatin einst *mehr* gewesen war als ein gehorsamer Diener ihrer Krone. Maxim Golownin war der Patenonkel des verwaisten Wasja, und da er sich um ihn offensichtlich wenig gekümmert hatte, mochte auch das schlechte Gewissen seine Hand geführt haben, in der stillen Zuversicht, daß ihm eine süße Erinnerung der Majestät zu Hilfe kam.

Gewiß – hat der Brief zu melden –, Gylinki, in der Oblast Rjasan, ist mit dem Tod seines Bruders Michail nicht ganz untergegangen. Der Verwalter säuft, aber sonst ist er verläßlich; die Großtante versieht die Gutsherrschaft für ihren minderjährigen Erben, sein liebes Patenkind, nach ihrem Vermögen. Geizig, wie sie ist, kann sie sein Eigentum nicht verschwenden. Immerhin hielt es Maxim Golownin vor kurzem für seine Pflicht, auf dem Gut nach dem Rechten zu sehen, sich von Wasjas Zukunftsaussichten ein Bild zu machen und sie gegebenenfalls zu befördern.

Jetzt durfte der alte General seiner geliebten Majestät berichten, der Junge sei der Fuchtel seiner Großtante entwachsen und in bestimmter Hinsicht kaum noch der Nachhilfe bedürftig. Er zeige sich als ein so wohlgeratenes Gottesgeschöpf, daß er Gott ganz gut entbehren könne, auch wenn er die frommen Bräuche seiner Umgebung respektvoll mitmache. Gylinki sei ein verwahrlostes Paradies, in dem der junge Wassili seine ganz eigene Schöpfung einrichte, selbstherrlich, aber durchaus gesellschaftsfähig. Seinen Lehrstoff hole er aus dem Besten, was ihm sein Vater habe hinterlassen können: einer wohlversehenen Bibliothek, wo man ihn nächtelang in naturwissenschaftliche Schriften vertieft finde. Besonders die zur Seefahrt nötige Sachkunde habe er sich im Selbststudium zu eigen gemacht, und am Tage vereinige er seine Dorfjugend dazu, sie anzuwenden. Der Mühlteich hinter dem Herrenhaus werde zum Schauplatz von Seeschlachten, die der junge Stratege nach historischen Mustern stelle. Dafür habe er mit seiner Mannschaft ausgediente Fischkähne wieder flottgemacht und nach allen Regeln der Kunst kalfatert, aufgetakelt und mit selbstgebastelten Mörsern bestückt. Er habe den Schiffen Namen gegeben, sie mit einem kompletten Satz Flaggen ausgerüstet, und ihre Signale müße die Mannschaft lesen können, wie er sie auch ein Logbuch führen lasse. Dabei bemerkten die Kinder nicht einmal, daß sie beiläufig lesen und schreiben lernten. Mit einfachen Mitteln praktiziere man schon eine annehmbare Segelkunst; dabei mache man naturgemäß auch mit Havarien Bekanntschaft. Aber man fürchte sie nicht, da der junge Chef seinen Leuten auch das Schwimmen beigebracht habe, womit sie sich jetzt schon zu ihrem Vorteil von alten Seebären unterschieden.

Kurzum, seinem lieben Neffen fehle zum Seemann nichts mehr als die See. Er habe ihn nach Moskau mitgenommen, um für städtischen Schliff zu sorgen; inzwischen lasse er sich auch bei französischer Konversation nicht mehr lumpen. Kurzum, er habe einen Gentleman aus ihm gemacht, *acceptable at a dance and invaluable in a shipwreck*. Inzwischen sei er auch fabelhaft groß gewachsen, und sein Auftritt sei so imposant, daß sich seine Kusinen gleich verliebt hätten. Zum Glück sei auf seine Disziplin nicht weniger Verlaß als auf seine Delikatesse. Kurzum: Wenn nicht alles täusche, wachse hier ein Kapitän, wo nicht gar Admiral heran, ein Muster christlicher Seefahrt und eine Zierde der russischen.

Übrigens sei er über das Studium von Schiffen wie von selbst in dasjenige der schönen Literatur hineingeraten. Es sei ihm aufgegangen, daß man die List des Odysseus nicht bewundern könne, ohne die Kunst Homers zu würdigen. Damit habe er einen großen Schritt zum Verständnis von Kunst überhaupt getan, und auch wenn er den Jungen nicht geradezu musisch nennen würde, so habe er sich mit der nautischen Bildung auch eine für Stil und Geschmack angeeignet.

Der Brief eines gebildeten Generals an seine geliebte Herrscherin hätte ihm noch mehr Ehre gemacht, wenn er die Empfehlung des Neffen mit weniger Eigenlob verbunden hätte. Offensichtlich ließ er für diesen sogar eine Abschrift anfertigen, damit er nicht im Zweifel sei, *wem* er sein Glück zu verdanken habe. Ob das Hohelied einer idealen Kindheit die Kaiserin noch erreicht hat, ist allerdings ungewiß, denn der Brief fiel in ihre Sterbezeit. Um so bestimmter darf man annehmen, daß ihr Sohn und Nachfolger ihn *nicht* gelesen hat, denn sein erstes Prinzip bestand bekanntlich darin, der verhaßten Mutter zuwiderzuhandeln und ihre Gunstbeweise nachträglich zu kassieren.

Dennoch trat Wassili Golownin gerade unter Paul I. in die Kadettenschule ein, und dieser schickte ihn sogar zum ersten Mal nach England, um gegen die Französische Revolution Schützenhilfe zu leisten. Sechs Jahre später, als Paul im Michaelsschloß, dem selbstgebauten Gefängnis seines Mißtrauens, angeblich einem Schlaganfall zum Opfer gefallen war und Alexander I. als junger Gott den Thron bestieg, konnte der Wille der großen Katharina, was ihre Nachfolge betraf, als erfüllt gelten. Aber der Wunsch Maxim Golownins war es auch: sein Neffe zählte, ein zweites Mal nach England verabschiedet, diesmal von einem wahren Friedensfürsten, zu den Hoffnungen der russischen Seefahrt. Mit dem Zollstock gemessen, war er die größte seit Menschengedenken.

Das nachlässige Versteck von Onkel Maxims Brief deutet darauf, daß ihn Golownin zwar nicht weggeworfen, aber bald vergessen hat. Die musterhafte Idylle, die der General von Wasjas Kindheit malte, hatte mit ihrer Wirklichkeit wohl wenig zu tun, und man darf annehmen, Wasja wäre aus Gylinki mit oder ohne Segen eines Onkels ausgebrochen, der aus seinem Leben wieder verschwand, wie er hineingetreten war. Inzwischen besaß Wasja fast nichts mehr, was ihn sichtbar an seine Familie band, und das Gut, das ihn ernährte, sollte lebenslänglich mehr oder minder getreuen Verwaltern überlassen bleiben. Als er fünfundfünfzigjährig in Petersburg starb, an der Cholera und als Generalzeugmeister der Flotte im Admiralsrang, hatte er Gylinki nicht mehr betreten.

Daß er aber mit achtzehn Jahren unverhofft zu einem Blutsbruder gekommen war, hatte sich ergeben wie folgt:

Golownin und Rikord waren als frischgebackene Leutnants der Kriegsbrigg *Noli me tangere* zugeteilt und zur Feuertaufe in die Schären bei Wyborg ausgelaufen. Das schwedische Geschwader, in die Enge getrieben, ripostierte mit Kugeln, die man in der Schiffsschmiede zur Rotglut erhitzt hatte, und eine davon schlug neben der Pulverkammer ein. Der Kapitän, auf das Schlimmste gefaßt, kommandierte alle verfügbare Mannschaft unter Deck, wo man durch den Stauraum an die kritische Stelle zu dringen hoffte. Doch war der Weg durch Last verstellt, und die Zwischenräume erlaubten kaum einen Durchschlupf. Golownin preßte sich trotzdem in ganzer Größe hinein, und andere begannen, ihn zu schieben wie ein Brot, das nicht in den Ofen will. Rikord aber konnte den Freund nicht verschwinden sehen und stürzte ihm nach. Wie Maulwürfe wühlten sie sich durch den Gang, den sie erst schaffen mußten, bis der Druck unverhofft wich und sie auf engstem Raum geduckt stehen konnten. Zu ihren Füßen schmauchte die Kugel auf einer Lage Segeltuch und rauchte beißend trotz der Zugluft, die durch das geschlagene Leck eindrang. Für Wasser lag es zu hoch. Meine Hose wäre naß, keuchte Rikord; und alsbald waren sie hustend mit dem Abreißen seines Beinkleids beschäftigt, das Wasja schließlich mit beiden Händen auf das zischende Eisen preßte, als verschließe er eine Schlagader. Es stank nun auch nach verbranntem Fleisch, doch Golownin ließ nicht locker, bis sich die Kugel entfärbt hatte. Dann robbten sie sich glücklich in den Stauraum zurück, wo sie mit einem Aufschrei der Erlösung empfangen wurden.

Als die siegreiche «Rührmichnichtan» in Kronstadt anlegte, war es das Erste, daß der Admiral seinen Helden die Georgsmedaille um den Hals hängte. Golownin ging noch zwei Wochen mit verbundenen Händen herum – «Lazarus aus dem Grabe», wie eine Gazette der Hauptstadt vermerkte. Dann wuchs eine rosige Kinderhaut nach, die sich erst nach Wochen wieder mit Schwielen besetzte. Aber die Verbindung «Gullivers» – wie Wasja seiner Größe wegen genannt wurde – und des «Tenors» war unauflöslich geworden.

Dennoch sollte der Dienst die Freunde trennen; Golownin wurde mit der russischen Hilfsflotte für England in die Nordsee kommandiert, Rikord in das trostlose Archangelsk, den Hafen am Weißen Meer, den die Schweden nicht mehr sperren konnten; das besorgte der endlose Winter ohnehin gründlich genug.

2 General Lindsay, Hafenkommandant von Portsmouth, hatte *our Russian friends* nach ihrer Ankunft die Schiffe bezeichnet, denen sie zugeteilt wurden *when and if need arises:* bei Rikord war es die *Amazone*, bei Golownin die *City of Paris*. Für den Einwand, sie möchten aber nicht getrennt dienen, hatte er nur eine wegwerfende Handbewegung. *When and if,* wiederholte er behaglich. Wir haben keinen Krieg, *remember.* Sie sind hier, um Englisch zu lernen, sind Sie nicht?

Das konnten sie schon hinreichend, um auch Schottisch zu verstehen; Lindsay war für die Sparsamkeit seiner Mitteilung bekannt. Natürlich wußte er, daß die «Fortbildung», die man den russischen Freunden in der *Naval Academy* zumutete, ein Zeitvertreib war – um nicht von einem Witz zu reden, auch wenn man zu den Vorstellungen nur *höflich* lachen durfte, welche bärbeißige Originale von einer Akademie hatten, wenn sie sich über Astronomie verbreiteten oder Meeresströmungen, Verhalten bei Schiffbruch oder die sittlichen Gefahren der Südsee. Der Quartiermeister hatte die Freunde zuerst in *Boarding houses* untergebracht, dann wurden sie einer Kapitänswitwe zugeteilt, die darauf drängte, von ihrem ersten Russen befreit zu werden. Da es sich um ihren Mitkadetten Fjodor Moor handelte, war Rikord begierig, das Nähere zu erfahren, denn eigentlich war *Herr* Moor – wie er im Ausland angeredet werden wollte – die Korrektheit in Person. Aber er sei *spooky* gewesen *like a ghost* – man konnte das «h» im gefältelten Mund der Matrone förmlich hören.

Jetzt aber waren es zwei artige junge Männer, welche das ehemalige Kinderzimmer neben ihrem *Master bedroom* bezogen, und es war ihnen rasch gelungen, das umfassende Vertrauen ihrer Wirtin – *call me Sally!* – zu gewinnen, dergestalt, daß diese ihr ungünstiges Bild der Russen nach der andern Seite überzog. Mit solchen Manieren mußten sie Prinzen sein, und bei den fünf Sprachen, die sie beherrschten, Genies! Schließlich pendelte sich ihr Urteil bei *clever boys* ein, und Golownin warnte seinen Freund davor, dies als Kompliment zu betrachten. Jedenfalls setzte Sally Griffith ihren Herren zum allmorgendlichen Porridge die Leibspeise ihres verewigten Gatten vor: geräucherten Weißfisch, der fast nur aus Gräten bestand, und Rikord äußerte *sotto voce* die Vermutung, diese «Nadelkissen mit Fischresten» seien die eigentliche Ursache seines Abgangs gewesen.

Die Sache mit Moor aber hatte sich verhalten wie folgt:

Schon bei der Vorstellung war er Mrs. Griffith *particular* erschienen, einerseits überaus beflissen, andererseits zu steif; er konnte ihr auch nie grade in die Augen sehen. Und schon in der zweiten Nacht begann er ein Doppelleben, das sie *positively uncanny* nannte. Sie habe ihm noch einen *Nightcap* gebracht und sich dann nichtsahnend zur Ruhe gelegt, aber kaum war sie eingenickt, als sie hinter der Wand laut sprechen hörte. Erst dachte sie an nächtlichen Besuch, aber den hatte die Hausregel ausdrücklich verboten. Endlich war es still, *zu* still, und nebenan öffnete sich lautlos die Tür. Sally gefror in ihrem Bett. Dann Schritte – wohin gingen sie? Wohl fünf Minuten, die ihr wie eine Ewigkeit vorkamen, hörte sie den Mann durch ihr Haus schleichen wie auf der Suche. Nach ihrem Tafelsilber? Nach ihrer Tugend? Schließlich knarrten Schritte auf der Treppe, die zum Dachboden führte; hier lagerte Sally die Teppiche, die der selige Kapitän aus Indien mitgebracht hatte und mit denen sie einen kleinen Handel betrieb. Jetzt konnte sie noch so atemlos lauschen: es rührte sich nichts mehr. Ein Stoßgebet, und schon hatte sie den Morgenmantel umgeschlagen, war die Treppe hinuntergestürzt, hatte den Nachbarn herausgeklopft und ihm atemlos erklärt, gewiß lege der Russe gerade Feuer unter ihrem Dach oder hänge sich darin auf.

Doch als sie zu zweit den Dachboden erreichten, was mußten sie sehen? Nichts, einfach gar nichts, auch wenn sie in alle Ecken leuchteten. Schließlich aber fanden sie den Mann zwischen den Teppichen im tiefsten Schlaf und splitternackt. *Stark naked!* Der Nachbar stieß ihn an und mußte ihn richtig schütteln, bis er auffuhr: wo war er denn? Schließlich habe er, schamvoll abgewandt, um Entschuldigung gebeten; es komme vor, daß er im Schlaf wandle, doch er werde keinem Menschen gefährlich. Aber nicht bei mir! habe sie ausgerufen, Sie sind am längsten unter meinem Dach gewesen! Wenn Sie nicht wissen, was Sie tun, wie wollen Sie für England kämpfen! – Da habe er sich verbeugt, sei wortlos weggegangen, man habe gehört, wie er sein Zimmer aufräumte, dann war er verschwunden, mitten in der Nacht, und am nächsten Tag sei durch Boten ein *gezeichneter* Strauß weißer Narzissen bei Sally angekommen – ohne Absender.

Er zeichnet gut, sagte Rikord.

Soweit wäre es noch gekommen, daß er mich zeichnet! sagte die Wirtin.

Moors Hang zum Schlafwandeln war schon in der Kadettenanstalt bekannt und legte sich erst beim Dienst auf See; das Schaukeln der Hängematte schien ihm gutzutun. Moor braucht eine Wiege, kommentierte Rikord, fester Boden unter den Füßen macht ihn schwindlig. Schon seine Mutter wollte hoch hinaus und mußte am Ende froh sein, daß sich ein deutscher Bäcker erbarmte, sonst wäre sie mit dem Kind sitzengeblieben.

Er sucht etwas, sagte Golownin.

Weil er mehr als ein Leben führt, und keins richtig, sagte Rikord.

Er ist pflichtbewußt.

Auch das noch! *Positively uncanny*, grinste Rikord.

Der Mensch war ein Rätsel, und Rikord ein Rätsellöser. Wer war Moors wirklicher Vater? Seine Mutter hatte es nie verraten. Warum haßte er sie so und kam doch nicht von ihr los? Eben*darum*. Haß ist immer enttäuschte Liebe. Und warum haßte Moor Napoleon, den Ersten Konsul? Weil beide Muttersöhne waren und die Mutter ihnen alles gegeben hatte, nur eines nicht: hohe Geburt. Warum vergötterte Moor den Zaren? Weil der zur Krone *geboren* war. Alles war ihm geschenkt – nichts brauchte er sich zu verdienen. Warum aber wollte Moor in England ein Deutscher sein wie sein verhaßter Stiefvater? Weil sich dieser zu seinem Brot auch die Butter verdiente, und nicht zu knapp – ein Vorbild wider Willen. Doch wenn er schon einen deutschen Namen hat, warum muß er jetzt *englisch* ausgesprochen sein – Muhr? Weil er *dazugehören* will – er will immer *beides*, einzig dastehen und bei den Leuten sein. Nicht nur *besser* als alle andern, sondern auch *so gut* wie die andern. Verstehst du?

Golownin zog an seiner Pfeife, der einzigen, die er sich jeden Abend gönnte. – Ja, jeder Mensch besteht aus Widersprüchen. Deine sind unterhaltsam. – Darauf konnte ihn Rikord nur noch ansehen, ein wenig mißtrauisch, aber auch stumm vor Glück.

Portsmouth, April 1803. War das ein englischer Frühling? Das Grün stockte an den Bäumen, nur auf den Wiesen machte es anhaltender Regen saftig. Zugleich blies ein scharfer Wind, so daß man in den Hafengäßchen entweder von selbst fortgetrieben wurde oder nicht vom Fleck kam. Hatten die Freunde den schützenden Hof vor ihrer Stammkneipe erreicht, so versicherten sie, daß sie sich in Portsmouth »wie zu Hause« fühlten.

Die Küche des *Unicorn* pflegte das Exotische. Die Fischsuppe war mit Curry gewürzt und so heiß, daß man sich den Mund verbrannte, und das warme Bier war wenigstens als Löschwasser geeignet. Aber der Heringssalat schmeckte besser als Sallys Weißfisch, und die Gnocchi an Liebesapfeltunke erinnerten Rikord von *sehr ferne* an die Küche Italiens. Hatte man ebenerdig den Hunger gestillt, kamen im Oberstock höhere Bedürfnisse zu ihrem Recht. Auch wenn die Gesellschaft überwiegend russisch war, verteilte sie sich in dem weitläufigen Bau, und die Freunde hatten sich eine stille Ecke erobert, in der sie für sich sein konnten wie einst in der Wärmkammer.

Das Haus des Wirtes – er nannte sich Green – hatte viele Wohnungen, und in jeder brannte ein Feuer, doch genährt sein wollte es von den Gästen selbst, nur das Brennholz dafür lag bereit. Dafür war Fingerfutter *on the house*, kleine Leckerbissen, mit denen das ozeanische Personal fliegend aufwartete: getrockneter Tintenfisch, rohe Krabben, Blättchen aus Seetang, Oliven oder kandierte Südfrüchte. Golownin verwahrte den Hausschlüssel, aber sie schoben die Heimkehr regelmäßig so lange hinaus, bis es Sally – hoffentlich – müde geworden war, auf sie zu warten.

Das *Unicorn* – mit vollem Namen: *The Unicorn and The Fly* – liegt in einem Hinterhof, zu dem man durch einen mit Katzenkopf gepflasterten Durchgang gelangt. Was als erstes ins Auge fällt, ist das *andere Licht*. Unter dem Wirtshausschild steht eine gußeiserne Laterne, in der ein fahles Feuer brennt, Tag und Nacht. Es ist das erste Gaslicht in Portsmouth, eine Erfindung des Wirts, der im Keller eine eigene Kokerei betreibt und streng unter Verschluß hält, woran sich allerlei Legenden ranken. Es heißt, er könne das Licht gar nicht mehr löschen, ohne daß sein Haus in die Luft fliege, weshalb er darauf verzichtet habe, es auch innen mit blauem Licht zu bestücken. Tatsache ist allerdings, daß man darin keinen Schatten wirft. In der ersten Zeit kamen Schaulustige in den Hof, um den merkwürdigen Effekt auf die Probe zu stellen, aber dann verbreitete sich das Gerücht, Gaslicht greife, ohne äußere Anzeichen, die Körpersäfte an, weshalb Einheimische den Ort inzwischen meiden. George, der Barmann, lächelt nur: der Wirt selbst sei die Quelle des Gerüchts, um sich Krethi und Plethi vom Leib zu halten. Golownin und Rikord beschleicht ein sonderbares Gefühl, wenn sie vor dem Gaslicht verweilen. Zwar verschluckt es den

Schatten nicht ganz, doch es vervielfacht ihn zu einem halbdunklen Strahlenbündel, wofür die Gesetze der Optik, die sie gerade in der *Academy* repetiert haben, keine Erklärung bieten. Aber nach dem langen Tag ist Studieren nicht mehr ihre Sache.

Das *Unicorn* nutzt eine aufgelassene Fuhrhalterei, wobei das Erdgeschoß, wo früher die Wagen standen, als *Pub* eingerichtet ist. Man betritt es durch den linken Torbogen; die zwei übrigen sind verglast, doch die Butzenscheiben erlauben keinen Durchblick. Das Tor wird zur Polizeistunde verschlossen, nur für ausgewählte Gäste geht der Betrieb im Obergeschoß weiter. Und während der Hof in Schweigen versinkt, brennen die Lichter in der langen Fensterflucht oft bis in die Morgendämmerung. Wo jetzt Clubräume eingerichtet sind, haben früher Pferde gestanden, darum führt die Außenwand entlang eine gepflasterte Rampe hinauf. Sie ist gesperrt, denn bei schlechtem Wetter ist es für Fußgänger, namentlich auf unsicheren Beinen, nicht ratsam, die stufenlose Bahn zu benützen. Den ausgewählten Gästen steht für den Aufstieg eine Hintertreppe im Pub zur Verfügung: GENTLEMEN ONLY.

Obwohl die erhöhte Stallung von einst jetzt in kleinere Räume aufgeteilt ist, kann man ihr die ursprüngliche Bestimmung immer noch ansehen, nur sind die Standplätze und Futterkrippen als Sitzkojen eingerichtet. Aber weil die Wände nur bis zur halben Höhe reichen, haben alle Abteile den Luftraum gemeinsam, und man kann den Rauchzeichen nachsehen, wenn sie zum offenen First aufsteigen. Dorthin zieht aber auch die Wärme ab, weshalb die Gäste am liebsten nahe bei einem der kunstvoll gestalteten Kamine verweilen. Der Wirt hat sie aus dem Abbruch eines walisischen Schlosses gewonnen; sie stellen Stadtbilder dar, die durch berühmte Brände verlorengegangen sind: Troja, Ephesus, Rom und schließlich Jerusalem, worüber Rikord nur rätseln kann. Da Green für Auskünfte nicht zu haben ist, muß es genügen, daß die gemeißelten Ansichten vom Herdfeuer nicht verzehrt, nur hell beleuchtet werden. Inschriften, oft unverständlich, gehören zum Inventar, und an derjenigen, die in den Balken über ihrem Sitzplatz gekerbt ist, rätselt Rikord seit dem ersten Tag.

Was jedem Gast schon beim Betreten des oberen Saals auffällt, ist das Verwirrende seiner Anlage. Das Balkengefüge ist dasjenige einer riesigen Scheune, aber die Abzüge der Kamine verleihen ihr auch etwas von einer Fabrik, denn es sind Rohre aus genietetem Kupferblech, die wie tragende Säulen zur Dachschräge hinaufstreben. Von außen betrachtet, ist das *Unicorn* mit dreizehn Kaminen bestückt, und alle rauchen. Aber ist man erst im Haus, so kann man zählen, wie man will: man kommt nur auf sieben Feuerstellen. Green will die Rohre von einer Industrie in Manchester bezogen haben, die mit der Entwicklung *dampfgetriebener* Schiffe beschäftigt sei; würde diese Möglichkeit Tatsache, wäre sie das Ende der christlichen Seefahrt.

Der Oberstock des *Unicorn* hat *bewegliche* Wände. Darauf sind die Freunde erst gekommen, als sie ihr Reservat – den sogenannten *Foreign Correspondents' Club* – immer wieder verändert fanden. Dabei wirkten die dunkel getäfelten Wände massiv, solide genug, eine Galerie gerahmter Stiche zu tragen, welche Greens überseeische Abenteuer illustrierten. Wie festgegossen steht auch das Einhorn, das dem Haus den Namen gegeben hat, an seinem Platz. Vielmehr stößt es durch die Wand und scheint halbwegs steckengeblieben zu sein, denn es ragt nur mit dem Vorderleib in den Raum. Es ist untersetzt und silbergrau, bis zu den Haarsokken der Hufe; fast verdeckt eine üppige Mähne die schimmernden Glasaugen. Mitten aus der Stirn aber wächst ihm ein verdrilltes Horn.

Was Green zu erklären bereit ist: das ausgestopfte Einhorn war einmal ein Grubenpony im Bergwerk von St. Just am westlichsten Ende Britanniens, wo der Schiefer direkt von der Klippe gebrochen wird. Wenn man Green hört, hat ihm das Geschäft so viel Gewinn gebracht, daß er einen Walfänger ausrüsten konnte; dieser habe ihn – das hätten Jugendträume so an sich – zum Invaliden gemacht. Als er nämlich einen Narwal harpunierte, habe ihn dieser an der Wurfleine ins Wasser gerissen und mit der Schwanzflosse kurz und klein geschlagen. Aber schließlich habe der Wal daran glauben und seinen Kopfschmuck hergeben müssen, um aus dem Pony ein Einhorn zu machen. In der Südsee habe Green gelernt, Tiere zu präparieren, natürlich auch menschliche Köpfe.

Soviel zum *Einhorn*. Und was ist mit der *Fliege*?

Dafür müssen Sie sich mein Schild richtig ansehen.

Und nächstes Mal sahen sie es im Gaslicht: das Fabeltier über dem Eingang ist beritten, von einem käferartigen Wesen mit Dreispitz, das an Bonaparte erinnert, denn es steckt eins seiner Krallenfüßchen in die uniformierte Brust. Seltsam nur, daß der neue Herr der Welt, als Green das Anwesen erworben haben wollte, noch ein namenloser Artillerieleutnant gewesen war. Doch Green verzieht keine Miene, wenn er erklärt: *Gouverner, c'est prévoir!*

Als Rikord hinter der Wand nach der versteckten Hälfte des Einhorns forschte, stieß er statt dessen auf einen gemauerten Schacht, der immerhin ein anderes Rätsel löste: dasjenige von Greens Allgegenwart. Denn fast genügte es, sich an ihn zu erinnern, da stand er wie gerufen schon da und fragte mit kehligem Baß: Noch ein Wunsch?

Green setzte sich nie. Er hing in seinen Krücken, welche die Schultern auf Kopfhöhe stemmten; sie ließen seinen Oberleib mächtig erscheinen. Hüften und Beine waren von einer weißen Schürze verhängt. Doch wenn er sich umdrehte, sah man seine Beine baumeln, und die Stiefel schleiften auf dem Fußboden nach. Sein Gesicht wirkte zugleich gebieterisch und zum Erschrecken ausgezehrt. Hielten ihn seine Krücken aufrecht, so schwankte er zugleich wie ein Baum im Wind. Es war ein Rätsel, wie er die steilen Treppen meisterte. Dennoch konnte er ebenso plötzlich oben in den Clubräumen auftauchen wie unten in der Gaststube.

Wie machen Sie das? fragte Rikord.

Sie haben doch eben meine Fahrkunst entdeckt.

Um zu wissen, was eine Fahrkunst war, mußte man Bergmann gewesen sein. Green habe es im westlichen Virginia bis zum Steiger gebracht. Wenn man in die Grube fahre, aber mitsamt seiner Last auch wieder auftauchen wolle, sei ein mechanischer Aufzug unerläßlich; der werde *Fahrkunst* genannt. Bisher sei noch kein Gast dahintergekommen; dafür habe sich Rikord ein Krüglein mit japanischem Reiswein verdient. *On the house.*

Es ist übrigens ein Haus ohne Frauen; dieses Rätsel hat Rikord bereits der Lösung nähergebracht. Er hat das Auge des Architekten geerbt, dem es natürlich ist, einen Raum von vielen Seiten zu betrachten.

Wie ist der Pferdestall zum Herrenclub geworden, und warum nimmt sich dieser, von oben gesehen, wie eine aufgedeckte Puppenstube aus? Als Green das *Lamb* erwarb, war es ein klassisches *Public house*, will sagen: ein Bordell; davon zeugt immer noch die Schrift an der Hintertreppe: GENTLEMEN ONLY. Zutrittsberechtigt waren Offiziere aus aller Herren Ländern, also fehlten auch Spione nicht, denn wer eine Frau mietet, dem sitzt auch die Zunge locker. «In diesem Haus hat England Schlachten gewonnen und, was mehr ist: Kriege vermieden.» Das Untergeschoß war eine Kontaktzone; und während sich die Herren unter den Damen umzusehen glaubten, hatten sich in Wirklichkeit diese den passenden Gimpel ausgeguckt, um ihn in einer Bettkoje des Oberstocks abzuschöpfen. Doch als Master Green das Haus übernahm, ließ er zwar die Einrichtung ungefähr bestehen, veränderte aber seine Bestimmung. Mit Damen konnte er nicht mehr dienen. Das *Lamb* wurde zum *Unicorn*, das Parterre zum Speiselokal für jedermann, der Oberstock aber eine Sphäre für Gentlemen, die unter sich sein wollten. Die Bedienung besorgten Insulaner, Greens Helfer und Pfleger aus der Zeit, als er walwund auf Nukahiwa gestrandet war. Anfangs hätte die Mannschaft verspeist werden sollen, aber dann war es gelungen, sich durch Anstimmen gregorianischer Gesänge – der junge Green hatte in Dublin als Ministrant gedient – mit einem Tabu zu belegen. Danach hatte ihn ein polynesischer Heilzauber wieder so weit hergestellt, wie man ihn heute sah. Schließlich hatten ihm die Insulaner ein seetaugliches Schiff gebaut, und viele hatten ihn in die Zivilisation zurückbegleitet, wenn man Niederländisch-Indien als solche bezeichnen durfte. Erst in Portsmouth habe er sie anständig ins Brot gesetzt und sie englische Mores gelehrt, denn in seiner Wirtschaft dulde er keinen Rückfall in die Verhältnisse von Nukahiwa. Keine Kopfjagd mehr, auch kein Liebesparadies – *ein wenig* Frau, das gehe nicht. Es gehe nur: Schluß mit

Frauen! In Greens Junggesellenhaus durfte nur noch *einem* Laster gefrönt werden: dem Spiel.

Und so führte die steile Hintertreppe jetzt in ein Billardzimmer unter offenem Dach. Wer nicht sogleich, wie Rikord und Golownin, in eine gehobene Sphäre abbiegt, kann *Darts* werfen, weiter hinten Karten spielen, Whist und Bridge, auch Boston und Poker. Ganz hinten aber führt eine bewachte Tür zum Kasino; da dreht sich das Roulette bis zum Krähen des Hahns. Und da Green selbst die Bank ist, die – wie er gerne einräumt – immer gewinnt, leistet er sich, seine Vorderräume der Kultur vorzubehalten. Jenseits des zentralen Tresens, hinter dem George, ein begnadeter Barmann, seine Zaubertränke mischt, beginnt das Reich gehobenen Zeitvertreibs. Hier gibt es ein Lesezimmer, wo neben *Observer*, *Times* oder *Spectator* auch Druckerzeugnisse wie *Cobbett's Political Register* ausliegen und, dank des Friedens von Amiens, sogar *Moniteur* und *Globe*. Hier sieht man russische Offiziere in Journale vertieft, die ihnen zu Hause die Zensur verbietet, und natürlich werden sie auch hier beobachtet. Es gibt keine Bibliothek, aber ein Schreibzimmer, und für das Versenden privater Post steht ein eigener Botendienst zur Verfügung.

Doch vor allem gibt es den *Foreign Correspondents' Club*, das Einhornzimmer mit der Bildergalerie. Sie regt auch andere kunstfreundliche Offiziere an; so ist Fjodor Moor regelmäßig in der Nähe des Troja-Kamins anzutreffen, wo er sich, den Feuerschein nützend, eine Ecke zum Zeichnen eingerichtet hat und an einer Staffelei mit Stift und Kreide zugange ist, außer Hör- und Reichweite seiner Kollegen; er läßt sich von keinem ins Blatt blicken.

Ein regelmäßiger Gast ist auch Chlebnikow, der allerdings bald wieder durch die schwarze Tür im Hintergrund verschwindet. Golownin allein weiß, daß er nicht bloß um sein Glück spielt, sondern um sein Leben. Denn Nikolai Chlebnikow ist, wenn er damals in der Wärmkammer nicht ganz irre geredet hat, ein natürlicher Sohn Pauls I., also ein Romanow, und ein Jahr älter als Alexander, der regierende Zar.

Golownin erinnert sich ungern an die schreckliche Nacht, als er vor Mitternacht in die Wärmkammer ging, um Horaz zu lesen, für einmal ohne Rikord, der mit einem Nervenfieber im Krankenzimmer lag. Zu seinem Erstaunen fand er den kleinen Ofenraum schon belegt, und es wurde zum Entsetzen, als Chlebnikow, auf den er stieß, kein Lebenszeichen mehr von sich gab. Aber als er ihn anfaßte, richtete er sich heftig auf und drückte ihm ein Messer in der Hand, mit der rauhen Bitte, ihn totzustechen; selbst schaffe er es nicht, er könne sowenig sterben wie leben. Als ihn Golownin, ein wenig angewidert, umarmte, brach, mit einem Weinkrampf, seine ganze Geschichte aus ihm heraus. Danach war Kolja das natürliche Kind Pawel Romanows, das der unselige Nachfolger Katharinas der Großen als ewiger Zarewitsch auf Schloß Gattschina, das sie ihm zum Zeitvertreib überlassen hatte mit einem Kammermädchen gezeugt hatte; denn auch seine Gattin, eine Deutsche, war ein Geschöpf Katharinas und im Bett ihres Sohnes nie warm geworden. Natürlich war die uneheliche Schwangerschaft darum nicht minder unmöglich, und die Zofe wurde eilends mit einem Schiffszimmermann verheiratet, der das Schweigegeld nahm und schnell versoff, ohne sich seine Geringschätzung für die verworfene Mutter abkaufen zu lassen. Sie starb denn auch im nächsten Kindbett, und der natürliche Sohn, erst fünf Jahre alt, war mit einem ewig betrunkenen Stiefvater allein und wäre umgekommen, wenn er nicht wunderbare Hilfe erfahren hätte. Eine unsichtbare Hand beförderte ihn in ein kirchliches Waisenhaus, später in die Klosterschule, mit zehn Jahren ans Akademische Gymnasium und schließlich ans Topographische Institut, das der Siebzehnjährige als ausgebildeter Landvermesser verließ. Danach stand seiner Ausbildung zum Marinekadetten nichts mehr im Wege, nicht einmal er selbst. Obwohl er, in verspätetem Trotz, alles tat, was das Reglement verboten hatte – zum unehrenhaften Abgang reichte es ihm nie. Wohin hätte er aber auch gehen sollen? Ins Freudenhaus, wo er sich einmal wochenlang versteckt hatte? Aber der anonyme Zarensohn trug das Kainszeichen: ihm konnte nichts passieren. Natürlich war das eine furchtbare Täuschung. Hinter jeder Ecke konnte ein bezahlter Mörder lauern, um das ungeliebte Corpus delicti aus der Welt zu schaffen. Aus lauter Todesangst hatte er endlich selbst nachzuhelfen versucht. Aber auch dafür war er zu feige.

Golownin, erschüttert und peinlich berührt, wollte wissen, wo Kolja die Vorgeschichte seiner Geburt erfahren habe; seine Mutter konnte sie ihm ja nicht erzählt haben. Da erfuhr er, daß es in Rußland eine Kommission gebe, die von Staates wegen *alle* außerehelichen Beziehungen registrierte. Nikolai hatte dem Sekretär ihres Archivs die Spielschulden bezahlt, nachdem dieser im Suff eine Andeutung hatte fallenlassen, und danach – unter dem Siegel größter Verschwiegenheit – alles Nötige erfahren, denn auch über Seitensprünge der Majestäten wurde peinlich Buch geführt. Das Archiv war gewissermaßen der Giftschrank der Macht, an dem sie sich gern bediente, bis sie über ein unappetitliches Geheimnis stolperte. Dieses Amt verkaufte seine Sittsamkeit teuer und bewies jedenfalls die Macht, Kolja Chlebnikows Seele bis ins Mark zu zerstören. Danach kannte er nur noch zweierlei Glück: den Tod – und das Roulette.

Zu spielen konnte er nicht aufhören, dann da verfolgte ihn eine Fratze des Glücks: Fortüne. Es spottete aller Wahrscheinlichkeit, wie er gewann, und dieser Spielgewinn ließ, als Ersatz, sein Leid auch noch lächerlich oder müßig aussehen; damit wurde es unheilbar.

Die Szene in der Wärmkammer war trostlos; aber Trost war auch nicht gefragt. Golownin erinnerte sich, eine Sprache gebraucht zu haben, die ihn selbst befremdete. Er hatte gesagt: für mich bleibst du der Sohn eines Zimmermanns. Das sind schon ganz andere gewesen!

Und als ihn der Kamerad entgeistert ansah, war er fortgefahren: Von ihm hast du deine technische Ader. Du bist der beste Mathematiker der Klasse. Und seit heute weiß ich auch, daß du *reden* kannst.

Chlebnikow glaubte ihm kein Wort, das konnte er sehen. Da hatte er noch mehr gesagt: eines Tages segle ich um die Welt, Kolja, und du fährst mit, kein anderer.

Das war eine hinreichend entfernte Aussicht, und doch flackerte ein Irrlicht von Hoffnung über Koljas gepeinigtes Gesicht.

Das würdest du tun?

Das *werde* ich tun, so wahr ich hier sitze, hatte Golownin gesagt. Aber auf dem Schiff, das ich kommandiere, wird nicht gespielt.

Chlebnikow war nach Portsmouth kommandiert worden, obwohl er nicht, wie seine Kameraden, zur *Garde Équipage* gehörte. Der neue Zar wünschte sich den unregelmäßigen Halbbruder vom Leibe zu halten, und dieser versuchte sein Glück auch im *Unicorn* weiter – mit Erfolg. Bei Licht besehen, konnte sich Golownin auf seinem Schiff keinen Offizier weniger wünschen als Chlebnikow – ausgenommen vielleicht *Herrn* Moor. Aber Golownin betrachtete nicht alles bei Licht oder vertraute auf sein eigenes. Auch in ihm steckte einer, dem es gefiel, das Schicksal herauszufordern – nur hätte er sich darum noch keinen Spieler genannt. Denn Glück und Bestimmung sind zweierlei.

3 Bei Tageslicht hätte man durch die Fenster des *Unicorn* die Masten der Schiffe sehen müssen, die an der Kriegsreede gerüstet wurden. Golownin und Rikord hatten diejenigen, denen sie zugeteilt waren, noch nie betreten dürfen. Im *Foreign Correspondents' Club* waren Russen unter sich, die Zeitungsleser kamen und gingen; Moor malte beharrlich, offenbar nach dem Gedächtnis oder Vorlagen, die er am Tage gesammelt hatte. Unbekannt war nur der Buchleser in der entfernten Ecke, der sich am Vortag erstmals gezeigt hatte. Es war ein blasser junger Mensch mit weißblonder Mähne, dessen Räuberzivil aus Uniformteilen meist russischer Herkunft bestand. Vorgestellt hatte er sich nicht, doch für einen Spitzel war er zu auffällig.

Vom nahen Kirchturm hatte es gerade zehn geschlagen, als sich zwei Neue zeigten. Sie unterhielten sich an der Bar auf russisch, ihre Uniform deutete darauf, daß sie bei der Russisch-Amerikanischen Compagnie dienten. Golownin hatte seine Pfeife des Tages angesteckt, die er bereits gestopft mitgebracht hatte, und setzte sie mit dem Fidibus einer Schneiderrechnung in Brand. Da sie eine gute Stunde vorhalten mußte, verlangte das Exerzitium sparsame, doch regelmäßige Züge und dosierte von selbst seine Teilnahme am Gespräch, das Rikord nicht ungern allein bestritt. Dazu ließ Golownin in Abständen eine wohlriechende Wolke des Schweigens steigen.

Weißt du, was der Spruch auf dem Holz bedeutet? fragte Rikord.

Der Doppelbalken über ihren Köpfen ließ einen Spalt frei, durch den ein Gast immer noch sollte kriechen können; sonst mußte er im *Unicorn* übernachten. Auf dem unteren Balken war in Frakturschrift eingekerbt: *Ore stabit fortis arare placet ore stat.*

Der Starke wird auf dem Mund stehen, sagte Golownin. – Akkern gefällt. Er steht auf dem Mund.

Setzen, Golownin. Ja, manchmal muß man auch *kein* Latein können. *O rest a bit for't is a rare place to rest at.*

Golownin grinste gehorsam. – Da hat sich wieder einer über das Latein lustig gemacht. Dabei braucht er Dumme, die es noch können. Sonst goutieren sie seinen Witz gar nicht.

Ist es denn ein Witz? fragte Rikord. – Es stimmt doch. Der Starke steht auf dem Mund. Rauchen ist deine Art, auf dem Mund zu stehen.

Ich bin Nichtraucher, sagte Golownin.

Versteht sich, antwortete Rikord.

Um Mitternacht rauchte Golownins Pfeife immer noch; noch immer zeichnete Moor am Kamin, während der buntgemusterte Leser vor seinem fast erloschenen Feuer (dem Brand Roms) über seinem Buch eingenickt schien. Auch die Herren an der Bar tranken immer noch, wobei der schmalere, ein dunkel gelockter Jüngling, dem andern an die Schulter gesunken war. Dieser jedoch saß wie sprungbereit, einen Stiefel auf die Messingstange gestemmt, welche den Tresen auf Fußhöhe umlief. Auf die obere stützte er seinen Ellbogen, unterhielt sich mit George, der ihn als «Chwostow» ansprach, und leerte, wie über eine Reling gelehnt, Glas um Glas. Rikord hatte auf den Epauletten des Barmanns die Aufschrift «Camilhan» gesehen; war das nicht der Name des Schiffes, das die Insulaner angeblich für Green ausgerüstet hatten? Wieder ein Rätsel.

Der «Chwostow» Genannte war kleiner als Golownin, aber breiter und stellte mit seiner hellen Mähne, dem eckigen Gesicht und kleinen, doch bohrend hellen Augen jenen normannischen Typ dar, den man in Rußland öfter antrifft als in Skandinavien. Er bewegte sich kaum, um die Ruhe des Freundes an seiner Schulter nicht zu stören. Doch jetzt ließ sich aus dem Hintergrund ein Stimmengewirr hören, und als beim Ruf *Rien ne va plus!* die Tür auf und wieder zuging, trugen zwei livrierte Insulaner eilig eine kleine Bahre vorbei. Der zugedeckte Gegenstand darauf hatte eine menschliche Form, doch nicht größer als die eines Zwergs.

Rikord winkte den Barmann herbei und fragte, was man weggetragen habe: eine Leiche?

Green, sagte der Barmann.

Das müssen Sie uns erklären.

Der Barmann tat es in gewähltem *King's English*, nachdem er sich vergewissert hatte, daß die Gäste am Tresen keinen Wunsch mehr hatten; aber auch Chwostow war eingenickt, das Kinn auf dem Lokkenhaupt seines Freundes.

Green sei wieder einmal abgestürzt, flüsterte der Barmann, das komme im Jahr zwei- oder dreimal vor. Er bekam seinen *siderischen Koller*, und dieser beginne immer mit dem gleichen Traum. Green müsse auf einer Leiter eine glatte Felswand ersteigen. Aber wenn das Ende erreicht sei, trenne ihn immer noch ein kleines, doch unüberwindliches Stück von der Kante. Jetzt müsse er einen Nagel in die Wand schlagen. Aber wenn er mit dem Hammer aushole, gleite die Leiter weg, und er versuche umsonst, sie wieder heranzuhangeln; ein ungeheurer Absturz stehe bevor und habe eigentlich schon angefangen. Nun komme alles darauf an, daß Green sein Werkzeug festhalte und den Nagel einschlage, und zwar gerade im Augenblick, wo sich die Luft durch die Fallgeschwindigkeit zur festen Wand verdichtet habe, sonst wäre er im nächsten Augenblick zerschmettert. Gelinge es aber, so vergrößere sich die gähnende Tiefe zwar ins Unermeßliche, zugleich aber habe Green sich ins Unendliche verkleinert. Dann wirke die Schwerkraft nicht mehr, und ein Netz himmlischer Verhältnisse spanne sich aus, um Green aufzufangen, der nicht mehr *stürze*, sondern *kreise* und als Himmelskörper eine sichere Bahn um die Erde ziehe. Weder leichter noch schwerer als sie, betrachte er sie in all ihrer Schönheit als blaues Muttergestirn.

Warum lag er denn auf einer Bahre, und warum war er so klein? Der Insulaner lächelte.

Für Menschenaugen vollziehe sich nur *schrittweise*, was Green im freien Fall *schlagartig* widerfahre. Seinen Jüngern bleibe gerade Zeit, ihn zur Höhle von *Steenfoll* zu tragen. Damit habe es Eile, denn wenn bei der Ankunft seine Größe auf Null geschrumpft wäre, könnte er ganz aus dem Leben getreten sein, und es würde sich nicht mehr lohnen, ihn in die Tiefe zu werfen. Zum Glück werde in der Schöpfung so schnell nichts zu nichts. Ideal sei die Größe eines Käfers.

Was ist die Höhle von *Steenfoll?* fragte Rikord.

Wir wissen nur, wo sie liegt, *Sir*. Von oben ist es ein Kraterloch in der Küste, an einer Stelle, wo sie vom Meer unterspült wird. So wurde ein Durchbruch geschaffen, der bei Ebbe wie eine Höhle erscheint; bei Flut fließt das Wasser ein, bei Ebbe wieder aus. Die Höhle ist das Herz der Erde, und Green muß hineingestürzt sein, um sie als Himmelskörper zu erfahren; wie das zugehen soll, weiß er allein. Darüber kann er nicht sprechen, er wird ja ein Insekt, aber er kann ganz unverhofft wieder im Hause sein. Denn zur Rückkehr in die Menschengestalt benötigt er keine Hilfe, und zu derjenigen in sein Haus fast keine Zeit.

Aber jetzt ist er nicht da.

Das weiß man nicht. Vielleicht ist er schon wieder mitten unter uns.

Erzählt man solche Geschichten auf Nukahiwa? fragte Rikord.

Sie erzählen *uns*, Sir.

Und wer sind die Herren an der Bar? fragte er.

Chwostow und Dawydow, flüsterte George. – Sie sind aus Erde gemacht und müssen wieder zu Erde werden.

Wer nicht? fragte Rikord verständnislos.

Der Dawydow Genannte seufzte tief auf wie ein Kind, und die Wimpern seiner großen Lider zuckten. Chwostows Kopf war inzwischen auf die Reling gesunken und schien gebannt ins Wasser zu starren.

Als sich der Barmann entfernt hatte, fragte er Golownin: Was hältst du von der Geschichte?

Welcher Geschichte? fragte Golownin, mit erneutem Anzünden der Pfeife beschäftigt, entschuldige, ich war gerade ein wenig abwesend. Ich dachte an Gylinki, wo ich herkomme.

Ein lauter Lärm kam Rikords nächster Frage zuvor. Denn wohl ein Dutzend Offiziere stürmten den Saal; sie hatten ihr Spiel unterbrochen und drängten an die Bar. Chwostow war unwillig, Raum zu geben, aber sein Freund, der wieder auf den Füßen stand, zog ihn weg. Chlebnikow bestellte eine Runde Champagner für alle. Aus Zurufen ließ sich erraten: er hatte so unverschämt gewonnen, daß er die Verlierer freihalten mußte. Man trank auf sein Glück; er hob das Glas auf das Wohl Englands, dann wollte auf dasjenige Rußlands getrunken werden und aller Herren Länder, die im *Unicorn* vertreten waren. Auch auf Frankreich, auf Bonaparte? *By Jove, NO!* Auf den Antichrist trinken wir, wenn wir ihn zur Hölle geschickt haben!

An ruhige Unterhaltung war nicht mehr zu denken. Moor begann, seine Staffelei abzubauen; auch der junge Mann im Flickenkostüm schloß sein Buch. Das Männerpaar hatte sich auf einer Fensterbank niedergelassen. Doch jetzt stand Chwostow auf und begann so laut zu reden, daß sich die Gesellschaft umwandte, maulend zuerst, dann widerwillig gebannt.

By Jove, habe ich gehört. Ich höre Jupiter, und was sage ich? Ganymed. Ich höre Achill, und was sage ich: Patroklos. Ich höre Alexander, sage nur: Kleitos, und weine bittere Tränen. Harmodios und Aristogeiton: das Ende des Tyrannen. Pelopidas und Epaminondas: die heilige Schar, zu spät! Sage ich zuviel, Dawydow?

Sie verstehen dich wohl nicht ganz, erwiderte dieser mit mattem Lächeln.

Sie hören nicht, sie sehen nicht, kommt dir das bekannt vor, mein Herz?

Es lebe Rußland! schrie Chlebnikow.

Jawohl, Freund, es lebe. Aber wie lebt es denn, Mütterchen Rußland? Muß um warmes Wasser betteln, um seine kranken Glieder zu baden – ist das ein Leben?

Warmes Wasser für warme Brüder! schrie Chlebnikow.

Aha! erwiderte Chwostow. – Und ihr seid Männer, ganze Männer. Dann frage ich euch: warum laßt ihr Mütterchen frieren? Tragt sie an den Großen Ozean, der hat die richtige Temperatur! Das ist eine Badewanne wie ein Taufbecken, und wem gehört sie? Nur dem, der sie sich nimmt! Und ich kenne einen, der ist dafür gerade Manns genug. Nikolai – Petrowitsch – Resanow! Ist das ein Wort? Der trägt Mütterchen auf Händen in die Badewanne wie zum Tanz und vögelt sie darin! *Ochotsk! Bolscherezk! Petropawlowsk! Kodiak! Nunalaska! Nowarchangel!* Hat er genug? Jetzt fängt er erst richtig an: *Fort Ross! San Francisco! Santa Barbara!* Darf's noch etwas mehr sein? *Hawaii! Otaheiti! Nukahiwa!* Und jetzt kommt das Beste: *Japan*, meine Herren, das geheimnisvolle, das verschämte Japan – Resanow nimmt sich's wie nichts!

Als dieser Name gefallen war, begannen Spott und Hohn zu verstummen. Resanow, Kammerherr des Zaren, Schwiegersohn und Nachfolger Schelichows, der die amerikanische Compagnie gegründet hatte: das hieß soviel wie: Herr der Pelze, des «weichen Goldes», ungekrönter Zar von Sibirien und Russisch-Amerika. Der hatte auch eine eigene Flotte, und wenn dieser Chwostow sein Mann war, besaß er überall die Macht, jeden, der sich ein freches Wort entschlüpfen ließ, nach Sibirien zu bringen.

Es war still geworden; Chwostow wechselte in den Ton des Schulmeisters.

Wir machen den Stillen Ozean zum *mare nostrum*, so viel Latein können wir auch. Japan ist der Schlüssel: ein reiches Land. Ein ängstliches Land. Seit zweihundert Jahren wagt es keinen Krieg mehr. Verbirgt sich wie Dornröschen in der Hecke: Wir werden es wachküssen! Dafür reichen gute Feuerwaffen, denn es lebt immer noch im Mittelalter. Aber es hat warme Häfen. Und haben wir die, so schwärmen wir in die ganze Südsee aus, damit der Zar endlich weiß, wofür er Schiffe baut! Oder was meinst du, Dawydow?

Dazu kann man doch nur ja sagen, erwiderte dieser und räkelte die Schultern.

Was ist, Chlebnikow? Bist du dabei?

Wann gedenken Sie denn zu fahren?

Er wäre uns gern los, dröhnte Chwostow, aber gemach! Wann fahren wir denn, Gawril Iwanowitsch? *Fahren* wir überhaupt, mein Herz?

Nein, nein! antwortete Dawydow, lehnte sich in der Fensterbank zurück und fuhr fast singend fort: Wir durchmessen unser heiliges Land, das verfluchte Rußland, das dunkle Sibirien, Schritt für Schritt. Wir gehen ans Ende – um zu erfahren, daß das Ende Rußlands sowenig unser Ende wie das Ende Rußlands ist. Wir finden den Weg ins Offene, die *Via dolorosa*, und üben die Kunst, den Tod nicht zu fürchten.

Chwostow hatte ihn mit verklärtem Blick betrachtet. Pjotr Petrowitsch! wandte er sich an Rikord, Sie sind ein gebildeter Mensch, haben die Argonauten parat, Jason, Medea und so weiter. Herakles, das Goldene Vlies – Sie wissen, was das heißt. Dann sage ich Ihnen: Jetzt ist Argonautenzug, und wir ziehen! Dafür muß man auch schwitzen und frieren wie ein Gott!

Ich schwitze ungern, sagte Rikord.

Das glaube ich aufs Wort! rief Chwostow. – Ich aber, ich habe in meinem Leben schon Blut geschwitzt. Um den Pelz zu waschen, mußt du ihn naß machen!

War Herakles Pelzhändler? rief es aus dem Hintergrund.

Plötzlich breitete sich Schweigen aus. Chwostow durchmaß mit großen Schritten den Raum und blieb vor Moor stehen, der sich angeschickt hatte, sein Bündel zu schnüren. In der Hand hielt er ein Zeichenbuch. Chwostow entriß es ihm und schlug es auf.

Wer soll das sein?

Geben Sie mein Buch zurück, sagte Moor.

Chwostow tat einen Schritt beiseite und hielt es geöffnet in die Höhe.

Siehst du das, Dawydow? fragte er. – *Uns* hat er gezeichnet. *Nackt.*

Moor war aufgestanden und griff nach dem Degen, den er neben dem Uniformrock abgelegt hatte.

Aha, sagte Chwostow, schleuderte das Zeichenbuch fort, trat einen Schritt zurück und zog blank. – Komm an, Künstler. Zeig, was du hast.

Plötzlich stand Golownin in Chwostows Rücken. Er umschlang ihn und fesselte seine Arme mit so starkem Griff, daß er ihn ein Stück vom Boden hob. Chwostow wand sich, nach einem Augenblick der Erstarrung, heftig, seine Füße zappelten, aber Golownin hielt ihn wie ein Schraubstock. Plötzlich ließ er sich erschlaffen, hing wie eine Puppe in Golownins Armen und schloß die Augen.

Der unbekannte Leser, dem der Skizzenblock zugeflogen war, reichte ihn Moor zurück, und Golownin gab Chwostow frei. Dawydow war aufgestanden und sagte:

Es muß kein Bruderblut fließen. Nikolaj Alexandrowitsch, wir hatten einen langen Tag.

Die Zuschauer sprachen durcheinander, Chlebnikow faßte Golownins Arm, mit der andern Hand Chwostows Schulter und zog beide in Rikords Ecke. – Pjotr Petrowitsch, können wir uns dazusetzen? Und über die Schulter zu Moor: kommen Sie auch, Fjodor Fjodorowitsch? Wir sind alle Kinder Rußlands!

Danke, sagte Moor schon unter der Tür, hier zieht es mir zu sehr. – Und war hinaus.

Noch stand die Gruppe um das Einhorn, während sich die übrigen wieder Richtung Kasino verzogen, außer Chlebnikow, der laut verkündet hatte: Geht schon, ich komme nach! – Damit der Friede hier halte, müsse er ordentlich begossen werden! Und als George kam, um ihre Wünsche zu vernehmen, hatten sich die fünf wirklich gesetzt.

Fast eine Klassenzusammenkunft, lächelte Dawydow. – Auch wir waren Kadetten, zwei Jahre unter Ihnen – wenn man zwölf ist, sind das Jahrhunderte! Eine andere Welt!

Die Herren erinnern sich nicht an uns, sagte Chwostow.

Wo wohnen Sie? fragte Rikord.

Bei unserem Generalkonsul, antwortete Dawydow. – Franzose, emigriert. War in Pelzen, bevor er in Tee machte, und kann seine Schäfchen kaum noch zählen. Wir logieren ganz komfortabel.

Wir haben aber auch am Schwedischen Krieg teilgenommen, warf Chwostow ein.

Mit Auszeichnung, das ist bekannt, sagte Rikord höflich. – Jetzt arbeiten Sie für die Compagnie?

Ist das eine Schande? fragte Chwostow.

Das sagt kein Mensch, beschwichtigte Dawydow. – Es fügte sich so, zu unserem Glück. Chwostow heißt Nikolaj, wie Resanow. Es war Liebe auf den ersten Blick.

Er übertreibt, sagte Chwostow, aber er ist ein Dichter. Er wird größer als Puschkin.

Dawydow gab ihm einen Klaps aufs Knie. – Und du bist der Ungereimte. Er spricht durch Taten. Blut geschwitzt hat er allerdings, Pjotr Petrowitsch, als er seinen Vater aus den Mühlen der Justiz retten mußte.

Sie sind ein guter Sohn, das habe ich gehört, sagte Golownin, und zu Chlebnikow: Aber was machen die Spieler ohne dich, Kolja?

Da sie mit meinem Geld spielen, gewinnen sie hoffentlich einmal, sagte Chlebnikow. – Fünftausend habe ich ihnen abgenommen. Das ging mir selbst zu weit.

Wenn Sie bei Frauen soviel Glück haben, sind Sie der ideale Schwiegersohn, neckte Rikord.

Es ist das eine *oder* das andere, antwortete Chlebnikow düster, das hat mir eine Zigeunerin verkündet. Huren kann ich mir leisten, aber eine Frau – die wäre arm dran.

Aber du bist doch verlobt, Kolja, sagte Golownin.

Dachte ich auch, sagte Chlebnikow. – Aber man kann nicht alles haben.

Wenn es nur an der Morgengabe fehlt, wären Sie bei uns goldrichtig, erklärte Chwostow. – Von Nunalaska kehrt man als gemachter Mann zurück – oder gar nicht.

Als Chlebnikow verstummte, fragte Golownin: Warum müssen Sie durch Sibirien *wandern*? Japan ist eine Insel. Wenn Sie es stürmen wollen, wären Schiffe das Mittel der Wahl.

Darf ich den Herren dein Geheimnis verraten? fragte Chwostow den Freund.

Lieber, das sage ich schon selbst, sagte Dawydow. – Nach Japan zieht mich nichts. Ich will an den kältesten Ort der Welt. Wo es zu kalt ist für Eis. Der Schnee fällt und liegt wie Mehlstaub. Die Wangen blähen sich zu Wärmbeuteln. Erst in drei Metern Tiefe ist Wasser flüssig genug für Fische. Aber wenn man sie an die Luft zieht, gefrieren sie sofort.

Und wenn du ein Pferd schlachtest, grinste Chwostow, wird es gleich so steif, daß das Fleisch nur scheibchenweise abgeht.

Pferdefleisch! das sei ferne von mir! sagte Dawydow schaudernd.

Weil du es gar nicht kauen könntest, grinste Chwostow. – Mußt es dir im Mund zergehen lassen. Dann merkst du gar nicht mehr, daß es roh ist. – Dawydow sucht *das Absolute!*

Da kann man ja nur viel Glück wünschen, sagte Rikord. – Was *ich* mal erleben möchte, ist die erste russische Weltumsegelung. Wir hinken nach wie immer.

Aber wer kommt um Rußland herum? fragte Chlebnikow. – Auch Cook und La Pérouse mußten unsere Häfen anlaufen. Und mit Alexander ist *alles* möglich.

Leider, sagte Rikord.

Wofür heißt er Alexander, lächelte Dawydow, wenn nicht, um den Orient zu erobern? Wir müssen erwerben, was wir besitzen!

Wozu muß immer erworben und besessen sein? fragte Rikord.

Weil nicht jeder mit dem Silberlöffel im Mund geboren wird, Pjotr Petrowitsch, sagte Chwostow.

Manche, sagte Chlebnikow, müssen die Zähne zusammenbeißen und wundern sich, wenn sie nichts dazwischenkriegen.

Deswegen brauchen sie nicht gleich hungrige Wölfe zu werden, entgegnete Rikord. – Aber die sehen immer noch menschlicher aus als Jäger, die nur das Maul aufreißen.

An *einem* Duell war es für heute genug, Petja, mahnte Golownin.

Was ist eigentlich von diesem Moor zu halten? lenkte Dawydow ab.

Mit dem werden wir heute nicht mehr fertig, dröhnte Chlebnikow, Herr Moor ist einzig auf der Welt! Er weiß nicht nur alles, sondern alles besser. Und jetzt bitte ich um Entschuldigung – mein Geld schreit nach mir. Es will den Stümpern wieder abgenommen sein.

Als er aufstand, fand auch Dawydow, für ihn und Chwostow sei es für heute genug. Der Konsul erwarte sie zum Schlummertrunk.

Tee, sagte Chwostow geringschätzig, aber hatte sich folgsam erhoben. – Wenn er noch japanesisch wäre! Das ist der feinste der Welt. Warum müssen wir japanesischen Tee in China teuer kaufen und holen ihn nicht gleich an der Quelle?

Weil wir jetzt erst ins Bett gehen, entschied Dawydow.

Aber Chwostow konnte sich noch nicht losreißen. In seinen Augen erschien ein versonnener Ausdruck.

Die Holländer! murmelte er. Sie haben das Monopol für den Japanhandel. Aber wer sind die Holländer? Nichts als eine französische Provinz. Vielleicht haben die Japanesen noch gar nicht bemerkt, daß Holland nicht mehr existiert. Die Welt starrt nur auf Napoleon. Jetzt muß man sich Japan kaufen. Genau der Moment! Das muß Resanow wissen!

Er weiß es, Kolja, begütigte Dawydow, wir schlafen drüber, und morgen reden wir weiter. – Und nach einer Verbeugung, die ihm Chwostow, nach einem sanften Puff, nachtat, zog er ihn am Tresen vorbei zur Tür.

Als die Freunde wieder allein waren, rief Rikord den Barmann und fragte, ob er japanesischen Tee habe. Und da im *Unicorn* kein Ding unmöglich war, saßen sie bald vor zwei Tassen Grüntee, dessen sanfte Bitterkeit zum Ausklang des Abends stimmte. Den Schlaf, um den sie gekommen waren, konnten sie in der Akademie nachholen. Aber sie hatten kaum ihre Tassen abgesetzt, als ein Mensch zu ihnen trat, den sie ganz vergessen hatten. Es war der weißblonde Leser im Räuberzivil.

4 Löwenstern, stellte er sich vor, Ermolai, eigentlich Hermann Ludwig, denn ich bin Estländer deutscher Muttersprache, was Sie meinem Russisch anhören. Was Sie mir kaum noch ansehen: ich bin auch Leutnant der russischen Marine. Und was Sie mit Recht vergessen haben: auch ich habe die Kadettenanstalt gekostet, bis zur Neige, in der Klasse Chwostows und Dawydows. Sie haben mich nicht wiedererkannt – es ist mir, offen gesagt, auch lieber so. Aber Sie, Wassili Michailowitsch, könnten sich erinnern, daß ich beinahe Ihre Stiefel geputzt hätte – es wäre mir eine Ehre gewesen. Aber ich habe Ihre Bedingung nicht erfüllt.

Welche Bedingung? fragte Golownin.

Daß Sie danach die meinen putzten. Unmöglich. Dafür standen Sie zu hoch.

Trinken Sie einen Tee mit? fragte Golownin.

Grüntee immer, sagte Löwenstern.

Wie kommen Sie ins *Unicorn*? fragte Golownin.

Ihretwegen.

Bespitzeln Sie uns? fragte Rikord.

Ja, aber nur in eigener Sache, sagte Löwenstern. – Ich schreibe.

Sie sind Schriftsteller? fragte Rikord.

Ich würde mich übernehmen, wenn ich die Frage bejahte, aber müßte lügen, wenn ich sie nun verneinte. Ich habe einen Stoff und glaube, daß Sie dazu passen – Sie *beide*. Denn ich habe mich damit abgefunden, daß Sie, Wassili Michailowitsch, nicht allein zu haben sind.

Es scheint Sie Überwindung gekostet zu haben, sagte Rikord.

Meine Hauptfigur ist nun einmal ein ganzer Russe, und da gibt es keine bessere Besetzung als Golownin – pardon. Mit einem *italienischen* Russen hatte ich nicht gerechnet, obwohl mir sein Witz gebührend imponiert. Aber ich wußte nicht, ob ich mich an seine Rhetorik gewöhnen würde – oder an seine Malice.

Sie sind auch eher beredt, sagte Rikord.

Ich will's als Kompliment nehmen, sagte Löwenstern. – Ich störe Ihre Ruhe, die Sie nach dem Auftritt eben wahrlich verdient haben. Aber ich störe nicht lange.

Da Sie schon angefangen haben, sagte Rikord, dürfen Sie nicht gleich aufgeben. Also: wer sind Sie?

Da fragen Sie gleich zuviel, aber ich fange mal so an: ich komme eben aus Paris. Dahin wurde ich vor drei Jahren noch vom seligen Zaren Paul – geschickt? wohl eher entlassen. Er haßte die Franzosen, aber es war gerade die Zeit, wo er die Briten strafen mußte, weil sie ihm seine Lieblingsinsel weggenommen hatten – Malta, nachdem er grade Großmeister des Malteserordens geworden war; Sie kannten ja seine Vorliebe für Kostüme. Nun, Paris ist für keinen Menschen von Welt eine Strafe. Ich habe mich beeilt, sie anzutreten, bevor Pawels Winde wieder kehrten. Damals besaß ich auch noch ein komplettes Ehrenkleid. Sie sehen, daß es abgeblättert ist. Mein Urlaub wurde strapaziös, nachdem ihn Alexander nach dem Ableben seines Vaters – nennen wir es: *plötzlich* – zu widerrufen vergaß. Inzwischen bin ich wo nicht abgedankt, so doch abgebrannt. Wie käme ich sonst auf die Idee, mein Glück als freier Skribent zu suchen? Schreiben ist nie ein Glück – außer bei Vorbildern, die einem zeigen können, was es bedeutet. Aber dann sollte man Leser bleiben, und nichts als Leser.

Wir haben Sie lesen sehen, sagte Rikord, und zwar so ausdauernd, daß wir einen Hintergedanken vermuteten.

Sie vermuteten ganz richtig, Pjotr Petrowitsch, erwiderte der junge Mann, aber nehmen Sie getrost an, daß ich den Hintersinn selbst nicht kenne. Mit Spionage im üblichen Sinn hat es jedenfalls nichts zu tun. Das Schreiben, an dem ich mich gerne – bisher leider vergeblich – messen möchte, ist ein zweckfreies Geschäft.

Haben Sie Vorbilder? fragte Golownin.

Sie, sagte Löwenstern, doch Sie schreiben ja nicht. Also Goethe. Nicht eben originell. Aber es liegt wohl daran, daß ich ihm persönlich bekannt bin, oder, um mich angemessener auszudrücken: er mir. Auch das ist noch eine zu kühne Behauptung. Kurzum, ich bin ihm begegnet und verdanke ihm mein Motiv – zugleich nimmt er mir den Mut, es anzupacken. Da müßte er selber dran.

Und was für ein Motiv? fragte Golownin.

Gulliver, sagte Löwenstern.

Aber den gibt es schon, sagte Golownin. – Ich habe mit seinen Reisen lesen gelernt.

Also gibt es ihn jetzt schon dreimal, sagte Löwenstern, der errötet war. – Als Erfindung des Herrn Swift. Als Ihren Übernamen im Italienischen Palais. Und jetzt also auch als Ihr erstes Leseerlebnis – es war auch das meinige. Da haben wir ja schon mehr gemeinsam, als ich zu hoffen gewagt hätte.

Aber Gulliver ist schon geschrieben, sagte Golownin.

Sie sagen es. Und er war auch nicht bloß ein Riese. Wenn Sie mir die Erinnerung erlauben – wer Ihnen dieses *Vulgo* angehängt hat, kann im Buch nicht weit gekommen sein. Als Zwerg im Riesenland finde ich Gulliver respektabler; von den andern Fabelländern zu schweigen. Gewiß, doch, Gulliver ist schon geschrieben – aber er läßt noch Raum zur Fortschreibung, den ich *bedeutend* nennen würde, bildete das Wort nicht eine so schwere Hypothek. Aber ich muß ohnehin schweigen – das habe ich dem Verleger versprochen. Wie leicht könnte mir einer zuvorkommen. Dann brauchte er nur noch besser zu schreiben, und mein halbes Leben wäre vertan.

Verlag haben Sie auch schon, sagte Golownin, in England, nehme ich an.

Wo sonst kann man die paar Freiheiten, die man sich nimmt, auch frei publizieren? sagte Löwenstern. – Von Rußland rede ich gar nicht. Aber auch das übrige Europa ist heute eine französische Domäne, selbst die Niederlande, wo früher alles möglich war. Die Briten sind gnadenlose Händler, doch sie bleiben die Leute des *Habeas Corpus*. Ich habe gerade einer englischen Zeitschrift einen Aufsatz geliefert, der über mein Vaterland wenig Schönes zu berichten hat. Aber auch durch die Französische Republik mußte ich ihn auf der nackten Haut tragen und jede Leibesvisitation fürchten. Ich schreibe gegen Leute wie Resanow – wo soll so etwas erscheinen, wenn nicht in England? Aber Sie werden es lesen, sogar im *Unicorn*, auch wenn Ihnen dabei mein Name nicht begegnen wird, aus naheliegenden Gründen.

Wer sind Sie denn? fragte Rikord.

Müssen Sie insistieren, Pjotr Petrowitsch? Also gut: von Geburt bin ich ein baltischer Krautjunker; einer von zu vielen. Sogar in der Familie sind wir zehn Geschwister – um nur von den lebenden zu sprechen. Die Dörfer, die das Gut ernähren sollten, tun es nicht. Ich mußte wandern und mein Glück machen. Zur Zeit sieht das Glück wie eine deutsche Jakobinerwitwe aus, die mich in Paris unter ihren Fittich nahm. Inzwischen wurde mir das Plätzchen ein bißchen eng. Nur Luft! Die englische schnappe ich einmal am liebsten, nachdem sie mir ein paar Jahre in der *Royal Navy* um die Nase geweht hat. Wenn sie mir zu bleihaltig wurde, segelte ich ein Land weiter. Fast immer nahm der gute Wind die Gestalt einer Frau an, und jedesmal trieb er mich zu weit. In Stambul hätte mich eine Zobeïde beinahe zum Muslim gemacht, Lady Hamilton in Neapel zu einem vollendeten Narren – daß ich beide mit einem hohen Herrn teilen mußte, kränkte meine Eitelkeit, denn ich wollte immer gern ein Hirsch sein, kein Beihirsch. Daß ich noch gut bedient war, erkenne ich erst jetzt, wo ich die Liebste mit einem Toten teilen muß – *you get the worst of both worlds*. Ich sollte Abschied nehmen, aber angesichts der Verdienste, die sie sich um meine arme Seele erworben hat, ist er noch nicht reif. Es bleibt nur die kleine Flucht. Wer bist du, Hermann? Das fragt auch *sie* mich jeden Tag, es wundert mich nicht, daß Sie es fragen – es geniert mich nur. Selbst in Portsmouth lebe ich auf Isabelles Kosten – sie hat mir das Reisegeld vorgestreckt. Sie nimmt mich zu ernst, aber wie kann ich *nicht* zu ihr zurückkehren? Davor könnte mich nur noch ein Krieg bewahren. Sieht nicht danach aus. Sonst müßten auch Sie jetzt auf Ihren Schiffen sein. Statt dessen sitzen Sie im *Einhorn* wie ich – aber Sie haben zu tun, und Sie sind zu zweit. Ich habe nur zu lesen und bin allein. Mir bleibt Gulliver – was sonst?

Wenn Sie könnten, wie Sie möchten, was möchten Sie? fragte Rikord.

Löwenstern sah ihn lange an. – Wie delikat Sie sind, Pjotr Petrowitsch. Ich habe Ihren Übernamen in der Anstalt immer deplaziert gefunden. Sie sind sowenig ein «Tenor» wie Golownin ein Riese. Für mich waren Sie der «Seraph», er der «Cherub» – die kamen in der Sonntagsschule vor, und ich wußte nie, was ich mir darunter vorzustellen hatte, bis ich Sie sah. Darf ich bekennen, daß ich Sie herzlich beneidete?

Pjotr Petrowitsch hatte Sie etwas gefragt, sagte Golownin.

Die Antwort ist *Japan*, sagte Löwenstern. – Ich möchte nach Japan.

Unter dem Einhorn wurde es still; Löwenstern hob die Tasse zum Mund.

Sie fragen nicht, warum, und tun gut daran. Ich weiß es nicht. Aber ich denke, ich möchte nach Japan, um plötzlich ohne Frage zu wissen, warum ich da bin, sogar ohne Warum.

Sie haben viel im Sinn, sagte Golownin, Japan ist ein verschlossenes Land.

Was es darüber zu lesen gibt, kenne ich alles, sagte Löwenstern, für mich ist Japan ein wenig das, was der Große Ozean für Dawydow ist: das Ende der Welt, wo eine andere anfängt. Oder gar das Ende des Lesens. Ein großer Schritt. Ich bin nie über das Mittelmeer hinausgekommen.

Aber Sie haben uns zugehört.

Ich habe dabei sogar die Augen zugemacht. Es war manchmal so still, daß mir kein Wort entging, und Sie hatten vergessen, daß ich noch existierte.

Wo wohnen Sie? fragte Golownin.

Im Hause, sagte Löwenstern.

Im *Einhorn*? Hat es denn Fremdenzimmer?

Es hat *nur* Fremdenzimmer, sagte Löwenstern. – Green ist trickreich. Seine Gäste wissen nicht einmal, daß sie keine sind.

Was denn?

Anwesende, wenn es hoch kommt, lächelte Löwenstern. Green gibt mir ein Bett und hält mich frei. Wer nichts mehr hat, hat immer noch ihn. Ich bin gottverlassen genug, um wohl oder übel anwesend zu sein; *hinreichend* anwesend noch nicht. Aber jetzt bin ich Ihnen begegnet. Meine Verhältnisse scheinen sich zu bessern.

Was ist denn von der Geschichte des Insulaners zu halten? fragte Rikord.

Löwenstern lachte. – Green ist in diesem Haus so anwesend wie

Sie und ich. Gleich wird er hereinkommen, um Sie hinauszuwerfen. Sogar die Glücksritter am Roulette haben aufgegeben – oder hören Sie noch etwas? – Die Spielhölle ist ein Scheinbetrieb, sagte er, indem er sich vorbeugte, am Ende verlieren alle, auch Chlebnikow – und keiner weiß, wie das zugeht.

Green hat über seine wunderbare Heilung berichtet, sagte Rikord.

Wunderbar geheilt sieht er nicht aus, sagte Löwenstern, er ist ein *Misfit*, aber hinter seinen Geschichten steckt immer etwas Wahres.

Angeblich haben sie ihn auf einer Bahre hinausgetragen, sagte Rikord, um ihn in eine Höhle zu werfen.

Was Sie gesehen haben, ist ein Stück jenes Aberglaubens, der auf Nukahiwa gestiftet wurde, Gott weiß, von wem. Jedenfalls lange vor Green. Er ist als kranker Mann auf einer Insel gelandet, die von Tabus wimmelt. Einmal standen die tabuierten Gegenstände so dicht, daß sich die Leute nicht mehr zu rühren wagten. Es kam so weit, daß der freie Geschlechtsverkehr ganz unterdrückt werden sollte. Stellen Sie sich vor, was aus der Insel geworden wäre – sie wäre heute schon wieder unbewohnt. Da erfand ein vernünftiger Zauberer die «Lade der ungenannten Dinge». Auf dem Dorfplatz wurde ein tragbares Gerüst aufgestellt und mit Palmstroh bedeckt. Darunter steckte jeder Haushalt die Gegenstände, die jemand mit einem Tabu belegt hatte, aus Neid oder bösem Willen. Zum Glück haftet bei diesem Naturvolk alles an Gegenständen, was übrigens Goethes Entzücken erregt hätte – dem dürfen Gegenstände auch nie zu Objekten werden. Denn, sagt er, machen sie Menschen erst zum Subjekt, so verschwindet das rechte Leben aus beiden.

«Die Lade der ungenannten Dinge», soufflierte Rikord.

Sie wurde voll, fuhr Löwenstern fort, sie war fast schon überladen, und wenn das Zeug einmal drin war, sollte niemand mehr die Decke lüften – das war das definitive Tabu. Und wenn so viel zusammengekommen war, daß zwei Menschen – immer ein junges Paar – die Bahre eben noch tragen konnten, wurde sie einem heiligen Krater zugeführt und der Inhalt samt Decke unbesehen hineingekippt – mit den nötigen Zeremonien, sonst wären Männchen und Weibchen erblindet. Aber war es getan, so stürzten sie sich aufeinander und vögelten nach Herzenslust. Das Paradies war noch einmal gerettet. Aber im Dorf bastelte man bereits an der nächsten Bahre und wob die nächste Decke, denn auch die Lust nach dem Tabu stirbt nicht aus, und niemals ist der Krater arbeitslos geworden.

Die Höhle von Steenfoll, sagte Rikord. – Angeblich ist sie ganz in der Nähe.

Sie ist immer ganz in der Nähe, sagte Löwenstern. – Die Lade der ungenannten Dinge ist überall und nirgends.

Aber der Barmann sagte, Green liege selbst unter der Decke, sagte Rikord.

Tatsächlich wurde er wohl in aller Stille von seinem Medizinmann behandelt, sagte Löwenstern. – Und als er geheilt war, praktizierte ihn die Phantasie der Nukahiwer auf die Bahre. Kontaminationen sind bei Wandersagen nicht ungewöhnlich. Jetzt setzen sie die Praxis in Portsmouth fort und glauben selbst an ihre Wirkung; Sie haben es an George bemerkt. Er soll der Sohn eines Königs sein – natürlich hieß er auf Nukahiwa anders, doch er hat seinen Namen vergessen. Engländer könnten ihn doch nicht aussprechen.

Interessant, sagte Rikord.

Es war still geworden im *Foreign Correspondents' Club*; das Feuer im trojanischen Kamin war niedergebrannt bis auf ein paar Reste von Glut; auch Golownin stand auf, zog seinen Waffenrock an und steckte die Pfeife in die Tasche.

Nur noch eins, Löwenstern, sagte Rikord, der sitzen geblieben war. – Wo hat Green seinen Schaden her?

Vom täglichen Kampf mit seinen Engeln, sagte er. – Wie soll er den Aberglauben von Leuten besiegen, die ihn vergöttern? Jede Nacht glauben sie, ihn wieder zur Kur schleppen zu müssen, wie damals auf Nukahiwa. Dabei ist er unheilbar.

Also: der Narwal war es nicht, sagte Rikord.

In diesem Augenblick stand George vor ihnen. Seinem unbewegten Gesicht war keine Müdigkeit anzusehen.

Herr Chlebnikow hat schon bezahlt, sagte er. – Nur Ihr Tee ist noch offen.

Rikord und Golownin klaubten Kleingeld hervor; Löwenstern machte keinerlei Miene dazu. Aber auch er war aufgestanden.

Ich danke, sagte er, das war die Nacht meines Lebens.

Wann reisen Sie nach Paris zurück? fragte Rikord.

Erst lese ich noch ein wenig, sagte Löwenstern. Golownin legte ihm die Hand auf die Schulter.

Reden macht müde. Sie sollten jetzt besser schlafen.

Für uns lohnt es sich nicht mehr, sagte er, als sie vor dem Tor standen. Wieder eine Nacht durchgemacht.

Das Gaslicht brannte jetzt fast unsichtbar, denn das Morgenrot stand in der Himmelslücke über dem Hof.

Bald gibt es Krieg, sagte Golownin.

Auf getrennten Schiffen, Wasja, sagte Rikord. – Wie soll man das überleben.

Wir waren schon einmal stärker als der Krieg, sagte Golownin.

Rikord deutete auf das Wirtshausschild über ihnen, das kalt im ersten Tageslicht glänzte. – Siehst du, was ich sehe? fragte er.

Die Fliege auf dem Einhorn war nicht mehr gewappnet und trug auch keinen Dreispitz mehr. Es war unverkennbar die verkleinerte Gestalt Greens, welche die Zügel in der Hand hielt, und die gestiefelten Beine mußten wiederhergestellt sein, denn sie umschlossen den Pferdeleib mit starkem Griff.

Golownin lächelte. – Sieh einer an. Er kann doch, wenn er will.

II

Paris. Das Duell

1 Exzellenz,
Ihr Brief hat mich sehr überrascht. Wer hätte gedacht, daß
Sie sich nach fünfundzwanzig Jahren noch an das Kind erinnern, das Sie im Mai 1777 in St. Johannis aus der Taufe gehoben
haben. Es hat meinem Vater Spott und Häme eingebracht, daß er
sich erlaubte, einen Mann wie Sie für diesen Dienst in Anspruch
zu nehmen. Ihre Erhebung in das hohe Staatsamt stand bevor und
rückte das Löwensternsche Familienfest ins schiefe Licht einer gewissen Spekulation. Gott hat unsern Stamm zwar ordentlich wachsen lassen, aber den Boden, auf dem er gedeihen soll, nicht ebenso
vermehrt. So habe ich ihn als Seeoffizier wohl oder übel verlassen
und dabei meine Grenzen kennengelernt; um auf Wasser zu *gehen*,
dazu gehört eine andere Statur. Ich bin viel herumgekommen und
ebensooft gestrandet, vorzugsweise im Hafen. Es kommt vor, daß
ich mich mit fünfundzwanzig schon zu alt fühle für das Leben, das
ich mir als Bub vorgenommen habe. Bin ich noch ein freier Mensch
oder nur noch einer, den nichts und niemand mehr hält?

Auf Ihre Protektion, Exzellenz, habe ich nie gebaut. Auch
scheitern möchte ich lieber auf eigene Rechnung, als auf jemandes
Kosten mein Glück zu machen, oder durch jemandes Gnade. Sogar
mein Bruder Woldemar hat es aus eigener Kraft geschafft – immerhin zum General im Korsakowschen Korps. Er wurde gerade zu-
rückerwartet, als ich, nach sechs Jahren Dienst auf englischen
Schiffen, wieder einmal bei meiner Sippe einkehrte.

Ich wettete, daß er mich nicht mehr kannte, und verabredete
mit den Schwestern, sie sollten mich als englischen Offizier in Zivil
vorstellen, der in Rasik vorgesprochen habe, um dem Helden von
Zürich Respekt zu erweisen. Die Komödie gelang, Woldemar erkannte mich nicht, war aber beflissen, mir nicht nur in bestem
Englisch zu antworten, sondern auch sein taktisches Genie vor Augen zu führen. Nun sind die Unsern leider bei Zürich im zweiten
Anlauf so tüchtig geschlagen worden, daß sie über alle Hügel flo-

hen und dabei sogar ihre Kriegskasse zurückließen. Aber dem guten Woldemar genügten seine taktischen Siege so sehr, daß er meine Fragen als Beleidigung der russischen Ehre empfand und den unverschämten Gast *forderte*.

Ich nahm den Handschuh in britischer Ruhe auf und trieb die Sache so weit, daß wir uns am nächsten Sonnenaufgang in der Taxusallee wirklich mit der Pistole in der Hand gegenüberstanden. Da erst warf sich mein gutes Malchen schreiend ins Mittel und gab mich dem Bruder zu erkennen. Das Lachen, zu dem Woldemar sich aufraffte, war nicht eben herzhaft, und die Waffe in seiner Hand zeigte mir deutlicher als viele Worte, wie es um mein Heimatrecht in Rasik stand.

Nun kommt mir das Englische in der Tat leichter über die Lippen als meine deutsche Muttersprache – vom Russischen zu schweigen, das ich nie beherrscht habe; denn in guter Gesellschaft haben wir natürlich Französisch gesprochen. Zur Sprache des Feindes ist sie für mich nie geworden, außer im Mund des dümmsten russischen Adels.

Sie haben Dringenderes zu tun, als diesen Brief zu lesen. Als Regent zweier Majestäten haben Sie immer Wichtigeres zu tun gehabt, als sich um meine Existenz zu kümmern. Darum überwältigt es mich ein wenig, daß Sie mich plötzlich bemerken; daß Sie meinen Brief in *Cobbett's Political Register* zur Kenntnis nehmen, den ich nicht einmal gezeichnet habe, und daß Sie mir *eine Verwendung* anbieten.

Oder habe ich nicht recht gelesen? Wofür glauben Sie, mich verwenden zu können? Und, wenn Sie mir den unverfrorenen Zusatz erlauben: mit welcher Vollmacht? Sie haben sich nach dem Unfall des Zaren selig aller Ämter entschlagen und auf Ihre Güter zurückgezogen, aus freien Stücken, wie es heißt; ich will es glauben. Aber wie könnte der junge Zar, dem Sie endlich auf den Thron Katharinas geholfen haben, auf die Dauer Ihre Dienste entbehren, Ihren Rat? *Arrêtez de jouer – reignez!* Damit sollen Sie den jungen Mann *hochgerissen* haben, als er vom Ende seines Vaters erschüttert, von der Herrschaft, die ihm mehr drohte als blühte, geknickt war. Meine Pariser Freunde zitieren das *mot* mit Ehrfurcht, und dazu gehört bei Franzosen allerhand.

Was hat es, aus solchem Mund, zu bedeuten, daß Sie mir eine *Verwendung* anbieten? Doch könnten Sie es tun, wenn Sie über mich nicht längst Bescheid wüßten? Sie kennen ja sogar meine Adresse im *Angleterre*, von der ich bis vor kurzem selbst nicht gewußt habe. Der Nachtportier, der mir Ihren Brief zusteckte, sagte: Aber schweigen Sie und händigen Sie mir Ihre Antwort *persönlich* aus. Was ist er für eine Persönlichkeit? Das ist etwas viel des Unerhörten; wozu wollen Sie mich *verwenden?* Und wie kann ich Ihnen signalisieren, wofür ich *nicht* zu gebrauchen wäre?

Vorweg, Exzellenz: mir droht ein gewisser Termin. Ich habe wieder mit Pistolen um die Ehre Rußlands anzutreten, und wieder gegen einen Kontrahenten, der unter Ehre etwas anderes versteht als ich. Nur handelt es sich diesmal nicht um einen Scherz unter Brüdern. Fürst Fjodor Tolstoi, noch nicht zwanzig, hat schon mit siebzehn sein erstes Duell ausgetragen, mit Todesfolge für den Gegner, und trifft den Vogel im Flug. Auch darin unterscheiden wir uns, entschieden zu meinem Nachteil. Der Fall, der mir naturgemäß auf der Seele liegt, droht, die Möglichkeit meiner Verwendung stark zu begrenzen. Doch reden wir von meinem Pamphlet.

Warum läßt jemand, ein Niemand wie ich, einen Brief über große Politik in *Cobbett's Political Register* drucken? Wofür will er bürgerlich gutstehen, wenn auch nicht gerade mit seinem Namen? Aber welchen Namen hätte ich mir gemacht?

Seit Iwan dem Schrecklichen greift Rußland nach Sibirien, bis an die Grenze des Großen Ozeans; seit einigen Jahrzehnten greift es nach dem nördlichen Amerika, und seine Hand wird immer blutiger. Die Kälte des Herzens macht sie unempfindlich gegen einheimische Völker, die sie noch erbarmungsloser drückt als das eigene. Wenn der Zar zehntausend Werst von Petersburg entfernt überhaupt ein Geschäft hat: muß er es von Schindern besorgen lassen, die Menschen die Haut über die Ohren ziehen wie Zobeln den Pelz? Das heilige Rußland soll sich eine Grenze setzen, die nicht jeder Lump oder Schuft ungestraft überschreiten kann, und zur

Zeit sind nur solche robust genug dafür. Es ist nicht nötig, daß wir Naturvölker mit der Knute bekehren; daß wir nichts verbreiten als Feuerwasser, Geschlechtskrankheiten und die Barbarei des schnellen Rubels. Bevor sich Rußland bis nach Amerika vergrößert, muß es in der Zivilisation angekommen sein. Die Neue Welt verlangt mehr alten Anstand.

Doch der Ausgangspunkt meiner Zuschrift, Exzellenz, war eine private Erschütterung. Im vergangenen Sommer traf ich vor der Isaakskathedrale einen Mann mit Holzbein, den ich für einen Tataren oder Kalmyken hielt; einen Bettler jedenfalls, dem ich ein paar Kopeken zuwarf. Darüber schien er so erschrocken, daß er aufstehen wollte, schneller, als sein Gehwerkzug erlaubte. Ich mußte ihn halten, sonst wäre er gestürzt. Danach verbeugte er sich tief. Ich fragte, was ich denn für ihn tun könne, denn er war abgemagert bis auf das Skelett und fahl wie der Tod. Er verbeugte sich wiederum so heftig, daß ich nicht erriet, ob das ja oder nein zu bedeuten hatte, und fragte, wie er heiße. Er flüsterte einen russischen Namen und fügte hinzu: Aber ich bin Japanese. – Wie kommen Sie nach Petersburg? – Ich bin ein Schiffbrüchiger auf den Alëuten, viele Russen retten mich, denn Gott will mich leben lassen. – Welcher Gott? fragte ich. – Ihr und mein Gott im Himmel, sagte er, er sei gelobt. – Warum sind Sie nicht in Ihr Vaterland zurückgekehrt? – Gott will es nicht, und meine Landsleute auch nicht. Dann bin ich ein Gefangener. – Und hier sind Sie frei? – Ich erfahre unendliche Wohltaten.

Sein japanischer Name war Koichi, Fischer aus der Provinz Ise. Und wovon lebte er jetzt?

Ich habe die Ehre, Lehrer zu sein. – Was lehren Sie denn? – Meine Sprache, sagte er, in Irkutsk. – Wer lernt Japanisch in Irkutsk? – Meine russischen Freunde, auf Geheiß der großen Kaiserin, sie empfängt uns und befiehlt Professor Rakusuman, eine japanische Akademie zu gründen, in Petersburg. Jetzt ist sie in Irkutsk, und Professor Rakusuman erlaubt uns zu unterrichten.

Von dieser «Akademie» hatte ich noch nie gehört, doch den Namen Laxmann erriet ich zur Not, denn die Aussprache des Japanesen war höchst befremdlich. Noch verwirrender war sein Umgang mit Zeitformen, dem Vorher und Nachher von Ereignissen; er tauchte alles gleichmäßig in sein dürftiges Präsens, das vielleicht mit seiner überbordenden Frömmigkeit zu tun hatte. Für seine Augen ruhte jede Zeit gleichmäßig in Gottes Hand, und ich mußte mir Folge und Zusammenhang selbst zusammenreimen. Ich wußte, daß ein Laxmann als noch junger Mann Japan besucht hatte, im Auftrag der Zarin Katharina, und als ersten Schritt zu weiteren Handelsbeziehungen einige schiffbrüchige Japanesen mitgeführt hatte. Aber er mußte ihren Tauschwert überschätzt haben, denn die Japanesen nahmen sie nur schandenhalber zurück, und aus den gewünschten diplomatischen Beziehungen wurde – bei aller Höflichkeit – nichts, zumal Laxmann auch den Fehler begangen hatte, die Nordinsel anzulaufen statt den einzig erlaubten Hafen in Nagasaki, am andern Ende der Inseln.

Warum sind Sie von Irkutsk den ganzen Weg nach Petersburg gereist? – Ich warte auf eine Audienz bei Seiner Majestät, flüsterte er und verneigte sich so tief, daß er sich gar nicht mehr aufrichten konnte. – Beim Kaiser? fragte ich; damals war es noch Paul, da konnte der arme Mann lange warten. – Wo sind Ihre Schüler? fragte ich. – Herr Professor Rakusuman ist gestorben, und wir haben keine Schüler mehr. – Warum lernen Russen eine Sprache, die sie niemals gebrauchen werden? konnte ich mich nicht enthalten zu fragen. – Gott weiß es, sagte er, wenn Er mein Land öffnet, werden gute Dolmetscher gebraucht, und ich weiß, daß ich nicht gut genug bin. Aber ich darf neue Schiffbrüchige nach Petersburg begleiten, da sind gewiß gute Lehrer dabei. Leider können sie noch kein Russisch. Ich bin der einzige. Und ich spreche die Sprache meiner Provinz, die verstehen auch die meisten Japanesen nicht. Ich stehe ihnen im Weg, die Russen müssen das richtige Japanesisch lernen. Darum bitte ich Seine Majestät, mich zu entlassen, damit wieder gute Schüler kommen.

Wo leben denn Ihre Japanesen? fragte ich.

Im Elefantenhaus, sagte er.

Früher wurden hinter dem Taurischen Palast wirklich zwei Elefanten gehalten, ein Geschenk des Schahs von Persien, aber Koichi bestätigte, daß sie den letzten Winter nicht überlebt hatten. Jetzt hausten Japanesen im leeren Elefantenstall und ernährten sich von seinen Vorräten; leider vertrügen sie nur das wenigste und seien sehr schwach geworden. Koichi könne immer noch gehen, darum gehe er jeden Tag zu Gott, um für die Seelen seiner Landsleute zu beten.

Es war März, ein eisiger Wind fegte über den Platz, und die Hände des Mannes zitterten, wenn er das Kreuz, das an seinem ausgezehrten Hals hing, zu den Lippen führte. Er war ein gläubiger Christ geworden; schon aus diesem Grund war an Rückkehr nicht zu denken. Aber er durfte Gott auch nicht bitten, ihn zu sich zu nehmen, bevor er für einen Stellvertreter im fernen Irkutsk gesorgt hatte, der nicht alle Schüler vertrieb. Und unterdessen verhungerten die einzigen, die dafür in Betracht kamen, in einem leeren Elefantenstall.

Ich glaube nicht, Exzellenz, daß ich je einem demütigeren Menschen begegnet bin, oder einem stolzeren. Keine russische Seele, denn es war nicht die Spur selbstverliebten Leidens an dem Mann. Er wollte seine Pflicht tun, ganz sachlich, um sich danach ebenso sachlich zu erübrigen. Er lebte nur noch von der eigenen Würde, und dabei war die armselige Gestalt von einer stillen Glorie umgeben, dem Leuchten vollendeter Scham. Niemanden zu beschweren, das war die Kraft, die ihn sein Kreuz tragen ließ. Es war nicht gutzumachen, daß ich ihn mit einem Bettler verwechselt hatte, denn *sich* verzieh er es nicht.

Der dünne Schatten dieses Mannes, Exzellenz, lag auf dem Artikel, den Sie im *Political Register* gelesen haben und von dem Koichi kein Wort verstanden hätte.

Mit seinem Bild will ich schließen. Der Morgen graut, aber ihr Nachtportier hat noch Dienst – und ich werde sehen, was die *Persönlichkeit* als Kurier wert ist.

2 Bereits Antwort, nach nicht einmal zwölf Stunden – Sie müssen ganz in der Nähe sein. Logieren womöglich selbst im *Angleterre*? Sind Sie der graue Herr im Sessel, der gerade hinter der offenen Zeitung herüberblickt? Ich *zeige* mich, sonst hätte ich diesen Brief in der Suite geschrieben, die ich heute bezogen habe, nachdem mir der Hotelier in Person eröffnete: *irrtümlich* sei mir ein falsches Zimmer zugeteilt worden. Ich sei natürlich Gast des *Angleterre*, solange es mir beliebe.

Befinde ich mich schon in Ihrem Dienst? Und was führt Sie nach Paris? Ich kann nur vermuten, daß Ihre schlanke Hand im allerhöchsten Auftrag die französische Karte spielt – verdeckt, wie sich versteht, unter dem Tisch, denn offiziell ist das Stillhalteabkommen der Mächte immer noch in Kraft. Der Erste Konsul muß Europa verdauen, bevor er den Rest der Welt in Angriff nehmen kann. Für Kurzsichtige sieht dieser Zustand wie Frieden aus. Wie sollte der bewaffnete Blick nicht weiter sehen, und welche Augen sollte der neue Zar dafür verwenden können als Ihre? Es bleibe Ihre Sorge, wie Sie Ihr starkes Licht in dieser überwachen Stadt unter den Scheffel stellen. Fouqués Spitzel sind pfiffig. In Frankreich gehört es ja inzwischen zum guten Ton, daß man sich selbst nicht mehr traut – wenn man denn noch weiß, wer man ist. Morgen schon Herr der Welt?

Sie kennen meine Anglophilie. Sie ist so hartnäckig, wie sich hoffentlich die Engländer zeigen werden. Die Welt teilen, um sie zu beherrschen – mit Franzosen geht das nie. Sie selbst nennen sich unteilbar; wie könnten sie teilen!

Die Runde meines Freundes Nogier trifft sich jeden Abend um fünf – er nennt es: die blaue Stunde – im *Café à l'Ecart*. Die Herren machen, im Dunst ihrer Zigarren, die Weltgeschichte unter sich aus, jeden Tag neu, doch immer mit einer abschließenden Meinung. Da diejenige von gestern niemanden mehr frappieren würde und da man auf Überraschung größten Wert legt, muß man auch imstande sein, sich selbst zu widersprechen – aber wehe, man tut es ohne Finesse!

Nogiers Glatze brilliert schon von Natur. Er betrachtet sich als halben Russen, seit er in Gattschina als *Chef de cuisine* angestellt war und dafür kein Wort Russisch nötig hatte. Seither ist er ein wahrer Kenner unseres Landes. Mich lassen die Herren als Engländer passieren. Ich brauche nur schwermütig zu nicken, wenn man mir *beweist*, daß meine Flotte schon geschlagen ist. England hat keine Männer mehr; Bonaparte aber ist einer, auch wenn man sonst kein gutes Haar an ihm läßt. Die Rolle des Zuhörers ist im *Ecart* immer frei.

Wie konnte ich da in den allerdümmsten Ehrenhandel geraten?

Durch Schweigen am falschen Ort, Exzellenz. Ich habe nicht nur schweigend geschehen lassen, wie man unsere allerhöchste Familie lästerte; ich habe gar nicht zugehört. Als ein bestimmter Name fiel, geriet ich ins Träumen.

Kürzlich feierte unser Club den Sturm auf die Bastille; keiner dachte an Heimkehr zu seiner besseren Hälfte. Wir sprachen dem *claret* zu, wie er in der *Royal Navy* heißt; für Nogier bleibt es ein Bordeaux, den man eigentlich nicht mittrinken darf, wenn man weder Jahrgang noch Lage kennt, nicht einmal den Gutsbesitzer persönlich. Nogier verbreitete sich über Gatschina und die Hochzeit des Großfürsten Pawel. Die aufwartende Dienerschaft habe sich für jeden Gang neu kostümiert, zur Vorspeise als Kosaken, zum Fisch als *boatsmen*, zum Wild als preußische Riesengarde, zum Fleisch als habsburgische Panduren, zum Dessert als Mamelucken. Der Großfürst habe sie Spießruten laufen lassen, um der Braut gleich vorzuführen, wer Herr im Hause sei, seiner Mutter Katharina zum Trotz. Sie war mit dem höchsten Adel angerückt, um dem Fest jenen Glanz zu verleihen, dessen der Sohn so sichtbar ermangelte. Nun hielt sie ihm schon die zweite Frau zu, aber auch diese hatte nur die Pflicht, der Zarin passende Enkel zu schenken. – Jetzt wäre es soweit, Pawel ist weg, ihr süßer Alexander sitzt auf dem Thron, der Eroberung der Welt steht nichts mehr im Wege – wie traurig, daß sie nicht mehr da ist, es zu erleben. Sie habe sich wohl einen Mann *zuviel* zugemutet – mit dreiundsiebzig sollte eine Frau ihre Grenzen kennen.

Das Gelächter der Runde war schon gaumig, als einer bemerkte: Ach, diese Romanows!

Welche Romanows? fragte Nogier. Schon Katharina, die mehr oder weniger reine Deutsche, habe sich ihren Nachwuchs von ganz anderen Kerlen besorgen lassen als ihrem traurigen Peter – wenn der denn noch ein Romanow war! Denn auch sein Mütterchen sei keine Kostverächterin gewesen. Er selbst habe für Friedrich den Großen geschwärmt, den er aus dem Schneider zog, seine einzige Tat und angemessen schwachsinnig – und was der Große von Frauen gehalten habe, sei ja durch fehlenden Nachwuchs ausreichend bezeugt: weniger als von seinen Windhunden!

Plötzlich stand dieser junge Mann an unserem Tisch, in der Uniform eines russischen Gardeoffiziers, ließ die Reitgerte gegen sein Hosenbein schnellen und wandte sich geradezu an mich.

Graf Tolstoi, sagte er.

Löwenstern, erwiderte ich, womit kann ich dienen?

Sie sind Russe? fragte er auf französisch.

Livländer, sagte ich.

Also ein Untertan Seiner Majestät. Und hören sich ruhig an, wie sie mit Füßen getreten wird?

Hier ist die Rede frei, sagte ich.

Und im nächsten Augenblick traf mich ein Schlag, daß ich Feuer vom Himmel schießen sah. Die Gerte hatte mein linkes Auge knapp verfehlt, aber es begann, sich zu verschließen. Ich wollte dem Jüngling an den Kragen, doch Nogier hielt mich fest. Monsieur! keuchte er, was erlauben Sie sich – !?

Tolstoi würdigte ihn keines Blicks. – Sollte ich Sie beleidigt haben, Herr *von* Löwenstern? fragte er lächelnd.

Sie *können* mich nicht beleidigen, stieß ich hervor.

Damit *haben* Sie *mich* beleidigt, sagte er. – *Tant mieux*. Machen wir es aus. Ich erwarte Ihren Sekundanten im *Alsace*.

Er warf seine Visitenkarte auf den Tisch und klirrte aus dem Raum.

Darauf lassen Sie sich natürlich nicht ein, fauchte Nogier.

Ich bitte Sie, mein Sekundant zu sein, sagte ich.

Sie sind verrückt! sagte er, aber seine Augen glänzten, und er hatte das Kärtchen schon behändigt. Und fast augenblicklich verwandelte sich der Stammtisch in eine angeregte Verschwörung. Im republikanischen Frankreich sind Duelle noch verbotener als anderswo, das macht sie unwiderstehlich.

Was aber war der Grund meiner unverzeihlichen Absenz? Habe ich eine Majestät beleidigt? Ich habe von einer geträumt.

Sie schwebt mir immer noch vor den Augen, kleingewachsen, doch von unermeßlichem Format. Sie scheint zu schweben, denn ihre Füße verdeckt eine grün geschlitzte Robe aus Goldbrokat. Wie aus einem Gemälde getreten, zeigt sie sich in der Kulisse unseres Exerzierhofs, ein Schrittchen vor den Herren der Admiralität, die mitten im Sommer wie eingefroren wirken, nur die Federbüsche auf den Dreispitzen rühren sich im Wind. Katharina die Große ist nach Kronstadt gekommen, um zwei Linienschiffe zu taufen. Jetzt geruht sie, die Huldigung der Kadetten entgegenzunehmen.

Wir sind in einer Doppelreihe angetreten, hinter uns zwei Tage Scheuern, Wichsen und Wienern. Jetzt haben wir den Paradegriff geschmettert und stehen erstarrt, ohne Erlaubnis, nach der kaiserlichen Erscheinung auch nur zu *schielen*.

Ich, ich allein muß mich rühren. Ich darf der Kaiserin ein selbstverfaßtes Gedicht vortragen, ein Lob der Flotte, unter Verwendung eines historischen Motivs. Es feiert einen Gaius Duilius, der Pflugscharen zu Schiffsrudern schmieden ließ, um das alte Rom seetauglich zu machen. Denn nur auf dem Wasser ist die Handelsherrlichkeit des üppigen Karthago zu brechen. Die Erfindung von Enterbrücken aber erlaubt dem Bauernvolk, wie auf dem Lande zu kämpfen. Darin sind sie unüberwindlich. Und wir Russen werden es auch sein.

Ich halte das Modell einer Ehrensäule in der Hand. Das Original wurde ein halbes Jahrtausend vor Christus auf dem römischen Forum aufgestellt, geschmückt mit den Schnäbeln erbeuteter Schiffe. Rußland ist der bäurische Herkules, der die Ketten des neuen Karthago sprengen wird; ich brauche es nicht mit Namen zu nennen. Ich ende mit einer Huldigung an die kommende Herrin der Meere. Sie ist schon mitten unter uns.

Gewiß hat keiner ihrer Würdenträger auch nur ein Wort verstanden. Aber die Kaiserin, klassisch gebildet, blickt mir in die Augen. Als ich mich auf ein Knie niederlasse, um ihr das Gebilde zu überreichen, zieht sie es an die Brust und mich mit der andern Hand auf die Füße. Ich stehe so dicht vor ihr, daß ich ihren Atem spüre. Ihr weißer Handschuh streicht über die Auswüchse der kleinen Siegessäule.

Votre nom? Einen Augenblick läßt mich der mädchenhafte Laut sogar meinen Namen vergessen. Löwenstern, hauche ich. – Sie sind ein Dichter, sagt sie auf deutsch. – Leider nein, Majestät. – So bescheiden? nachdem Sie so dreist waren, mich als Republikanerin zu feiern? Duilius war Republikaner, oder nicht? Das wäre ich nur zu gern – aber mein Hof erlaubt es nicht. – Die Herren im Hintergrund erheben ein hüstelndes Gelächter, und die Kaiserin berührt meine Wange.

Dann wandte sie sich so plötzlich zum Gehen, daß wir uns beeilen mußten, in das eingeübte Hurra auszubrechen. Die Musik schmetterte ihr den Tusch schon in einen leeren Hof nach.

Am Abend befahl mich der Kommandant zu sich und eröffnete: übermorgen sei ich zum Vortrag bei Ihrer Majestät bestellt. Er beurlaube mich sofort, damit ich mich präparieren könne. Ich begann zu zittern. Was für ein Mißverständnis! Wenn ich je deutsche Verse gemacht habe – nur für den engsten Kreis, und immer nur für bestimmte Gelegenheiten. – Dann betrachten Sie die Audienz als Gelegenheit, sagte der Kommandant, die Majestät wünscht, Ihren Text im Original zu hören. Machen Sie uns Ehre, Fähnrich Löwenstern!

Ich verstand nicht sogleich, daß ich soeben befördert worden war, und er salutierte, als hätte mich die ungeheure Gunst schon zu seinem Vorgesetzten gemacht. Ich bekam eine Barke nach Oranienburg, eine Kalesche nach Zarskoje Selo. Sie wurde verhängt, als wir uns dem Sommerpalast näherten. Als ich ausstieg, befand ich mich auf der Gartenseite, wo eine Nebentür aufging; ein livrierter Graubart führte mich wortlos durch menschenleere Marmorhallen. Meine Absätze tickten wie Knöchelchen beim Totentanz. Hinter einer Portiere nahmen mich zwei junge Damen in Empfang. Ihre Füße mit rotlackierten Nägeln steckten in Goldsandaletten. Sie trugen gelbseidene Mäntelchen, die mit chinesischen Vögeln bestickt waren, und ihre Gesichter waren ernst. Ermolai? fragte die eine, ich bin Sonja, und sie heißt Tanja. Dürfen wir dich zu einer kleinen Erfrischung einladen? – Ich bin zu Ihrer Majestät bestellt, erwiderte ich, Sie erwartet mich um drei, und ich darf mich nicht verspäten. – Aber sie selbst könnte sich verspäten, erwiderte eine der Damen, und es ist uns erlaubt, dich so lange zu unterhalten. Willst du es dir nicht bequem machen? – Aber es gab nur eine Ottomane, die mit einem Leopardenfell bedeckt war. So blieb ich verwirrt stehen; auf französisch duzt man ja nur Kinder und Dienstboten. Die Damen bereiteten am Fenster eine Limonade zu und gaben sich auffallende Blößen, doch keinerlei Mühe, sie wieder zu bedecken. Unter den Mänteln trugen sie nichts als nackte Haut.

Sie dienen hier? fragte ich ebenso rauh wie dümmlich, während mir Sonja das Glas reichte und wie verschämt mit mir anstieß.

Wir sorgen dafür, daß Sie nichts entbehren, sagte die andere, die sich auf die Ottomane niedergelassen hatte. – Wir versichern uns Ihrer Bereitschaft, einer außergewöhnlichen Situation zu begegnen, ergänzte Sonja, schon fast an meine Brust gelehnt, und als sie sich zurückbog, um mir in die Augen zu sehen, preßte sie ihre Hüften an mich. – Eine kleine Leibesvisitation, sagte es von der Ottomane her, das kennen Sie auch bei den Soldaten, und die unsere wird gnädiger sein. – Ich gehöre zur Marine, brachte ich heraus. – Sehen Sie, schmeichelte Sonja, dann dürfen Sie sich doch wehrhaft zeigen. – Und schon hatte sie mit flinken Bewegungen meinen Gürtel gelöst, begann, mir das Kamisol aufzuknöpfen, und ehe ich mich's versah, stand ich im Unterzeug da. *Voyons*, sagte Sonja und begann, mich zu streicheln, *voilà un homme*, flüsterte sie mit gespielter Andacht. *Comme vous avez envie! Donc, allez-y! On est prêt à vous servir.*

Doch ich hatte mich gefaßt und zerrte mein Beinkleid mit beiden Händen wieder in die Höhe, wohin es gehörte. Zur Kaiserin bestellt – und weiß nichts Besseres zu tun, als pflichtvergessene Zofen zu petschieren?

Natürlich hätte ich nichts Besseres zu tun gehabt, Exzellenz, das wurde mir hinterher nur zu deutlich. Mein Bestes hätte ich tun müssen, damit die Damen berichten konnten, ob ich mich auch für eine Kaiserin schicke. Dergleichen Geschichten pfiffen in Petersburg die Spatzen von den Dächern; das Lied war auch in die Wärmkammer der Kadetten gedrungen. Aber wer es nachgesungen hätte, wäre schon auf dem Weg nach Sibirien gewesen. Ich aber hätte das Undenkbare nicht zu denken brauchen – ich stand ja schon auf der Schwelle, es zu *tun*. Ich hätte den Lauf der Dinge nur der Natur überlassen müssen, einer Göttin, der nur die Kaiserin ungestraft huldigen darf. Doch der keusche Joseph begriff nichts von seinem Glück.

Hätte ich der letzte Günstling der Großen werden können? Im November desselben Jahres schloß sie die Augen für immer. Hätte sie mich zuvor noch zum Generalgouverneur von Bessarabien erhoben? Hätte ich in Estland wenigstens noch zwei Dörfer dazukaufen können? Aber wäre ich davon ein anderer geworden?

Eine ältere Frau – daran war nichts gelegen. Auch Isabelle, meine Witwe, ist die Jüngste nicht mehr. Was hat mich so berührt, wenn nicht ihr Ausdruck von Verlassenheit? Erst seit dem Tod der Kaiserin fange ich an, es zu fassen: eine Verlassene war auch sie. Nogiers Stammtisch unterstellt zu Unrecht, daß ihr Sterbebett ein Liebesnest war. Sie ist in niemandes Armen gestorben, sondern allein und lange unbemerkt.

Was ist Liebe? Die Frau aus Zweibrücken wollte es mit mir erfahren haben und danach sogar für zwei wissen. Doch ihre Errungenschaft, *hélas*, wurde nicht die meine. Ich habe jeden Tag weniger von mir gegeben, und dabei verliere ich immer mehr.

Auch diese Wahrheit hat mit der Ehre Rußlands nichts zu tun. Für Tolstois Rechnung bin ich die falsche Adresse. Aber ich bin bereit zu zahlen.

Habe ich Ihnen etwas Neues erzählt? Es war gewiß Ihres Amtes, jeden Liebhaber der Zarin im Auge zu behalten. Sie müssen auch solche mitgezählt haben, die es nur *beinahe* geworden sind. Der unterbliebene Genuß konnte einem Kandidaten nicht weniger den Hals brechen als der vollendete. Gründe, die Majestät zu verschmähen, gibt es noch weniger, als sie zu besitzen. Erst hinterher habe ich das hohe Seil gesehen, auf dem ich getappt bin.

Vielleicht hat mir nur der Tod der Zarin das Leben gerettet.

Wie oft hätte ich es seither verlieren können? Schlachten habe ich auszuweichen gewußt, doch ist mein Leben davon sicherer geworden? Aber warum sollte mein Ende weniger sinnlos sein, als es mir bei allen vorgekommen ist, die ich habe fallen sehen? Auf keinem Feld der Ehre, nur als Opfer ihres Gehorsams – das heißt, der Angst, einem Befehl zuwiderzuhandeln? Dann kräht kein Hahn mehr nach ihnen, und daran tut er recht.

Mit der Witwe hätte ich noch lange gut leben können, nur war es nicht *mein* Leben – und plötzlich, mitten in der Nacht, ertrug ich es keinen Augenblick länger. Im Negligé floh ich auf die Straße; das erste beste Dach, unter dem ich vor einem Platzregen Schutz fand, war das *Angleterre*, und der Nachtportier öffnete mir, als hätte er mich erwartet. Man empfing mich als *enfant prodigue*, ich bekam ein entzückendes Dachstübchen, und natürlich war es das erste, daß ich ein Billett an Nogier aufsetzte: *Cher ami, j'habite l'Angleterre et je manque de tout.*

Benoît-Marie Nogier ist ein fester kleiner Mann mit einer besorgniserregenden Furche auf dem nackten Schädel. Zur Zeit Ludwigs XVI. war er Bader in der Gascogne und mußte vor seinen Gläubigern nach Paris fliehen, da kam ihm die Revolution eben recht. Er tat sich als wütender Volksfreund hervor, doch als es ihm selbst an den Kragen gehen sollte, verschaffte er sich ein Adelsdiplom und floh nach Rußland. Unter dem Konsulat kam er als gemachter Mann zurück und tat sich als Apotheker auf. Er vertreibt einen indischen Schnupftabak, der die Klientel süchtig macht, so daß sie immer wiederkommt und Schäden im Nasen- und Rachenraum mitbringt, für die er die richtige Tinktur besitzt. Auch vor chirurgischen Eingriffen schreckt er nicht zurück und hat dafür eine Privatklinik aufgemacht. Viele Patienten bringt er dazu, ihm vor dem Eintritt ihr Vermögen zu verschreiben.

Ich lernte ihn beim Roulette kennen; er finanzierte mir das

Glück, das bekanntlich Anfänger verfolgt. Doch als es mich verließ, festigte sich unsere Beziehung erst recht; sie wurde unauflöslich, als ich tief genug in der Kreide stand. Die Spielschulden machten mich zum Ehrenmann, den man pflegen muß, damit er nicht plötzlich das Weite sucht. Nogier hütet sich, mich meine Abhängigkeit fühlen zu lassen, denn von einem Gefangenen hatte er keine Rückerstattung zu erwarten. Da ihm mein Leben teuer ist, sähe er ungern, wenn ich es in einem Ehrenhandel verlöre. Doch beflügelt dieser auch seine Abenteuerlust, und so hin- und hergerissen führt er meine Sache als Sekundant.

Meinem Notruf aus dem *Angleterre* ist er schon am nächsten Morgen mit einem Packen Uniformteile gefolgt, aus der Sammlung, die er sich im Dienste des Zarewitsch zugelegt hat. Jetzt spannen sich an meinem Leib alle Farben Europas. An Taschengeld aber streckt er mir nur das Nötigste vor und verurteilt mich zu Hausarrest – im *Angleterre*. – Der wahre Dandy!

Eben ist er vom *Alsace* zurückgekehrt. Der Sekundant der Gegenseite ist ein Factor der Pelzcompagnie namens Schemelin, der dem Grafen die Stiefel lecken darf. «Klein und kahl», beschreibt ihn Nogier; die Ähnlichkeit mit sich selbst ist ihm nicht aufgefallen. Das Schießzeug hat Schemelin mitgebracht: ein Paar identische Terzerole mit Elfenbeingriff, von denen ich vor dem Duell eines auf gut Glück aus dem Zylinder ziehen darf. Ich soll auch den ersten Schuß haben. Ort: eine Lichtung im *Bois de Boulogne*, Zeit: am Mittwoch nach Sonnenaufgang, sofern ich bis dahin wiederhergestellt sei; Schemelin habe sich zartfühlend nach meinem Gesicht erkundigt. Nogier verlangte die Anwesenheit eines Arztes; die Gegenseite erklärte ihr Einverständnis, hinreichend überzeugt, daß er doch nur einen Totenschein auszufüllen habe.

Ich möchte noch einmal reiten, sagte ich, im *Bois de Boulogne reiten*.

Aber Nogier bewilligte nur eine *promenade solitaire* zum Schauplatz meines bevorstehenden Todes. Ich legte mich probeweise ins Moos; die Wolken trieben schnell durch geschüttelte Wipfel, und als die Sonne aufging, blinzelte mir das Laub mit zahllosen Augen zu. Und plötzlich packte mich ein wildes Heimweh nach der See.

PS: Nicht versäumen will ich den Dank für Ihre Mitteilung, daß die japanische Schule in Irkutsk wieder geöffnet hat. Vielleicht findet sich auch eine Stelle für Koichi. Wie gern wäre ich noch sein Schüler geworden!

3 Sie fragen, Exzellenz, wo mein Interesse an den Japanesen herkommt; das hat mich schon Goethe gefragt. Eigentlich ist er verantwortlich dafür.

Die Löwensterns sind im Baltikum eine verbreitete Sippe; mein mäßig begüterter Zweig hat auch eine reiche, für einen glücklichen Erbfall leider zu entfernte Verwandtschaft, deren Güter im kurländischen Süden liegen. Ein Löwenstern mit Vornamen Paul Ludwig Johann (von Löwenhof, Brinkenhof und Sontach sowie auf Groß-Köppo und Alt-Laitzen) ist 1799 nach Weimar umgesiedelt, um seinen jungen Söhnen dort eine standesgemäße Ausbildung zu verschaffen, im Institut Mouniers, des einstigen Präsidenten der französischen Nationalversammlung, den Herzog Carl August in sein Schloß Belvedere gezogen hat, damit er begabten Nachwuchs zu Staatsmännern ausbilde.

Das große Haus in Weimar, das dieser Löwenstern gemietet hat, führt seine Frau, geborene von Gersdorff, eine ebenso schöne wie ehrgeizige Person. Ihren Salon frequentiert auch der Herzog, denn die Gesellschaft ist zwanglos, wofür vor allem die Schauspielerinnen sorgen. An spielfreien Abenden, aber auch nach einer Vorstellung pflegt man sich bei der Löwenstern zusammenzufinden und feiert oft bis in die Puppen – am liebsten ohne den Hausherrn, der zur Eifersucht neigt, wofür ihm seine lebenslustige Frau einigen Anlaß bietet. Zwar sucht er vor geistigen Strapazen das Weite, ist ohnehin viel in Geschäften unterwegs, gefällt sich aber darin, eine lustige Gesellschaft mit unangekündigter Rückkehr zu überraschen. Dann kann sie nicht einmal die Gegenwart hochgestellter Personen vor einer peinlichen Szene bewahren.

Im Frühling der Jahrhundertwende nutzte ich einen Urlaub vom Dienst, um erst Berlin, dann Weimar zu besuchen, und wurde von der Löwenstern gastfrei aufgenommen. Es hätte nicht fehlen dürfen, daß ich Goethe begegnete, der als Theaterdirektor auch für Wohlbefinden und Betragen der Aktricen zu sorgen hat. Da sie sich aber bei Löwensterns einer mehr als ausreichenden Aufmerksamkeit des Landesherrn erfreuen, hält Goethe Abstand und zeigt sich nur, um bald wieder zu gehen. So kam es nicht zu einer vertieften Unterhaltung, die ich ersehnte, und ich war kühn genug, mich geradezu in seinem Haus am Frauenplan anzusagen.

Am vereinbarten Tag – ich werde ihn nie vergessen! – hatte er bereits melden lassen, daß er unpäßlich sei. Aber da meine Wirtin das Kärtchen verschlampt hatte (ein Billett von Goethe verschlampt! heute mein teuerster Besitz!), ging ich ahnungslos hin und zog an der Klingel. Der Diener Geist, der mir auftat, hatte schon die Absage wiederholt, als der Hausherr hinter ihm auftauchte, im grauen Flanellrock, aber das Jupiterhaupt *impeccable* hergerichtet, und mit sonorer, wenn auch belegter Stimme sagte: *Den lasse mer nei. Komme-Se, Herr von Löwestern. Uff e halb Stündsche. Geist, schaff mer noch e klaa Gedeck.*

Als er mich beim Arm nahm und mich, trotz einer gewissen Leibesfülle, fast bübisch hüpfend die Treppe hinaufführte, schauderte ich wie zuvor erst einmal in meinem Leben, und hätte ins Parkett versinken mögen, als er mir erst durch ein gelbes Speisezimmer voranschritt, dann linker Hand durch eine weißgerahmte Tür in einen blauen Musiksalon, den bis zur halben Höhe ein gemaltes Geländer mit gelbem Rautenmuster umlief. Schließlich gelangten wir ins hinterste, türkisfarbene Zimmer der Frontseite, wo er mir einen Sessel anbot. Da lag auch ein aufgeschlagenes Portefeuille auf dem Tisch; im hochlehnigen Sofa ließ sich der Hausherr nieder und schmiegte sich behaglich in die Ecke, während ich mich kaum traute, die Lehne zu berühren. Durchs Fenster sah ich buntgekleidete Menschen sich auf dem Frauenplan ergehen. Gerade war ich selbst noch einer von ihnen gewesen, jetzt aber entrückt, zu einer andern Ordnung erhoben, die sich in einer Flucht verschiedenfarbiger Räume vor mir öffnete, jeder weiß gerahmt, jeder zugleich ein Bildersaal, aus dem Gemälde und Statuen herübergrüßten, aus dem nächsten überlebensgroß der aus leeren Augen gebieterisch blickende Kopf einer schneeweißen Juno. Zugleich befand ich mich in einer Gegenwart, die mich erstarren ließ, obwohl sich Goethe mit herzlichem Bariton nach dem Nächstliegenden erkundigte, meiner Familie, Reval, meinem Dienst, meinen Plänen; ich war auf den Mund geschlagen. Als er mich fragte, was mich zur Marine gezogen habe, klang es wie ein Wunder oder ein Schwachsinn, den sich kein vernünftiger Mensch erklären konnte.

Wegen Gulliver, stieß ich hervor; und fing an, den Sturm zu schildern, der Lemuel Gulliver auf dem Weg durch den Südlichen Ozean gepackt und ihn an den Strand der Riesen geworfen hatte. Unverhofft wurde ich beredt, als ich den Schiffbrüchigen vor mir sah, plötzlich klein wie ein Insekt, im Weizenfeld verloren unter turmhohen Halmen, bevor ihn eine Magd aufklaubte und mit riesiger Hand auf die schwindelnde Höhe ihrer Augen beförderte. Ich redete mit Gefühl, denn die Proportionen entsprachen der Szene, in der ich mich wirklich befand.

Gerade der Sturm ist es, der Sie angezogen hat? fragte er mit weit offenem Blick, in dem ich plötzlich meine Kinderzeit gespiegelt glaubte. Ich berichtete recht fließend weiter, was ich von Liliputanern und Riesen gelesen hatte, und er hörte zu, als begegne ihm die Geschichte zum ersten Mal. Er schlug das Portefeuille zu und legte es auf den zweiten Sessel, denn der Tisch wurde für das Gedeck beansprucht, das Geist hereintrug. Den Tee kredenzte der Hausherr selbst, und ich sah seinen Händen beim Eingießen zu; es waren eher diejenigen eines feinen Handwerkers als eines Gelehrten. Das Gebäck rührte ich nicht an; wie hätte ich das Wunder, das mir geschah, mit ordinärem Kauen begleiten dürfen!

Ich fuhr fort, vor Goethe, der mir zunehmend vertraut erschien, Swifts Phantasiegeschöpfe auszubreiten wie mein Kinderspielzeug, und fast unmerklich gingen wir dazu über, es für erwachsene Menschen zu deuten. Die Liliputaner und die Blefuscaner sind jedenfalls Engländer und Franzosen, sagte er, das sieht man daran, wie sie einander die Flotte streitig machen, mit der sie ihre Welt beherrschen wollen. So oder so bleibt es eine kleine Welt, und es muß den Invaliden aus Irland ordentlich gelockt haben, darin auch einmal den Riesen zu spielen. – Ich berichtete von den Seitenwechseln meines eigenen Lebens, die fast so bizarr gewesen seien wie diejenigen Gullivers; darüber schien er sich maßvoll zu amüsieren, hielt mich jedoch an, dem Schicksal mit Neugier zu begegnen und ihm den Dank nicht schuldig zu bleiben, denn nur im Wechsel zeige sich, ob wir selbst solid seien. Die Laputen, deren Herrschaft in der Luft hängt, auf einer schwebenden Insel, die ihren Untertanen jederzeit auf den Kopf fallen kann, müssen Deutsche sein, erklärte er, dafür spricht ebenso ihre mathematische Pedanterie wie das Grenzenlose ihrer Spekulation.

Ich gestand, daß ich mir auf das Volk der Riesen noch keinen Reim machen könne. – Weil Sie selbst dazugehören, entgegnete er schalkhaft, denn wie können die Riesen keine Russen sein? Sie haben eine schwere Hand, die erdrückt, was sie ergreift, aber in ihrem großen Leib läßt sich eine tiefe Seele ahnen, die bei weitem weniger vergiftet ist als diejenige der Zwerge. Als ich Goethes wohlwollendes Urteil über die Russen kennenlernte, kamen mir die Tränen, und er betrachtete mich aufmerksam. Ich weiß, daß Sie eigentlich ein Schwede sind, lächelte er, aber da diese unseren Gulliver sowenig gekümmert haben wie die Schweizer, können sie für ihn auch nur Menschen gewesen sein, und das ist doch auch etwas.

Doch nicht eben viel, wagte ich zu erinnern; denn was der Verfasser von Menschen hält, gibt er im Reich der Pferde zu verstehen, die bei weitem die besseren Geschöpfe sind als die menschenförmigen *Yahoos*, die nicht einmal als Haustiere taugen. Wir waren uns einig, daß das Land *Houyhnhnm* – wir versuchten umsonst, es auszusprechen, bis wir uns kringelten – dem Verfasser als Freilauf für seine Misanthropie gedient habe, welcher er hier alle Zügel schießen ließ. Denn die Mißgestalten der *Yahoos* sind gerade, was vom

Menschen bleibt, wenn man jeden Schimmer von Wohlwollen von ihm abzieht, jede Hoffnung auf Besserung aufgegeben hat. Hier, sagte Goethe, zeige sich das Licht der Aufklärung als totale Sonnenfinsternis.

Ich gestand, daß ich das Halten von Pferden immer für Mißbrauch gehalten und mich gefragt hätte, womit diese edleren Geschöpfe die Herrschaft der Menschen verdient hätten. Sie sind mir ein schöner Gutsherr! sagte Goethe, aber was sollen wir erst von der Insel des ewigen Lebens halten? Sie ist eine noch abscheulichere Parodie, und diesmal auch eine triftige! – Sie verderbe einem gründlich die Lust, immer noch älter oder überhaupt alt zu werden und den Jüngeren durch Verkümmerung lästig zu fallen; aber wieder jung sein möchte man mit fünfzig Jahren fast ebensowenig. Wir streiften den «edlen Tithonos», von dessen Lager sich Homers rosenfingrige Eos erhebt, gewiß nicht mit Bedauern, denn sie hat dem schönen Hirtenknaben von einst zwar ewiges Leben gewünscht, doch ewige Jugend zu wünschen vergessen; nun dorrt er als Wurzelmännchen an ihrer Seite. Sie wird sich zu trösten wissen, dafür ist sie eine Göttin, sagte Goethe, aber merken Sie wohl: Homer nennt das Alterchen immer noch *edel*. Das Wort spottet des Spotts, Ermolai, das ist Dichterart. Die Gegenstände können nicht edel bleiben, aber der Blick, der sie verewigt, muß die Natur *beschämen*, wie Schiller tut. Gerade weil er die Dinge leicht so sehen könnte wie Swift, und noch erbärmlicher, traktiert er sie mit Noblesse. Das nennt man Gnade, die müßte Ihnen als Lutheraner geläufig sein, doch unter Heiden liegt mir das Fremdwort näher: *Grazie*.

Goethe über Schiller gut reden zu hören, rührte mich tief. Aber daß er mich russisch als Ermolai angeredet hatte, erschütterte mich geradezu, denn in seinem Mund klang es wie eine Zärtlichkeit, und fast hätte ich mir gewünscht, wirklich ein Russe zu sein. Wir streiften Gullivers Totenreich, das Goethe ein philosophisches Anfänger-Kompendium nannte, kamen dann auf die Insel der Zauberer, für die Swift tief in die Märchenkiste der Südseefahrer gegriffen habe; mit den Naturweibchen Herrn Forsters scheine er noch nicht bekannt gewesen zu sein. Immer, wenn Swifts verkehrte Welten nicht auf reale Erfahrung gründeten und sich ihre Bitterkeit zunutze machen könnten, gehe ihnen auch die künstlerische Energie ab, und sie verfehlten, uns zu durchdringen, sei es mit augenöffnender Schadenfreude oder abscheulicher Zustimmung. Dafür bedürfe es der *erlebten* Zweideutigkeit. Ich erlaubte mir, dem Dichter recht zu geben, auch im Punkte der Japanesen.

Wie kommen Sie auf Japanesen? fragte Goethe, sie spielen bei Gulliver doch gar keine Rolle. – Im höheren Sinne, entgegnete ich, habe er zweifellos recht. Aber im gewöhnlichen Sinne müsse ich widersprechen: Gulliver sei am Ende seiner Geschichte sehr wohl in Japan gelandet; er habe dem dortigen Kaiser ja einen Brief des Zauberhäuptlings zu bestellen gehabt. Die japanesischen Inseln seien sogar das einzige Stück vorhandener Topographie, das er, außerhalb Europas, auf seinen Reisen berührt haben wollte. Aber just aus den Gründen, die Herr Geheimrat genannt habe, fehle es diesem Besuch an Überzeugungskraft. Nichts sei unwahrscheinlicher als die kurze und schnelle Reise, die er ausgerechnet in Japan absolviert haben wollte, wo ein Fremder, schon zu Swifts Zeit, keinen Fuß auf den Boden hätte setzen können, ohne sogleich heimgeschickt zu werden oder gar mit dem Leben zu zahlen. Japan sei nicht nur ein verschlossenes, sondern ein verbotenes Land, in dem man nur reisen könne, wenn man Holländer sei, und auch dann nur mit schwerer Bedeckung und auf vorgeschriebenen Wegen. Denn nur den Holländern habe der Schogun, der sogenannte weltliche Kaiser, eine kleine Handelsstation eingeräumt, die man besser ein Gefängnis nenne, auf einer künstlichen Insel im Hafen von Nagasaki, den sie mit höchstens zwei Schiffen jährlich anlaufen dürften. Das sei das Nadelöhr, durch das sich der Welthandel notwendig ins Innere Japans zwängen müsse, und zugleich das Atemloch, mit dem das seltsame Reich seinen Stoffwechsel mit der Außenwelt bestreite.

Ich wunderte mich, daß Goethe von den Japanesen gar keinen Begriff zu haben schien. Warum die Holländer? wollte er wissen. – Die Japanesen haben das Christentum geächtet, sagte ich, und bei den Holländern sind sie sicher, unbehelligt zu bleiben, denn es sind trockene Leute, die fürs Geschäft keine Seele verlangen und kein Gewissen brauchen. – Allmählich wunderte sich Goethe, daß ich von diesen Japanesen solide Kenntnisse zu haben schien. Da Sie lebend vor mir sitzen, können Sie ja nicht wohl selbst dagewesen sein. – Ich gestand, daß ich mein Wissen leider nur Büchern verdankte, meistens solchen von Bergholländern.

Bergholländer? fragte Goethe mit hohen Brauen. – So nennen die Japanesen die Deutschen, sagte ich, die ihnen als Holländer eingeschwärzt werden mußten. Doch zweifle ich keinen Augenblick, daß die Japanesen die wahren Verhältnisse gekannt haben, denn sie sind ein unterrichtetes Volk mit einer überlegten Führung. Als solches schildern es gerade deutsche Verfasser wie Kaempfer, der die pflichtschuldige Reise nach der Hauptstadt Edo dafür zu nutzen wußte, sich unter der Hand von Land und Leuten ein genaues Bild zu machen. Gewiß haben sich auch ausgewählte Japanesen solche Bücher zu verschaffen gewußt und sich in diesem Spiegel gelesen. – Bergholländer! wiederholte Goethe, der Ausdruck schien ihn zu amüsieren, aber wie gut, daß doch nicht alle Deutschen Wolkenkuckucksheimer sind!

Auch das Verbot christlicher Mission hatte sein Interesse geweckt, und er hörte mit mephistophelischem Vergnügen, daß die Holländer, bevor sie japanesischen Boden betreten, Bibeln und Gesangbücher wie Gift oder Sprengstoff unter Verschluß halten mussten. Zum ersten Mal hörte ich Goethe laut lachen. Ein kluges Volk! sagte er. Ein merkwürdiges Volk. Wie kann es zivilisiert sein, wenn es ihm derart an Pietät gebricht? – Im Gegenteil, sagte ich, es ist, in seinem täglichen Verkehr, ehrfürchtiger als jedes andere, hält auch auf die peinlichste Ordnung, die es mit umständlichen Zeremonien feiert; es braucht nur unseren Glauben nicht dazu.

Löwenstern! sagte er, Ihr Japan klingt ja fast wie ein gelobtes Land. Sind Sie sicher, daß es existiert? Ich möchte es selbst kennenlernen, wenn ich abkommen könnte, aber es ist zu weit weg, man müßte ein Seemann sein und jung wie Sie.

Darauf betrachteten wir den Globus, der auf dem Fenstersims

immer zur Hand war, und Goethe drehte ihn andächtig um seine Achse. Sehen Sie sich diese runde Welt an, sagte er, sie ist unsere einzige. Was für ein *kleiner* Himmelskörper! Wissen Sie, daß er *atmet*? Er braucht Licht und Luft, darum stelle ich ihn ans Fenster. – Sein Finger fuhr durch die sibirische Landmasse, dann ein Stück über Wasser und hielt über Japan inne, ohne es zu berühren. – Was für verschwindende Inseln, sagte er mit leiser Stimme, fahren Sie hin, solange sie noch stehen, fahren Sie, Ermolai! – Das eben, gestand ich, sei mein innigster Wunsch. – Sie sind diesen Inseln ja inzwischen so gut wie benachbart, sagte er, der Riese streckt seinen Zeh längst in jene Gegenden aus. Die Russen haben Kamtschatka erobert, sie verfolgen Zobel und Seehunde über die Beringstraße bis nach Alaska und Neukalifornien, die japanischen Inseln liegen schon vor Ihrer Tür, wie sollte da kein Hinkommen sein? Auch Russen sind Europäer und allemal besser als Holländer und Bergholländer!

Ich gestand errötend, daß ich den Plan gehabt hätte, Gullivers Reise zu den Japanesen gleichsam nachzuliefern, in einem längeren Appendix, vorgeblich aus Swifts nachgelassenen Papieren, und daß ich mich dafür seines Pseudonyms hätte bedienen wollen, *Dr. Shit;* ich sei deswegen bereits mit einem Londoner Buchhändler im Gespräch gewesen. – Aber dafür müssen Sie hinreisen! rief Goethe, wenn die japanische Welt schon per se so verkehrt ist, darf sie nicht auch noch verkehrt beschrieben sein, und eine Satire wäre das Verkehrteste! Sie verlangt, penibel registriert zu werden, und ein praktischer Seemann, der sich deutsch und deutlich ausdrückt, ist dafür der rechte Mann! Was ist Ihnen denn dazwischengekommen? – Mein russischer Dienst, sagte ich, und die Französische Revolution. – Fisimatenten, Ausreden! rief Goethe, einen Dienst kann man quittieren, und was die Revolution betrifft: sie ist ein so ungeheures Ereignis, daß Menschen unserer Art es ignorieren *müssen!* Fahren Sie nach Japan, einen Buchhändler getraue ich mich auch in Weimar aufzutreiben, wenn Sie Ihre Pflicht getan haben und lebend zurückkommen! – Ach, erst müßte ich ja hinkommen, sagte ich, und dafür genügen die besten Beziehungen nicht: dazu gehören Schiffe, denn Japan ist eine Insel! – Seefahrt ist nötig, leben nicht, sagte er wie zu sich selbst und schien in tiefes Sinnen zu fallen. Das Ungeheure des Vorsatzes, den er mir mutwillig zugespielt hatte, ging ihm wohl selbst auf, und plötzlich sah er viele Jahre älter aus.

In diesem Augenblick kam Geist wieder, entfernte, auf Goethes Wink, das Teegeschirr bis auf die Konfektschale, wuchtete das Portefeuille auf den Tisch zurück, und Goethe begann, wie abwesend Blatt um Blatt umzulegen. Darauf waren mit zartem Strich Gestalten der Antike dargestellt, bald in schulmäßigem Faltenwurf, öfter auch nackt, denn es waren sämtlich Männer, wenn auch an ihrem nur hingehauchten Geschlechtsteil kaum als solche zu erkennen. Goethe zog mich neben sich, daß ich die Blätter mit ihm zusammen betrachtete. Diesmal war es ein Sofa, das unter mir zu weichen schien. Eben so hatte ich neben unserem Vater gesessen, vor Bildern der Kinderbibel, die er mir erläuterte, während mich der Hauch von Tabak, der ihn immer begleitete, leibwarm anwehte; so habe ich lesen und schreiben gelernt. Von Tabakduft war bei Goethe freilich keine Spur – Frau von Löwenstern hatte mich gewarnt, Goethe könne ihn nicht leiden, und so hatte ich meinen Pfeifenbeutel wohlweislich zurückgelassen und atmete jetzt nur den unverminderten, ganz leicht säuerlichen Geruch von Goethes Gegenwart. Dabei begann er, mich mit Konfekt zu füttern, und vergaß nicht, jeden zweiten Bissen selbst zu naschen. Er kaute ohne Verlegenheit und redete auch dazu, ohne zu spucken.

So etwas, dachte ich stumm, geschieht dir *einmal* im Leben und nie wieder. Allerdings wunderte ich mich jetzt nicht mehr ganz über Goethes Leibesfülle.

Hier haben wir den Trojanischen Krieg beieinander, sagte er. – Es ist die Ernte eines Wettbewerbs. Meyer und ich haben junge Künstler eingeladen, die Helden beider Lager nach ihrer Vorstellung auszuführen. Götter waren ihnen nicht erlaubt, aber bei Halbgöttern drückten wir ein Auge zu; denn unter den Gestalten der «Ilias» hätten die Künstler ja keine gefunden, an deren Zustandekommen nicht Gott oder Göttin maßgeblich beteiligt gewesen wären.

Er drückte sich wunderbar kameralistisch aus. Übrigens, sagte er, auch weibliche Sujets haben wir ausgeschlossen; die Buben hätten sich doch nur an der Helena versucht. Wir erwarten keine Genies, und ein solches hätte dazugehört, um sie zu zeichnen, wie sie gewesen sein muß, um zwei Männerheere zehn Jahre lang zu beschäftigen. Zeitvertreib, murrte er und spuckte jetzt doch einmal, und während er den Krümel von der Rüstung eines Achills aufpickte und in den Mund zurücksteckte, dann tun die Buben nichts Dümmeres. – Ich wagte nicht zu fragen, ob sich Frauen wenigstens als Künstlerinnen am Wettbewerb beteiligen durften. Dabei waren seine Produkte, wie mir schien, in solcher Blässe ausgeführt, als getraute sich der Bleistift nicht, einen Mann auch mit mutigem Strich wiederzugeben. Goethe hatte die Blätter nach Helden sortiert, und so sahen wir, in verschiedenen Stellungen, doch immer mit fast körperlosen Linien, eine ganze Reihe von Patroklossen und Äneassen hintereinander; Hektore gab es besonders viele, damals auch mein Favorit, während sich Äneas Goethes Vorliebe erfreute. Ein Familienvater und Biedermann, sagte er, dem man die Mutter Aphrodite nicht ansieht: Aber was tut er: sagt dem Krieg Valet, geht hin und gründet Rom! Unter Knaben ein Mann!

Über die Versuche, einen Helden in Not oder häßlich zu zeigen, Ajax vor dem Sturz in das eigene Schwert, Thersites beim Lästern oder gar den schreienden Philoktet, blätterte Goethe rasch hinweg. Für das Widerwärtige muß einer ein Kerl sein wie Shakespeare, sagte er, das wollen wir von den Buben nicht verlangen, und wenn sie sich's zutrauen, verspielen sie schon den *Anfang* der Kunst. Das Vorbildliche gibt gerade genug zu tun!

Die Zeit war unbemerkt fortgeschritten; schon zweimal hatte sich Geist gezeigt, um Lichter aufzustecken, und war jedesmal von Goethe mit der Bemerkung – *Des lasse mer noch!* – wieder weggewiesen worden. Wir saßen immer noch nebeneinander auf dem Bänklein vor der Bildermappe, auch wenn ihre Gestalten kaum noch zu erkennen waren. Doch mit welcher Begründung hätte ich, als die Dämmerung unsere Nähe noch vertraulicher machte, auf mein Stühlchen zurückkehren können? Und doch war es höchste

Zeit, mich zu empfehlen; bei Goethen zu sein, bleibt ein Augenblick, den man sowenig fixieren darf wie den bunten Staub eines Schmetterlingsflügels. Ich hatte mich schon erhoben, als er mich sanft beim Arm ergriff und auf den Sitz zurückzog.

Wann Se so weit fortwolle, sagte er leise, *hawwe Se dann nix Liewes?*, und ehe ich mich besinnen konnte, hatte ich geantwortet: Minchen. – Wo wartet denn Ihr Minchen? fragte er wieder gut deutsch. – In Reval, sagte ich, an der Breitstraße, aber ich sei gar nicht sicher, ob sie warte; sie sei nur vor Jahren meine Jugendliebe gewesen. Wir hätten in ihrem Haus Kinderhochzeit gefeiert, aber dabei hätte ich eigentlich nur meinen Bruder Woldemar vertreten, der die Masern hatte. Danach hatten wir uns kaum noch gesehen, bis wir konfirmiert wurden. Erst beim Ritterfest im Knappenhaus hatte sie mich bei der Damenwahl zum Tanz aufgefordert; ich sei ihr damals den Brautkuß schuldig geblieben. Den holte sie sich jetzt vor allen Leuten selbst ab und mußte sich etwas vorbeugen, denn sie war noch die Größere. Erst in der Kadettenschule, die ich gleich nach dem Fest bezog, sei ich nachgewachsen. Danach hätten wir ein paar steife Briefe gewechselt, mit dem Versprechen, uns nicht aus den Augen zu verlieren, denn auch ich hatte unter Kameraden gern ein Mädchen vorzuweisen, das mir schrieb. Dann aber folgten meine Wanderjahre zur See, wir hatten uns nicht wiedergesehen, aber sie blieb ledig, und daß sie mir immer noch gewogen sei, wisse ich nur von meinem Bruder, dem sie einen Korb gegeben hatte.

Der Geheimrat nickte lange, wie mir schien, traurig; jedenfalls lächelte er nicht. – Ich soll Sie auch noch von Madame Löwenstern grüßen, fuhr ich fort, sie wäre überglücklich, wenn Sie ihr wieder einmal die Ehre gäben. – Sein Gesicht wurde, soviel ich im Dunkel sehen konnte, noch ernster. – Wissen Sie, Ermolai, sagte er, für diese Gesellschaft tauge ich nicht mehr, und die Schauspieler sehe ich sonst genug. – Ich sprach von dem hinreißenden Eindruck, den die Jagemann als Phädra auf mich gemacht habe, ich hätte noch nie eine so tragische Figur gesehen, und auch wenn sie weine, behalte sie ihre Singstimme, die mir recht ans Herz gegangen sei. Sie sei gewiß eine der wunderbarsten Aktricen unserer Zeit. – Das findet der Herzog auch, bemerkte er kurz, es ist wahr, ich habe sie engagiert, aber jetzt ist das sein Revier. – Ich war dem Herzog im Löwensteinschen Haus vorgestellt worden, wo er ohne Allüre verkehrte, was ich den Gaben der Hausherrin zuschrieb, die er größter Vertraulichkeit würdigte. Aber mir war nicht entgangen, daß er vor allem die Nähe der Jagemann suchte; fehlte sie, so pflegte er sich bald wieder zu empfehlen. Daß er zwischen zwei Feuern stand, vermochte auch ein ungeschultes Auge zu bemerken; jetzt sah ich, daß es um Goethe ähnlich bestellt war. Er fand sich in der peinlichen Lage, mit einer von ihm protegierten Schauspielerin nicht nur um die Gunst seines Herrn wetteifern zu müssen, sondern auch um die Vollmacht für sein Theater, und ich begriff, daß mit ihm darüber nicht zu sprechen war.

Doch unvermutet kam er selbst auf den Herzog, nannte ihn eine dämonisch begabte, aber im Grunde einsame Natur, einen Mann besten Willens, dem man gar nicht genug zugute halten könne. Ich fand mich einer Indiskretion gewürdigt, die unser Verhältnis so weit überzog, daß ich es mir nur als Selbstgespräch zu verstehen erlaubte. Es stand mir nicht zu, Goethe zu belauschen, auch nicht mit seinem Einverständnis. Aber sein Gesicht lag jetzt so sehr im Dunkel, daß ich nicht mehr darin lesen konnte.

Seemann! sagte er plötzlich, bevor Sie gehen, müssen Sie sich stärken! griff in die Konfektdose und schob mir, ehe ich mich's versah, die letzte Praline in den offenen Mund, wartete aber nicht ab, daß ich zu kauen begann, sondern erhob sich fast brüsk und reichte mir die Hand. – Sie haben mir eine gute Stunde geschenkt, sagte er, Herr von Löwenstern, verfehlen Sie nicht, mich Ihren Verwandten zu empfehlen. Und daß Sie mir Ihren Gulliver vollenden! Damit reichte er mir die Hand, und ich konnte nicht umhin, sie auf russische Art zu küssen. Der Kniefall unterblieb, da er meine Hand nicht losgelassen hatte, um mich daran noch einmal von Saal zu Saal zu führen, bis zur letzten Tür, in welcher der Diener Geist nur darauf gewartet hatte, mich in Empfang zu nehmen.

Wir sehen uns gewiß wieder! rief Goethe mir nach, als er sich abwandte; und auf der Schwelle las ich noch, im Licht, das mir der Diener vorantrug, das Wort SALVE. Willkommen und Lebewohl.

Exzellenz, jetzt kennen Sie die wenigen Begegnungen meiner fünfundzwanzigjährigen Geschichte, die mich zu überleben verdient hätten. Ich habe sie, statt ins Wasser geschrieben, auf Papier gesetzt, zu Ihren Händen; natürlich weiß ich, daß sie über meine Verhältnisse gingen. Katharina, Goethe – und auch Isabelle, um die verschwiegene Größe zu nennen, die meine Beichte beschließen soll. Sie mag keine Person von historischem Gewicht sein, aber sie ist mit ihrem Mann, einem deutschen Jakobiner, vor den Heeren der Koalition aus Zweibrücken nach Paris geflohen, auch zur Rettung einiger Illusionen über die Menschheit, die sich das Paar bewahren wollte. Die letzte wurde ihm von der Revolution selbst geraubt, als sie den Mann aufs Schafott brachte – irrtümlich, wie sich erwies, aufgrund einer Namensverwechslung. Aber ein abgeschlagener Kopf läßt sich nicht mehr aufsetzen; der Mann war sogar zu stolz gewesen, um sein Leben zu markten. Wie Isabelle danach das ihrige fristen sollte, blieb dahingestellt; doch da Abdankung gegen ihre Natur geht, fuhr sie fort, das Feuer der Hoffnung zu hüten, auch mit kleiner Flamme. Drei Zimmer konnte sie nicht mehr bezahlen, eins hat sie vermietet. Ich zog ein, und daß die Tür zwischen uns nicht dauerhaft verschlossen blieb, ist eine Geschichte, die ich nicht breitschlagen muß. Daß Isabelle sie als beispiellos betrachtet, steht auf einem andern Blatt. Wir haben es so vollgeschrieben, daß am Ende kein Wort mehr zu lesen war. Und als der Liebeskrieg in einen Wettbewerb mündete, wer den andern am empfindlichsten treffen könne, ohne ihn geradezu zu töten, ergriff ich die Flucht; das übrige wissen Sie.

Im *Angleterre* wird mich Isabelle nicht suchen. So bleibt ihr auch die Sorge erspart, daß sie übermorgen zum zweiten Mal Witwe werden könnte – auch wenn ihr ein toter Mann immer noch lieber sein sollte als ein verlorener.

SALVE, Exzellenz.

4 Um zwei Uhr früh gab ich den Kampf um meine Ruhe, diesen Widerspruch in sich selbst, auf und machte Licht.

Wie bringt man eine Nacht zu, welche die letzte sein kann? Nüchtern jedenfalls, hatte ich mir vorgenommen, und wollte früh zu Bett; dann habe ich den einen guten Vorsatz doch lieber mit dem andern gebrochen. Eine schlaflose Nacht empfiehlt sich nicht vor einem Duell, das sagt einem der gesunde Menschenverstand. Die Schwere des Weins reichte so weit, daß ich nach Mitternacht im Armstuhl eingenickt sein muß. Und wem ein Traum beschert wird, der kann ja nicht ganz schlaflos geblieben sein.

Ich hatte das Duell glücklich hinter mir, soweit diente der Traum meiner Wunscherfüllung. Es war ohne tödliche Blessuren abgegangen. Ich hatte, im Traum, die Absicht, den Grafen Tolstoi am Ohr zu treffen; statt dessen schoß er mir die Nasenspitze ab, und das Merkwürdige war: es blutete gar nicht. Vielmehr schien die Kugel meine Nase nur auf ihre natürliche Größe gestutzt zu haben. Dennoch war ich im Spiegel nicht wiederzuerkennen, denn «aufgeworfen» ist gar kein Wort mehr für eine Nase, die sich nicht einmal mehr rümpfen läßt. Hermann Löwenstern war platterdings zum Affen geworden und konnte sich nicht mehr sehen lassen, am wenigsten vor Frauen. Meine Traumfreunde fanden, daß man das verlorene Teil wieder anflicken müsse. Nogier lagerte in seiner Klinik einen Vorrat von Nasen, die zur Verfügung standen, seit die Grenadiere, für die sie bestimmt waren, bei Jena und Austerlitz gefallen waren. Doch die Wachsprothesen, die mir anprobiert wurden, wollten nicht haften und sollten mit einem Nagel am Gehirn befestigt werden; dagegen begehrte ich auf. Nun pappten und klatschten die Freunde an meinem Gesicht herum, daß mir wind und weh wurde, und ich fürchtete, unter ihren Kompressen zu ersticken. Man werde die Nasenlöcher verstopfen, hörte ich, und bis Nogier goldene geschmiedet habe, müsse ich durch den Mund atmen. Daß mir zur offenen Nase auch noch ein offener Mund zugemutet wurde, fand ich des Guten denn doch zuviel. Dann, erklärte Nogier, bleibe nur noch, mir ein Stück Fleisch abzuschneiden, das er in mein Gesicht nähen würde. Meine Freunde stritten, welche

Mutterstelle – der Ausdruck ist mir geblieben – in Betracht komme; nachdem man mich an meinen Ohrensessel gefesselt hatte, setzte Nogier das Schlachtmesser an meinen Bauch, und ich fuhr auf, mit einem Schrei – aus ebendiesem Ohrensessel.

Danach zog ich vor, nicht mehr zu schlafen. Ich faßte mich an die Nase und sagte mir, es sei immer noch wahrscheinlicher, daß ich um mein Leben käme als um meine Nasenspitze. Aber ich rüstete mich jetzt doch besser für den bevorstehenden Waffengang und hob einen Stuhl auf, mit gestrecktem Arm, um diesen zu stählen und meine Zielsicherheit zu festigen. Ohne Zittern brachte ich es auf zwei Minuten, mehr Zeit, als mir der Ernstfall gönnen würde.

Vor Sonnenaufgang waren Nogier und ich an der verabredeten Stelle, ohne Arzt, einen Schweizer, der verschlafen hatte. Da näherte sich von der andern Seite der Lichtung eine Prozession. Vorweg, im weißen Ministrantenrock, ein Junge, der ein großes Kreuz in den Händen trug; es folgte ein schwarzgewandeter Pope, der mit tiefer Stimme eine Litanei intonierte und das Weihrauchfaß schwang. Dahinter Graf Tolstoi in der Uniform eines Gardeoffiziers, mit gesenktem Kopf und gefalteten Händen, den Dreispitz unter den Arm geklemmt. Den Schluß machte Schemelin mit zwei Zylindern; den einen trug er auf dem Kopf, den andern in beiden Händen wie einen Kelch des Herrn.

Einen Steinwurf entfernt hielt der Zug an. Der Pope, weiterbrummend, stellte sich auf eine Rasenbank, vor der sich der Graf auf die Knie niederließ. Schemelin aber trippelte aus duftendem Gewölk auf uns zu, hielt auf halbem Weg inne, um den einen Zylinder zu deponieren, lüftete den andern und führte damit schwungvolle Komplimente aus. Herr Leutnant, näselte er, Graf Tolstoi lädt Sie ein, mit ihm zu beichten und dann das Mahl des Herrn einzunehmen. Auch der Herr Sekundant ist willkommen.

Nogier und ich, der katholische Atheist und der Lutheraner, sahen einander an. Melden Sie dem Grafen, sagte ich schließlich, ich zöge es vor, zur Sache zu kommen. – In Schemelins Buchhaltergesicht malte sich grenzenlose Bestürzung. – In diesem Fall gestatten

Sie, daß der Graf Ihre arme Seele in sein Gebet einschließt und Gott um Vergebung bittet für das, was er tun muß. So hat er es jedesmal gehalten. – Wirklich verharrte der Graf in Andachtspose, der Pope beweihräucherte ihn, Schemelin aber setzte den Hut auf und nach kurzem Lauf wieder ab, um sich kniend am Wechselgesang zu beteiligen; darüber schwebte die Knabenstimme des Kreuzträgers wie eine Taube des Heiligen Geistes. Widerwillig bewegt, hörte ich den Wohlklang, der mein letztes Stündlein einläutete, zum Himmel steigen; Tolstoi repetierte jetzt die Namen derer, die früher daran hatten glauben müssen, und quittierte jeden mit einem inbrünstigen Amen. Als schließlich mein eigener Name laut wurde, muß ich doch recht blaß gewesen sein, denn Nogier flüsterte mir zu: Nicht verrückt machen lassen, *Le Vennesterne!* Gott ist noch nie mit den Frommen gewesen!

Die Propaganda der Gegenseite hatte wohl eine Viertelstunde gedauert, der Junimorgen war frisch, ich fröstelte auch so, aber wenn die Sonne noch höher stieg, drohte sie, mich zu blenden. Endlich erhob sich Tolstoi und erwartete Nogier hoch aufgerichtet, der die gebotene Distanz abzumessen begann und auf mich zustakte, begleitet vom trippelnden Schemelin. Der bewaffnete Zylinder wurde verschoben. Der ausgreifend weiterschreitende Nogier vergrößerte den Abstand noch einmal und deponierte seine Börse an meinem neuen Standort. Dann traf ich mich mit Tolstoi in der Mitte vor der zylindrischen Urne, über welche der Pope noch einmal das Kreuz schlug, bevor ich hineingreifen durfte. Tolstoi bediente sich mit der Waffe, die übrigblieb.

Alle folgenden Schritte hatten die Sekundanten minutiös ausgehandelt. Die Duellgegner blickten sich in die Augen, dann verbeugten sie sich voreinander. Nogier rief: *Attention!* Schemelin: *Marchez!* auf welches Kommando wir uns umdrehten und gleichzeitig voneinander wegbewegten. Hatten wir unseren Ausgangspunkt erreicht, so blieben wir stehen, mit dem Rücken zueinander, bis Schemelin schrie: *Tournez!* Wir gehorchten und hoben gleichzeitig die Waffe. Das nächste Kommando mußte lauten: *Monsieur Le Vennesterne: Feu!* Hatte ich abgedrückt, so bekam Tolstoi zehn

Sekunden Zeit zur Antwort – wenn er nicht entscheidend getroffen war.

Feu!

Ich warf die Pistole in hohem Bogen ins Gebüsch.

Darauf entspannte ich mich, atmete Zug um Zug und wandte mich von meinem Gegner ab. Der letzte Blick hatte mir gesagt, daß er seine Waffe keineswegs hatte sinken lassen; ihre Mündung deutete unverwandt auf mich.

Auf die folgenden Sekunden hatte ich mich in der Nacht vorbereitet; eine Pflanze sollte es sein, die erste beste, der mein letzter Blick galt. Es war der Trieb einer jungen Linde am Fuß ihres Stammes; seine Blätter waren frisch und kindlich groß. Ich zählte sie, es waren elf, und begann von neuem. Nichts anderes ging mir durch den Sinn; nicht Katharina, nicht Goethe, auch nicht Isabelle; und doch sah ich im Augenblick, als ich KLICK hörte, Golownin vor mir, der seine Stiefel zurücknahm, als ich auf seine Bedingung, mir die meinen zu putzen, nicht eingegangen war.

Tolstois Waffe hatte versagt.

Das KLICK war schon eine kleine Ewigkeit vorbei, ich stand immer noch Aug in Auge mit meinem Lindensproß. Meine Arme hatten sich leicht geöffnet, in grenzenloser Stille. Als jemand laut zu lachen anfing, drehte ich mich um. Es war der Pope. Er hatte sich den falschen Bart abgerissen und bog sich geradezu. Tolstoi blieb ernst. Doch er hatte die Waffe gesenkt.

Das Nachspiel, Exzellenz, war echt russisch. Die Sekundanten standen zusammen und einigten sich darauf, den Ausgang als Gottesurteil zu betrachten. Unter diesen Umständen sei der Ehre der Beteiligten genug getan und – darauf legte Schemelin höchsten Wert – auch der Ehre Rußlands. Man beschloß, den Fall statt mit Bruderblut mit Wodka zu begießen. Der Pope warf sein Kostüm ab, breitete es, mit dem Chorrock des Ministranten, als Sitz auf die Rasenbank und zog eine Flasche aus dem Hosenbund. Sie ging von Mund zu Mund, die Szene verwandelte sich zum *déjeuner sur l'herbe*, der Kreuzträger in Ganymed, der aufwarten mußte, bis ihn

Tolstoi auf sein Knie zog. Mit keiner Miene gab er zu erkennen, er nehme die Sache leicht. Vielmehr lag ihm erst recht am Beweis, daß er auch mit ein paar Schluck Wodka im Leib noch einen Vogel im Flug traf – leider kamen nur Enten in Betracht, die Schemelin aufjagen mußte. Plötzlich war eine Jagdflinte zur Hand, und mit vier Schüssen, keinem mehr, holte Tolstoi vier der armen Tiere vom Himmel. Er rupfte sie eigenhändig, Nogier nahm sie aus und briet sie *à la manière du chef* auf einem improvisierten Rost. Das kleingeschlagene Kreuz lieferte Brennholz, der Pope entzündete es mit seinem Bart, der Weihrauch diente als Brandbeschleuniger. Wenn künftig Blut fließen sollte, einigte man sich auf das englische, auch wenn Tolstoi die Engländer «blutleer» nannte. Am Ende umarmte er mich und ging so weit, mir Protektion zu versprechen; meine dürftige Montur war ihm nicht entgangen. Keine Frage, daß er über Verbindungen verfügt, sonst hätten ihn seine Eskapaden längst nach Sibirien gebracht. In Petersburg sei keine Frau vor ihm sicher, raunte Schemelin, und die Ehemänner wüßten, warum sie lieber beide Augen zudrückten, bevor er ihnen auch diesen Dienst selbst besorge.

Bei der Rückfahrt mit Nogier zitierte ich Kants Definition des Witzes: die Auflösung einer gespannten Erwartung in nichts. – Glauben Sie, es sei *nichts* gewesen, sein Schießzeug zu zinken? fragte er. – Woher wußten Sie, daß er das richtige aus dem Zylinder nahm? oder war auch das andere nicht ordentlich geladen? – Aber ja, versicherte er, Sie hätten ihn totschießen können. – Oder er mich. – Etwas muß man auch dem Glück überlassen, erwiderte er. – Also doch ein Gottesurteil! – Damit Sie an Ihr Glück *glauben*, erwiderte er ernsthaft, das soll Ihnen eine Lehre sein. Sie hätten schießen *müssen*, mein Freund. Ein *trou de cu* weniger. Ich habe ihm Brüderschaft verweigert. Aber *wir* trinken sie jetzt zusammen. *Vive la République!*

Wie kann man einem solchen Mann etwas schuldig bleiben?

Ich habe kein Haus zum Bestellen, aber den Abschied von Isabelle habe ich mir verdient. Meine Todesangst war ehrlich genug.

Hat Isabelle *mich* geliebt oder ihr eigenes Zartgefühl, ihr großes

Herz, ihre schuldige Sinnlichkeit? Sie war immer bereit, mir das Nötigste zuzuschießen – das *ihr* Nötige an Großmut und Selbstachtung. An Opferbereitschaft. Leicht komme ich nicht davon, denn sie ließ sich ihr Eigentum etwas kosten. Doch am Ende war es nur noch *ihre* Liebe – alles für mich, doch von mir bleibt nichts als der blinde Knecht an meinem Leib, der nichts Klügeres weiß, als ihre Liebe noch zu vergrößern. Wie kann ich ihrer würdig sein? Liebe macht blind – was aber, wenn sie sehend macht?

Chlebnikow ging als Kadett ins Bordell, behauptete, sich mit Frauen auszukennen, und verriet einen Trick, wie man sie wieder los werde. Mit Untreue komme man nicht weit. Frauen verziehen einem zu gern, und danach würden sie noch anspruchsvoller. Natürlich rede er von *Damen*. Denen sei die Liebe heilig, und sie warteten nur darauf, daß sie auf die Probe gestellt würde. Dagegen könne er nur eins empfehlen: Schäbigkeit, und zwar bodenlose. Nicht nur häßlich müsse man sich benehmen, sondern verächtlich. Ein dummes Lachen über einen gemeinen Witz, eine himmelschreiende Geschmacklosigkeit, eine nicht nur rohe Reaktion, sondern eine *blöde*. Ein dummes Lachen, ein vulgärer Rülpser, ein peinliches Gähnen – das erkälte eine Frau auf die Dauer beinahe schmerzlos. *Unwiderruflich* müsse man eine Frau enttäuschen, grausen müsse ihr, auch ein wenig ekeln: dann sei sie von Liebe geheilt.

Kein Weg, den ich gehen könnte, Exzellenz, schon gar nicht zu Ende. Ich habe wenigstens so viel Anstand, daß er mir zur Falle werden kann. Meine Schwächen hat Isabelle generös übergangen – daß sie dabei auch *mich* überging, nicht nur mein Schlimmstes, sondern auch mein Bestes, wollte sie nicht fassen. Wir konnten uns gegeneinander versündigen, wie wir wollten, das Bett war für einen Generalpardon gut. Aber keine Schamlosigkeit reichte aus, um die Scham zu überwinden, die sich zwischen uns immer wieder einschlich – vielleicht war sie das Ehrlichste an unserem Verhältnis. Davor gab es kein Entrinnen. Mir blieb nur die Flucht.

Bei einem Philosophen habe ich gelesen, Liebende schämten sich nicht, wenn sie sich einander gäben, sondern darüber, daß sie sich nicht *ganz* geben könnten. Nein, das können sie nicht. Warum sollten sie es versuchen? Kein Mensch ist selbst ein Ganzes. Das läßt sich auch nicht durch Verdoppelung des Halben richten. Und wäre ich ein Ganzes, gehörte es nicht mir allein.

Ich war als Liebender nicht groß genug.

Was aber hat Isabelle getan?

Sie verlangte, sich zu verabschieden – Nogier hatte ihr meine Adresse hinterbracht. Am Nachmittag nach dem Duell, von dem sie nichts geahnt, kam sie ins *Angleterre*. Wir nahmen den Tee im Salon und unterhielten uns fast wie gute Bekannte. Was ich in ihrer Wohnung zurückgelassen hatte, besprachen wir mit keinem Wort. Aber ich fand es später in zwei Koffern auf meiner Suite; der große war derjenige ihres Mannes, mit dem sie einst aus Zweibrücken geflohen war. Jetzt hatte sie ihn für meine Abreise gepackt, alles gewaschen, geflickt und gefaltet, meinen Pfeifenbeutel nicht vergessen, auch nicht die paar Andenken aus meiner Kindheit. Von ihr selbst nur ein Zettel. «Und nun, mein Freund, leb in das Leben wohl.»

Das Duell war mir keine Träne wert gewesen. Jetzt aber heulte ich wie ein Schloßhund. Und sah Isabelle vor mir, wie sie sich vor der Tür des *Angleterre* zum Gehen wendet, für immer.

Die künstliche Nase blieb mir erspart. Ich behalte eine, die wieder lang werden kann. Haben Sie immer noch eine Verwendung für mich?

5 Exzellenz! Liebster Herr Pate! Sie fragen, ob ich bereit wäre, eine russische Gesandtschaft nach Japan zu begleiten. Sie *fragen!*

Und ich ahne wohl, warum.

Der Gesandte des Zaren ist zugleich das Haupt jener Compagnie, die ich das Herz oder die Stirn hatte in der freien Presse an den Pranger zu stellen. Fürchten Sie, ich könnte als Begleiter eines *Resanow* in Widerspruch mit meinen Grundsätzen geraten? Sie fürchten zu Recht. Ich bleibe dabei: die Kolonien sind eine Schande Rußlands, ein blutiger Fleck an der Krone Seiner Majestät.

Aber, Exzellenz, ganz von gestern bin ich nicht mehr. Einer, der heute tot sein könnte, verschwendet das geschenkte Leben nicht mehr an die Phantasie, die Welt müßte ganz anders aussehen, als sie ist. Wer ein Omelette machen will, muß Eier zerbrechen – *Ihr* Wort, und Sie haben auch den Mut gehabt, danach zu handeln – einen *traurigen* Mut. Die gesittete Welt dankt Ihnen dafür. Und da sollte ich mich zieren, Herrn Resanow nach Japan zu begleiten?

Nach Japan! Nein, dahin gehe ich nicht mehr, um Gullivers Reisen eine Korrektur nachzuliefern. Ich bin kein Schriftsteller – dazu gehört eine andere Sorte Mensch. Einen davon habe ich – noch vor Isabelle – in Paris kennengelernt. Herr von K. ist ein junger preußischer Offizier mit rundem Kindskopf, der sich mit seiner Schwester, die Hosenkleider trug, in der Nachbarschaft eingemietet hatte, und wir schienen ähnliche Ziele zu haben, denn wir trafen uns regelmäßig auf Spaziergängen. Aber länger als für ein kurzes Gespräch auf einer Parkbank hielt er sich nicht auf. Seine Zunge wirkte behindert, doch wenn er sich freigesprochen hatte, traktierte er auch einen Unbekannten mit so schroffen Ansichten, daß sie wie schwerwiegende Geständnisse wirkten oder wie unverlangte Indiskretionen. Er schien wissenschaftliche Studien zu treiben, wartete aber eigentlich auf einen Marschbefehl. Denn er wollte sich, obwohl Verächter der Uniform, der französischen Invasion Englands anschließen, um «ein unendlich prächtiges Grab» zu finden – diesen Satz ließ er so vergnügt fallen, daß ich voreilig auf Geistesverwirrung schloß. Zwar wußte er, nach eigenem Bekenntnis, mit jedem Tag weniger, ob er Monarchist oder Jakobiner sei, doch war er ein ungemein scharfer Kopf, der sich die Philosophie seines Landsmannes Kant zu eigen gemacht und aus seiner Erkenntniskritik für sich selbst die tiefste Verzweiflung geschöpft hatte – deren er übergangslos und nicht minder radikal spotten konnte.

Er habe, gestand er, den Gedanken an einen «gegensätzischen» Bauplan der Welt schon aus der evangelischen Unterweisung mitgenommen, wenn auch nicht aus Pastorenmund. Jeden Sonntag habe er in seiner Vaterstadt – er hatte, wie Golownin, die Eltern früh verloren – vor den Glasfenstern der Marienkirche gesessen, auf denen aber nicht das Leben Jesu, sondern dasjenige des Antichrist abgebildet gewesen sei. Allerdings habe es sich, von Bethlehem bis Golgatha, wo der böse Feind umgekehrt am Kreuz gehangen habe, nur dadurch unterschieden, daß sein Gefolge gezackte Teufels- statt sanfter Engelsflügel getragen habe, und statt eines Heiligen- scheins sei ihm ein T – für «Teufel» – aus dem Kopf gewachsen. Sonst aber sei das Leben des schlechterdings Bösen ganz nach dem Muster des schlechterdings Guten angelegt gewesen, und darüber habe er nie mehr aufgehört nachzudenken. Es scheine, daß absolu- te Widersprüche sich nicht nur berührten, sondern im Kern zusam- menfielen.

Mit Denken war es für ihn allerdings nicht getan. Er mußte *dich- ten*, um sein Prinzip Fleisch und Geist werden zu lassen und etwa die Wesensgleichheit von Kuß und Biß, Katastrophe und Paradies aufzudecken. Wenn er einmal ebenso durchdringend redete, wie er schweigen konnte, schien das Reden selbst Gedankenverbindun- gen zu erzeugen, über die man sich nur lachend entsetzen oder ent- setzt lachen konnte. Als Dichter erhob er so ungeheuerliche An- sprüche an sein Werk, daß er sich sicher sein durfte, ihnen nicht zu genügen. Er arbeitete an einem Stoff, den er «Pestkönig» nannte und mit dem er demonstrieren wollte, daß Siege an die Bedingung gebunden sind, daß sie dem Sieger nichts nützen. Er hatte im Oderbruch eine Braut sitzen, die er mit Liebesbriefen katechisier- te, die eigentlich Lehrstunden waren. Er beteiligte mich an der Lö- sung der Knacknüsse, die er ihr aufgab, und da es auf Dichtung ohnehin nicht ankomme, versuchte er, auch mich zum Dichter zu schmieden, und nahm den schwersten Hammer dazu; das war seine Art, mich als seinesgleichen zu behandeln.

Am Vorabend seines Aufbruchs nach Boulogne verbrannte er den größten Teil seiner Notizen. Ich aber möge getrost weiter- schreiben; man könne Papier auch *durch Schreiben verbrennen*. Als die Invasion abgeblasen wurde, kam er marode zurück und reiste nach Mainz, um dort den Arzt zu gebrauchen, aber da ich ihm später wieder in Paris begegnet bin, ohne daß er mich auch nur grüßte, halte ich für möglich, daß ihm die Krankheit nur zum Verbergen einer geheimen Mission gedient hat. Allerdings hatte er mir früher gestanden, eigentlich verlange er von der Welt nichts mehr, als zu sterben – oder Bauer in der Schweiz zu werden.

Wer mag, wer darf sich da noch einen Dichter nennen? Das einzige, was ich in diesem Fach geleistet habe, war gerade gut genug, mir eine unvergeßliche, wenn auch ungenützte Audienz bei der Weltgeschichte zu verschaffen. Soll ich wirklich nach Japan, so gelobe ich, nichts weiter als Ihr treuer Buchhalter zu sein. Ich will ein Journal führen, von Tag zu Tag, das nur für Ihre Augen bestimmt ist. Nichts von Zensur – auch nicht derjenigen, zu welcher die Selbstgefälligkeit einen Schreiber so leicht verführt, um seine Arbeit schon an der Quelle zu trüben. Ich weiß: Eitelkeit ist die stärkere Zensur als Scham oder Angst. Als Ihr geheimer Gesandter in Japan möchte ich, an bescheidener Stelle, nur die neuen Grundlagen zu befestigen helfen, auf denen Rußland der Welt begegnen sollte – als Riese den Zwergen; als Zwerg angesichts all dessen, was beim besten Willen zu tun und zu wünschen übrigbleibt.

Ich selbst wünsche mir nichts, als im Einzelnen unbestechlich zu sein. Denn die Welt steht oder fällt mit jeder Einzelheit, und Japan ist wohl fremd genug, unser Urteil erst zu verwirren, dann zu revidieren. Man fängt besser mit der Hypothese an, daß dieses verschlossene Reich – trotz Kaempfer, trotz Laxmann – *noch nie* dargestellt worden ist. Also will ich nichts als der Floh sein, den Sie Resanow in den Pelz setzen; bei seiner Handelsware scheint das Bild nicht unpassend. Da will ich mich einnisten, mir sogar versagen zu stechen – nach dem Blut dieses Herrn dürstet mich nicht! – und mich nur vom besseren Überblick nähren, den mir mein Versteck hoffentlich gewährt. Denn ein Gesandter wird ja dafür gesandt, daß er dem fremden Landesherrn ein Beglaubigungsschreiben überreicht. Da möchte ich dabeisein, um Ihnen, verehrter Pate, das ferne Land, die fremden Leute seriöser zu beglaubigen.

Zweigeteilt also ist sie geplant, unsere Expedition. Die *Newa* unter Kapitänleutnant Lisjanski – ein dunkler Ehrenmann, mit Verlaub! – segelt nach Russisch-Amerika, um es zu versorgen und Pelze zu laden, für den Handel mit China. Nur das andere Schiff, meine *Nadeschda*, soll von Petropawlowsk Japan anlaufen, den erlaubten Hafen Nagasaki, wo sie Herrn Resanow absetzt. Doch der Kapitän der *Nadeschda*, Adam von Krusenstern, ist der Verantwortliche des ganzen Unternehmens. Ihm untersteht auch die *Newa*, und wenn beide Schiffe ihren Auftrag erfüllt haben, wollen sie im Hafen von Macao wieder zusammentreffen und gemeinsam die Weltumsegelung vollenden.

Krusenstern, wohlgemerkt! und wohlgetan! Es kommt mir nicht zu, einer allerhöchsten Person auf die Schulter zu klopfen, und doch habe ich, der erklärte Nichtchrist, Gott für diese Ernennung gedankt. Sie werden mich – nicht wahr? – unmittelbar Krusensternen unterstellen; nach Japan will ich als Seemann kommen, nicht als Passagier oder gar als Lakai. Ich habe die Krusensterns schon als Kind besucht, sowohl in Reval wie auf ihrem Stammsitz Ass. Auch als Adam in der Marine Stufe um Stufe erklomm, und zwar mit Bravour, umgab ihn immer noch die Aura des Gelehrten. Er ist gerecht und billig, kann anleiten, ohne zu kommandieren, und der Abstand, den er beobachtet, ist nur die Maske seiner unerschöpflichen Geduld. Sie wird ihm beim Auftrag der ersten Weltumsegelung zustatten kommen, den er so lange gesucht und betrieben hat, und gewiß ist sie auch im Verkehr mit den Japanesen das Richtige. Der Einladung zum Wiederkommen, die vor zehn Jahren an Laxmann ergangen ist, leisten wir Folge, spät genug; Paul I. hat sie – man möchte sagen: selbstverständlich – liegenlassen. Um so höher sind die Erwartungen gespannt, wenn Resanow mit kaiserlicher Vollmacht erscheint. Wir landen in Nagasaki – aber wie sollte der Gesandte des Zaren nicht nach Edo kommen! Dahin möchte ich ihn allerdings begleiten – ganz gleichgültig, in welcher Rolle. Ich möchte auf Kaempfers Spuren wandeln, aber diesmal sollen sie zu einem gangbaren Weg werden. Wir öffnen Japan die Tür zur Welt, Exzellenz, dafür müssen wir die rechten Leute sein! Wir machen es zum Verbündeten unserer Zivilisation (dafür müssen wir welche haben!) und entwaffnen sein Mißtrauen, ohne seinem Stolz nahe-zutreten. Wenn wir zugestehen, daß es für seinen Widerwillen Gründe hat, müssen wir ihn mit Mitteln entkräften, die von auf-richtigem Interesse zeugen und keiner rohen Habsucht verdächtig sind.

Ja, verwenden Sie mich! Und ja – bis wir in Japan landen, will ich als Seeoffizier dienen, nicht als schreibender Forscher oder malen-der Passagier; wie man solche auf einem Schiff behandelt, das in unbekannten Gewässern andere Sorgen hat als die Pflege von Mi-mosen oder Orchideen, habe ich zur Genüge erlebt. Passagiere sind wie Hunde in der Krippe des Ochsen; selbst fressen sie kein Heu, aber sie hindern die Ochsen am Fressen. Wenn es hart kommt, möchte ich als einer, der mit Segeln und Stengen umgehen, ein Lot auswerfen und einen Sextanten bedienen kann, einer Seenot im-mer noch lieber *begegnen*, als sie in allen Farben schildern. Der rech-te Boden für meine Füße ist das schwankende Deck; nirgends schlafe ich ruhiger als in einer Schiffshängematte, deren Wiegen mich fühlen läßt, daß die Schwerkraft auf meiner Seite ist. Aber wenn wir Resanow glücklich nach Japan gelotst haben … dann bin ich bereit, auch ihn zu decken, mit Leib und Blut. Und noch lieber dazu beizutragen, daß die Notwendigkeit dazu gar nicht entsteht.

Es war ein *schwerer* Brief, Exzellenz, den mir Ihr Portier über-reichte. Als ich das Siegel löste, kam ein Wechsel zum Vorschein, der – wie Sie schreiben – «der Erleichterung Ihres Entschlusses dienen soll». Das Geld schenkt mir die Freiheit, mich aus allen hiesigen Verpflichtungen zu lösen. Ich danke Ihnen «auf den Knien meines Herzens», wie sich mein preußischer Bekannter, der Dich-ter, gerne ausdrückt – *er* wartet immer noch auf eine günstige Wen-dung seines Schicksals.

Ich aber habe Nogier – fast zu seinem Entsetzen – ausgezahlt. Da er sich als meinen Lebensretter betrachtet, war ich ihm einen festlichen Abschied im *Écart* schuldig. *Wohin* fahren Sie? fragte er immer wieder. Er glaubte nicht, daß ich meine Familie wiederse-hen wollte, und hatte ganz recht. Ich habe noch ein Geschäft in Weimar, sagte ich, und danach muß ich wieder zur See, koste es, was es wolle. Jetzt sah er mich verklärt an. *«L'homme marche dans les songes et s'achemine vers la mer.»* Ein herrliches Zitat, auch wenn er den Autor vergessen hatte. Aber für sein letztes Wort hatte er keinen nötig: *Vive la République!*

Das *«Vive l'Empereur!»*, das bald angesagt sein dürfte, wird dem Hazardeur ebenso mühelos über die Lippen kommen. Er hat es schon als *Chef de Cuisine* in Gatschina geübt und wird, wenn der «Weltgeist zu Pferde» ausgeritten hat, auch zum *«Vive le Roi»* seiner Jugend zurückkehren. Nogier ist ein Mann, der jede Geschichte überlebt, jedes Kapital zinstragend anlegen kann. Sein Blut wird er sparen, doch Napoleons vergoldete Brücken mit Vergnügen betreten.

Habe ich Ihnen erzählt, Exzellenz, wo ich Bonapartes zum ersten Mal ansichtig wurde? Es war im Dezember Nullnull, an jenem Tag, der sein letzter hätte sein sollen – für mich erst der dritte Tag in Paris. Ich wollte Talma sehen, in der *Comédie Française* – vor allem aber den Ersten Konsul, der in Begleitung seiner Joséphine erwartet wurde. Ich saß schon in meiner Loge, als es draußen krachte, und das Theater leerte sich auf das Gerücht, daß eine Höllenmaschine hochgegangen sei. Sie hatte ein paar Dutzend Menschen das Leben gekostet, aber natürlich Bonaparte gegolten, dessen Kutsche dem Attentat knapp entgangen war. Aber er dachte nicht daran, seiner Joséphine deswegen eine Vorstellung der «Phèdre» zu versagen. Das Theater füllte sich nur noch zur Hälfte; ich war, in meiner damals noch tadellosen Uniform des Gardemarine-Leutnants, in meiner Loge sitzen geblieben, erlebte den Einzug des herrschenden Paares in derjenigen genau gegenüber und verfolgte sein Mienenspiel durch mein Glas. Im Gesicht Joséphines spiegelte sich jede Entwicklung auf der Bühne, dasjenige des Ersten Konsuls aber blieb unbewegt, auch wenn er hie und da ruckartig den Kopf drehte, wie ein Vogel, der nur sieht, was Feind oder Beute werden kann. Die Liebestragödie war ihm nichts als eine Pause seines Lebens von Schlacht zu Schlacht. Eine Bombe, die ihn verfehlt hatte, existierte schon im nächsten Augenblick nicht mehr. Das käsige Gesicht mit dem römischen Schnitt schlief nicht, aber es ruhte, im Zustand einer Teilnahmslosigkeit, die etwas Hypnotisches hatte. Ich sah das verschlossene Gehäuse eines Geistes, der nicht zu lesen war, wenn er sich mit sich selbst beschäftigte. Wer sich produzierte, und wäre es ein Talma, blieb ihm gleichgültig, aber wer ihn aus dem Dunkel beobachtete, machte ihn hellwach. Plötzlich wandte er sein starres Auge in die Richtung meines Glases, in dem es so vergrößert erschien, daß ich mich erschrocken zurücklehnte. Ich habe schon dieser oder jener Hoheit ins Auge geblickt, von Alexander bis Carl August. Ihre Augen sind fahrig. Der Blick Bonapartes ist fest und leer. Er wird den Feind lähmen, bevor ihn sein eiserner Schnabel an der schwächsten Stelle trifft.

Jetzt hält mich in Paris nichts mehr. Bleibt nur die Frage, wie sich unser Verkehr ohne den Portier des *Angleterre* künftig gestalten soll. Ich bin gespannt, wie die *Persönlichkeit* aussieht, die Sie als nächste mit dem Zugang zu Ihrer Person betrauen. Bald wird mit einer längeren Unterbrechung zu rechnen sein. Fürs erste aber erreichen Sie mich jedenfalls p. A. Löwenstern in Weimar, denn mein Abschiedsbesuch bei Goethe war nicht gelogen. Er soll wissen, daß sich der Weg geöffnet hat, den er mir als erster zu zeigen geruhte.

6 Ich schreibe dies schon aus Petersburg, wo mich Krusenstern, beschäftigt, wie er ist, mit offenen Armen empfing, obwohl verschränkte Arme so etwas wie sein Kennzeichen sind. Abwarten, die Dinge auf sich zukommen lassen, sagt sein ruhiger Blick, doch sein Mund ist auch ohne Worte sprechend geblieben, und ein feines Lächeln kräuselt die überlange Oberlippe wie früher. Dabei hat der Ärger schon begonnen, denn alles ist im Verzug. Die beiden alten Schiffe, die Lisjanski in England günstig, doch wohl nicht uneigennützig besorgte, müssen nachgerüstet werden und kommen die Krone bereits teurer zu stehen als neue, die er in Hamburg hätte haben können, freilich ohne den persönlichen Rabatt, den er gewohnt ist, und ohne die Spesen, die er in England

machen kann. Unsere *Nadeschda* mußte schon dreimal umgeladen werden, um zuerst Herrn Resanow, dann sein Gefolge und schließlich die Geschenke für Japan zu akkommodieren. Dazu gehört ein Spiegel, größer als ein Stadttor. Die Fregatte ist so überfrachtet, daß Krusenstern nicht absieht, wie er noch zwei Passagiere, die in Kopenhagen zu uns stoßen, dazuladen soll. Mit einem von ihnen soll ich mein Kabuff teilen, dem Astronomen Horner, einem Schweizer, der noch mit dem Vermessen der Elbmündung beschäftigt ist. Und in England sollen wir die Vorräte komplettieren, wofür wir gleich nochmals umladen dürfen.

Dabei finden auf der *Nadeschda* ununterbrochen Trink- und Abschiedsgelage mit allen möglichen Würdenträgern statt. Drei Japanesen, die wir zur Repatriierung mitführen, werden hin und her geschoben, denn sie stehen überall im Weg und reden nur untereinander. Auch zwei Verwandte Krusensterns sind von der Partie, denen noch kaum die Stimme gebrochen ist. Die Brüder Otto und Moritz von Kotzebue haben kürzlich ihre Mutter verloren, und Krusenstern nimmt es auf sich, sie unerquicklichen Verhältnissen eine gute Weile zu entziehen. Denn ihr Vater, der bekannte Verfasser von Rührstücken, widmet sich nur seinem Theater und geht auch schon wieder auf Freiersfüßen. Ferner hat es das Schicksal, oder wer immer, so gefügt, daß auch – wollen Sie raten? – Graf Tolstoi an Bord geht, als *Chef de garde* für den Gesandten, und ebenso natürlich folgt ihm sein Schatten Schemelin. Resanow will in Japan groß auftreten, während es Tolstoi eher auf Amerika abgesehen hat. Jedenfalls: Petersburg ist ihn los, und wir Seeleute können sehen, wie wir mit dem Ballast dieser *jeunesse dorée* zurechtkommen. Auch wenn Krusenstern die Duellwut des jungen Herrn hoffentlich im Zaume hält, läßt ihn dieser bereits merken, daß er ihm nichts zu sagen hat – da können die nächsten zwei Jahre auf dem engen Raum der *Nadeschda* ja heiter werden. Tolstoi verriet übrigens mit keiner Miene, daß wir uns kennen.

Als der Kapitän mein Gesicht sah, sagte er: Löwenstern, vor August kommen wir nicht weg. Haben Sie von den Ihren denn ordentlich Abschied genommen? Das ist besser für Sie, als hier den Last-

und anderen Tieren im Wege zu stehen. Ich gebe Ihnen zehn Tage Urlaub.

Ich kann ihn brauchen. Denn der Galopp von Paris nach Petersburg hat mich mitgenommen – und der Aufenthalt, den ich mir in Weimar gönnte, um in der Nähe Goethes noch einmal Atem zu schöpfen, noch mehr. So nütze ich jetzt die Wartezeit für eine kurze Rechenschaft – die Möglichkeit dazu wird sich nicht leicht ergeben, bis ich, so Gott will, heil zurückkomme und Ihnen meinen Bericht *en bloc* einhändigen kann. Auf Verbindungen von den Kapverdischen Inseln, Brasilien, Peru oder wo immer wir anlegen, rechnen wir besser nicht. Denn wie wäre Geheimhaltung zu gewährleisten, wenn man seine Post auf gut Glück dem ersten besten fremden Segler anvertraute! Sie könnte, wenn der Krieg ausbricht, morgen schon in feindliche Hand geraten. Immerhin habe ich Krusensternen vorsorglich wissen lassen, daß ich ein Journal zu führen gedenke, und seine gefurchte Stirn krauste sich noch etwas mehr. Denn natürlich bleibt der offizielle Reisebericht seine Sache, und er hat sich das Privileg dazu vom Zaren eigens bestätigen lassen. *Sir,* sagte ich – sonst reden wir deutsch miteinander –, ich schreibe nur für meinen persönlichen Gebrauch. – Für Memoiren sei es aber noch etwas früh; er lächelte schon wieder, und als ich hinzufügte: meine Notizen ständen ihm selbstverständlich zu Diensten, sagte er nur noch: Dann schreiben Sie leserlich, wenn ich bitten darf!

Da wir unter den Passagieren mehr als genug Deutsche mitführen – die Wissenschaftler zeigen sich schon *vor* der Reise naseweis und präpotent –, werde ich mich um so mehr vorsehen müssen. Aber ich verspreche, Exzellenz, daß unser Journal das letzte sein wird, was ich bei einem Schiffbruch hoch über dem Kopf durch die Fluten retten will, wie Camões seine «Lusiaden».

Ich habe mich an der Moika in eine Pension eingemietet; für zehn Tage lohnt es nicht, nach Rasik hin- und wieder zurückzureisen. Ich brauche die stille Erleichterung meiner Familie nicht zu erleben, daß sie den verlorenen Sohn zwei weitere Jahre verloren geben darf. Und was die Braut betrifft: Herr von Essen hat den Frieden benützt, um sich mit seinen Töchtern für eine Schweizer

Reise zu verabschieden. Zwei Jahre sind lang; da kann so mancher junge Mann kommen und sehen, daß Minchen nicht nur artig und klug ist, sondern eine Partie. Sie verkörpert meine Aussicht auf ein seßhaftes Leben, und wie sollte, wie dürfte ich mich ihr jetzt hingeben? Vielleicht ängstigt mich die drohende Ruhe des Ehestands insgeheim noch mehr als eine Weltumsegelung. Diese nimmt jetzt meine ganze Phantasie in Anspruch und kann einem Seemann jeden Tag zum Verhängnis werden. Wie dürfte ich da die Erwartungen einer jungen unschuldigen Seele an mich binden?

Dies also meine vorläufig letzte Nachricht. Es kommt mir schon wie eine Ewigkeit und zugleich wie gestern vor, daß ich auch meinen letzten Spaziergang durch Paris gemacht habe. Der Vorgeschmack des Nichtwiedersehens prägte mir jede Straßenecke mit schmerzhafter Dringlichkeit ein. Auch in Weimar könnte ich zum letzten Mal gewesen sein. Von Goethe habe ich nicht Abschied genommen, doch er vielleicht von mir, und das ist fast ein wenig, als wäre das Ende der Welt schon eingetreten.

Ich reiste über Frankfurt, Fulda, Eisenach und Erfurt in wenigen Posttagen an, mit Mantelsack und einem Koffer – ich habe nur denjenigen Isabelles behalten. Ich hatte mich bei den Verwandten angekündigt, bekam auch Quartier, doch fiel mir auf, daß die Hausherrin kurz angebunden blieb. Etwas war faul im Hause Löwenstern, und am Gatten konnte es diesmal nicht liegen: der war in Geschäften verreist. Ich bezog mein Dachzimmer, man traf Vorbereitungen für eine abendliche Festivität, zu welcher der Herzog erwartet wurde, aber auch von ihm wurde nur gedämpft gesprochen. Dabei summte das Haus wie ein aufgescheuchter Bienenstock. Löwensterns haben ja zwei Dutzend Dienstboten mitgeschleppt, *Bodenverhaftete*, wie sie in Estland heißen, seit die Leibeigenschaft abgeschafft ist, und die Hausfrau hetzte sie herum, daß ich vorzog, einen Spaziergang an die Ilm zu machen und dann direkt ins Theater zu gehen. Als ich an Goethes verschlossenem Gartenhaus vorbeikam, zerbrach ich mir den Kopf, wie ich ihn noch einmal sehen könne. Denn meine Gastgeberin hatte nur den Mund verzogen, als ich fragte, ob man am Abend mit ihm rechnen dürfe.

Vielleicht begegnete ich ihm ja im Theater, denn sein «Egmont» wurde gegeben, mit der Jagemann als Klärchen; keine Premiere. Doch als ich mich umsah, war von Goethe sowenig zu sehen wie von meiner Verwandtschaft. Ich war in einem keineswegs vollen Saal offenbar auch der einzige, der nicht gewußt hatte, daß die Jagemann ausfiel. Sie war am Vortage abgereist, in die Schweiz, und zwar für immer; sie habe die Kunst ganz an den Nagel gehängt. Ein Weltuntergang – aber da der Klatsch in Weimar auch einen solchen zuverlässig überlebt, wurde ich, beim Gespräch an der Garderobe, über die Gründe nicht im unklaren gelassen, auch wenn ich sie nur im Flüsterton vernahm. Die Jagemann habe den Herzog refüsiert, als er sie zu seiner Gattin linker Hand habe erheben wollen. Dabei habe er von ihrem Jawort nicht nur sein persönliches Glück, sondern auch dasjenige des Herzogtums abhängig gemacht. Da sie an so viel Unglück nicht schuld sein, ebensowenig aber ihre Freiheit verkaufen wolle, habe sie keinen Ausweg gesehen als rasche Flucht.

Nun verstand ich den Aufruhr bei Löwensterns, ließ mir aber die Vorstellung nicht nehmen. Der Direktor, also Goethe selbst, habe darauf bestanden, daß sie gegeben werden müsse. Es wurde denn auch tapfer gespielt, obwohl dem Klärchen-Ersatz, einer ganz jungen Person, der Schrecken über ihr Glück ins Gesicht geschrieben stand. Doch ihr Stammeln paßte zu Schillers Bearbeitung, denn er hatte es darauf angelegt, dem Stoff ebensoviel Schrecken wie Mitleid zu entlocken. Dafür mußte der Bösewicht Alba beim Gericht über Egmont im Hintergrund mit gezücktem Dolch auftreten. Doch auch Schiller, der an einer Erkältung laboriere, ließ sich in der Vorstellung nicht blicken, und danach begab ich mich zum Löwensteinischen Hause zurück, wo es bereits hoch herging. Die Musik spielte, der Tanz hatte schon begonnen; ich stahl mich, um mich frisch zu machen, durch eine Hintertür in meine Kammer. Als ich sie nach einer halben Stunde verließ, um mich in Gottes Namen ins Getümmel zu stürzen, hörte ich, noch am oberen Ende der Treppe, wunderliche Laute hinter einer Tür hervordringen, wie von einem Menschen in Not.

Ich stieß die Tür auf und wünschte auf der Stelle, sie wäre für immer verschlossen geblieben. Denn der Mann dahinter, der mir den Rücken zukehrte, war auch bei verschlossenen Läden als Herzog zu erkennen. Fast vollständig angezogen, war er einer weiblichen Person aufgeritten und begattete sie mit gelassenem Nachdruck, als wolle er ihr etwas ein für allemal einprägen, während sie die Lektion mit kurzen Schreien begleitete. An der kindlich hohen Stimme konnte ich nicht umhin, die Hausfrau zu erkennen, und wollte mich eilig zurückziehen; da wandte der Herzog den Kopf nach mir um. Ohne seine Bewegung zu unterbrechen, schien er zu grinsen, und in seinem verdunkelten Gesicht las ich einen Ausdruck, der zu sagen schien: was tut man nicht alles!

Ich will nicht hoffen, daß Seine Durchlaucht mich erkannt haben.

Ich ging die Treppe hinab, um mich unauffällig in die Tanzgesellschaft zu mischen, die von einer Mazurka eben zu Polka übergegangen war. Eine füllige Person, die sich allein gedreht hatte, angelte mich alsbald, und wenn ich sage, daß sie mich zur Brust nahm, ist das milde ausgedrückt. Ich glaubte, in ihrem Dekolleté zu versinken, während sie sich an mich preßte und mich im Kreise schwang. Wenn sie sich zurücklehnte, war sie außerstande, mich zu fixieren, und bei jeder Bewegung war nur zu deutlich, daß ihr Gleichgewicht schlechterdings von meinem abhing. Da sie sich dennoch auf Schwünge und Drehungen kaprizierte, mußte ich, um uns auf den Beinen zu halten, meine ganze Kraft aufbieten. Ho! jauchzte sie, immer ho! und: so geht's flott! nur immerzu!

Wir müssen der Gesellschaft das Schauspiel eines brünstigen Paars geboten haben, das vor Gier, sich aufeinander zu stürzen, kaum noch stehen kann. Doch niemand verzog eine Miene, und die Musikanten spielten unerbittlich weiter. Wir waren eine ganze Weile so weitergestolpert, als jemand in die Hände klatschte, um Einhalt zu gebieten. Ich erkannte die Stimme der Hausherrin, die wieder vollkommen beherrscht in unserer Mitte stand. Genug für heute! verkündete sie. Da sich der Herzog früh zurückgezogen hat, wollen wir jetzt auch den Nachbarn ihre Ruhe gönnen! Man rüstete also zum Aufbruch, und der wahre Anlaß dazu war nicht zu übersehen, in Gestalt meiner Tanzpartnerin; denn nachdem ich sie zu einem Sessel geleitet hatte, war sie in sich zusammengesunken und weinte haltlos. Die Verbeugung, mit der ich mich bedankt hatte, beachtete sie gar nicht, ebensowenig den ältlichen Kommerzienrat, der ihr seinen Arm anzubieten versuchte. Schließlich gelang es zwei jüngeren Herren, sie abzuführen, und bald hörte ich draußen Pferd und Wagen vorfahren und wieder verklingen.

Jetzt dachte die Gesellschaft nicht mehr daran, auseinanderzugehen. Der Stein des Anstoßes war ausgeräumt, und man unterhielt sich angeregt weiter, oder nun erst recht. Ein starker Vierziger mit gerötetem Gesicht, feuchter Stirn und sinnlichem Mund ergriff meinen Arm und führte mich in eine Ecke, um mich zu meinem Verhalten als Kavalier zu beglückwünschen. Als ich mich als Livländer zu erkennen gab, fragte er mich, ob ich Kotzebue kenne? – Den Dichter? wer kannte ihn nicht! – Und mein Hofrat, der sich als Böttiger vorgestellt hatte, begann alsbald zu schwärmen. Der göttliche Kotzebue! Er blieb sein Freund, obwohl Weimar seinen größten Sohn ausgestoßen hatte. – Ich erlaubte mir die Bemerkung, Goethe sei doch immer noch in der Stadt. – Gerade *er* hat Kotzebue vertrieben, schnaubte Böttiger, obwohl er seine Stücke spielen muß, denn das Publikum wünscht sich nichts Besseres! Zugleich tut er alles, um ihn klein zu halten, und geniert sich nicht, für seinen Brotneid den Herzog einzuspannen; denn was ist die «Iphigenie» gegen «Menschenhaß und Reue»! Eulalia, das ist ein Frauenschicksal, das sind Gefühle – zum Lachen und Weinen! – Ich bekannte, das Stück nicht zu kennen. – Aber es ist in zwölf Sprachen übersetzt! rief Böttiger, es wird geliebt, nicht nur zitiert! Davon kann Goethe nur träumen!

Böttiger schien mir immer weniger der Mann, mit dem ich über Goethen reden mochte, und ich schickte mich gerade an, eine freie Dame zum Tanz zu bitten, als er sagte: Und sie kommen *doch*, die «Japanesen»! Die «Japanesen»? fragte ich, gebannt wider Willen. Er näherte sich meinem Ohr und raunte: Japan ist Weimar! und unbekümmert um meinen Widerwillen begann er, mir die Handlung auseinanderzusetzen.

Die Japanesen haben einen weltlichen und einen geistlichen

Kaiser, nicht wahr, exakt wie Weimar. Goethe, der weltliche Kaiser, wußte ganz genau, daß der geistliche Kaiser, nämlich Schiller, der wahre und einzige ist, und bereitete eine Ehrung für ihn vor, mit dem Zweck, ihn unbemerkt zu vergiften. Dafür habe sich Kotzebue ein Glockenfest ausgedacht – Sie kennen doch das «Lied von der Glocke»? – und wollte, als Glockengießer verkleidet, selbst auf die Bühne treten, um die Form zu zerschlagen. Natürlich mußte sie aus Pappe sein, aber Schillers Büste, die sich daraus erhoben hätte, wäre die echte danneckersche gewesen, und seine größten Figuren hätten ihr gehuldigt, Frau von Egloffstein als Jungfrau von Orleans, Frau von Löwenstern als Thekla, Frau von Stein als Amalia. Und als Pointe hätte auch der weltliche Kaiser, also Goethe persönlich, auf den Rivalen das höchste Lob ausbringen müssen, nach dem Bibelwort des heiligen Joseph: ihr zwar gedachtet Böses über mich, aber Gott hat es zum Guten gewandt! Es wäre hinreißend geworden, und wer hat es vereitelt? Kein anderer als der Herr Geheime Rat. Er habe sich platterdings geweigert, Schillers Büste herauszugeben: ein solches Kunstwerk dürfe keiner Beschädigung ausgesetzt werden. In Wirklichkeit habe Goethe das Festspiel vereitelt, um sich eine wahrhaft unsterbliche Blamage zu ersparen. Aber nun haben *Sie* seine Blöße aufgedeckt, wie es im Buche steht. Herzlichen Glückwunsch!

Wozu? fragte ich verwirrt und starrte Böttiger in die schwülen Augen.

Jetzt sagen Sie nur noch, Sie wüßten nicht, mit *wem* Sie getanzt haben!

Wahrhaftig, ich wußte es nicht.

Mit der Demoiselle Vulpius, keuchte er triumphierend. – Dem Bettschatz des Herrn Geheimrats, die immer noch davon träumt, einmal Frau von Goethe zu heißen! – Ich war doch aber in seinem Haus, stammelte ich, und bin ihr gar nicht begegnet.

Ja, glauben Sie denn, er zeigt sie vor? feixte Böttiger. – Kann sie sich sehen lassen? Urteilen Sie selbst. Ja, Goethe ist kein Kotzebue! Keine sittlich gefestigte Persönlichkeit! Von der poetischen Kraft ganz zu schweigen.

Für diesen Abend war es schon zuviel, aber noch nicht genug, denn nun kam Friederike, meine vielseitige Gastgeberin, um mich beim Arm zu nehmen. Sie hatte Böttigern mitgehört. Nun fühlte sie sich berechtigt, Goethen zu entlasten.

Ich mußte nämlich wissen, daß er zu der Mamsell, die er sich ins Haus geholt und mit der er auch Kinder gezeugt hatte – leider lebte nur noch das erste, ein Sohn –, als Ehrenmann gestanden und dafür sogar das Mißvergnügen hiesiger Gesellschaft auf sich genommen habe. Als die Großherzogin-Mutter dieser Person durchaus nicht habe begegnen wollen, habe er den Lotterhaushalt ins Jägerhaus ausquartiert. Auch wenn eine Heirat natürlich nicht in Betracht komme, behandle er die Mamsell mit Zartgefühl und lasse sich auch, wenn sie über die Stränge schlage, in seiner Zuneigung nicht beirren. Ihre liebste Gesellschaft, und die ihr am besten entsprechende, seien die Schauspieler. Wenn es um Theater gehe, wisse sie ihren Beschützer auch zu beraten, namentlich in Personalien, bei denen das Genie nicht die sicherste Hand habe. Die Vulpius habe gewiß geglaubt, ihm einen Dienst zu tun, wenn sie ihn an dieser Soiree vertrete. Sie tanze für ihr Leben gern, und man könne Gott danken, wenn sie nicht auch noch *singe!* Ihre Tränen hätten nichts zu bedeuten, sie halte nun einmal ihr Wasser nicht; könnte man dasselbe nur auch vom Wein sagen, den sie zu vertragen glaube. Eine Meinung, mit der sie leider allein stehe.

Ich sagte nur noch: Entschuldigen Sie mich, liebe Friederike, ich brauche Luft.

Mein Weg führte mich wie von selbst zum Frauenplan, wo in Goethes Haus kein Licht mehr brannte; doch die Privaträume liegen nach der Hinterseite. Hier also lebte ein Paar? Aber die Frau war allein; allein hatte ich sie auch bei der Löwenstern sitzen sehen, gottverlassen, trotz der peinlichen und heimlich mokanten Fürsorge, mit der die Gesellschaft sie umgab, um sie schonend zu entfernen. Nachträglich stand mir das Haar zu Berge über die Rolle, die ich ahnungslos gespielt hatte. Nie wieder Weimar.

Um ein letztes Frühstück bei Löwenstern kam ich dennoch nicht herum; diesmal hechelte Friederike nur die Jagemann durch. *Die* lerne jetzt ihre Grenzen kennen. Welcher Fehler, sie überhaupt zu engagieren – die Tochter des hiesigen Bibliothekars, nach der kein Hahn gekräht hätte, wenn sie nicht so pfiffig gewesen wäre, anderswo *bella figura* zu machen. Darauf sei auch Goethe hereingefallen. Vielleicht habe er gehofft, sie mit dem Herzog zu teilen, wie vormals die Corona Schröter. Aber die sei eben nicht nur Schauspielerin gewesen, sondern *Künstlerin*. Jetzt versuche die Jagemann den Trick mit dem Sich-rar-Machen wieder – und überschätze die Lücke, die sie hinterlasse. *Auf die Dauer* sei der Herzog nicht der Mann, sich blenden zu lassen.

Inzwischen melden die Petersburger Blätter, die Jagemann sei in Weimar zurück. Offenbar wußte sie, wie man die Dinge auf die Spitze treibt und wann man es auf einen Rücktritt ankommen lassen kann. Der Herzog nahm ihn nicht an, und damit hat sie sich seiner wieder bemeistert – und mit ihm auch des Theaters. Goethe hat verloren.

Der Postwagen wartete, der Abschied fiel mir leicht und schwer, die «Mamsell» ging mir nach. Sie ist keine Schauspielerin, Exzellenz, sie ist auch betrunken keine gewesen. Sie hat, als wir tanzten, Schutz gesucht vor sich selbst, eine Stütze gegen ihr Elend. Ich konnte irgendein Mann sein, aber bei *keinem* wäre sie auf den Gedanken gekommen, ihren Einzigen zu betrügen. Doch was die Jagemann betrifft … ich habe sie zu Berlin gesehen, als Ion, in einer Knabenrolle, und von ihr geträumt. Nur ihres Klärchens wegen wollte ich den «Egmont» sehen, in der Hoffnung, ihr später im Löwensternschen Salon zu begegnen und – warum soll ich's leugnen? – von seiner Unbefangenheit zu profitieren. Damit hätte ich mich, schon wieder ahnungslos, auch beim Herzog in die Nesseln gesetzt. Sie sehen, wie es um meine Berufung zum Sittenrichter steht. Bin ich besser als meine Kusine? Ich bin nur weniger klug.

Jetzt hilft nur noch eine Weltreise – ich bin reif für die See.

Leben Sie wohl, Exzellenz. In zwei Jahren komme ich aus Japan mit einem zuverlässigen Bild der Welt zurück, oder besser gar nicht.

III
Archangel. Krätze

1 Exzellenz,
ich bin elend.

Drei Jahre sind seit meinem letzten Brief aus Petersburg vergangen. Vor fünf Monaten habe ich mein Journal hinterlegt. Den Empfang beliebten Sie zu quittieren. Seither sind Sie verstummt.

Dafür bin ich nach Archangel kommandiert, was ich nur als Strafversetzung betrachten kann. Also habe ich Anstoß erregt. Womit?

Mit Willen und Wissen habe ich nichts unterschlagen, was der Expedition begegnet ist, ohne Rücksicht auf Personen, meine eigene eingeschlossen. Vielleicht habe ich nicht *alles* gesagt. Dann stand mir nur die Scham im Wege – was konnte ich über Japan berichten? Ich bin ja gar nicht dort angekommen.

Hätte ich mogeln sollen wie Gulliver?

Oder haben Sie mich gar nicht gelesen? Hatte sich mein Auftrag erledigt? Ist sein Verfasser längst abgeschrieben?

Ich führe immer noch Journal. Der gestrige Eintrag lautet wie folgt:

So kam der Befehl, den vorräthigen Proviant in Archangel zu untersuchen und die Uhrsachen anzugeben, woher er in so kurzer Zeit hatte verderben können. Der Brandtwein war nemlich schlecht, u ein Grüner Schaum wie Seifen Blasen schwamm auf der Oberfläche, die Zwiebacken waren Verschimmelt und Wurmfrasig, das Salzfleisch war Verfault, u die Butter hatte sich in Talg verwandelt. – Leider wurde ich zum Präses dieser Untersuchung gezogen ernannt. Meine Ermahnung, das keiner sich unterstehen sollte, mich in seine Spitzbubereyen zu verwickeln, fruchtete, u ich hatte das Glück, dieses Penieble Geschäft zur allgemeinen Zufriedenheit zu beendigen, nur leyder mit Aufopferung meiner Gesundheit.

Verdient dieses Leben noch eine Orthographie?

Ich hasse die Uniform, aber ohne sie fiele ich auseinander. Es gab Tage, wo mich nur noch der Frost zusammenhielt. Ich hütete mich vor jedem warmen Wort, es hätte mich zerfließen lassen; zum Glück ist in Archangel nichts dergleichen zu befürchten. Ich habe den Schlüssel zu mir selbst verloren, Exzellenz. Wo soll ich ihn suchen? Alles ist dunkel, aber soviel sehe ich noch: der einzige Ort, wo ich ein bißchen Licht hatte, war unsere Korrespondenz; die Quelle dieses Lichts waren Sie. Ihre Person war nur zu erraten, Sie blendeten zu sehr. Aber wenn ich die Augen niederschlug, brauchte ich Sie nicht anzusehen. Ich folgte meiner Feder, wie sie sich durch das Papier arbeitete, und konnte mir einbilden, sie zeichne, Strich für Strich, Ihren Schatten auf die weiße Leere. Ich schrieb nur für mich und glaubte zugleich, Sie einzufangen wie in einem fein gestrickten Netz. Schreibend bewies ich mir Ihre Gegenwart, und zugleich hatte ich die meine nur durch Sie. Sie schenkten meiner Feder Geläufigkeit, und manchmal flog sie wie im Tanz von Satz zu Satz.

Wo sind wir stehengeblieben?

Das bekannte Rußland liegt ganz am westlichen Rand seiner Landmasse, es hat nur Augen für Europa. Seine andere Seite bleibt im Dunkel. Land, und je weiter man geht, um so weiter wird auch das Land, erstarrt in seiner Größe, festgefroren in Unendlichkeit. In unvorstellbarer Ferne, wo Land und Himmel zusammenfließen, beginnt die Leere. Sibirien ist der Name für einen Zustand, wo alles aufhört. Kann man in Sibirien etwas anderes sein als verdammt?

Da bin ich nicht durch, wie Chwostow und Dawydow. Ich bin zu Schiff um die halbe Welt gesegelt, um mit Augen zu sehen, daß das endlose Land doch an ein Ende stößt, mit Schrecken. Ich habe das Gebrüll gehört, mit dem es bricht, um mit zerrissenen Klippen ins Meer zu stürzen, verschlungen von der nächsten Unendlichkeit. Über dem Ozean hängt immerwährender Nebel, die Hütten der Fischer und Pelzjäger ducken sich am Rand des Nirgendwo. Und darüber schweben, schwarz und weiß, die abweisenden Krater einer Mondlandschaft. Die Küste bleibt verhüllt, bis das Schiff mit der Nase darauf stößt, und dann ist es zu spät.

Solche Sätze schreibe ich mit dem Blut, das mir die Mücken täglich abzapfen.

Auf der Südseeinsel Nukahiwa kam es zum Eklat. Resanow erklärte vor aller Ohren, der Kapitän sei keine Kopeke wert und verdiene nichts Besseres als die Degradation zum gemeinen Matrosen. Am besten hänge er sich gleich am Mast auf. Damit erklärte sich Krusenstern für abgesetzt und forderte Resanow auf, das Schiff zu übernehmen. Aber da der Gesandte nicht das geringste von Seefahrt verstand, setzte man die Fahrt, ohne ein Wort miteinander zu wechseln, unter dem Kommando Krusensterns fort. Er beabsichtigte, es niederzulegen, sobald der nächste russische Hafen erreicht war, um auf dem Landweg nach Petersburg zu reisen und die Gerichte anzurufen.

Als die Nadeschda *in Petropawlowsk anlegte, war die Expedition am Ende. Die Mannschaft rechnete mit Entlassung; die Parteien setzten Briefe auf, um dem Zaren den Fehlschlag anzuzeigen, unter Entlastung der eigenen Person. Aber Gouverneur Koschelew tat sein Bestes, das Debakel zu verhüten. Er verwendete seine ganze Bonhomie darauf, die Kontrahenten zur Fortsetzung der Reise zu bewegen. Sie hatten viel zu verlieren: Krusenstern sein Renommee und den Lorbeer der ersten russischen Weltumsegelung, und mit Resanows Gesandtschaft nach Japan wäre auch die Aussicht auf das große Fernostgeschäft geplatzt.*

Nun war das Gröbste abgewendet, und am 25. August 1804 stach die *Nadeschda* in See, einem Sturm im Japanesischen Meer entgegen, den wir nicht zu überleben glaubten; danach waren wir reif für das Scheitern in der Bucht von Nagasaki. Es war fast lautlos, doch umfassend, denn diesmal scheiterte die Mission endgültig an sich selbst.

Der Wahnsinn der *Nadeschda* hatte schon mit der Zusammensetzung ihrer Belegschaft begonnen. Seeleute und Hofleute, Russen und Deutsche, Gelehrte und Gestörte – und drei Japanesen. Das war etwa, als sperrte man Bären, Schakale, Lamas und Fledermäuse zusammen in einen Käfig und verpflichtete sie, eine zivilisierte Gesellschaft zu bilden. Schon hinter Teneriffa, als Resanow den Ukas aus der Tasche zauberte, der *ihn*, nicht Krusenstern, zum Haupt der Expedition bestimmte, gerieten alle Grundsätze ins Wanken, und in der Südsee fiel sogar derjenige, daß der Kapitän auf See zu sagen hat, der Gesandte an Land. Dieser spielte sich auch an Deck als Oberherr auf, und da ihm Seefahrt nicht mehr bedeutet als Seekrankheit und Langeweile, dominierte er durch Übellaune, Intrigen, Sabotage, Bestechung und Erpressung.

Leider ist Krusenstern auch als Kapitän ganz Gutsherr, ein Mann der Vermittlung, der lieber präsidiert als befiehlt. Er braucht faire Mitspieler und zivile Verhältnisse. Auf der *Nadeschda* hätte er ein tobender Seebär sein müssen, und dafür war er sich zu gut. So wurde er ein Meister im Wegsehen, und wenn uns der Gesandte zur Weißglut brachte, war er anderweitig beschäftigt. Wir nannten ihn Gottvater – aber vom Jehova des Alten Testaments besaß er weder Allmacht noch Temperament, nur die Empfindlichkeit. Damit regte er das Rattenpack auf, statt es im Zaum zu halten. Am liebsten hätte er, wie der Gott der Aufklärung, sein Werk aufgezogen, mit einem Finger in Gang gesetzt und sich zurückgelehnt, um zuzusehen, wie es weitertickte bis ans Ende der Welt. Dieses aber hatten wir auf der *Nadeschda* jeden Tag – Krusenstern lehnte sich trotzdem zurück. Der Kammerherr hat die Expedition verdorben, der Kapitän hat sie im Stich gelassen. Er konnte sie erst schlecht und recht zu Ende führen, als wir Resanow losgeworden waren. Dafür wurden wir mit Lisjanski geschlagen, dem Kapitän der *Newa*, der die Sitten amerikanischer Pelzjäger nach China importierte und die gemeinsame Rückfahrt ums Kap der Guten Hoffnung verweigerte, um sich in Kronstadt noch vor seinem Chef über die Ziellinie zu drängeln.

Damit aus minus mal minus plus wird, bedarf es mathematischer Verhältnisse; die Multiplikation von Schwächen, die unvereinbar sind, ergibt das reine Chaos. Jeder an Bord der *Nadeschda* trug dazu bei – auch der immer um Billigkeit bemühte Horner, mein einziger Freund. Ohne seine Meßkunst wären wir nicht einmal in die *Nähe* Japans gekommen. Dafür hat er mich mit seiner moralischen Pedanterie sekkiert; dann wurde es in unserer Kajüte noch enger. Die wissenschaftlichen Passagiere waren zu kapriziös und selbstsüchtig, um zur Ruhe an Bord beizutragen. Wenn es hart auf hart ging, begannen sie zu kriechen und drehten ihr Mäntelchen nach dem Wind. Unter unseren Verhältnissen konnte ein Tolstoi, der fähig war, sich *jederzeit* mit *jedem* anzulegen, beinahe als Charakter gelten.

Ich bin selbst in einer zerrütteten Familie aufgewachsen; Schaden genommen habe ich genug und lernte mir den Luxus abgewöhnen, darunter auch noch zu leiden. Lieber ziehe ich mich ganz zurück. Auf einem Schiff ist das nicht möglich, und oft genug war uns nur noch durch gemeinsame Lebensgefahr zu helfen. Dann verbreitete sich im Käfig ein Hauch von Disziplin und wich erst bei guter Fahrt wieder dem normalen Bürgerkrieg. Der Aufenthalt in Nagasaki war beides, eine Katastrophe und eine Erlösung. Denn die Japanesen spalteten uns wenigstens in übersichtliche Lager. Resanow, der an Land residieren wollte, verschanzte sich in seiner Ratteninsel, die Seeleute kampierten auf der *Nadeschda*. Und von da an spielte sich der Verkehr unter den Russen fast so zeremoniell ab wie der mit den Einheimischen. Der Gesandte kam nur noch an Bord, um sich mit Spalier und Ehrensalve huldigen zu lassen; wir durften an Land, um ihm als Staffage zu dienen und zur Polizeistunde wieder abzufahren.

Was für ein Bild Europas haben wir geboten!

Wenn sich der Zar eine Annäherung an Japan versprach, hätte er dafür keinen Handelsmann wählen dürfen. Denn diesen Stand, reich oder nicht, schätzt man hier so gering, daß er noch unter Bauern und Fischern rangiert. Überhaupt steckte der Wurm unserer Expedition im Durcheinanderwerfen von Forschungs- und Geschäftsinteresse. Warum ist Japan verschlossen? Weil es sich gegen Händler verwahrt. Resanow *verkörpert* geradezu den Unfrieden, der im Lande nicht mehr aufkommen soll – um buchstäblich keinen Preis. Der Verkehr mit Japan wird Menschen vorbehalten sein, die für Würde stehen, und was eine Gesellschaft der Gierigen wert ist, haben wir ihnen zur Genüge vorgeführt. Wir hatten die Kühnheit, ihrem Kaiser einen *Spiegel* als Geschenk verehren zu wollen; offenbar in Fortsetzung der Glasperlen, mit denen wir uns die Insulaner der Südsee kaufen konnten. Die Japanesen seien immerhin etwas Besseres, muß sich der Hof zu Petersburg gedacht haben, also müsse das Glas *riesig* sein. In diesem Spiegel, Exzellenz, hätten wir uns selbst betrachten sollen, bevor wir ihn am Ende wieder einpacken mußten, um das Sperrgut auf dem Trödelmarkt von Petropawlowsk zu verscherbeln.

Die Japanesen fanden eine ganz eigene Art, uns abblitzen zu lassen. Sie meldeten, es werde selbst einer großen Mannschaft fast unmöglich sein, einen so großen Spiegel in die siebenhundert Werst entfernte Hauptstadt zu tragen. – Wozu man denn Träger brauche, wenn man Lasttiere habe, zumal man den Spiegel ja auch stückweise transportieren könne? – Bewahre! ein Geschenk des russischen Kaisers wolle am Stück nach Edo *getragen* sein – wie der Elefant, den der Kaiser von China dem Kaiser von Japan verehrt habe. – Resanow blieb schwer von Begriff: nicht der auf Händen getragene Elefant war absurd, sondern das Geschenk *als solches* nicht annehmbar. Er zog es vor, schwer beleidigt zu sein. Er verstand ebensowenig, warum er Menschen, die von ihm nichts geschenkt nahmen, auch nichts verkaufen konnte – am wenigsten Pelze, an denen der Geruch von Totschlag haftet. Japanesen gehen lieber in Strohsandalen durch Regen und Schnee als in Stiefeln aus Leder und Fell!

Aber daß Resanow auch seinerseits diesen Leuten nichts abkaufen kann, nicht einmal eine Lackschale, geht vollends über seinen Verstand. Nicht einmal für die Vorräte nehmen sie Geld, mit denen sie die *Nadeschda* reichlich ausstatten – am generösesten zum Abschied. Wenn sie nur verschwindet! Und den ganzen Kram wieder mitnimmt, den sie angeschleppt hat! Die Inspektoren haben unser Schiff genau inventarisiert – keinen Nagel durften wir zurücklassen. Gastfreundschaft in Ehren – aber Beziehungen läßt sich das Land nur gefallen, wenn es sich in der Lage fühlt, sie zu erwidern. Rußland aber gehört zu jener Außenwelt, mit der es nichts zu tun haben will. Und da ein halbes Jahr Untätigkeit im Hafen nicht ausreichte, daß Herr Resanow von selbst auf diese Tatsache kam, mußte sie ihm in gehöriger Form beigebracht werden. Natürlich nicht durch den «Kaiser» in Person, und schon gar nicht in der Hauptstadt, sondern durch einen sehnlich erwarteten «Groten Heer», der abgesandt wurde, um Resanow in zwei Audienzen zu erklären, daß man ihn leider *nicht* als Gesandten behandeln könne – er möge sich darum als nichtexistent betrachten. Das war, für einen Mann von Resanows Eitelkeit, ein starkes Stück. Was Wunder, daß er Rußland für tödlich beleidigt hielt.

Beinahe hätten wir auch *unsere* drei Japanesen wieder mitnehmen müssen. Die menschlichen Unterpfänder des Handels kamen in den traurigen Fall, sein Mißverständnis zu verkörpern. Schon auf der Reise bewegten sie sich wie Gespenster am hellichten Tag. Tolstoi war der einzige, der ihre Sprache redete, aber wahrlich nicht der Richtige: denn er hielt sie nur, wie seine Äffin, als Versuchstiere für böse Streiche. In Rußland waren sie immerhin Objekte allgemeiner Neugier gewesen; nun kamen sie, statt zu Hause, im Niemandsland an. Hätte sich derjenige, den Tolstoi als Spielzeug benutzt hatte, nicht den geschändeten Mund zerschnitten, sie wären gar nicht von Bord gekommen. Ein Verzweiflungsakt war nötig, damit die Japanesen ihre Muster ohne Wert zurücknahmen, und ich stelle mir lieber nicht vor, was in der entfremdeten Heimat aus ihnen geworden ist. Wenigstens um *diese* Last erleichtert, suchte die *Nadeschda* das Weite.

Nein, wir sind nicht nach Japan gekommen. Und doch. Die ersten Stunden waren voller Verheißung, wenigstens für mich.

Als wir ankamen, war Dämmerung eingefallen. Wir ankerten nahe Nagasaki im Schatten einer Insel, vor uns die schmale Bucht, über und über mit Lichtern besät. Auf dem Wasser waren die Glühwürmchen in Bewegung; am Land sammelten sie sich zu Nestern und zogen sich, wie eine Festbeleuchtung, in zwinkernden Girlanden bis ins Gebirge empor. Das Bild hatte eine fremde *Heimlichkeit*, die mir den Atem stocken ließ – als breite sich vor meinen Augen die Tiefe einer unverlorenen Kindheit aus. Da und dort glosten rötliche Feuer, alles in tiefer Stille; jede Welle hörte man an den Leib der *Nadeschda* schlagen, auch die Mannschaft stand auf Deck, ohne sich zu rühren.

Schon bei der Anfahrt hatten wir an der Küste Gruppen reinlicher Hütten ausgemacht, Bambushaine, in denen sich schwere Tempeldächer verbargen, Terrassen von Reisfeldern bis in die Berge hinauf; ein Land wie ein Garten. Natürlich war die Ankunft des fremden Schiffes gemeldet worden, und jetzt, da wir mit geblähten Segeln einfuhren, mußte die Stadt hellwach sein. Doch statt zu summen wie ein Bienenstock, hielt sie den Atem an. Kein Laut drang herüber, bis endlich das Plätschern von Rudern näher kam. Aus den Laternenreihen, die wie Sätze eines Buchs in der Bucht schwammen, hatten sich zwei, drei Zeilen gelöst. Einen Steinwurf entfernt hielten sie an; ich sah Schriftzeichen auf Papierlaternen und schattenhaft die Reihe der Ruderer mit hellen Kopfglatzen.

Jetzt aber kam Resanows Auftritt, und die *Nadeschda* wurde zur Bühne. Er hatte sich am Vordeck aufgebaut, inmitten seiner Garde, auf dem Dreispitz wehte sein Federbusch, seine Orden blinkten im Fackelglanz. Und jetzt schrie er Sätze übers Wasser, die er mit unseren Japanesen einstudiert hatte. *Alexander, Zar und Selbstherrscher aller Reußen, entbietet seinem Bruder, dem Kaiser von Japan, seinen feierlichen Gruß und erklärt ebenso, daß er darauf brennt, ihn zu umarmen, in meiner Gestalt, derjenigen seines alleinigen und bevollmächtigten Gesandten, Nikolai Petrowitsch Resanow, Kammerherr Seiner Majestät, Träger des Ordens der Heiligen Anna, Gründer von Resanowskoje-Annonskoje und Direktor der Kaiserlich-Russisch-Amerikanischen Compagnie.*

Unter allen Eröffnungen diplomatischer Kontakte dürfte diese einzig dastehen, denn es ist unmöglich, in wenig Worten mehr Unmögliches zu sagen. Der japanische Kaiser (gemeint war, wie immer, der Schogun) weiß von keinem Bruder in Petersburg, noch weniger steht ihm eine Umarmung an, die er als Angriff betrachten würde, und am wenigsten «in Gestalt» des Herrn Resanow, obwohl er eine gewisse Ähnlichkeit mit dem Zaren kultiviert. Die japanesischen Bootsleute erstarrten angesichts der Tatsache, daß hier eine Langnase ihre Sprache zu sprechen glaubte. Dann lud sie einer unserer Japanesen durch Zuruf ein, an Bord zu kommen. Zögernd legte das erste Boot bei, und eine Gruppe stieg an Deck, dicht hintereinandergedrängt, mit allen Zeichen der Todesverachtung. Wir gaben Raum, sie ließen ihren Oberen vortreten, der mit weiten Hosenwerk so breitbeinig stand, als hätten wir schweren Seegang. Er trug ein lackiertes Hütchen über der Glatze, zwei Schwerter am Gürtel und eine weitärmlige Tunika, die mit Wappensiegeln geschmückt war. Sein Gesicht wirkte bis zur Erstarrung beherrscht.

Resanow war zur Stelle, ihn mit einer Verbeugung zu begrüßen, die anhaltend erwidert wurde. Da Tolstoi Kabinenarrest hatte, war man für weiteren Verkehr auf unsere Japanesen angewiesen. Der Befehlshaber würdigte unsere Geiseln, seine Landsleute, keines Blicks, schien eine Person zu suchen, die *ernsthaft* das Sagen hatte, und fixierte sich bald auf Krusenstern. Aber der rührte sich nicht.

Soweit der erste Kontakt – der Vorgeschmack aller weiteren. Resanow hörte nie auf, sich vorzudrängen. Auch in seiner schäbigen Residenz, die er für sich erzwungen hatte, nahm er alle Privilegien eines Staatsgasts in Anspruch und verlangte gleiche Behandlung wie die Holländer, mit denen er übrigens keinen Verkehr haben durfte, sowenig wie mit den Einheimischen – bis auf die zugeteilten Übersetzer, die sogenannten Tolks. Sie wurden die ratlosen Empfänger seiner unerschöpflichen Bedürfnisse und anhaltenden Beschwerden. Am ärgsten trieb er es als Patient. Er ersetzte den Status, der ihm vorenthalten wurde, durch die Willkür seiner Unpäßlichkeit. Er hatte bald heraus, daß er die Japanesen damit auf Trab halten konnte. Kaum nahm er sich die Mühe zu verstecken, daß seine Leiden nur vorgeschützt waren, doch genierte er sich nie, die Tolks in einem Negligé zu empfangen, das jeder Würde spottete, und bildete sich auf seine Vertraulichkeit auch noch viel ein. Seine Molesten waren weggeblasen, wenn er sich an den Lackwaren weidete, die ihm zur Musterung gebracht wurden und von denen er nie genug bekam. Das *geht* in Petersburg! verkündete er mit feuchtem Blick. Die Gastgeber beugten sich seinen Launen und schämten sich für ihn, doch bemühten sie sich immer weniger, ihre Geringschätzung zu verbergen. Schließlich traktierten sie ihn wie ein ungezogenes Kind, während er den Gipfel der Volkstümlichkeit erreicht zu haben glaubte.

Natürlich hielten sie ihm Frauen zu, denn auch in diesem Punkt bestand der Gesandte des Zaren auf Gleichbehandlung mit Holland. Ich möchte nicht wissen, was die zierlichen Geschöpfe ihren Auftraggebern über ihn berichtet haben. Er aber rühmte sich, für ihre Dienste nicht einmal zahlen zu müssen, und ließ verlauten, die

Weiber seien doch überall gleich. Wir waren heilfroh, daß wir die meiste Zeit – und die Nächte immer – auf dem Schiff verbringen mußten, auch wenn es die Japanesen regelmäßig durchsuchten. Doch ließen sie sich mehr von Neugier leiten als von Mißtrauen und erstatteten uns auch die Bibeln und Gebetsbücher zurück, die wir, in eine Kiste verpackt, ordnungsgemäß versiegelt hatten. So lange, wie sich die diplomatische Mission hinziehen konnte, sollten wir den Trost unserer Religion denn doch nicht entbehren.

Die Tolks sprachen ein Niederländisch, das für die wenigen unter uns, die sich dieser Sprache mächtig glaubten, eher zu ahnen als zu verstehen war. Jedoch gebot die Artigkeit, jedes gesprochene Wort, auch das eigene, des längeren zu benicken. Fließend Japanesisch sprach inzwischen, nach eigener Angabe, nur Resanow, aber der einzige, der es wirklich beherrschte, war Graf Tolstoi. Das war am nackten Entsetzen der Japanesen zu bemerken, wenn er den Mund auftat. Er mußte bei erster Gelegenheit von Bord: *nur* darin waren sich Krusenstern und Resanow immer noch einig.

Die Erinnerung an diesen Winter vor Nagasaki tut mir in der Seele weh, Exzellenz, und Archangel ist die fortgesetzte Körperstrafe dazu. Womit habe ich sie verdient? Oder können Sie gar nichts mehr tun? Sind selbst in Ungnade gefallen? ernstlich krank? Ich bin imstande, es zu werden. Wenn Sie irgend können, verehrter, lieber Pate, holen Sie mich hier heraus – ich liefere diesen Brief noch einmal an die bekannte Adresse. Antworten Sie um Gottes willen. Sonst stehe ich für nichts.

2 Ihr Lebenszeichen sagt mir so viel, daß Sie gesund sind. Und jetzt haben Sie sogar noch eine Verwendung für mich.

Denn der Zar denkt daran, eine neue Expedition nach Japan auszurüsten. Er denkt daran, sie dem Grafen Tolstoi anzuvertrauen und mich dem jungen Herrn als Berater mitzugeben, im Range eines Kapitänleutnants, mit Aussicht auf eine Pension.

An all dies denkt der Zar, und ich weiß: Denken ist ein schwieriges Geschäft. Hat er keine Diener mehr, die ihm das Gröbste abnehmen können? Ja doch, Graf Tolstoi wird für ihn schießen, was das Zeug hält, er trifft die Ente im Flug. Nichts leichter als Krieg.

Hat Herr Chwostow nicht gerade vorgeführt, daß zwei Handelskähne, bestückt mit ein paar alten spanischen Kanonen – Resanow hat sie in San Francisco gekauft –, mehr als ausreichen, ein Heer Japanesen zu Paaren zu treiben? Ihre Dörfer auf Iturup abzubrennen, nicht zu vergessen: die Speicher, nachdem man den Reis tapfer requiriert, alle Vorräte tolldreist abgeführt hat? Das war doch eine Tat! Nur: wovon sollen die paar Leute, die der Zuchtrute entgangen sind, einen Winter lang leben, in dem kein Schiff ihre Küste erreicht?

Ja, die Kunde von diesem Wagestück ist sogar nach Archangel gedrungen – dazu kann man den Anstifter, Herrn Resanow, nur beglückwünschen, postum, da er – welche Hiobsbotschaft! – unterwegs durch Sibirien, zur Berichterstattung an seinen Zaren, einem schweren Schnupfen erlegen ist. Meine Trauer über den Tod dieses Mannes wird nur durch das Staunen über sein wirksames Fortleben übertroffen. Offenbar ist es ihm aus dem Grab heraus gelungen, den Arm seines russisch-amerikanischen Kompagnons zu bewaffnen – und später hat sich, wie zu erwarten, auch Dawydow angeschlossen. Mit verdoppelter Kraft haben die Dioskuren in Sachalin noch einen draufgesetzt. Sollten sie versäumt haben, Frauen Gewalt zu tun – wofür hat man seine Mannschaft! Und diese hat, wie ich erleichtert vernehme, beim lustigen Japanesen-Schießen keinen einzigen Mann verloren. Herr Chwostow ließ sich auch nicht nehmen, die eingeborenen Ainus oder Kurilen zu stolzen Untertanen des Zaren zu schlagen und ihnen Klunker umzuhängen, womit sie dem allerhöchsten Schutz empfohlen waren. Diesen selbst zu übernehmen, sahen sich die Herzbrüder leider nicht mehr in der Lage. Sie segelten wieder ab, nicht, ohne alles, was ihre Schiffe fassen konnten, aus den bestraften Dörfern abzuführen, bevor sie diese dem Feuer überantworteten. Zur Ausbeute gehörten auch ein paar leibhafte Japanesen, die in Rußland für künftige Austauschgeschäfte kühlgestellt wurden. Aber die Herren hinterließen auch etwas Solides:

Denktafeln, auf denen die Zugehörigkeit der Insel zum Zarenreich in Blech gehämmert war. Der erste russische Sieg über die Japanesen: ein Spaziergang!

Ich habe die Herren in Portsmouth erlebt. Es sind wahre Übermenschen. Der eine kann vor Kraft kaum gehen, der andere bestätigt ihm Unwiderstehlichkeit und führt ihn am Gängelband. Wären es keine Mörder, man könnte sie pittoresk finden. Das Wochenblatt von Archangel läßt offen, ob Resanow ihren Auftrag gedeckt hat. Er soll ihn, nachdem die Herren gemeinsam einen Abstecher nach Amerika absolviert hatten, zwar erteilt, dann aber aufgeschoben, wohl gar aufgehoben, halb widerrufen, dann wieder dem Gutdünken Chwostows anheimgestellt haben – ganz unser Resanow! Chwostow aber war nie der Mann, sich zweimal bitten zu lassen. Seine Antwort auf ein halbes Wort ist immer eine ganze Tat: Nägel mit Köpfen! Wozu braucht man da noch einen eigenen?

Es scheint allerdings, daß die Helden ihrer Tat nicht recht froh geworden sind. Statt sie in Ochotsk gebührend zu feiern, sei man ihnen mit bürokratischer Kleinlichkeit begegnet. Sie sollen Beute hinterzogen haben; dafür habe man sie gar in Ketten gelegt und ins Gefängnis nach Irkutsk überstellt. Schon Herrn Resanow scheint Böses geschwant zu haben, als er seinen Auftrag teils gegeben, teils zurückgenommen hat – wozu hätte er sonst seine Bereitschaft erklärt, für einen unverlangten Dienst an seinem Zaren notfalls den Kopf zu verwirken? Machte er sich darum so eilig auf den Weg nach Petersburg, um ihn dann doch lieber aus der Schlinge zu ziehen, auf Kosten zweier Heißsporne, die sich angemaßt hatten, seinen diplomatisch geäußerten Willen platterdings zu vollstrecken? Oder kam Romantik ins Spiel: war es nur sein heißes Herz, das den Witwer nach Petersburg getrieben hat, um den Segen Seiner Majestät für die Heirat mit einer blutjungen Conchita von San Francisco zu erflehen? Bei so viel Hitze könnte es dann nicht verwundern, daß schon die erste beste Verkühlung diesen herrlichen Mann dahinraffen konnte. Und was wögen daneben ein paar verbrannte Japanesen, ein paar geplünderte Dörfer!

Der «Bote von Archangel» zitiert, aus ungenannter Quelle, eine

Darstellung des Dichters Dawydow, die durch Genie besticht – es wird nur noch von seiner Selbstlosigkeit übertroffen. Denn wie steht geschrieben? «Es muß ja Ärgernis kommen, aber weh dem Menschen, durch welchen es kommt.» Die geschlossene Tür der Japanesen *mußte* aufgetreten werden, damit sie zur Welt kämen; aber der gestiefelte Geburtshelfer erntet keinen Dank, er muß sich als Schänder und Schächer beschimpfen lassen. Eigentlich sind Chwostow und Dawydow die wahren Märtyrer ihrer Tat, deren guten Sinn auch die Japanesen noch einsehen werden. Sollten doch Gott danken, wenn sie seelenvollen Russen in die Hände fallen statt raffgierigen Briten oder Franzosen!

Und nun also soll Tolstoi nach Japan, um das Werk dieser Vorgänger würdig zu vollenden? Und der kleine Löwenstern soll ihn als Ratgeber begleiten? Das kann ich kurz machen. Ich rate, den Grafen Tolstoi in Ketten zu legen, *bevor* er Unheil anrichten kann. Von Resanow unterscheidet ihn nur, daß ihm nicht nur Charakter ganz und gar ferne liegt, sondern auch Geschäftssinn. Wozu hätte ihn ein Mann auch nötig, der über mehr leibeigene Seelen verfügt, als er jemals verspielen kann? Ich wünsche ihm ein langes Leben auf einem menschenleeren Eiland. Aber nicht eine Stunde meiner Zeit möchte ich je wieder mit ihm teilen.

Doch mein Leben in Archangel wünsche ich nicht einmal *ihm*.

Mein Vater hat mich zu meiner Versetzung dahin beglückwünscht; vielleicht käme ich wohl gar zu meinem eigenen Schiff! Meine Brüder sind längst Offiziere mit Leib und Seele, Woldemar noch dazu stolzer Besitzer einer ständig verletzten Eitelkeit. Die lieben Schwestern salbeten meine Wunden mit evangelischer Buchweisheit, Malchen ausgenommen, die mich als verkanntes Genie verehrt, was mich nicht weniger geniert. Aber ich gebe zu: Nicht einmal mit *viel Unglück* kann man es mir leicht recht machen. Früher täuschte mein angenommener Leichtsinn die Leute; inzwischen ist mir das Elend anzusehen, und Horner, der einzige, den es gnädig stimmen könnte, hat sich wieder in seine Schweiz geflüchtet. Nur die gute Amalie möchte mir die Mutter ersetzen, die mir schon gefehlt hat, als sie noch lebte. Und als ich der Uniform, die ihren Platz eingenommen hatte, halbwegs entwachsen war, starb sie weg. Damals war ich zweiundzwanzig und fand keine Träne; erst Jahre später, als mir Malchen erzählte, Mutter habe mich nicht der Amme überlassen, sondern selbst stillen wollen, leider habe sie keine Milch gehabt – da übernahm mich eine grenzenlose Trauer, als wäre ich nun erst zur Waise geworden.

Natürlich mußte ich den Mädchen von meiner Weltreise berichten; namentlich über die Südsee hatten sie Wüstes gehört. Die mutige Amalie wollte wissen, ob es denn wahr sei, daß Graf Tolstoi mit einer Orang-Utan-Frau *gelebt* habe? Daß er sie auf einer Südseeinsel gekauft und verzehrt habe, bevor er nach Amerika weitergereist sei? Ach, sagte ich, sie hat leider schon die *Nadeschda* nicht überstanden. Für keusche Ohren wäre die ganze Wahrheit zu abscheulich.

Ist sie den ihren zumutbar, Exzellenz?

Die *Nadeschda* ankerte vor Nukahiwa, und die ausgehungerten Matrosen konnten ihren Spaß kaum erwarten. Krusenstern hatte erklärt, wir müßten für eine bestimmte Zeit die Zügel schießen lassen; er wolle nicht das Schicksal der *Bounty* erleben. Auf dieser nämlich hatte die Mannschaft gemeutert, als der Kapitän den Verkehr mit wilden Mädchen verboten hatte. Sie hatten ihn überwältigt, auf offener See ausgesetzt und das Paradies der Lüste eigenmächtig angesteuert, um nie wiederzukehren. – Krusenstern jedoch befand: der männliche Trieb sei nun einmal nicht zu halten. Just vor unseren Augen brauche der Unflat ja nicht zu geschehen; als Offiziere hätten wir an Land Pflichten genug, die wahrzunehmen sich eher schicke. Alsbald maulte Resanow, sein Wunsch und Wille stehe nicht zur Disposition. Krusenstern entgegnete: als Hofmann möge er tun, was er nicht lassen könne, für Seeleute gelte immer noch das Wort des Kapitäns.

Und wahrlich, dieses Wort wurde Fleisch. Wenn an ungeraden Tagen – an geraden wurde die *Nadeschda tabu* erklärt – die Frauen an Bord kletterten, kontrollierten wir Offiziere nur noch ihre Zahl: auf jedes Männchen durfte nicht mehr als *ein* Weibchen kommen. Damit aber hatten wir dem Prinzip der Zivilisation genuggetan und ließen uns zur Küste rudern, um uns gruppenweise und angemessen bewaffnet volkskundlichen Studien zu widmen, zu botanisieren oder Vermessungen anzustellen. Diese waren Horners Teil, und gewöhnlich schloß ich mich ihm an. Erst wenn es mich für die Schiffswache traf, wurde ich wohl oder übel Zeuge des Schauspiels, das Gottvater weder sehen wollte noch zu verhindern wagte. Die Matrosen fielen auf offenem Deck, wo Stroh ausgebreitet war, ohne Umstände über die Frauen her, und alsbald folgte das übliche Gestöhn und Getriller, das gar nicht mehr enden wollte. Denn wenn ein Mann sein Geschäft verrichtet hatte, blieb die Frau liegen und schrie so lange *uka-eh, uka-eh,* bis ein Matrose wieder rüstig genug war, die Herausforderung anzunehmen. Doch keiner kam zum Sprung, bevor er nicht sein Stück Alteisen unter das Kopfkissen der Schönen gesteckt hatte.

Einmal ging ich zu einem Kontrollgang unter Deck, und da es hinter der Tür Tolstois auffallend rumorte, öffnete ich sie und stieß auf die ekelhafteste Szene. Unsere Japanesen beschäftigten sich mit der Äffin auf eine Weise, die ich nicht beschreiben mag; vor dem Grafen kniete einer, dem der Graf seine Männlichkeit in den Mund gestoßen hatte. Nur herein, Löwenstern, sagte er in aller Ruhe, ist das kein Bild? Genießen Sie es doch mit. Die Insulanerinnen lassen keinen Gelben drüber, doch am Ende sind es auch Männchen, und so hilft man sich, wie man kann.

Ich warf die Tür zu, und danach kam mir das Treiben auf Deck fast wieder menschlich vor. Wenn sich die Aufregung erschöpft hatte, glich das Schiff einem Lazarett, nur die Frauen erhoben sich pudelmunter und hatten ihr Altmetall im Beutel, wenn sie über die Reling hüpften und wie Fischlein dem Ufer zuschwammen. Auf halbem Weg warteten schon die Männer auf sie, um ihnen den Tageslohn abzunehmen.

Mit Resanow und seiner Entourage hatten wir auch beim Landgang nichts mehr zu schaffen, doch leider war sein Großmaul nicht zu überhören. Er wollte es nie unter einer Prinzessin getan haben, aber auch die Königinmutter mußte er nehmen, um die Gastlichkeit nicht zu verletzen. Was die Partei des Kapitäns betrifft, kann ich nur für Horner gutsagen. In Nukahiwa litt er Zahnweh, aber auch ein

Beinbruch hätte ihn nicht auf der *Nadeschda* zurückgehalten. Krusenstern beschränkte sich im allgemeinen darauf, seine jungen Neffen, die Kotzebues, an der Versuchung vorbeizuführen, doch einmal war ich Zeuge, wie sich eine Inselschöne auf ihn selbst kaprizierte. Er glaubte, sie schon verscheucht zu haben, als sie wieder auftauchte, diesmal von Kopf bis Fuß mit Kokosfett eingeölt, was sie für ein unfehlbares Liebesmittel zu halten schien. Ihr *Uka-eh!* wollte nicht verstummen, bis Krusenstern einem Bootsmann den Wink gab, der Frau zu Willen zu sein, und der zog sie hinter den nächsten Busch.

Das Schicksal der Äffin ist noch weniger schön. Gewöhnlich war sie mit einem Panzer gefesselt, in dem sie der Graf zu führen beliebte – etwa zu Krusensterns Pult, wo er ihr zeigte, wie man ein Logbuch versaut; und zu seinem innigen Vergnügen riß sie einige Tagewerke der *Nadeschda* kurz und klein. Darauf sollten die Japanesen sie hüten, denen sie alsbald entwischte, und einen Versuch des Grafen, sie wieder einzufangen, beantwortete sie mit einem Biß. Darauf schmetterte er das Tier auf die Planken und mußte ihm den Schädel gebrochen haben, denn Blut lief aus Nase und Ohren, und so gab er der armen Kreatur fluchend den Gnadenstoß. Das Leben an Bord langweilte ihn, und er pöbelte an, wen er konnte. Gab dieser mit gleicher Münze zurück, folgte die übliche Forderung, mit der er diesmal nichts riskierte, da Krusenstern das Duellieren auf dem Schiff bei Todesstrafe verboten hatte. Er durfte jeden ungestraft ohrfeigen, und Kajütenarrest war ihm ein Vergnügen; dann hatte er Muße, seine schmutzigen Romane zu lesen.

Nichts mehr von Tolstoi.

Auch Otto und Moritz, die Kotzebue-Brüder, haben ihre Unschuld auf der Reise nicht gänzlich bewahrt – wohl eher die Unschuld sie. Ihr Glück, daß sie nicht ihrem Vater, dem großen Dichter, nachschlagen, sondern einer braven Mutter, die sie zu früh verloren haben. Sie war eine *von Essen* wie Minchen, meine Kinderbraut. Dieser Stammbaum ist solider als die Löwensterns.

Der andere Lichtblick war Horner, auch wenn er, der so viel zu leiden hatte, dafür auch andere leiden ließ. Auf Nukahiwa verlangte er, das Gesicht vom Zahnweh verzerrt, mit seinem richtigen Namen angesprochen zu werden. Er heiße nicht *Iwan Gorner*. Auch Russen sei es zumutbar, ein «h» zu bilden und ihn *Herrn* Horner zu nennen. Den Doktor schenke er ihnen, da auf der *Nadeschda* jeder Passagier Doktor sein wolle, Professor gar, wie Langsdorff, oder Hofrat, wie Tilesius. Horner, als Schweizer, gewöhne sich nicht an diese Titelei. Aber auf dem «h» müsse er bestehen.

Herr Horner, beschwichtigte ich, und was machen sich die Russen aus *meinem* Namen? Ermolai Levenshtern, ist das besser? und klingt auch noch jüdisch.

Man darf sich immerhin ein «von» dazudenken, sagte Horner, Sie sind ein Edelmann wie Krusenstern, und hieße ich Ermolai statt Caspar, ich würde mich auch «von» schreiben. – Die Scham machte ihn gleich wieder zornig. «Iwan», das sei das Letzte! Dabei müsse er gleich an den Schrecklichen denken. – Ich werde Gottvater vorschlagen, daß wir Sie «Astronom» nennen, das ist neutral. – Er krauste die Stirn. «Gottvater» sollten Sie nicht sagen, nicht einmal zum Scherz.

Horner ist Theologe geblieben, auch wenn er zur Naturwissenschaft übergelaufen ist. Er mochte es, wenn ich ihn «Kind Gottes» nannte, und brauchte nicht zu wissen, daß die Redensart unter Balten eher nach Verzweiflung klingt als nach Pietät. Vor Nukahiwa konnte ihn nur noch sein Zahnweh retten, und es blieb ihm bis nach Kamtschatka treu, da ihm Espenberg, unser Arzt, aus Versehen den falschen Zahn gezogen hatte. Seine Meßgänge ließ er sich nicht nehmen, aber sie linderten das Ärgernis des Allzumenschlichen nicht ganz. Denn was ist das ärgste Zahnweh gegen das Schauspiel der Erbsünde! Da war, nach seiner Redensart, «der Fliegengott dahinter».

Im Paradies soll es *so* zugegangen sein? fragte er mich hinter dem Theodoliten hervor. – Das ist nicht wahr! Da gab es ein einziges Menschenpaar, und wenn sie Sünde überhaupt gekannt haben, dann war es noch keine, denn im Paradies herrschte keine Unzucht, sondern Unschuld! – Auf meine Frage, was der Teufel an Eva denn noch zu versuchen gehabt habe, sagte er: Eben! Als es sie nach der verbotenen Frucht gelüstete, die sie mit dem Mann zu teilen begehrte, da trennte sich die Seele vom Fleisch und mußte *wissen*, was sie tat, und ebendies war der Sündenfall! Was sie im Paradies taten, wußte Gott, doch *sie* brauchten es nicht zu wissen! Es hatte noch keinen Namen, plötzlich aber wurden sie inne: wir *vögeln* ja! Und damit wurde der zarte Inbegriff der Vereinigung zur abscheulichen Beschönigung der Sünde. Unter Schmerzen sollte Eva ihre Kinder gebären! Dazu hätte sich gehört, daß sie auch unter Schmerzen empfing, wenigstens ohne böse Lust. Aber sie deutet auf ihren Schoß, schreit *uka-eh* und versucht den Mann, daß er aufsteigt, je länger, je lieber. Sie verkauft ihren *Mutterschoß* für ein rostiges Stück Eisen! Weil sie der Natur folgt? Aber die Natur ist eine gute Mutter, die man mit Respekt behandelt, keine feile Dirne, auf der man reiten kann, wie man will! Dann, sagte er mit schiefem Gesicht hinter dem Theodoliten hervor, dann werden wir teuflisch! Die Pflicht zur Erkenntnis des Guten und des Bösen ist kein Freibrief, das Böse zu tun, sie verpflichtet zur einzigen Annäherung, die sauber ist, der wissenschaftlichen! Ist die Wissenschaft den Nachweis schuldig, wie tief die Natur fallen kann? Dafür muß der Mensch nur in den Spiegel sehen, und wenn es ihm keine edle Mutter gesagt hat, und keine Heilige Schrift, so sagt es ihm sein Gewissen!

O weh! dachte ich, niemand wandelt ungestraft unter Palmen! Dabei vermaßen wir eine unnütze Bucht um die andere und mußten nur die bekannten Tabuzonen meiden. Etwas, immerhin, war auch noch den Wilden heilig. Die Toten! sagte Horner mit düsterer Genugtuung. Mit dem Tod hört der Spaß auf, sogar für Menschenfresser. – Dennoch ließ er sich nicht nehmen, auch einen Friedhof zu vermessen; denn Wissenschaft muß die Natur *überall* furchtlos Mores lehren.

Die härteste Prüfung aber stand uns erst in Petropawlowsk bevor. Der faule Friede, den der Gouverneur hingezaubert hatte, mußte begossen sein, bis zur Besinnungslosigkeit, und keiner durfte sich ausnehmen. Krusenstern und Resanow führten Hand in Hand eine Polonaise an, und am Ende kannte die Festivität gar keine Grenzen mehr. Resanow öffnete die Hintertür zum Séparée, stemmte sich in den Rahmen und lallte:

Hier geht's zur Prinzessin, meine Herren. Sie ist bereit, für unsere glückliche Ausfahrt zu beten, mit jedem einzeln, im stillen Kämmerlein. Nehmt eure Kerze mit und laßt sie brennen! Ein Schuft, wer die Andacht schuldig bleibt!

Und einer nach dem andern verschwanden wir hinter dieser Tür. Auch mein Horner opferte dem Fliegengott.

3 Archangel war lange nicht nur der erste Hafen Rußlands, sondern der einzige. Es liegt am Ausfluß der Dwina ins Weiße Meer und am Ausgangspunkt der Nordostpassage, welche die Engländer schon zu Zeiten Iwans des Schrecklichen gesucht und nicht gefunden haben. Archangel ist zum Muster aller Sackgassen geworden, und seit der Gründung Petersburgs auch noch zur armen Verwandten. Aber es nimmt sich immer noch seine *tea time*, und seine Sommer gleichen britischen Wintern zum Verwechseln. Auch Captain Ogilvy, mein Vorgesetzter, ist ein waschechter Engländer, und wir versuchten auf Solombol, unserer Insel im Delta, gar einen Club einzurichten, aber unsere Offiziere zeigten dann doch keine Lust, auch noch im Freigang baden zu gehen. Denn wir sind häufig überschwemmt; im Mai, beim Eisgang, ist es am schlimmsten, aber im September kann es noch schlimmer kommen, wenn der Strom eine ganze Regenperiode abführen muß, bevor er wieder in Frost erstarrt. Damit beginnt er allerdings schon im Oktober und bleibt sieben Monate dabei. Die Landschaft wird zum Leichentuch mit schwarzen Flecken im stumpfen Weiß.

Begehbar ist nur noch der Himmel, wenigstens für die Augen. Im Winter, wenn es nie mehr Tag werden will, kann die Klarheit der Nacht ohne Beispiel sein, die Sternbilder strahlen wie vereistes Feuerwerk, und das Tagesgestirn taucht nur ganz flüchtig auf, um die Welt durch einen Anschein von Licht zu blenden. Auch Archangel hat weiße Nächte. Die Tage dazu sind zauberhaft, wenn die Sonne auf flacher Bahn eine dünne, doch durchdringende Klarheit verbreitet. Dann sind lange Schlagschatten schärfer gezeichnet als die Gegenstände, von denen sie fallen: ein magerer Baum, eine dürftige Hütte, ein einzelner Mensch. Und alle Dichte der Welt zieht sich im Blau der Dwina zusammen, das kaum noch eine Farbe zu nennen ist. Ich bin ihr zum letzten Mal im Ägäischen Meer begegnet, wo der Schatten der Inseln darauf liegt. Ich starre in die fließende Tiefe meiner Sehnsucht und werde doppelt elend, wenn ich mich nicht einmal mehr erinnern kann, wonach. Manchmal sehne ich mich nach der hohen See, aber nur, um darin unterzugehen, geräuschlos und unbemerkt. Das «unendlich prächtige Grab», das mein preußischer Herr von K. gesucht hat, wäre mir schon zu laut.

Wußten Sie aber, Exzellenz, daß die Luft in Archangel so kalt werden kann, daß Spatzen und Krähen gefroren vom Himmel fallen, weil auch der heftigste Flügelschlag ihren Körper nicht mehr erwärmt? Wer schon am Boden ist, muß sich mit Schlottern helfen und Zähneklappern. Es ist die einzige Tätigkeit, der meine Leute zuverlässig obliegen. Dafür drängen sie sich wie Pinguine in der zugigen Kasematte zusammen und halten sich mit Wodka warm: da erfriert, wer nicht singen und tanzen kann. Immerhin hat man in Solombol auch die Wahl, zu verstinken. Sind nämlich alle Ritzen so weit gestopft, daß die Ofenhitze nicht in alle Winde verzieht, wird die Luft zum Schneiden dick. Den Sauerstoff ersetzen die Menschenkörper durch eine Ausdünstung, die nach Salpeter riecht. Oft finde ich meine Leute am Morgen so betäubt, daß sie erst vor der Tür wieder zu Sinnen kommen. Man muß froh sein, wenn sie nicht am Erbrochenen erstickt sind; mindestens hätten sie der Krone damit ein Frühstück erspart. Man muß die Räume höllisch überheizen, um sie schwach zu erwärmen; dann aber fließt das Tauwasser von allen Wänden, sammelt sich in Pfützen und sorgt dafür, daß auch die Wäsche feucht bleibt. Meine Leute kommen aus dem Schnupfen und Husten nicht heraus, aber vor nichts hüten sie sich so sehr wie vor der Krankenstation. Denn das sanitarische Personal nimmt keinen auf, der es zuvor nicht zum Erben seines Geldes eingesetzt hätte. Ein paar Rubel bleiben ja auch dem Ärmsten, weil er sich in Archangel davon nichts kaufen kann. Aber auch das Krankenhaus hält sich nur über Wasser, wenn ihm die Patienten zügig wegsterben. Der Pope lebt davon, daß er ihren Letzten Willen aufsetzt; auch vom Sterbegeld fällt noch etwas für ihn ab. Da kommt es für den gemeinen Mann günstiger, im Mannschaftsquartier abzutreten.

Wenn gegen das Elend kein Kraut gewachsen ist, kämpfe ich doch gegen seinen Mißbrauch. Ich habe das Fasten während der Sommerwochen abgestellt, mit dem die armen Teufel wenigstens ihre Seelen zu retten hoffen. Auch erlaube ich ihnen, bevor sie ganz vom Fleisch fallen, auch einmal, ein Schaf schwarz zu schlachten, oder auch zwei. Meine Einheit bekommt Butter, ich dafür Ärger mit dem Quartiermeister; denn auch er muß von den paar Kopeken leben, die er den Hungerleidern jeden Tag abknappt. Was der Krone beim Auspressen ihres Kanonenfutters abgeht, habe ich mehr als einmal aus eigener Tasche zugeschossen. Mit meinem Stübchen über der Bäckerei lebe ich ja immer noch in Saus und Braus.

Soviel zu den Plagen des Winters – doch fast mit Wehmut erinnert man sich an sie, wenn die Plagen des Sommers kommen. *Mükken!* Wolken des stechenden Ungeziefers verdunkeln das spärliche Licht. Es fällt über alles her, was noch einen Tropfen Blut zu verlieren hat. Man kann sich nur noch ins eisige Wasser retten. Das brüllende Vieh steht ungefressen in der Dwina, verhungert lieber oder ersäuft, als bei lebendem Leib von Mücken gefressen zu werden. Immer wieder kommt es vor, daß sich eine Kuh, zum Wahnsinn getrieben, den Schädel einrennt.

Und was haben wir hier in Archangel eigentlich zu tun?

Wir bemannen eine schwimmende Batterie, welche die Mündung der Dwina gegen einen drohenden Feind verteidigt. Insoweit sie gerade noch schwimmt, ist die Marine zuständig – es hängt auch noch eine *Bonn* daran, eine Kettensperre von Ufer zu Ufer. Insoweit es sich aber um eine *Batterie* handelt, werden naturgemäß Artilleristen benötigt. Mit der Folge, daß sich auf knappem Raum zwei verschiedene Gattungen der militärischen Spezies auf die Füße treten – aber ihre Chefs finden mehr als ausreichend Raum für jede Art von Kompetenzgerangel, Brotneid und Intrige. Es müßte wahrhaftig ein Feind kommen, damit wir einmal, statt uns gegenseitig zu beißen, vereint schlügen, und nur Gott weiß, ob wir dazu überhaupt imstande wären. Da muß man es ein Glück nennen, daß wir die Anlage bald wieder einwintern dürfen; dann übernimmt das Eis wieder ebenso zuverlässig die Belagerung, wie es uns der Verteidigung enthebt. Für unseren immerwährenden Krieg bleiben uns jetzt nur noch unsere Unterkünfte, Büros und Stammtische. Die neue Offiziersmesse ist gerade abgerissen worden, da ihre Wände bereits anfingen zu faulen.

Wenn der Mann nicht mehr weiß, ob ihm zu heiß ist oder zu kalt, spürt er jedenfalls: es will Frühling werden oder Herbst, Zeit, unsere schwimmende Festung aus dem Dreck wieder ins Wasser zu schleifen, oder umgekehrt; die Dwina mit Balken zu sperren, die *Bonn* auszulegen, mit größter Mühe, oder sie mit größerer Mühe wieder einzuziehen, bevor das Eis die brüchige Kette zerfrißt. Unsere Sisyphusarbeit wird zwar keinen Feind abhalten, doch uns die eigenen Ketten vergessen lassen; nur wer sich schinden muß, wird taub dafür, daß er geschunden wird. Erst sein Opfer macht einen Mann zum Soldaten, oder umgekehrt, und sein Offizier muß es unerbittlich zu fordern wissen, sonst schafft er sich keinen Respekt.

Also hetze ich die Männer, um sie warm zu halten, auf dem Exerzierplatz herum und wärme mich selbst mit meinem Gebrüll. Abends muß es der Fusel tun; er ist das einzige, von dem meine Leute Überfluß haben, doch außer Tanzen und Singen verlernen sie auch das Beten nicht. Dafür muß ich Gott meinerseits dankbar sein, denn allzuoft überlasse ich sie seinem Schutz allein, bleibe in meinem Quartier und sehe den Kakerlaken an der Decke beim Wandern zu.

Denn ich habe ein Geheimnis zu hüten.

Ich sieche, Exzellenz. Ein *Wolf*, den ich in der Kadettenanstalt eingefangen habe, eine banale Entzündung der inneren Oberschenkel, die mir seither anhängt, hat sich sprunghaft zu einer leibdeckenden Flechte entwickelt. Reinlichkeit, die jetzt das Nötigste wäre, ist in Archangel naturgemäß nicht zu haben, und die *hülli-schen Schwefelbäder* (ich zitiere mein Journal, ich korrigiere kein Wort), die ich in der Vorstadt gebrauche, schaffen nur vorübergehend Linderung. Ich müßte Tag und Nacht in der stinkenden Brühe hocken, und dafür ist der Bademeister, der sie ebenso dauerhaft heizen müßte, nicht zu haben – ich muß wohl die richtige Hölle abwarten. Aber ich trage sie ja schon mit mir herum. Die Salbe, mit der ich mich zuschmiere, riecht pestilenzialisch, und ihre Nebenwirkung – eine hitzige Röte – übersteigt ihre Wirkung so kraß (und auch noch so sichtbar), daß das Absetzen dieses Medikaments schon fast eine Wohltat bedeutet. Die Milben aber lachen sich ins Fäustchen; sie haben ihre Ruhe und sorgen dafür, daß es um die meine bald wieder geschehen ist. Die Wärme, die ihr Wirt suchen muß, scheint auch ihnen bestens zu bekommen. Ich müßte mich in Eis legen, um ihnen den Appetit zu verderben, aber diese Kur würde mich eher töten als sie.

Ich bin räudig geworden, und da ich mir keinen Zustand vorstellen kann, der besser zu Archangel paßte, wird ihm hier auch nicht abzuhelfen sein. Und was das Beste ist: die Krätze spart, wie zum Hohn, meine Visage aus. Ich müßte mich nackt machen, um einem Menschen mein Elend zu offenbaren – und würde ihn doch um nichts anderes bitten, als daß er mich kratzt und wieder kratzt. Natürlich ist dieser brennende Wunsch auch der am meisten verbotene – schlimm genug, daß er mein einziger ist. Der lächerlichste Reiz ist zum abscheulichsten Allgemeinzustand geworden, und schamlos, wie er ist, führt er auch das Verschämte seiner pubertären Herkunft mit. Wer erbarmt sich einer Not, die man nicht vorzeigen darf?

Wer aus seiner Haut fahren könnte!

4 Ich nahm zwei Wochen Urlaub und reiste nach Reval – nicht zu den Meinen, sondern zu Doktor Espenberg, dem vertrauten Gesicht aus den Tagen der *Nadeschda*. Mag er Hornern den falschen Zahn gezogen haben – an mir hat er Wunder gewirkt. Zurück in Archangel, bin ich wieder fähig, mich für Rußland auch fürder zu ruinieren und mich mit frischer Kraft krankzuärgern. Wahrhaftig, der tägliche Raub, den die Krone an ihren Seelen begeht, kennt keine Scham. Wie sollten ihre Diener solche aufbringen? Die untergeordnete Kreatur hätte sonst nichts zu beißen und könnte keine Kinder ernähren. Da wird jede Gaunerei, mag sie auch zum Himmel stinken, zum Mundraub der Armen an den Ärmsten und entzieht sich dem moralischen Urteil.

Dabei ist die Politik nicht müßig; es sieht ganz so aus, als gelinge es der russischen Diplomatie sogar, einen Krieg mit England vom Zaun zu reißen. Möge uns ein grimmiger Winter bewahren! Leutnant Löwenstern liegt nicht das Geringste am Beweis, daß seine Festung sonst nicht zu halten wäre. Weit schrecklicher noch ist aber die Vorstellung, daß uns Ogilvy abhanden käme. Der tüchtigste Offizier des Stützpunkts würde als Angehöriger einer Feindmacht nach Sibirien geschickt – und was würde dann aus unserem *five-o'-clock tea*, der einzigen Unterhaltung, die in Solombol diesen Namen verdient? Es darf nicht zum Krieg mit England kommen, Exzellenz. Wir könnten ihn nicht gewinnen – und glauben Sie, Napoleon wäre der Mann, dem Zaren diesen Dienst zu danken?

Kaum kratzt mich die Haut nicht mehr, juckt es mich schon wieder, mit Rat zu dienen – Sie sehen, ich bin schon fast wieder der alte. Doktor Espenberg in Ehren, er mag mich kuriert haben – *elektrisiert* aber hat mich eine Nachricht, auf die ich in seinem Haus gestoßen bin. Aber gemach der Reihe nach.

Chwostow und Dawydow sind tot – das wußte Espenberg aus erster Quelle. Dem Kerker in Irkutsk entronnen, offenbar durch Bestechung, sollen sie sich zu Fuß nach Petersburg durchgeschlagen haben. Der zarte Dawydow bekam Gelegenheit, jene Strapaze zu wiederholen, die er einst in Portsmouth glorreich angekündigt und inzwischen auch literarisch belegt hat. Nur war die Richtung diesmal die umgekehrte; die Helden waren keine Argonauten mehr. Sie kehrten zurück, um der Anklage zu begegnen, sie hätten in japanesischen Fischerdörfern, wo es gewiß kein Goldenes Vlies zu rauben gab, ihr eigenes Schäfchen ins trockene gebracht. Resanow, inzwischen vor einem höheren Richter, stand als Zeuge nicht mehr zur Verfügung. Nun konnten sie ihm tun, wie er ihnen: die Verantwortung abwälzen. Doch hielt die Obrigkeit nicht für opportun, ihren Fall in einem Prozeß breitzutreten. Sie erhielten Gelegenheit zur Bewährung im Finnischen Krieg – und versäumten nicht, sie mannhaft wahrzunehmen. In Feindesblut gebadet, kehrten sie nach Petersburg zurück.

Um so mysteriöser ihr plötzliches Ende. Sie hatten sich im Haus bei Doktor Tilesius, dem Naturforscher auf der *Nadeschda*, mit einem amerikanischen Bekannten getroffen und tapfer gebechert. Beim Heimweg über die Newa fanden sie die Brücken schon hochgezogen. Da entschlossen sie sich, Arm in Arm, zu einem Sprung – auf ein durchfahrendes Schiff, das sie verfehlt haben? Oder haben sie sich in ihrem Rausch zu einem starken Abgang verbündet?

Es *gab* ein Schiff, und Espenberg will wissen, es sei unter amerikanischer Flagge gesegelt. Er schließt nicht aus, daß es das Paar zu neuen Höhen der Menschheit getragen hat. Wie, wenn sie heute unter dem Sternenbanner dienten? Wenn Chwostows *Nom de guerre* jetzt Bolívar wäre, wenn er zum Befreier Südamerikas würde? Espenberg war immer schon anfällig für Heldenverehrung.

Nein, diese Nachricht warf mich noch nicht um. Aber eine ganz andere – auch wenn sich Espenberg nicht für sie verbürgen wollte – *erschreckte mich zum Leben*.

Chwostow hat die Japanesen aufgestört wie Hornissen, begann mein Arzt, so bald darf kein russisches Schiff mehr in ihre Nähe kommen. Golownin wird sich vorsehen müssen.

Warum Golownin? fragte ich. – Und was heißt: vorsehen?

Nun, man hatte Espenberg zugetragen, in Petersburg werde für die nächste Weltumsegelung gerüstet, unter dem Kommando Golownins.

Wassili Michailowitsch? Sind Sie ganz sicher?

Aber er hat ja nur den Auftrag, die Kurilen zu vermessen.

Die Kurilen? fragte ich. – Auch Kunaschir? Auch Iturup? Aber da hat Chwostow gewütet!

Darum soll die *Diana* ja auch ein Kriegsschiff sein. Damit man nichts zu fürchten hat. Die Japanesen treiben ja keine Hochseeschiffahrt mehr. Sie wollen nur ihren Frieden, und den wird ihnen Golownin schon lassen.

In dieser Nacht, Exzellenz, blieb ich schlaflos. Im Fenster meines Gastzimmers stand der volle Mond. Seine Strahlung brachte die Stille der Nacht zum Vibrieren, meine Nerven bebten mit. Vor mir sah ich die gläserne Bucht von Nagasaki.

Das habe ich Ihnen noch nicht erzählt.

Resanow und sein Gefolge waren an Land, sie warteten schon den dritten Monat auf Antwort des Schoguns; die *Nadeschda* aber ankerte draußen, im Mondschatten des Inselbergs, den die Holländer Papenberg getauft haben. Meine erste Nachtwache war vorbei, und ich forderte Ablösung, mit einem Schlag der Schiffsglocke. Es war zwei Uhr früh, die Bucht erloschen bis auf die Laternen der Wächterschiffe, nur der Mond verbreitete ein geisterhaftes Licht. Da erhob sich ein einzelner Ton aus dem Inselgehölz des Papenbergs. Stark setzte er ein, fast schrill, ein scharfer Luftstoß, der in einen langgezogenen überging; und je leiser er wurde, desto gelassener, bis er fast nur noch hörbarer Atem schien. Dann geriet er ins Schwanken, sank wie ein erschöpfter Vogel, fing sich noch einmal und schwebte über dem Wasser hin, bis er sich im Wellengeräusch verlor.

Und dann, wiederum brüsk, der nächste Einsatz. Die Stimme brach schon beim Lautwerden, schnellte um so entschiedener empor, in große Höhe, auf der sie innehielt, um dann zum zweiten Mal sinkend den längsten Weg in immer tieferes Schweigen zu suchen, mit dem sie allmählich, *leibhaft*, eins wurde. Und jetzt war es das Schweigen selbst, das zu schwingen fortfuhr, als wäre es ein unverklungener Ton. Zugleich wehte ein Hauch des Lebens von Bäumen und Büschen herüber und griff in mein Haar; ich fühlte mich durchlässig werden für den Atem der Welt. Er formte mich zu einem Ohr, in dem er sich fing und immer wiederkam, um immer wieder zu gehen, gelassener als mein Herzschlag. Es war der Puls der Schöpfung selbst, in dem ein Ich, kein Ich mehr, wurde und verging.

Als das Spiel vorüber war, zündete nur noch der Mond in meine leer gewordene Seele. Ich zögerte, die Hängematte zu suchen. Der Gedanke, mit dem ich einschlief, war: so etwas hast du zum ersten Mal gehört, und zum letzten Mal.

Ich täuschte mich. Drei Tage später, nach meiner nächsten Wache, hatte ich kaum an die Glocke gerührt, da setzte der Flötenton wieder ein, und ich begann zu begreifen, daß ich ihn locken konnte, aus dem Dunkel ins Leben. Im Wald des Papenbergs wartete jemand darauf, daß ich ihm ein Zeichen gab. Und von nun an tat ich es wirklich, jede Nacht. Nach Einfall der Dämmerung durfte ich den Zeitpunkt wählen; der unbekannte Flötenspieler war immer zur Antwort bereit. Sie hatte den Ton einer Frage, die mich in ihr Verstummen mitnahm, bis sie keine Frage mehr war.

Das war mein Japan, und dabei ist es geblieben.

Das Instrument werde *Schakuhatsch* genannt, erzählte mein Tolk, wer es spielen lernt, kann hören, wer er ist. Ich fürchtete den Tag, der mich von diesem Flötenton schied.

Aber in der Nacht vor Ankerlichten erlebte ich eine Überraschung. Ich ließ es Mitternacht werden, dann schlug ich die Glocke; alles blieb still. Dann aber tauchte an der Stelle, wo der Ton immer hergekommen war, ein ganz neuer auf, nicht rein, kratzend sogar, aber unverkennbar die Stimme einer Geige. Der unbekannte Spieler beherrschte das Instrument noch nicht, aber hatte angefangen, es zu lernen. Und diesen Anfang zeigte er mir vor, an unserem letzten Tag.

Daß ich geweint haben muß, zeigten mir die frischen Tränen, mit denen ich den Mond von Nagasaki über Espenbergs Garten aufgehen sah. Sie spülten mich in den Schlaf, und der leichte Schlaf bescherte mir einen Traum.

Ich bin jung. Ich laufe, gestiefelt und gespornt, über einen weiten Platz auf eine vornehme Hausfront zu; die Stadt ist menschenleer, es muß früh am Morgen sein. Ich erwarte die Pforte bewacht, aber sie ist nicht einmal verschlossen. Atemlos stürze ich in einen kleinen Hofraum mit Katzenkopfpflaster, sehe die Remise, in der eine zierliche schwarze Kutsche steht. Auch die Hinterpforte ist offen, ich kenne mich aus, trete über eine kurze Treppe in den geschlossenen Garten, sehe das Gartenzimmer, in dem ein hoher Ohrensessel steht; darin sitzt ein sehr alter Herr im grauen Schlafrock und liest. Nun, da ein Luftzug sein Schläfenhaar kräuselt, blickt er auf. Überrascht scheint er nicht; er lächelt, als er mich heftig atmen sieht. Exzellenz, keuche ich, ich segle nach Japan!

Seine Augen weiten sich, und ich sehe den Schalk darin leuchten. Löwensternchen, Löwensternchen, sagt er, ohne die Stimme zu heben, *gambare, gambare!*

Ich verstand jedes Wort, *gambare* hieß hopp! nur zu, gib dir Mühe! Hingerissen vernahm ich den Wechsel seiner Anrede, ich war Löwensternchen, ich empfand die Zärtlichkeit des Namens bis auf den Grund. So ein Glück überlebt kein Mensch! Und als mir im Traum auch wirklich die Sinne vergingen, wurde ich wach, vom Gefühl durchdrungen: *du darfst leben!* Vor dem Fenster graute der Morgen.

Espenberg ist ein Frühaufsteher; wir begegneten uns im Flur. Können Sie nicht schlafen? fragte er, als er mich tanzen sah. – Es ist mir zu wohl, sagte ich. Er musterte mich. Lassen Sie sehen, sagte er und zog mich in sein Ordinationszimmer. – Ich kleidete mich aus; er untersuchte mich beim Schein seines Öllichts und wollte seinen Augen nicht trauen. – Ich finde Ihren Ausschlag nicht mehr, sagte er. – Was suchet Ihr den Lebenden bei den Toten? antwortete ich und lachte, als er mich entgeistert ansah: Ich bin rein, Espenberg. Ich fahre nach Japan, mit Golownin.

5 Mit Anteilnahme, schreiben Sie, haben Sie meinen Brief gelesen, aber auch mit Sorge. Sie wollen sich für meine Versetzung verwenden, vom unwirtlichen Norden des Vaterlandes in den bekömmlichen Süden. Ich soll das Weiße Meer mit dem Schwarzen vertauschen; da wird sich meine Misere legen. Da wird sich, glauben Sie, auch eine Position finden, in der ich die Dienstpflicht mit meiner wahren Neigung zusammenbringe: der zur Schriftstellerei.

In meinem Expeditionsbericht können Sie nichts dergleichen gefunden haben. Ich habe Ihnen einen Abfallhaufen vor die Füße gekippt, auch Eindrücke, die keineswegs flüchtig waren, mehr hingeworfen als festgehalten, wie es der Dienst eben erlaubte: auch wollte ich Hornern nicht neugierig machen. Keine Rechtschreibung, vieles unlesbar. Die Zumutung fing schon bei der Handschrift an. Daß Sie sich die Lektüre nicht verdrießen lassen würden, blieb eine kühne Hoffnung; in Archangel hatte ich sie längst verloren. Und doch, Sie ließen mich nicht ganz im Stich. Ohne Ihre Güte hätte ich die Mittel nicht gehabt, für meine Anbefohlenen etwas zu erübrigen – um von den *hüllischen Schwefelbädern* zu schweigen, und Espenbergs Honorar. Und jetzt entnehmen Sie meinem Klagelied, daß an mir «ein Schriftsteller verlorengegangen» sei.

Dann habe ich nicht deutlich machen können, verehrter Pate, daß mir in Archangel sehr viel *mehr* verlorengegangen ist. Sie nennen es meine Gesundheit und verschreiben mir eine Versetzung in das warme Neurußland – ich soll mich erholen. Aber glauben Sie im Ernst, dafür sei Schriftstellerei das Mittel der Wahl, nur weil meine Briefe hoffentlich lesbarer sind als mein Journal? Leider habe ich auch eine Ahnung, was *Schreiben* heißt. Und neben dieser Strapaze wäre Solombol das reine Idyll und sogar die Krätze eine Erholung – wenigstens enthebt sie dem, der mit ihr geschlagen ist, der Himmel- und Höllenfahrt, die ich bei wirklichen Schriftstellern beobachten mußte. Meine Pariser Bekanntschaft, der preußische Junker von K., wußte, warum er noch lieber Bauer in der Schweiz werden wollte.

Und jetzt soll einer, der zum Seeoffizier verdorben ist, wenigstens Schriftsteller werden? Ja doch, ich habe einst im Mai damit geliebäugelt, selbst noch in Archangel dies und das angezettelt, sogar – lachen Sie nicht! – eine Farce mit dem Titel «Resanow». Eine Chance zur Aufführung hätte sie noch weniger als die Gratwanderungen des Herrn von K. – selbst Goethen soll es nicht gelungen sein, aus seinen himmelschreienden Komödien mehr als Langeweile zu schöpfen. Verstehen Sie mein Gefühl, wenn Sie mir mit Ihrer Aufforderung, *im Ernst* zu schreiben, das Tor zur Genesung aufzustoßen glauben?

Am Anfang war das Wort.

Schon falsch. *Im* Anfang, heißt es bei Luther. Der Anfang ist nicht der Ausgangspunkt einer Geschichte. Er ist das Medium, in dem sie erst zu sich selber kommt. Anfang ist in jedem Augenblick; und in jedem, oder nie, ist Anfang. Der Anfang ist eine tiefe See, und auf ihr schwimmt das Wort, das aus der Tiefe kommt. Darin muß es gegründet sein, aber zugleich leichter sein als sie, federleicht. Selbst die Oberfläche, auf der es schwimmt, darf es kaum berühren, als *schwebte* es nur darauf.

Wie oft bin ich schon im Anfang untergegangen! und doch nicht genug. Wer die Seefahrt gelernt hat, weiß noch nicht, was Tauchen heißt. Und wer noch so tief tauchen kann, muß seinen Schatz auch noch dahin retten, wo er sich erst als solcher zeigt: an die Oberfläche.

Wie oft bin ich nur an die Oberfläche zurückgekehrt, um Luft zu schnappen! Der Kopf wollte mir bersten von allem, was ich auf dem Seegrund ausgemacht hatte, als erster und einziger. Aber ging mir der Atem aus, mußte ich mit leeren Händen hinauf – und wußte schon, ich würde die Stelle nie wiederfinden. Beim nächsten Versuch stößt die Hand nur noch auf Schlick, den sie nicht aufrühren darf, wenn nicht jede Aussicht weiter schwinden soll – und am Ende gar die Vorstellung, wo unten und oben ist. Man kann bei diesem Tauchgang das Bewußtsein verlieren, Exzellenz, es kommt auch vor, daß man sich vom schönsten Anfang wieder *abstoßen* muß, um nur das nackte Leben zu retten.

Kürzlich stieß mein Griff in einiger Tiefe auf ein Frauengesicht, das mir bekannt vorkam, und beim Weitertasten fühlte ich einen

Faltenwurf, den Abdruck einer weiblichen Brust, doch bevor ich die andere fand, mußte ich loslassen. Danach konnte ich tauchen, sooft ich wollte, die Figur blieb unerreichbar – erst ein Tagtraum zeigte sie mir ganz.

Ich sah den Torso einer Frau, der einem Wrack entwuchs; es war auf dem Seeboden gestrandet, ein pelzbesetztes Gerippe. Die Galionsfigur allein hatte dem Fraß der Tiefe widerstanden, aber um sie mit dem Wrack zusammen zu heben, hätte es der Kraft eines Gottes bedurft. Doch plötzlich las ich in meinen leeren Händen den *Namen* der Figur: *Diana!* Und jetzt sahen sie die Augen meiner Seele im vollen Licht. Da zog sie mit geschwellten Segeln auf große Fahrt, nach Japan, Kapitän Golownins Schiff.

Ich muß auf dieses Schiff. Lassen Sie mich fahren, Exzellenz.

Ich möchte die Geige wieder hören, aus dem Dunkel des Papenbergs. Es ist jetzt fünf Jahre her, und wie ich den Unbekannten kenne, ist er zum Meister gereift, auch für mich, den Mann mit dem Glockenzeichen.

Als die *Nadeschda* vor Nagasaki lag, habe ich mich mit der japanesischen Sprache beschäftigt, ein *Tolk* hat mir holländische Wörterbücher mitgebracht und meine Kenntnisse berichtigt. Ich wollte nach Irkutsk, um in Laxmanns Akademie weiterzulernen, bei Koichi, dem Invaliden, dem ich vor der Isaakskathedrale begegnet bin. Und dann wollte ich den Zaren um eine Gnade bitten. Ich wünschte, diesmal als Passagier, auf ein russisches Schiff gesetzt zu werden, das nach Kamtschatka segelt. Bei ruhiger See und in passender Entfernung sollte mich der Kapitän vor der Ise-Provinz aussetzen, Koichis Heimat, die er nie wiedersieht. Aber er würde mir Briefe mitgeben, und ich wollte mich nach seinem Dorf durchzufragen. Löwenstern, der erste schiffbrüchige Russe in Japan! Natürlich würde man versuchen, mich zu den Holländern abzuschieben, damit sie meine Rückkehr in die Wege leiteten. Aber inzwischen hätten mich Koichis Eltern aufgenommen wie einen Sohn. Mein Weg wäre weitergegangen, Schritt für Schritt. Wohin, hätte ich erst erfahren, wenn ich ihn gegangen wäre. Er würde mich heilen, von jedem weiteren Wunsch.

Ich träume wieder sehr lebhaft.

Ich bin in einem unbekannten Hafen gestrandet, weiß nur, daß er am Ende der Welt liegt, und zwar auf einer Insel; er ist belebt wie London oder Amsterdam, zugleich ganz unübersichtlich, ein einziger Hafen, aber nur eines der zahllosen Schiffe ist für mich, denn es segelt nach Japan. Seinen Namen habe ich vergessen, seine Nationalität, seinen Liegeplatz, den Tag seiner Abfahrt. Doch diese Angaben, all meine Papiere und Pässe sind im Koffer eingeschlossen, den ich immer bei mir trage und wie meinen Augapfel hüten muß. Sicher ist: ich habe noch einen Tag Zeit; zuwenig, um mich in einem Gasthaus einzumieten – in dem der Koffer nicht sicher wäre –, aber auch zuviel, um dauernd auf ihm sitzen zu bleiben; ich muß ja auch essen. Drei Dinge darf ich auf keinen Fall verlieren: einen Mantelsack mit Kleidern für Japan, einen Säbel aus meiner Zeit bei der Marine und vor allem den Koffer, Isabelles Koffer, in dem auch die unentbehrlichsten Bücher liegen. Es ist eine Last, diese Habseligkeiten immerzu mitzuschleppen, aber ich kann die Zeit, die ich totschlagen muß, ja nicht angenagelt verbringen, darf mir auch die Sehenswürdigkeiten der Insel – sie erinnert plötzlich an den Hafen von Portsmouth – nicht entgehen lassen. Es gibt einen Park, ein Theater, einen Jahrmarkt, von deren Besuch viel abzuhängen scheint. Also bewege ich mich, schwer behindert, unausgesetzt unter Menschen, die mich schieben oder puffen; zugleich bin ich so allein wie Robinson, kenne keine Seele, verstehe auch keine der hier gesprochenen Sprachen.

Da man bei der Besichtigung ermüdet, sind überall Rastplätze, Ruheräume, sogar Schlafsäle eingerichtet, in denen sich ganze Familien niederlassen, die bepackt sind wie ich. Ich habe alle Mühe, noch Platz zu finden; zu dunkel darf der Raum nicht werden, damit ich meine Übersicht behalte. Aber eigentlich kommt es nur auf den Koffer an, darum klemme ich ihn beim Sitzen zwischen die Beine. Als ich eingenickt bin, gegen meinen Willen, und wieder zu mir komme, ist der Raum leer und fast dunkel, und ich sehe sogleich: Säbel und Mantelsack sind weg. Solange mir nur der Koffer bleibt! Jetzt kann ich ihn viel besser bewachen, ihn allein, und bin fast dankbar für die Entlastung vom übrigen Zeug. Immerhin sollte ich mich allmählich um mein Schiff kümmern. Wann genau fährt es ab, und an welchem Pier? Um nachzusehen, müßte ich den Koffer öffnen, in dem meine Papiere sorgfältig zusammengeschnürt sind. Aber wie leicht könnte mir beim Auspacken eines unbemerkt entfallen, oder ich verlegte es in der Aufregung selbst! Ich lasse den Koffer doch besser ungeöffnet und mache mich auf den Weg; mein Bestimmungsort ist natürlich das Schiff, aber erst wäre wieder ein gesicherter Ruheraum willkommen, denn meine Schlafsucht ist überwältigend. Es wird! rede ich mir gut zu, während ich vor Müdigkeit kaum noch gehen kann, und plötzlich beginnen sich auch Hindernisse zu häufen. Jeden Augenblick begegne ich Leuten, die mich um einen Dienst bitten. Einer Mutter hüte ich das Kind, während sie ihren Mann sucht, einer alten Frau helfe ich die Treppe hinauf, dafür muß ich den Koffer kurz aus der Hand geben, aber aus den Augen lasse ich ihn nicht und kehre gleich zu ihm zurück. Allmählich gerate ich in die für Hafenstädte typischen Viertel, wo schon die Blicke der Leute anzeigen, daß man seines Lebens nicht sicher sein kann, viel weniger seiner Habe. Es ist noch gnädig, wenn mich eine Gruppe junger Leute nur bittet, einen Polizisten in ein Gespräch zu verwickeln, damit sie unbemerkt verduften können. So lange versprechen sie, meinen Koffer zu hüten; aber nachdem ich mit dem Polizisten viel dummes Zeug geredet habe und, das Schlimmste befürchtend, an die verlassene Ecke zurückkehre, steht mein Koffer noch da, allein und verlassen auf der Straße. Die Menschen sind doch besser, als man denkt! Also bin ich zu weiteren Diensten bereit, mit denen ich mir wahrscheinlich das Leben rette; dabei bleibe ich auf Kohlen. Einmal finde ich den Koffer, den ich im Stich lassen mußte, wirklich nicht mehr; da rennt mir ein dunkler Boy nach und drückt ihn mir in die Hand. Er ist auch bereit, ihn weiter nachzutragen und zu bewachen, wenn ich mich irgendwo auf eine Bank legen sollte; und das muß ich jetzt unbedingt. Doch wenn ich durch halbgeschlossene Augen blinzle, sitzt der Boy immer noch auf meinem Koffer und blickt aufs Meer hinaus; es ist ganz leer, merkwürdigerweise. Vielleicht droht ein Sturm, und alle Schiffe haben Segelverbot; dann hätte ich um so weniger Eile und könnte die Augen getrost ganz schließen.

Als ich sie wieder öffne, sehe ich mit einem Blick: der Boy ist verschwunden, aber der Koffer noch da. Wenn ich ihn anfasse, stelle ich aber fest: das ist gar nicht mehr mein Koffer, sieht ihm nicht einmal ähnlich und ist außerdem federleicht. Eine Katastrophe, anderseits kommt sie mir nur zu natürlich vor. Der Verlust bestätigt ja nur endlich meinen schwarzen Verdacht. Ich wundere mich selbst, daß sich mein Entsetzen in Grenzen hält; nun habe ich das Gröbste hinter mir. Die Papiere sind weg; ich weiß nicht, wann und wo ich abfahre; ich weiß noch, wer ich bin, nur beweisen könnte ich es nicht. Ich fühle noch Kleingeld in der Tasche, das die Taschendiebe verschmäht haben. Wer im Gedränge einen Koffer festhalten muß, ist ihnen wehrlos ausgeliefert. Den Pappkoffer, der allein an der Hafenmauer steht, kann ich jetzt ruhig stehenlassen. Er sieht nicht so aus, als käme er je weg; etwas rumpelt darin, soll es nur, diesen Koffer mache ich nicht auf. Diesen Gefallen tue ich den Gaunern nicht. Vielleicht ließe er sich danach gar nicht mehr schließen.

Plötzlich setzt sich jemand neben mich auf die Bank; er raschelt, scheint ein Käsebrot auszupacken, es riecht entsprechend, und ich höre ihn schmatzen. Im Augenwinkel sehe ich einen Sombrero und spanische Stiefel, aber etwas sagt mir: es ist Tolstoi.

Da fährt sie, sagt er mit vollem Mund, nach Japan, die *Diana*.

Und in der Tat, draußen, keine Seemeile entfernt, zieht eine Fregatte am Horizont; das Takelwerk des Dreimasters läßt sich exakt erkennen, auch die Figürchen, die sich auf den Rahen tummeln und Segel setzen, eins nach dem andern. Dabei macht das Schiff kaum Fahrt, man wird ihm noch lange nachsehen können.

Das sind die Gewinner, sagt mein Nachbar.

Was haben sie gewonnen? frage ich zurück, vom Geräusch seines Mundwerks angewidert.

Den Wettbewerb um die größte Liebe, sagt er.

Und wer ist denn da auf dem Schiff?

Golownin, sagt er, und Rikord natürlich. Chlebnikow. Und natürlich Moor.

Da bin ich dabei, sage ich so gleichmütig wie möglich.

Das Schiff ist abgefahren, sagt er, und ein strenger Geruch von Käse und Schweiß weht herüber.

Dann kehrt es wieder um, sage ich. – Ich gehöre auf das Schiff.

Da sehen Sie ja, wie es fährt, sagt er.

Tatsächlich würde es bald hinter der Landzunge mit dem gestreiften Leuchtturm verschwunden sein.

Können Sie, frage ich jetzt doch heftig zurück, den Mund nicht zumachen, wenn Sie kauen? Und erst reden, wenn Sie geschluckt haben? Müssen Sie spucken? Haben Sie gar keine Erziehung gehabt?

Ungerührt weiterschmatzend, sagt der Mann: Sehen Sie mich doch einmal an.

Nein, sage ich entschieden. – Ich schließe jetzt die Augen und zähle auf zehn. Dann haben Sie Ihren Koffer dort weggenommen und sind verschwunden.

Es juckt Sie ja schon wieder, grinst der Mann. – Sie fahren schon, junger Mann. Aber Sie fahren *mit mir*.

IV

Gryllenburg. Die größte Liebe

1 Mein Aufenthalt ist weitläufig, doch übersehbar. Er hat eine gipsweiße, gotisch gezogene Gewölbedecke und drei Fensterluken, so tief in die Mauer eingelassen, daß die Nischen als Sitze dienen könnten, fiele ihre Grundschräge nicht gegen das Zimmer ab. Das Bett im Winkel ist ein Holzkasten mit einem Himmel aus graugestreiftem Drillich. Ein Schrank wie ein Hochaltar, gleichfalls grau. In der Mitte ein Schreibtisch auf Löwenfüßen; davor ein schwarzbezogener Sessel wie eine Maschine, fast unverrückbar, doch die einzige Sitzgelegenheit, will man sich nicht auf eines der zwei Bärenfelle fallenlassen, die auf den Steinfliesen liegen wie breitgetreten und ihre Pranken mit lose wirkenden Klauen in alle vier Richtungen strecken. Der Raum mißt fünfzehn auf fünfzehn Schritt.

Das übrige Mobiliar sparsam, doch wuchtig: eine Truhe, in der man eine Familie beisetzen könnte; ein bräunlicher Globus, mit Schrift bedeckt, bis zur Kappe, auf die ein Halbwüchsiger gerade noch hinuntersehen könnte. Der Weltkörper hat einen massiven Eisenfuß, in Gestalt eines gebeugten Atlas, und hängt fast unbeweglich im Bügel; um ihn zu drehen, muß man ihn mit beiden Armen umfangen. Aus Eisen sind auch fünf Kerzenständer, die nur ein Erdbeben umwerfen könnte; der Raum bleibt dämmerig auch bei hellem Tag, der entfernt durch die Fensterluken scheint; diese müssen verglast sein, denn ich spüre keinen Durchzug, doch scheint sich die Luft irgendwie zu erneuern. Eine übermannshohe Standuhr erinnert an Big Ben, doch sie tickt nicht mehr; ihre Zeiger stehen bei zwanzig Minuten nach vier. Keine Feuerstelle; der Raum hat eine gleichmäßige und, auch wenn ich sehr leicht bekleidet bin, annehmbare Temperatur. Den einzigen Schmuck der weißen, nicht ganz regelmäßigen Wände habe ich zuerst für Kinderzeichnungen gehalten. Eine zeigt ein einzelnes Mannsbild in russischer Kapitänsuniform, die andere eine Reihe kleinerer Riesen ohne Hut, die von gepanzerten Zwergen an der Leine geführt werden.

Unter der rechten Fensterluke hat jemand in einer flachen Wasserschale eine Insel aus frischem Grün angelegt. Lindenzweige, auf Eisenigel gesteckt, bilden eine wohlbedachte Komposition, und auch wenn kein Sonnenstrahl darauf fällt, bleibt sie eine helle Augenweide. Nur auf dem Schreibtisch verbreitet das Öllicht etwas wie ewige Nacht.

Die Kassetten der Nußbaumtür sehen aus, als wären sie mit Schnitzwerk gefüllt; von weitem erinnert es an Figuren aus der Passionsgeschichte. Aus der Nähe ist zu erkennen, daß der Künstler nur der Maserung nachgeholfen hat. Doch die Tür läßt sich öffnen; hinter einem Stück Korridor leuchtet linker Hand ein ganz heller, überraschend großer Raum, der mit Trögen und Wannen an den Waschsaal der Kadettenanstalt erinnert, obschon man angesichts der Rinnen im Fußboden auch an ein Schlachthaus denken kann. Allen Wänden entlang laufen beschlagene Rohre, die sich eiskalt anfühlen und in regelmäßigem Abstand mit Hähnen bestückt sind. Da dieser Saal fensterlos ist, kann man sich Licht und Luft erst erklären, wenn man die Augen erhebt. Es gibt keine Decke, doch sieht man auch keinen Himmel; der Blick wird durch einen höher liegenden Dachvorsprung abgefangen. Man scheint hier keinen Winterfrost fürchten zu müssen, die Temperatur im Badesaal ist frischer, doch nur wenig kühler als im Inneren meiner Klausur.

Das Dachgebälk über dem Waschsaal scheint übrigens Teil einer Festungsanlage zu sein, denn man glaubt, den Ansatz eines gedeckten Wehrgangs zu erkennen. Um sich Übersicht zu verschaffen, müßte man ins Freie treten können; und tatsächlich entdecke ich am Ende des Waschsaals neben dem Verschlag, in dem ein Abort eingerichtet ist, eine gleichfalls mit Latten verkleidete Tür. Stößt man sie auf, so steht man am oberen Ende einer Eisentreppe, die mit drei Stufen in einen gefangenen Hof hinunterführt, ein von turmhohen Wänden eingefaßtes unregelmäßiges Viereck, das mit Schutt und Trümmern bedeckt ist, als wären früher Teile der umgebenden Mauern abgestürzt oder niedergebröckelt. Dabei wirken sie unversehrt und sind in Lücken und Ritzen von Moos oder Gras bewachsen. Auch die Trümmer in der Hofgrube sind teilweise schon zu Kies und Sand verwittert, nur fehlt hier jede Spur von Grün, und in der Tat empfängt das Geviert kein unmittelbares Sonnenlicht. Nach dem hellen Badesaal wirkt seine Atmosphäre gedämpft, obwohl es an der offenen Luft liegt. Doch bewegt sie sich sowenig wie in der Tiefe eines Sodbrunnens; die langstieligen Gräser auf den Mauervorsprüngen stehen wie gemalt. Ganz in der Höhe ist, vom Dachgewirr fast zugebaut, ein blasses Stück Himmel zu sehen, doch am Tag zeigt es weder Wolke noch Vogelflug und in der Nacht keine Sterne, auch geregnet hat es in meinem Hof noch nie. Doch schon am ersten Tag habe ich mich in die kleine Wüste hinausgewagt, den einen oder andern Brocken in die Hand genommen und wieder hingelegt – nicht immer da, wo ich ihn aufgelesen habe. Und als ich in die Klause zurückkehrte, fand ich auch sie verändert.

Auf dem Tisch stand ein Tablett, zugedeckt mit einer silbernen Haube, und die Uhr hatte auffällig zu ticken begonnen; die Zeiger waren gegen fünf gerückt. Ich war gespannt auf den Schlag des Läutwerks, vor allem aber hatte ich Hunger. Als ich die Haube hob, kamen eckige Schälchen zum Vorschein, in denen noch dampfende Bissen von Geflügel und Wild angerichtet waren, gedünstetes Gemüse und grüner oder durchsichtiger Salat; ferner zwei Lackschalen mit Deckel, eine mit weißem Reis gefüllt, die andere mit einer braunen, nach Ingwer riechenden Suppe, in der samtweiche weiße Klöße schwammen. Kein Brot, kein Wein, aber ein Wasserkrug und ein Glas und eine Garnitur Holzstäbchen in gefaltetem Papier.

Ein Gedeck dieser Art ist mir zuletzt im Hafen von Nagasaki begegnet; die *Tolks* brachten unser Essen auf Booten noch warm auf die *Nadeschda*, und ich gehörte, mit Horner, zu denen, die es sich munden ließen, während die Mehrheit bei der Schiffsküche blieb. Tolstoi hatte verbreitet, die Japanesen wollten uns vergiften, um sich dann des Schiffs zu bemächtigen.

Beim Essen meldete sich das Gedächtnis langsam wieder zurück; ich kam zu mir wie nach schwerem Schlaf. Meine Geschichte vergegenwärtigte sich jedoch nur stückweise; nur an den Geigenton vom Papenberg erinnerte ich mich, als wäre er gerade verklungen. Allmählich glaubte ich, hinter das System meiner Erinnerung zu kommen. Sie bewahrt nur Ereignisse auf, von denen ich *geschrieben* hatte. Ich bin offenbar eingeladen, diese Tätigkeit fortzusetzen, denn als erstes habe ich auf dem Tisch das dafür nötige Werkzeug entdeckt. Daß mein neuer Ort mit japanesischen Attributen ausgestattet ist, erstaunt mich nicht; vielleicht sollte es mich ermuntern. Ich trage einen fast federleichten ockerfarbenen Mantel, *Yukata* genannt, mehr Überwurf als Kleid, der vorn mit einem schwarzen Baumwollgürtel gebunden wird. Darunter ist nur noch nackter Leib; unzweifelhaft mein eigener, denn ich fühle Hunger und Durst, Bedürfnisse, die ich stillen oder verrichten kann.

Ich beobachte meine Hände. Mit den Stäbchen benehmen sie sich gar nicht ungeschickt.

Die Standuhr hat nicht geschlagen, auch wieder zu ticken aufgehört. Als ich das Zifferblatt musterte, standen die Zeiger vor fünf. Ich habe mich beim Kauen ein wenig vergessen; reichte das schon, die Zeit stillstehen zu lassen? Dafür hörte ich von draußen – der Vorder-, nicht der Hofseite – Glockengeläut und dachte anfangs, es sei in meinen Ohren. Doch wenn ich sie zuhielt, verstummte es fast, mußte doch durch die Fenster hereingekommen sein, die eng sind wie Schießscharten. Krieche ich in die Öffnung, komme ich nicht weit, aber was ich durch den Schlitz erspähe, sieht Gebäuden ähnlich, einer Häuserreihe mit spitzen Dächern. Menschen sehe und höre ich nicht.

Oft geschieht es, daß mich plötzliche Müdigkeit überwältigt; zum Bett würde ich es nicht mehr schaffen, sinke im Lehnsessel zurück, und wenn ich nach unbestimmter Zeit zu mir komme, verraten die Fenster nicht, ob es Tag ist oder Nacht. Aber wenn ich den Waschraum dunkel finde, verirre ich mich schon nicht mehr und fände den Weg auch blind, zum Abort oder in meine Trümmergrube. Doch liegt sie in einem schwachen Licht aus unbekannter Quelle, das mir reicht, ein paar Steine umzulagern.

Komme ich zurück, so finde ich das Licht geschneuzt, das Geschirr abgeräumt und die Schale vor dem Fenster frisch besteckt: jetzt sind es Kastanienzweige mit drei rotblühenden Rispen, die in verschiedene Richtungen zeigen. Eine Bibel liegt auf dem Tisch, das einzige Buch, das man in der Kadettenschule auch Arrestanten gelassen hat; freilich nicht dieses pergamentgebundene Exemplar. Es stehen noch zwei andere Bücher da – ich rühre sie nicht an, doch die goldgeprägten Titel sind nicht zu übersehen: «Golownins Gefangenschaft in Japan», zwei hellrote Bände mit schwarzem Rükken. Sie geben mir einen Stich, und ich fühle, wie einen Phantomschmerz, ein verlorengegangenes Leben.

Ich soll mich aber erinnern, wie es scheint. Denn es liegt ja auch Schreibzeug auf dem Tisch, Gänsekiele, Federmesser und Tinte; Papier in zwei Stößen. Auf dem einen steht am Kopf jedes Blattkopfs GRYLLENBURG in Antiqua. Der andere Stoß ist leeres Papier, nur das erste Blatt trägt einen Titel in kindlicher Schönschrift: *Gulliver in Japan*, zweimal unterstrichen.

Und ja, da ist noch dieser Brief. Er war das erste, was mir ins Auge fiel, als ich mich, versuchsweise, zum ersten Mal an den Schreibtisch setzte. Noch nicht zu mir selbst gekommen, und schon erwartete mich Post. *An Wohlgeboren Baron Ludwig Hermann von Löwenstern. Mit der Bitte um gfl. Weiterleitung, d.G.* Der Brief war bereits geöffnet, das Siegel erbrochen, die Blätter zerlesen und das letzte kürzer; jemand mußte die Unterschrift weggeschnitten haben, und mit ihr das Datum. Aber die Hand erkannte ich auf der Stelle, besser als meine eigene; zum ersten Mal war sie mir auf dem Billett begegnet, das meine Kusine Löwenstern verschlampt hatte. Plötzlich stieg eine Welt vor mir auf und zitterte von Leben. Ich hielt den Schlüssel in der Hand, der die Tür zu meiner Geschichte aufspringen ließ. Aber ihr Licht war schmerzhaft, und ich schloß die Augen. Ich glaubte es nicht.

Euer Wohlgeboren,
mir ist noch in lebhafter Erinnerung, wie Sie mich, gelegentlich Ihres Besuchs vor manchem Jahr, mit Ihrem Plan bekanntgemacht haben, eine Fort-

setzung von Gulllivers Reisen zu schreiben, und ich glaube, Sie damals, vielleicht zu leichtfertig, zu einer Reise in das ferne und verschlossene Nippon ermutigt zu haben. Nun hat sie Ihr Landsmann Golownin wirklich ausgeführt und teuer dafür bezahlt, freilich auch unschätzbaren Gewinn daraus gezogen. Seine «Gefangenschaft in Japan» hat mir zwei lehrreiche Abende beschert; dabei schloß sich die Lektüre aufs merkwürdigste den Versuchen mit entoptischen Farben an, die ich in jenen Tagen angestellt habe. Ich glaube, im Schicksal des verdienten Mannes, der so lange in Japan wie in einem undurchsichtigen Gefäß eingeschlossen war, ein Analagon zu einem Phänomen zu bemerken, das mir erst nach Publikation meiner «Farbenlehre» zum Erstaunen aufgegangen ist. Man zerschneidet eine mäßig starke Spiegelscheibe in mehrere anderthalbzöllige Quadrate, diese durchglüht man und verkühlt sie geschwind. Was davon bei dieser Behandlung nicht zerspringt, ist nun fähig, entoptische Farben *hervorzubringen.*

Japan scheint für die Golowninsche Expedition alle Eigenschaften eines Feuerofens gehabt zu haben, wobei denn freilich viele Gläser gesprungen sind. Um so wunderbarer zeigen diejenigen, welche sowohl glühende Hitze wie abschreckende Kälte überstanden haben, das zauberhafte Regenbogenphänomen. Ich gestehe, mich durch den Bericht Ihres wackeren Landsmanns in meinen Forschungen bestätigt, ja, in meiner Existenz befestigt gefunden zu haben.

Da ich mich für alles weitere an meine Physik halten muß und nicht nur entfernte Länder, sondern auch die Publikation Golownins entbehren kann, erlaube ich mir, Ihnen diese geschenkweise zuzueignen. Möglicherweise hat der Dienst des Zaren Ihnen bisher gar nicht erlaubt, es zur Kenntnis zu nehmen, wie er auch Ihre vorhabende Reise zu den Japanesen vereitelt hat. Die Läufte waren unsicher und haben so manchen vom Liebsten getrennt, vom Besten abgehalten. Um so mehr verschafft mir Golownins Zeugnis eine ganz eigene Genugtuung. Er darf sich, bei allen Unbilden und Gefahren, glücklich schätzen, daß ihn der japanesische Aufenthalt für ein paar Jahre der Weltgeschichte enthoben hat. Auch ich habe, als es mir in Europa zu hoch herging, meine Zuflucht im Orient gesucht, freilich in einem imaginierten, während Ihr Landsmann seine Segnungen leiblich erfahren, gegenständlich verkosten durfte. Da muß man auch Strafen in Kauf nehmen, für die ich Jugend und Frische nicht mehr hätte.

Auch wenn Sie jetzt in den ruhigen Hafen der Ehe eingelaufen sind,
wozu ich nur Glück wünschen kann, steht Ihnen immer noch viel bevor.
Bleiben Sie dem alten Mann gewogen, der sich auch Ihrer mit dem herzlich-
sten Gefühl erinnert und ebenso empfiehlt
   als Ihr getreuer

Ich lese diese Zeilen mit immer wiederholter Erschütterung. Wie
kann Goethe einen Vorsatz, den ich in unvordenklicher Zeit mutwillig erklärt hatte, immer noch des Aufhebens wert finden,
nachdem ihn Golownin bereits zu seiner Zufriedenheit erfüllt hat?
Seinen Bericht muß die gebildete Welt begierig aufgenommen
haben – wäre er sonst bereits ins Deutsche übersetzt? Aber wer
wartet jetzt noch auf einen Gulliver in Japan? Ich schwor mir, die
Bücher in Ruhe zu lassen. Muß ich denn schreiben? Wofür muß ich
lesen?

Und wo bin ich geblieben, all diese Jahre?

Ich fürchte, die Frage ist so alt wie ich selbst. Schreiben ist Erinnerung.

An Niemand kann ich nicht schreiben. Also schreibe ich an Sie,
Exzellenz, zum Vergessen. Die GRYLLENBURG kann ja doch nur
Ihre Idee sein. Ich befinde mich in Ihrer Veranstaltung.

Die Bilder an der Wand sind übrigens japanesische Holzschnit-
te, offenbar Illustrationen von Golownins Gefangenschaft. Sein
Jammerbild sieht ihm ähnlich. Der Zweispitz mit Rosette und
Troddeln, der umgeschnallte Säbel, das Rapier auf Bauch- oder
Schamhöhe. Und wie er friert. Er hat den Kopf eingezogen, in den
Hals, den auch ein hochgeschlagener Kragen nicht bedeckt. Die
Arme hat er verschränkt wie in einem Muff und kann die nackten
Hände doch nicht zum Verschwinden bringen. Sein Gesicht: nur
noch eine halbe Sache. Das linke Auge starrt ganz und gar trostlos,
das rechte verschwindet hinter einer Schraffur, als wäre es verklebt
oder eingefroren. Die Nase ein verzeichneter Wulst, der Kirschmund ein heller Fleck unter dem hängenden Tatarenbärtchen. Der
schüttere Kinnbart umläuft ein viereckiges Kinn und fasert gegen
hohle Wangen aus. Die Rockschöße stehen steif vom Körper ab,

die Stulpenstiefel reichen ungleich hoch, die Füße scheinen auch noch in Galoschen zu stecken.

Gulliver in Japan, wie ihn die Japanesen gesehen haben.

Und das andere Bild. Acht Riesen, diesmal hutlos, der vorderste Golownin, immer noch an den Schulterstücken des Kapitäns zu erkennen. Die anderen tragen überlange Nasen in ihren von Haarkappen gerahmten Clownsgesichtern und gehen waffenlos ihres traurigen Wegs, der Schritt für Schritt gegängelt ist. Denn die Zwerge, die sie am langen Seil führen, starren, mit ihren Glatzen und Zöpfchen, von Waffen wie Igel von Stacheln.

Vom Stapel «Gryllenburg» habe ich jetzt schon etliche Blätter vollgeschrieben. Doch wer übernimmt die Post? Wen haben Sie zum Engel bestimmt? Oder sind es Raben, die mich ernähren?

Man zerschneidet eine mäßig starke Spiegelscheibe in mehrere anderthalbzöllige Quadrate, diese durchglüht man und verkühlt sie geschwind. Was davon bei dieser Behandlung nicht zerspringt, ist nun fähig, entoptische Farben hervorzubringen.

Und wenn ich springe? Euch ins Gesicht springe?

Die mäßig starke Spiegelscheibe – das trifft's. Ein Teufelskerl bin ich nie gewesen. Kein ganzer Russe, auch kein ganzer Deutscher. Mein Wille, irgend etwas *ganz* zu sein, hielt sich in Grenzen, soviel ich weiß. Soviel ich von mir verriet. Ich gab mich als Springinsfeld und schien's zufrieden, wenn man den Schein gelten ließ. War ich ein Spieler? Dann hätte ich doch einmal Glück haben müssen. Ich blieb auch als vierter Offizier der *Nadeschda* ein Leichtgewicht, tat meine Pflicht, auch einmal einen Freundschaftsdienst, wie dem geplagten Horner. Sie suchten mich, wenn sie keinen Besseren fanden, holten sich ein Ja und überhörten mein Aber. So kommt man über die Runden, doch ist Klagemauer sein ein Lebenszweck? Am Gefälligen hängt der Geruch des Subalternen. Für wen war ich jemals eine zwingende Besetzung, und wofür?

Ich habe das ganze Mittelmeer unsicher gemacht, ohne meiner selbst sicher zu werden. In Neapel Lady Hamilton geküßt, nicht nur die Hand, und was habe ich mir darauf eingebildet! – bis mir aufging, daß ich nur Objekt ihrer Wette mit Lord Nelson gewesen war. Am Bosporus habe ich in Badehäusern auch Männer kennengelernt, worauf die Todesstrafe stand. Um ihr zu entgehen, wollte ich Muslim werden, aber der Mufti lachte nur: statt an Allah glauben Sie doch besser erst an sich selbst! Überall reichte es mir gerade zum Hornberger Schießen, und auch dafür kam ich meist zu spät; fast wäre ich, statt gegen England oder Napoleon, gegen den Affen Tolstoi gefallen.

Wissen Sie, Exzellenz, was Gulliver sagte, wenn er, glücklich wieder bei Frau und Kindern, zufällig in den Spiegel blickte? *So nicht*, sagte er zu seinem Gesicht. Verreisen! Nichts wie weg!

Tränen, sagte Isabelle, bedeuten nicht, daß die Seele schmilzt. Es sind überfließende Schalen des *Zorns*.

Ein Glück, daß es in meinem Aufenthalt keinen Spiegel gibt – auch nicht im Waschsaal. Die Scherbe, die ich in meinem Trümmerhof gefunden habe, zeigt nie einen ganzen Mann. Rasieren – wozu? Dafür würde auch ein Messer benötigt. Ich bekomme nur Stäbchen. Das Japanesenmäntelchen ist meine Anstaltskleidung. Das Wasser: schwefelhaltig. Ich bin zur *Kur* in der Gryllenburg.

Kein Messer. Aber eine Bibel.

Sie war schon zu Rasik in Gebrauch – Doktor Martin Luthers *gantze Heilige Schrifft Deudsch*. Es könnte mein fünfter Tag in der Anstalt gewesen sein, als ich zu lesen anfing und auf die bekannte Stelle stieß: VND GOTT DER HERR SPRACH / ES IST NICHT GUT/ DAS DER MENSCH ALLEIN SEY / JCH WIL JM EIN GEHÜLFFEN MACHEN / DIE VMB IN SEY.

Erst war *von allerley Thier* und *allerley Vogel* die Rede, welchen der Mensch Namen geben darf. *Aber für den Menschen ward kein Gehülffe funden / die vmb jn were*, also wird ihm die Brust geöffnet und eine Rippe entnommen, und was herauskommt, findet seine Billigung. *Das ist doch Bein von meinen Beinen / vnd Fleisch von meinem Fleisch / Man wird sie Mennin heißen / darumb / das sie vom Manne genomen ist.* Dann lesen wir von Vater und Mutter, die der Mensch verlassen wird, um an seinem Weibe zu hangen, VND SIE WERDEN SEIN EIN FLEISCH. *Vnd sie waren beide nacket / der Mensch vnd sein Weib / vnd schemeten sich nicht.*

Inzwischen hat sich auch bei mir eine Frau gezeigt. Meine Aufsichtsperson heißt Nadja und hat in dieser Eigenschaft Goethes Brief geöffnet. *Sie schemete sich nicht.*

Was soll das heißen: *in den ruhigen Hafen der Ehe!* schrie ich sie an. In die Klapsmühle habt ihr mich gesteckt, um schreiben zu lernen! Wie lächerlich muß ich mich machen, bis man mich für unschädlich hält?

Wem möchten Sie denn schaden? fragte sie. – Sie rasen wieder, Herr von Löwenstern! Kommen Sie, da weiß ich was Besseres. – Und begann sogleich, meinen Gürtel zu öffnen.

Graf Tolstoi behauptet, es gebe eine Affenart, die jeden Konflikt durch Vögeln löse. Nur ein lauter Ton, schon bietet sich ein Hinterteil an.

Wer glauben Sie eigentlich, daß ich bin? stöhnte ich, nachdem sie meinem Gefühl die Spitze gebrochen hatte, handfest und sachdienlich.

Das versuchen wir herauszufinden, Herr von Löwenstern, sagte sie. – Aber erst brauchen wir einen Guß.

Sie zog mich in den Baderaum, begoß mich über und über, dann trocknete sie beide auf ganz eigene Art, und schon drohte ich mich wieder zu vergessen. Aber diesmal widerstand ich. Natur ist eins, ein Mann etwas anderes.

Das Anziehen ist rasch getan. Habe ich schon gesagt, daß auch Nadja nur ein loses Anstaltsmäntelchen trägt? Ihres ist stahlblau, wie die Dwina bei Eisgang. Sie ließ mir ein Glas Schwefelwasser aus dem Hahn, und gleich noch eins. Ich stürzte es mit angehaltenem Atem.

Es war einmal eine Frau, die kriegte jedes Jahr ein Kind. Da ging sie zum Popen und fragte: Was kann ich dagegen tun? Trinken Sie ein Glas Wasser, sagte er. – Vorher oder danach? – *Anstatt,* sagte der Pope.

Nadja lächelte nicht. – Ich empfange nicht mehr, sagte sie, Sie brauchen sich keinen Zwang anzutun. Wie fanden Sie das Gedicht?

Welches Gedicht?

Es liegt in Golownins Gefangenschaft, sagte sie. – Handgeschrieben. Ich verstehe es nicht, aber finde es schön. Lesen Sie es mir doch einmal vor.

Ich hatte die Bände nie angefaßt, jetzt mußte ich wohl; da fiel mir ein Blättchen entgegen – und da war sie noch einmal, seine Hand, großzügig, übersichtlich, keine Kurrentschrift.

Laß dir von den Spiegeleien
Unsrer Physiker erzählen,
Die am Phänomen sich freuen,
Mehr sich mit Gedanken quälen.

Spiegel hüben, Spiegel drüben,
Doppelstellung, auserlesen,
Und dazwischen ruht im Trüben
Als Kristall das Erdewesen.

Dieses zeigt, wenn jene blicken,
Allerschönste Farbenspiele,
Dämmerlicht, das beide schicken,
Offenbart sich dem Gefühle.

Schwarz wie Kreuze wirst du sehen,
Pfauenaugen kann man finden,
Tag und Abendlicht vergehen,
Bis zusammen beide schwinden.

Und der Name wird ein Zeichen,
Tief ist der Kristall durchdrungen:
Aug in Auge sieht dergleichen
Wundersame Spiegelungen.

Laß den Makrokosmus gelten,
Seine spenstischen Gestalten!
Da die lieben kleinen Welten
Wirklich Herrlichstes enthalten.

Bei «wirklich» brach meine Stimme.

Sie sagte: Weinen Sie ruhig, Herr Löwenstern.

Als sie hinausging, hörte die Uhr zu ticken auf. Wann hatte sie wieder damit angefangen?

2 Die Bekanntschaft mit Nadja hatte überraschend begonnen. Am dritten oder vierten Tag, als ich aus der Schuttecke kam, wo ich mit Steinbrocken Figuren gelegt hatte, erwartete ich, meine Klause leer zu finden wie immer. Aber eine Frau hockte auf dem Bärenfell, und als ich die Tür geschlossen hatte, schlug sie ihren blauen *yukata* auseinander, legte sich auf den Rücken und öffnete die Beine.

Ist was? fragte sie nach einer Weile, als ich mich nicht rührte.

Sie verbarg nicht einmal ihr Gesicht. Es wirkte starr, ohne Leben, und sie hatte mit keiner sichtbaren Kosmetik nachgeholfen. Nur die Stirn war rein, und das schwarze Haar so voll, daß es kaum echt sein konnte. Ich sah die zerfurchten Wangen, den schiefen Mund – der linke Mundwinkel war wie angebunden –, die Falten an Hals und Bauch, matte Haut um die Schlüsselbeine, flache Brüste. Arme und Unterschenkel waren sehnig und gefleckt, Hände und Füße unweiblich groß. Ihren Augen, die zur Seite gewandert waren, begegnete ich nicht, aber sie wirkten wach, und die fast farblose Iris hatte einen goldenen Rand. Ihr Schamhaar sträubte sich wie ein Grasbüschel über der Falte des Geschlechts.

Nur mal reinstecken, das tut Ihnen gut. Augen zu und an was Schönes denken.

Da ich nicht reagierte, setzte sie sich auf und zog den Mantel vor der Brust zusammen. Dann sah sie mir ins Gesicht.

Ich will kein Geld, sagte sie. – Ich bin schon bezahlt.

Das kann ich mir denken, sagte ich.

Und ich bin alt, sagte sie.

Und wenn, sagte ich.

Das meinen Sie im Ernst.

Ja.

Ich habe es schon mit vielen Männern getan.

Das glaube ich gern.

Aber es gibt nur einen, den ich geliebt habe.

Muß ich das wissen? fragte ich.

Ich liebe ihn immer noch, sagte sie. – Ja, das müssen Sie wissen. Ich heiße Nadja.

Und wie noch? fragte ich.

Nadeschda Iwanowka Loginowa, sagte sie, eigentlich Benjowskaja. So hieß mein Großvater.

Wo sind Sie geboren? fragte ich.

In Kamtschatka, sagte sie. – Bolscherezk. Gearbeitet habe ich in Petropawlowsk.

Da war ich zweimal. Ich könnte Ihnen begegnet sein.

Sie waren mein Kunde, Ermolai Levenshtern, aber das ist viele Jahre her. Kein Wunder, daß Sie mich vergessen haben.

Ich schwieg, und sie lachte. – Wollen Sie jetzt vögeln oder nicht?

Es ist mir nicht recht danach, sagte ich. – Nur mit Ihnen schlafen, wenn Sie erlauben.

Dann probieren wir das doch, sagte sie.

Ich legte mich zu ihr und begann, ihren Körper zu erkunden, mit Fingerspitzen, bald auch mit den Lippen. Mein Knecht rührte sich entschieden. Als er eingedrungen war, nahm sie mich bei den Ohren.

Ein für allemal, sagte sie. – Mir brauchen Sie nichts zu besorgen. Spüren Sie, daß ich geboren habe? Man leiert aus.

Machen Sie die Beine zu, sagte ich. Sie gehorchte und begann sogleich zu stöhnen. – Ermolai, flüsterte sie, was machen Sie? Kind Gottes! rief sie, o du mein Kind Gottes! Sie bedeckte das Gesicht und drehte den Kopf weg.

Sie spielte gekonnt. Als ich die Augen senkte, fielen sie an der Stelle, wo wir verbunden waren, auf ein erstaunliches Objekt. Es hatte sich aufgerichtet wie Rotkäppchen gegen den Wolf.

Es schien doch etwas Ernsteres gewesen zu sein, denn Nadjas Hände konnten ihren Tränenstrom nicht halten; und als ich sie zu trösten suchte, beanspruchte mein Knecht, von ihrem Elend munter geworden, diese Rolle wieder für sich. Damit konnte er so lange nicht aufhören, bis Weinen und Lachen nicht mehr zu unterscheiden waren. Ein Blick auf Rotkäppchen zeigte mir, daß es immer noch wachsen konnte.

Ermolai, was sind Sie für ein Kerl.

Möchten Sie auch einer sein? fragte ich.

Denen würde ich es zeigen! antwortete sie.

Als ich mich zurückzog, war ihr Stachel verschwunden, nur das Käppchen lugte hervor.

Ungern habe ich Goethes Geschenk aufgeschlagen. Ich soll Golownins Reise mitmachen, nachträglich, doch nachhaltig. Will man mich davon überzeugen, daß *meine* Gefangenschaft vergleichsweise gnädig zu nennen sei?

Dafür sitze ich an einer Quelle, die ihm nicht zur Verfügung stand. Von Nadja lassen sich Dinge erfahren, die er nie zu wissen bekam. Ich komme zu spät, diesen Nachteil soll ich als Vorsprung nützen; dafür gibt es Feder, Tinte und Papier. Ich soll Golownins Reise nachstellen und mich dabei neu zusammensetzen, gleichsam hinter meinem Rücken. Gut ausgedacht. Aber vielleicht gar nicht so gut gemeint.

Sie alle will Nadja gekannt haben: Resanow und Krusenstern, Chlebnikow und Moor, auch Chwostow und Dawydow – sogar Caspar Horner. Tolstoi hätte ich ihr gerne geschenkt. Doch zuerst hat sie sich mit dem Gouverneur etwas haben müssen, um zu ihrer Stelle zu kommen. Zu Golownin schweigt sie, aber mit Rikord hat sie eine Tochter, von der sie nicht redet. Alle Schamgrenzen sind verhandelbar, diese nicht.

Nadja, die große Dame von Petropawlowsk.

Manchmal fällt sie auch in die Mundart der Hafenhure, dann weiß ich: sie verschweigt das Beste. Aber nie, daß sie eine Prinzessin ist. Dieser Stammbaum gehört zum Repertoire.

Wir waren zweimal in Kamtschatka, sagte ich, einmal *vor* Japan, einmal danach.

Ohne Nadja hätte es gar kein zweites Mal gegeben, erwiderte sie, denn oft spricht sie von sich in der dritten Person.

Wahr ist: die Expedition war so gut wie gescheitert, als wir, aus der Südsee kommend, den ersten russischen Hafen anliefen: Petropawlowsk-Kamtschatski. Die Streithähne sprachen nicht mehr miteinander, bis der Gouverneur eine Versöhnung zustande brachte. Es kam zur bekannten Polonaise, Krusenstern und Resanow Hand in Hand.

Die Herrschaften waren ausreichend betrunken, sagte ich.

Sie waren bei Nadja.

Sie haben Resanow *nach Japan* wieder empfangen, sagte ich.

Daran erinnern Sie sich noch? sagte sie. – Das ehrt mich.

Es wurmte mich, sagte ich, ich gehörte zu Krusensterns Partei.

Ich habe dafür gesorgt, daß mich Resanow nicht vergißt.

Was meinen Sie?

Es gibt Krankheiten, über die ein Gentleman nicht spricht, auch wenn er sie hat. – Warum werden Sie blaß?

Ihre Pupillen waren klein geworden, die weit offenen Augen strahlen geisterhaft

Pirdolitsch? fragte sie.

Ich verstand sie nicht.

Polnisch ist ihre Muttersprache. Mein Knecht erstarrte immerhin, aber nicht genug. Wovor hatte ich Angst?

3 Der Globus aus dem späten 18. Jahrhundert, französisch beschriftet, reicht mir bis unter die Schulter; ein höfisches Schaustück, denn dieses Format konnte sich ein bürgerlicher Gelehrter kaum leisten. Ich kann den vergilbten Planeten drehen, bis er dem Schreibtisch die größte Landmasse zuwendet. Eurasien hat Licht, das Reich der Mitte verdient seinen Namen. Nach der einen Seite flieht die europäische Halbinsel ins Halbdunkel weg, nach der andern der amerikanische Doppelkontinent. Rußland liegt wie ein angefrorener Wal um den Nordpol gekrümmt, und die

Eisdecke zieht sich weit über seinen Rücken. Wo das Wasser vielleicht aufhört, vielleicht festes Land beginnt, ist nur durch eine punktierte Linie angedeutet. Heller Wahnsinn, zwischen den aufgeworfenen Zipfeln des russischen Erdteils eine Passage zu suchen. Aber er kann sich recken und strecken, wie er will: ans tiefblaue Meer reicht er nicht heran. Wie schwach, wie durchscheinend begrünt ist aber auch der lange Gürtel um den sibirischen Leib, und wie bald fahlt er aus ins Gelb der Wüste! Mir fällt ein Schweizer *Blödversli* ein, wie sie Freund Horner so gerne aufsagte, mit seinem immer verlegenen Lachen:

> *In die kalte Taiga*
> *kannst du erst im Mai ga*
> *doch du wirst dich wundra*
> *schon ist alles Tundra*

Land, immer nur Land! Aber auch der größte Kontinent ist eine Insel, und die stärkste Schwellung des Globus wird vom Stillen Ozean gebildet, dem Geburtswasser der Welt. Und erst dahin, wo sein Blau wieder verblaßt, streckt Rußland eine dürstende Zunge aus, die Halbinsel Kamtschatka. Wie gefrorene Speicheltropfen ziehen sich die Alëuten im höchsten, der Kurilen im immer noch hohen Norden zum nächsten Kontinent hinüber, der nordamerikanischen Insel. Auch da registriert der Globus Spuren russischer Besiedlung: *Nunalaska, Kodiak, Nowarchangel*, bis hinunter zu *Fort Ross*, am Rand des spanischen Neukalifornien, Mikrobenkolonien, die, zur Wärme strebend, sich auch hier gegen tödliche Weite behaupten müssen. Nur jagen in der Neuen Welt nicht mehr Mongolen heran, sondern Indianer, und die Steppe wird zur Prärie. Wie Motten ins Licht stürzen sich Roß und Reiter mit Pfeil und Bogen in die Fallen des Weißen Mannes. Er zieht ihnen die Haut über die Ohren, wenn sie ihm ihre Pelze nicht für Feuerwasser ablassen, für Glasperlen oder Sargnägel. In riesigen Abständen liegen Festungen und Faktoreien des Zaren am Rand einer stürmischen, nebligen Bucht, zu der sich der Große Ozean zusammenzieht, unterteilt in

Wasserparzellen, von denen jede größer ist als Ostsee oder Mittelmeer: die Beringsee, die Bucht von Ochotsk. Es waren lange Reihen tätiger Vulkane nötig, schneebedeckter Hochöfen, umwölkter Schmelzwerke, um mitten im Pack- oder Treibeis Lava zu Land erkalten zu lassen. Als erstarrte Ketten, starrende Klippen ziehen sich immer noch feuerspeiende Inseln von einem kaum besiedelten Festland zum andern. Über diese Trittsteine kämpften sich einst Ureinwohner vom alten Kontinent in den neuen, folgen ihnen heute die Kauffahrer der Compagnie. Sie müssen die Wasserstraßen kennen und vermessen, um nicht an ihrer Tücke zu scheitern. Denn wo ein Durchkommen ist, ziehen sich auch alle Winde zusammen, ballt sich dichter Nebel, stürzt das Meer als tobender Wasserfall oder wirbelt als Mahlstrom im Kreis.

Zehn Tagesreisen hinter den Kurilen liegt die langgestreckte Halbinsel Kamtschatka. Abgeknickt vom eurasischen Leib, weist sie südwärts, wo die japanesische Inselgruppe zu finden ist, die größte der Gegend, und als aufgebäumter Drache den Zugang zum offenen Ozean verstellt. Wer die Kurilen besitzt und wärmere Meere sucht, kommt an Japan nicht vorbei. Aber auch Japan muß die vorgelagerten Bastionen besetzen und befestigen. Sie sind bereits bewohnt, von kurilischen Ainos, haarigen Stämmen, die mit Fisch und Adlerfedern handeln, aber sie können die Eroberung ihrer Inseln nicht verhindern, müssen zwei Herren dienen oder verschwinden. Nicht von ihnen hängt es ab, ob Etorofu Iturup heißen wird oder Kunaschir Kunashiri. Japan ist es, anders als dem menschenleeren Rußland, ein Bedürfnis, sich auszudehnen, sonst kann es seine vergleichsweise dichte Bevölkerung nicht ernähren. Doch erweitert es sich nicht sprunghaft, dafür fehlen ihm die großen Schiffe. Das Tokugawa-Regime hat den Verkehr mit dem Ausland verboten. Es sind ungleiche Mächte, die sich an diesen Inseln berühren, aber der Zusammenstoß ist unvermeidlich.

Das war die Lage, als die *Nadeschda* Nagasaki anlief; sie schien unverändert, als Golownin mit der *Diana* aufbrach, mit keinem anderen Auftrag, als die Kurilen zu vermessen. Aber dazwischen kam Chwostow.

In der Nacht hörte ich Schüsse und glaubte, mich verhört zu haben; doch am Morgen weckten sie mich erneut, eine längere Schießerei; das Geläute blieb aus. Ich ging in meinen Trümmerhof, der anfängt, landschaftliche Formen anzunehmen, arbeitete mich in Schweiß und hatte Nadja fast vergessen. Doch als ich mich im Waschsaal gesäubert hatte und in mein Studio trat, erwartete sie mich zum ersten Mal im Schreibsessel. Sie schien mir kleiner als sonst. Mit einem frischen Dahlienarrangement war auf einmal Herbst eingezogen.

Wer hat da herumgeschossen? fragte ich.

Jäger, sagte sie. – Wo glauben Sie, daß die Bären herkommen? – Sie deutete auf den Fußboden.

Hier gibt es Bären? fragte ich.

Seit das Stift aufgelassen wurde, ist es Bärengebiet, wie Kamtschatka.

Ist die Stadt darum so menschenleer?

Wir werden noch erleben, wie sie sich bevölkert. In der Gryllenburg probiert ein Dichter seine Stücke, bevor sie in der Hauptstadt zur Aufführung kommen. Wollten Sie nicht selbst zum Theater?

Wie kommen Sie darauf?

Sie wünschten, Resanow auf der Bühne zu erwürgen.

Ach, das war nur eine Farce, sagte ich. Ich blieb stecken, als ich für Resanow etwas wie Teilnahme empfand, wider Willen. Auf der *Nadeschda* habe ich keinen Menschen so gehaßt, nicht einmal Tolstoi. Aber eigentlich war er doch nur ein Narr, und nun ist er tot.

Mir waren unerwartet die Augen naß geworden.

Als Liebhaber war er ganz ordentlich, sagte sie. – Andere zierten sich, wenn sie aus der Südsee kamen. Sie hatten wahllos Geschlechtsverkehr gehabt, und hinterher plagte sie die Angst, angesteckt zu sein. Es gab ein Gerücht, daß man sich bei Nadja gesundstoßen könne. Vielleicht war das Gegenteil richtig.

Als sie mein Gesicht sah, sagte sie: Wie durfte ich damit rechnen, Ihnen noch einmal unter die Augen zu treten?

Ich habe Sie damals nicht bezahlt, sagte ich.

Nicht möglich, erwiderte sie jetzt, ohne zu lächeln. – Dann fand Nadja wohl einen andern Weg, sich schadlos zu halten.

War der Schaden so groß?

Keine Sorge, Kleiner, sagte sie vulgär, und fuhr mit gewöhnlicher Stimme fort: Ich habe einen Professor gekannt, der fragte nach jedem Vortrag: Wie war ich?

Wie war ich, Nadja?

Diese Frage beantworte ich auch nicht, wenn sie sich erübrigt. Aber ich weiß, von wem ich ein Kind habe.

Einen Jungen oder ein Mädchen?

Bei mir gibt es nur Mädchen, Ermolai. Aber jetzt essen Sie, und dann müssen Sie schlafen. Und schön ausgeruht in Ihren Garten. Dort störe ich Sie nicht. Dafür forschen Sie niemals, woher ich komme und wo ich hingehe. Sonst sehen Sie mich nicht wieder.

Als ich erschrak, fügte sie hinzu: In diesem Raum stehe ich zur Verfügung, Monsieur. Es kostet Sie nichts. Diese Anmerkung war doch wohl eher meine Sache. Aber Nadja kennt mich noch nicht. Soviel haben wir schon gemeinsam.

4 Die kleine Wüste ist der Ort, wo ich etwas bewegen kann. Ich habe angefangen, die Brocken zu sortieren. Viele Stücke waren mit Mörtelresten besetzt, die ich sorgfältig abschlug. Im Korridor gibt es ein leeres Kleiderkabinett, hinter dem ich eine Verbindung meiner Räume zum übrigen Gebäude vermute, aber in seinem Fuß fand ich nur einen verstaubten Werkzeugkasten. Was ich brauchen konnte, Axt, Hämmer, Stechbeitel, verjüngte sich gewissermaßen durch täglichen Gebrauch, die Meißel begannen, wieder zu glänzen. Was ich abschlug, verband sich mit dem Erdboden, den ich mühsam freilegte. Denn zum Schaufeln hatte ich nur die bloßen Hände, und anfangs sah es so aus, als grübe ich mir selbst eine Grube zwischen immer noch wachsenden Wänden.

Aber ich habe die Trümmer nach Art und Größe sortiert. Aus Stücken mit regelmäßigen Oberflächen baute ich ein Podest und festigte es mit Mörtel, den ich aus abgeschlagenem Gips mit Wasser anrührte. Da ich die kurze Treppe eingemauert habe, gelange ich jetzt aus dem Baderaum fast ebenerdig an den Rand meiner Baugrube, deren Füllung Tag für Tag fortschreitet. Sie gleicht immer mehr einer archäologischen Fundstätte, nur daß ich keine Struktur freilegen, sondern erst eine herstellen muß. Die markanten Kennzeichen grabe ich ein, nicht aus. Bretter, Stangen, Lumpen und Metallteile, die beim Wühlen im Grund zutage treten, sammle ich zu einem Müllhaufen, und er beginnt allmählich einem Wrack zu gleichen, das am Rand einer versteinerten See liegengeblieben ist.

Immer wieder kommt es vor, daß ich einen Brocken, der Effekt zu machen verspricht, wieder verschwinden lasse, denn je länger ich in meinem Garten arbeite, desto deutlicher wird mir, wie er *nicht* aussehen soll. Was ich in meiner kleinen Freiheit baue, springt immer weniger ins Auge – die Splitter abgerechnet, als ich so lange an einem Fels meißelte, bis er barst und die Form einer weiblichen Brust aufschloß. Ich legte sie beiseite, für anderen Gebrauch, oder keinen.

Im Garten steht meine Geschichte still, Exzellenz, in der Klausur soll mir eine neue verpaßt werden – nach Maßgabe zweier Zungen, doch sie werden nicht nur für Reden gebraucht. In Petropawlowsk habe ich mit einer edelblassen, hochfahrenden Person getanzt, die ihr schwarzes, scharf gescheiteltes Haar hinten zu einem Chignon gerafft hatte. Von ihr ist nur noch die tiefe Stimme geblieben.

Ich bin eine Prinzessin.

Ihr Großvater soll Maurice Benjowski geheißen haben. Ludwig XV. gab ihm den Auftrag, Madagaskar zu kolonisieren, und siehe, die Einheimischen salbten ihn zum König. In Paris soll er sich mit Benjamin Franklin angefreundet und ihn später in die Staaten begleitet haben, wo er sich in der Verteidigung von Savannah hervortat. Als er in Madagaskar seine Rechte auch gegen Franzosen geltend machen wollte, kam er in einem Gefecht zu Tode.

Alles an Nadja darf geleckt werden, ihre Hände nicht, und auch zum Kuß läßt sie es nicht kommen.

Und was hat Benjowski mit Kamtschatka zu tun?

Es war der Ort seiner Verbannung.

Plötzlich hat sie wieder ihr Gesicht von damals und strahlt von Unnahbarkeit.

Eigentlich war er Ungar, und seine Güter lagen in der Slowakei. Er heiratete früh, doch sein Herz gehörte den Polen. Er schloß sich ihrem Freiheitskampf an. Die Russen nahmen ihn fest und verbannten ihn, erst nach Kasan, dann nach Kamtschatka. Er wurde zum Vertrauten des Gouverneurs, aber beim Aufstand der Verbannten tötete er ihn, raubte ein Schiff und führte seine Tochter Atanasia als Geliebte mit; sie war schwanger. Als sie an Japan vorbeisegelten, sandte er dem Kaiser eine Warnung: Hütet euch vor den Russen.

Meine Zunge hatte sich an die Innenseite ihres Oberarms gewagt, und ich erinnerte mich an Horner: die Löwin bringe ihre Jungen tot zur Welt und müsse sie so lange lecken, bis sie lebendig würden. Als Theologe betrachtete er die Fabel als Gleichnis der Taufe. Meine Zunge taufte Nadja auf einen, der da kommen sollte. Nur ein Johannes, kein Erlöser, aber nun muß er einem solchen das Wasser reichen: einem Grafen aus Ungarn, einem polnischen Patrioten, einem König von Madagaskar, einem amerikanischen Freiheitshelden, einem Märtyrer der Republik.

Als er nach Macao kam, verkaufte er das Schiff und ließ die Geliebte zurück, nachdem sie eine Tochter geboren hatte. Ein reuiger Rebell brachte Mutter und Kind wieder nach Kamtschatka zurück, und als das Kind selbst eine Frau war, wurde sie Nadjas Mutter. Als sie starb, hieß sie Loginowa, aber der Mann, von dem sie Nadja empfangen hatte, hieß anders.

Er war mein richtiger Vater, und er hat mich verdorben.

Sie hatte kurz zu atmen begonnen, denn ich war nun doch bei ihren Fingern angelangt. Sie hatte die sehnigen Hände eines Pianisten, die mehr als eine Oktave greifen können. Ich kann nicht spielen, sagte sie, spiel nicht damit! Jetzt überschritt ich die Grenze und begann Finger um Finger abzuweiden. Aber ich schmeckte auch ihren Stolz. Nur Frauen hatten Benjowskis Blut fortgepflanzt. Sie fuhr auf, entriß mir ihre Hände und legte sie um meinen Hals.

Ihr Griff vibrierte, und das Blut schoß mir in den Kopf. Was platzte zuerst, mein Gehirn oder mein Geschlecht? Aber als ich den Geist aufgab, hatte sie sich schon meines Leibes bemächtigt und rüttelte wie ein toll gewordenes Sieb, bis ihre Bewegung die Schroffheit verlor und in spöttisches Wiegen überging. Schließlich lag sie mit geschlossenen Augen, aber ich hatte die meinen offen und sah unter dem Venusberg das Feuerzeichen aufgerichtet, Benjowskis Stärke, entzündet im Triumph.

Sie müssen endlich zu lesen anfangen, Ermolai! Nicht immer nur Löwenstern! *Golownin!*

Ich bin doch schon lange dabei, sagte ich.

Morgen prüfe ich Sie, sagte sie. – Vorher kein *Pirdolitsch!* Auch kein *uka-eh!*

5 Am 17. Juni 1811 näherte sich *Diana* einer Küste, von der Kapitän Golownin vermutete, daß sie bereits zu Iturup gehörte. Chwostow hatte vor fünf Jahren, als er die Insel heimsuchte, sowohl Kriegs- wie Handelsflagge aufgezogen. Golownin beschloß daher, unter *keiner* Flagge zu segeln. Durchs Fernglas hatte er Hütten ausgemacht, die wohl einheimischen Kurilen gehörten; um sicherzugehen, entschied er sich, Midshipman Moor mit einem bewaffneten Boot zur Erkundung an Land zu senden.

Von weitem war zu erkennen, daß ein einheimisches Schiff, eine *baidare*, Moor entgegenruderte. Jetzt segelte Golownin näher zur Küste, ließ auch für sich ein Boot wassern und befahl, eine nahe Bucht anzusteuern, die von einem Vorsprung geschützt war. Schon von weitem sahen sie Moors Boot auf dem Sand liegen; von ihm selbst und seinem Dolmetscher Alexej, dem Kurilen, keine Spur. Hinter dem Tosen der Brandung glaubte Golownin, Waffenlärm zu hören, befahl der Wache, die Boote klarzuhalten für schnelle Flucht, und machte sich mit drei Begleitern auf die Suche.

Nach einigen hundert Schritten erweiterte sich der Strand zu einer Flußmündung; jetzt hörten sie Stimmen und suchten Deckung im Buschwerk. Durch dieses beobachteten sie eine befremdliche Szene. Alexej und Moors Bootsleute standen dicht vor ihnen; dreißig Schritt entfernt aber zeigte sich eine Gruppe von Kriegern in schwarzgelackten Rüstungen. Die Schäfte ihrer Lanzen starrten nach allen Seiten, und am Gürtel hatte jeder noch zwei Schwerter hängen. Die Helme, durch einen Nackenschutz verlängert, trugen eine silberne Mondsichel und darüber zwei ausladende Hörner. Der Helmschatten ließ von den Gesichtern nicht mehr erkennen als einen nach unten gepreßten Mund.

Im Raum zwischen den Gruppen aber produzierte sich Midshipman Moor allein. Tanzend verwarf er die Arme gegen die Japanesen, als wären sie ein Gegenstand der Beschwörung.

Moor redete russisch. Er setzte auseinander, wie friedfertig er sei. Man sei weder als Kauffahrer noch als Pelzhändler nach Iturup gekommen, habe nichts im Sinn, als die südlichen Kurilen zu erkunden. Der Zar wünsche, mit dem japanischen Kaiser gute Nachbarschaft zu halten, und Chwostows Überfall habe sein schwerstes Mißfallen erregt. Er denke gar nicht mehr an Handelsbeziehungen, nachdem seinem Gesandten so unmißverständlich abgesagt worden war. Warum hatte sich jetzt die *Diana* überhaupt dieser Küste genähert? Notgedrungen; sie müsse Vorräte ergänzen, frisches Wasser und Brennholz aufnehmen, und dafür bitte er um gütiges Entgegenkommen. Natürlich werde man dafür zahlen und ungesäumt wieder Anker lichten. Dies Moors Botschaft, die der Kurile gleich übersetzen werde.

Er wandte sich nach Alexej um, aber bevor dieser reden konnte, trat Golownin aus der Deckung. Ein Ruck ging durch die fremden Krieger, dann erstarrten sie noch mehr. Golownin band sich den Säbel ab, legte ihn vor die Füße, dazu das Gewehr. Dann lüftete er den Dreispitz, behielt ihn in der Hand, legte die andere aufs Herz und verbeugte sich.

Einer der japanesischen Krieger nahm gleichfalls den Helm ab und entblößte einen bis zum Hinterschädel kahlgeschorenen Kopf. Er trat einen Schritt vor und verneigte sich, sehr schroff, ebenfalls; die Respektbezeigung ging noch zweimal hin und her. Dann nahm

Golownin die Waffen wieder auf, behielt aber den Hut in der Hand, als er, zu Alexej gewandt, fragte, ob die japanischen Ritter wohl ein Geschenk annähmen. Der Kurile wiegte den haarigen Kopf, doch hatte kaum den Mund geöffnet, als ihn der fremde Anführer unterbrach. Er stellte die Beine breit, seine geharnischte Brust ging stoßweise auf und ab, und die grollende Stimme klang bedrohlich. Am Ende seiner kurzen, wie gebellten Rede wandte er sich scheinbar zum Gehen und tat, die Arme in die Hüften gestützt, so breitbeinige Schritte, als fließe ein Kanal zwischen seinen Füßen. Die Gruppe folgte ihm im gleichen Stil und baute sich etwas weiter entfernt von neuem auf. Jetzt hielten sie die Lanzen gesenkt.

Der Kapitän fragte Alexej, wessen man sich nun zu versehen habe. Der Kurile flüsterte, der japanische Kommandant sei gut, sehr gut, aber streng; er sei streng, aber sehr gut. Erst jetzt wandte sich Golownin wie beiläufig an den Midshipman: Wie er dazu gekommen sei, ohne Auftrag mit den Japanesen in einen so ausgiebigen, dabei nutzlosen Verkehr zu treten? Dann wandte er sich zum Gehen, doch Moor eilte an seine Seite und rechtfertigte sich eingehend. Bei der Annäherung an die Küste sei er von einem Schiff der Kurilen erwartet worden, die zitternd erklärten, sie seien verschleppt und auf Iturup gefangengehalten worden. Jetzt hätten die Japanesen sie zwar freigelassen, und sie würden gerne heimkehren. Doch bei jeder falschen Bewegung drohe ihnen der Tod, und als sie das fremde Boot kommen sahen, wollten sie ihm entgegenfahren, um es zu warnen. Es dürfe keinesfalls landen; die Japanesen würden wieder die Kurilen dafür haftbar machen und als Verräter töten. Nach dieser verwirrenden Auskunft habe sich Moor persönlich ein Bild der Lage machen müssen.

Und da lassen Sie nicht einmal eine Wache bei Ihrem Boot.

Damit habe er den Japanesen seinen guten Willen beweisen wollen.

Und nun? Sind sie Freund oder Feind? fragte Golownin. – Es werde sie nicht stören, so Moor, wenn wir uns korrekt alimentierten und gleich wieder entfernten.

Golownin erwiderte kühl, nach Moors Kapriole denke er nicht mehr daran, sich länger hier aufzuhalten. Er werde sogleich nach Kunaschir weitersegeln und die Meerenge zwischen dieser Insel und Ezo inspizieren.

Wenn Japan bisher noch kein Feind gewesen wäre, hätte es Golownin durch diesen Vorstoß in seine Gewässer dazu gemacht. Moors Fuchteln mit dem Ölzweig muß ihn geärgert haben; denn ist ein so wortreich verschworener Krieg nicht schon soviel wie ein erklärter? Und warum hätte man Moor später als Verräter behandeln müssen, wenn es an der Mission nichts zu verraten gab?

Warum hatte er Moor überhaupt mitgenommen, den Musterschüler und Schlafwandler, oder Chlebnikow, dessen cholerische Disposition bekannt war? Und warum war Löwenstern nicht dabei?

Exzellenz: *Wenn* Sie mich in bester Absicht aus meinen Pariser Verhältnissen herausgerissen und auf die *Nadeschda* befördert hätten; *wenn* Ihnen daran gelegen gewesen wäre, aus Ihrem Patensohn einen ganzen Menschen zu machen; *wenn* es Ihnen gefallen hätte, seine Lehrzeit unter Krusenstern als ersten Schritt eines Schriftstellers zu betrachten – dann, ja dann, Exzellenz, hätte auf diesen Schritt der nächste folgen müssen. Sie hätten dem Fehlschlag, den Sie gewiß eher kommen sahen als ich, eine *Wiederholung* beschert; Sie hätten dafür gesorgt, daß ich diesmal einen Mann wie Golownin begleiten durfte. Er hätte Gewähr geboten, daß meine *zweite* Begegnung mit Japan jene Beweiskraft angenommen hätte, die sich *Goethe* von ihr versprochen hat.

Ich schwöre, Exzellenz: für diese Erfahrung hätte ich mein Bestes gegeben. Ich wäre auch bereit gewesen, Golownins Gefangenschaft zu teilen, wenn ich sie nicht hätte verhindern können. Dann hätte ich die Gelegenheit beim Schopf gepackt, den Japanesen ausgeliefert zu sein, auf Gedeih und Verderb, mit dem Gewinn, sie in einem Zustand zu beobachten, wo Beobachtung sie nicht gekümmert hätte; ich wäre ja ihr Gefangener gewesen. Diese Freiheit, Exzellenz, oder den kostbaren Rest, der einem Gefangenen immer noch bleibt, den man nur durch Gefangenschaft gewinnt: daraus hätte ein Löwenstern werden können, den aufzuheben der Mühe wert gewesen wäre. Dafür hätte ich auch mit dem Leben bezahlt. Denn ich hätte endlich erfahren, worin sein Wert besteht.

Löwenstern hat auf der *Diana* gefehlt, Exzellenz. Soll er auf der Gryllenburg die Gefangenschaft nachholen, die ihm entgangen ist, und sich auf Spurensuche nach dem Unwiederbringlichen machen, in Golownins Buch, an Nadjas Leib?

Die *Diana* war ein Schiff der Krone; Golownin hatte eine ungeteilte Mission. Ein Resanow blieb ihm erspart, aber auch ein Tolstoi, ein Lisjanski. Daß er sich Rikord wünschte, ist klar; neben dem Cherub war der Seraph *gesetzt*. Und Chlebnikow? Gegen Golownin bewies er die Treue eines Hundes, warum auch immer – Golownin hat ihn, als er sein Amt in Petersburg bezog, sogar zum Verwalter seines Gutes in Gylinki eingesetzt, denn in der Gefangenschaft hatte er sich auf ihn verlassen können; er verstand etwas von Mechanik, und als Steuermann war er unübertroffen.

Er brauchte immer ein starkes Licht für seine dunkle Seele, sagte Nadja, sonst kannte sie ihre Grenzen nicht. Er nannte sich eine Null, aber wenn sie eine Zahl vor sich habe, so verzehnfache sich ihr Wert.

Oft komme ich mir läppisch vor, wenn ich meine Buchweisheit über Leute auskrame, von denen sie die intimere Kenntnis besitzt – *carnal knowledge*.

Wie ist er als Schriftsteller? fragte sie dann und meinte nicht Chlebnikow, der nie eine Zeile geschrieben hat.

Golownin ist passabel, sage ich.

Und Rikord?

Besser, sagte ich kurz. Über Rikord zu reden, hütete ich mich wohl. Da wäre jedes Wort falsch.

Golownin hat nur Russen mitgenommen, sagte Nadja.

Und Moor? fragte ich.

Hatte eine russische Mutter. *Sie* gehörten nicht zu Golownins Klasse. Damit müssen Sie sich abfinden.

Ich habe Moors Grabinschrift gelesen, sagte ich. – Sie ist *peinlich*.

HIER RUHT DIE ASCHE VON

LEUTNANT FJODOR MOOR

DER SEINER LAUFBAHN IM HAFEN VON PETRO-

PAWLOWSK EIN ZIEL SETZTE

AM 22. NOVEMBER 1813

IN JAPAN

WARD ER VOM SCHUTZGEIST VERLASSEN

DER ZUVOR SEIN FÜHRER GEWESEN WAR

VERZWEIFLUNG

STÜRZTE IHN IN IRRSAL

DOCH SEIN FEHL WURDE GESÜHNT VON BITTERER

REUE UND TOD

VON DEM FÜHLENDEN HERZEN

FORDERT SEIN SCHICKSAL

EINE TRÄNE!

Für Nadja war Moor ein Spielverderber. Schon nach dem Auftritt in Iturup habe er mit Selbstmord gedroht. Und sich damit gerechtfertigt, unverrichteter Dinge hätte er nie auf die *Diana* zurückkehren dürfen; Golownin hätte dann vielleicht einen andern geschickt, und das hätte er, Moor, *nicht überlebt*.

Und in der Gefangenschaft war er bereit, die ganze Gruppe ins Elend zu stürzen. Er wollte Japanese werden, sagte Nadja geringschätzig, und am Ende war er der einzige, den die Japanesen nicht verstanden haben. Es waren Männer gefragt.

Murakami Teisuke, sagte sie, das war ein Dolmetscher! Man muß keine Stricke zerreißen, wenn man Netze knüpfen kann. Man muß lose Enden finden, notfalls selbst zu schneiden wissen.

In Golownins Bericht figuriert er als «Teske». Er habe als Adoptivsohn eines kaiserlichen Geographen die nördlichen Inseln vermessen und bis nach Sachalin hinauf erforscht. Er war ein guter Zeichner und studierte alle Quellen europäischer Naturwissenschaft und Ingenieurskunst, die ihm auf niederländisch zugänglich waren. Als ihn der Hof in Edo zu den gefangenen Russen schickte, machte er sich als erstes ihrer Sprache kundig, in Wort und Schrift.

Teske lernte, daß sich im Verkehr mit Fremden nichts mehr von selbst versteht – auch nicht die eigene Ordnung. Er setzte sie (aber ich sage es mit *meinen* Worten) einer Prüfung aus, welche seine Oberen hätten verbieten müssen, wenn sie ihre Tragweite verstanden hätten. Denn in einem Kopf, der *vergleicht*, kann viel in Bewegung geraten: zuerst die Annahme des Vergleichbaren, dann aber auch die des Ungleichen. Teske lernt mit den Motiven der Gefangenen auch ihren Hintergrund zu verstehen. So teilt sich nicht nur seine Zunge, sondern auch seine Sympathie. Er wird zum Doppelagenten, der weiß, wann er seine Kompetenz verbergen muß oder verleugnen. Er versteht die Russen sogar, wenn sie sich selbst verkennen. Er ist aber auch so frei, ihnen ins Gesicht zu widersprechen. Er lernt, welche Macht die Sprache verleiht und wie man ihr Bedeutung entzieht. Diese Kompetenz nützt er zugunsten der Gefangenen; und für seine eigene Freiheit.

Ich aber habe, dank Teisuke Murakami, eine neue Nadja kennengelernt. Die Enkelin Benjowskis ist stolz darauf, keine Diplomatin zu sein, aber sie versteht etwas von Politik.

Sie haben Ihre Agentin gut gewählt, Exzellenz.

6 Als Nadja das Buch Golownins auf meinem Tisch offen sah, sagte sie: Sind Sie noch nicht weitergekommen?
Ich fange wieder von vorn an.
Was war Golownin für ein Mensch? – *Carnal knowledge* von ihm besaß sie angeblich nicht, und ich war geneigt, ihr zu glauben. Golownin hatte in Petersburg eine Braut und die seltene Eigenschaft, Untreue bei andern zu ertragen, ohne sie selbst nötig zu haben.

Ein Mann ohne Attitüde, sagte sie. – Pochte nie auf seine Autorität, er hatte sie. Konnte auch begriffsstutzig sein. Es gab Menschen, die er nicht verstehen *wollte*. Dazu gehörten die Frauen. Viele wußten das zu schätzen. Als Frau brauchst du einen Mann, der dich *nicht nur versteht*.

Nadjas Männer müssen sensibel sein, aber ohne Empfindlichkeit. Allmählich lerne ich diese Männer kennen und ertrage sogar Nadjas Respekt ohne Häme, natürlich erst recht ohne Empfindlichkeit. Hie und da mokiert sie sich zwar über «ganze Männer», doch über andere redet sie gar nicht.

Warum interessieren Sie sich für Moor? fragte sie.

Weil er sich Golownins Flucht nicht angeschlossen hat. Er wollte gar nicht befreit werden, er wollte in Japan bleiben und betrachtete die Gefangenschaft als Chance.

Ach Gott, sagte Nadja. – Zuerst wollte er der japanischen Güte nicht würdig gewesen sein, dann der russischen. Ich habe ihm gesagt: Reden Sie doch nicht immer davon, daß Sie sich erschießen wollen. Tun Sie's!

Das haben Sie ihm gesagt?

Er sprach immer von Würde – aber die Einbildung auf sein Unglück hatte keine. Chlebnikow hatte aufgegeben, punktum. Er brauchte keine Maske, hatte ja kaum noch ein Gesicht. Mußte nicht schwach werden – er war es. Wer gründlich genug gefallen ist, wackelt nicht mehr. Als Gefangener blieb er stark – zerflossen ist er erst hinterher. Bei Nadja hat er geheult wie ein Hund – Moor blieb nach der Gefangenschaft so steif wie vorher, war sich sogar zu gut, zu wimmern wie Horner.

Horner hat geweint? Warum?

Weil er nie durfte, wie er wollte. Durfte nicht einmal wollen.

Er war mein Freund, sagte ich, ein Lichtblick auf der *Nadeschda*.

Man kann auch von Traurigkeit leuchten, sagte sie, dann ist sie hoffnungslos. Sie müssen Menschen *lesen*, Ermolai. Freunde sind gut, viel besser als nichts. Aber gar nichts, weniger als nichts – das ist auch etwas. Wenn du glaubst, du kannst nicht mehr – *lassen* kannst du immer noch.

Nadja liest, auf dem Bärenfell bäuchlings hingestreckt, und neben ihrem dunklen Kopf scheint die Lampe – ein Zwilling meines Schreiblichts aus dem Fundus der Gryllenburg. Aber ich muß schreiben, damit sie liest. Eine Werkstattidylle. Daß sie nicht zum Stilleben geschaffen ist, zeigte sich nur zu bald.

Nadja liest die französische Übersetzung eines japanesischen Romans, der sechshundert Jahre alt sein soll. Die Verfasserin – denn es ist eine Frau – konnte nur japanische Silbenschrift schreiben. Der Held ist ein Prinz, der eine Frau nach der andern besucht. Aber da edle Frauen hinter Läden sitzen müssen, in halbdunklen Kammern, sieht er nie recht, mit wem er schläft. Was er mitnimmt, ist vielleicht nur eine Bewegung, ein Umriß, ein Duft, kaum ein gesprochenes Wort. Immerhin muß er sich Namen und Aufenthalt der Dame gemerkt haben, um ihr danach ein Gedicht zu senden. Darin ist eine Stimmung der Natur festgehalten, der Jahreszeit, der Schatten einer Blüte, der sich, vielleicht nicht weniger flüchtig, mit der Begegnung verbunden hat. Dann kommt immer auch von ihrer Hand ein Gedicht zurück, im Glücksfall eine passende, weil überraschende Antwort. Und am Zug der Schrift, an der Wahl des Papiers, der Farbe des Umschlags, am Duft, den er verströmt, kann der Prinz ablesen, ob die Begegnung ihre Richtigkeit gehabt hat. Dann lädt sie zur Wiederholung ein, und aus der schnellen Verbindung kann wahre Verbundenheit werden. Der Prinz anerkennt auch seine Verantwortung für das Wohlergehen der Dame und ist für ihre Ausstattung und Unterkunft besorgt. Am Ende ist sein Palast von Häusern der Damen umgeben wie ein Stempel von Blütenblättern. Er besucht sie weiterhin, und wenn ihr Herbst kommt, dürfen sie unbesorgt altern. Von Liebe redet die Autorin nicht. Und was ihr Roman *zeigen* kann, davon braucht er nicht zu reden: Anhänglichkeit, Achtsamkeit.

Die *Elefantenfrau*, sagt Nadja, so nennt sich eine Dame mit ungünstiger Nase. Der Prinz hat sie im Dunkel nicht bemerkt. Wie schämt sie sich, wenn sie sich bei Licht zeigen muß! Er sieht und erschrickt. Aber was sie ihm *gezeigt* hat, war fein und wird es durch ihre Scham noch mehr. Er ist ein Mann, und sie bleibt seine Geliebte.

Wenn Nadja liest, und wenn sie von ihrem Prinzen erzählt, zeigt mein Leibknecht keinerlei Lust, mit ihm zu konkurrieren. Etwas ganz anderes ist es, wenn ich schreibe, von Nadja schreibe, und über uns – da steht er gleich auf, der Schalk, denn was geht ihn mein Schreiben an! Worte, Worte! Er braucht was Solides, verlangt Wiederholung, dringt auf Bekräftigung, zerrt mich blind und störrisch zum Schauplatz seiner Taten zurück. Ich bin zwischen zwei Spiegel geraten, Exzellenz, die lesende Nadja, und die abgeschilderte – ist das der Augenblick, der entoptische Farben erzeugt? das wunderbare Regenbogenphänomen?

Ich sehe nur rot. Ich werfe die Feder weg, decke die Leserin auf und falle über sie her. Mag sie sich schütteln, ich rüttle noch stärker, so lange, bis sie erst das Buch fallen läßt, und dann den Kopf auf das Buch.

Ich aber sprenge als Indianer auf meinem Wildfang über die Prärie, und ich klammere mich an meine Mutter als armer Hund.

Wenn es vorbei ist, sagt Nadja kein Wort. Sie bedeckt sich und legt den Kopf auf das Bärenfell. Dann nimmt sie das Buch wieder auf, und ich sitze wieder am Schreibtisch. Wie lange?

Bis zum nächsten Mal. Und sie läßt es gelten.

Die Uhr tickt wieder, beim Vögeln höre ich sie überlaut.

«Ich halte Nadja wie eine Beute fest, und die Zeit läuft davon.» Dies hatte ich grade geschrieben, und schon lag sie wieder auf dem Bärenfell und las. Mein Knecht stieß mich an. Diesmal folgte ich ihm nicht. Statt mich zu Nadja zu schleichen, begann ich sie genauer anzusehen und dann zu zeichnen.

Da hob sie den Kopf und lauschte; der Kratzlaut meiner Feder war nicht der gewohnte. Die Zeichenfeder war gerade bei ihren Händen angekommen – sie sind nicht delikat, ihre Wiedergabe ist es um so mehr –, da schlug sie das Buch zu und richtete sich auf.

Kommen Sie her, sagte sie.

Ich gehorchte, ein wenig befremdet.

Auf den Rücken, bitte.

Sie stellte sich breitbeinig über mich und zog mir den Mantel auseinander. Keine Lust? fragte sie. – Dir will ich helfen. Augen zu.

Erwartete sie, daß ich mich daran hielt? Sie wiegte sich geruhsam am Pfahl im Fleisch und begann ihrem eigenen Geschlecht zu dienen, mit allen Fingern. Sie tupfte und schmeichelte ihm so lange, bis Rotkäppchen aus dem Versteck wuchs; Nadja zog den Vorhang ganz weg, da stand es im Kerzenlicht und blickte hoch aufgerichtet in die Runde. Dann steckte Nadja ihren Zeigefinger zwischen meine Lippen.

Lecken, befahl sie.

Ich hatte kaum damit begonnen, da verschärfte sie den Ritt; zugleich begann sie in meinem Mund zu wühlen, daß die Zunge erschrocken zurückwich. Sogleich folgten ihr Nadjas Finger und versuchten sie zu fassen. Dabei hatte sie meine Kiefer aufgesperrt, daß ich glaubte, mein Mund müsse zerreißen. Wenigstens blieb es bei einer Hand. Mit der andern spielte sie an ihrem Schoß und schnellte auf und nieder, als wolle sie mich in Grund und Boden stampfen. Endlich hielt sie meine Zunge fest. Die Drohung, sie auszureißen, und wäre es unabsichtlich, wurde so handfest, daß sich meine Zähne schlossen; damit mußten sie, da Nadja nicht nachgab, weiter gehen als erlaubt. Aber der Biß schien die Feindin nicht zu kümmern. Meine Zunge schmeckte Blut, ich wollte schreien – da tat es Nadja an meiner Stelle, und zugleich riß sie die Hand aus meinem Mund und heulte wie eine Wölfin, während sie sich beidhändig auf meine Schenkel stützte und die Nägel hineingrub. Zurückgelehnt, mit gestrecktem Hals, überließ sie sich ganz ihrem langgezogenen Schrei, zugleich Klage und Triumph, der nicht enden wollte, bis er in ein gedehntes Wimmern überging. Mein Knecht, fast vergessen, immer noch aufrecht, wurde von einem Schauder nach dem andern überlaufen, opferte fast bescheiden, was er zu diesem Überfluß seinerseits beizutragen hatte, und im Stöhnen aus meinem Mund vereinigten sich Wollust und Wundschmerz. Ich hatte das Gefühl, zugleich Beteiligter und Zeuge der schwersten Geburt zu sein. Als sie überstanden war, konnte ich fühlen, wie sich mein Knecht aus der Kampfzone schlich; doch Nadja ließ jetzt ihren ganzen Leib vor mein Gesicht rücken und schob ihr prangendes Feldzeichen zwischen meine Lippen. Meine Zunge rührte es an, ergriff es vorsichtig und schmeckte im Eisen des eigenen Bluts das Gewürz des andern Geschlechts, den Hauch von Nelke und Fäulnis. Die Uhr tickte überlaut.

Ein andermal kam Nadja über mein Gesicht. Erst knetete sie nur daran, als prüfe sie seinen Stoff; später begann sie es zu zerfleischen – es abzureißen, wollte denn doch nicht gelingen, aber sie tat ihr Bestes, und es begeisterte sie immer mehr.

Am Ende fragte sie: *Do you feel better now?*

Das Gelächter über diesen Satz war so unwiderstehlich, daß wir aus seiner Erschütterung nicht herauskamen; was folgte, grenzte an Zärtlichkeit. Aber ich baute nicht darauf. Denn schon das nächste Mal konnte sie sich im vollen Galopp aus dem Sattel schwingen und mit kühler Stimme sagen: machen Sie sich's doch selbst.

Es blieb dabei: sie bestimmte, was gut für uns ist; und sie wollte es sein, die mich nahm. Gestern aber hat sie uns plötzlich umgedreht, sich unter mir verkrochen wie ein mutwillig schutzsuchendes Kind und mit Schulmädchenstimme diesen Spruch aufgesagt:

> *Zweigeschlechtig*
> *läuft das prächtig,*
> *wechselseitig*
> *lieg und reit ich,*
> *bleibst du sitzen*
> *im Besitzen*
> *lebenswierig*
> *da wird's schwierig*

«Lebenswierig»? fragte ich, als die Gelegenheit zum Gespräch wieder passend schien, wo haben Sie das her?

Von einem Verbannten in Kamtschatka, sagte sie. – Einem Studenten aus Königsberg, der Kants Definition der Ehe von ihm selbst gehört hat. Sie sei «eine Verbindung zweier Personen verschiedenen Geschlechts zum lebenswierigen wechselseitigen Besitz ihrer Geschlechtseigenschaften».

Das Lotterbett war Nadjas Bildungsweg. Von einem amerikanischen Kapitän hatte sie Englisch gelernt – den Yankee-Akzent verleugnet sie noch immer nicht –, Französisch von der Gouvernante der Gouverneurskinder, Deutsch von einem verbannten Akademiker, der wenigstens beim Dozieren unermüdlich gewesen sei. Auch die Philosophen bezog sie von ihm, aber die Lebensweisheit von den Polen, die dafür närrisch genug seien – ihr bevorzugter Umgang, auch wenn die Herren anfangs geglaubt hatten, mit vulgärer Sprache davonzukommen. Sie lernte einen polnischen Dichter kennen, der ihr unter Tränen versicherte, für ihn sei sie der *einzige* Mensch! Diesen Luxus, erwiderte sie, könne sie sich leider nicht leisten. Daß zu jeder Sprache, die sie lernte, Vögeln gehörte, hatte immer weniger zu bedeuten. Die Männer wurden ihr Mittel zum Zweck, was der Philosoph Kant gewiß nicht gebilligt hätte. Aber ihr Zweck war, sich immer wieder einen Anfang von Unabhängigkeit zu verschaffen. Und nach der Geburt ihrer Tochter hatte sie kein Mann mehr berührt.

Ich lachte.

Sie wissen nichts, Ermolai, sagte sie. – *Pirdolitsch* ist wie Zähneputzen. Aber *berührt* hat mich keiner.

7 Ich träume immer noch, Exzellenz, und letzte Nacht sah ich im Traum die Erscheinung eines Menschen – auf einer Bühne, die ich von hoch oben betrachtete. Das Geländer, auf das ich mich stützte, erinnerte mich an dasjenige des Treppenhauses am Frauenplan, aber die Dimensionen waren diejenigen eines anatomischen Theaters, und ich war der einzige Zuschauer. Aber der Mensch *erschien* nicht auf der tiefliegenden Bühne; er *entstand* darauf. Ihre Bretter waren ein geschwärzter Spiegel; hoch darüber schwebte, wie ein freies Dach, ein zweiter Spiegel der gleichen Art, doch kleiner und beweglich. Plötzlich sah ich das Theater als Versuchsanlage, es war ein wissenschaftlicher Apparat, an dessen oberer Platte gedreht werden konnte wie am Okular eines Mikroskops, aber auf der Trägerplatte war, statt eines Objekts, nur ein wabern-

der roter Fleck zu sehen. Je nach Stellung des oberen Spiegels flak-
kerte er, wuchs, bildete fließende Schlieren, die sich allmählich zu
einer farbigen Gestalt zusammenzogen, zu einem unfesten, wie in
die Luft tätowierten Menschenbild, in dem ich immer deutlicher
Resanow erkannte. Sein Dreispitz war rot wie das Tuch eines Kar-
dinals, die Feder von lichtem Grün, das Gesicht wieder krebsrot
und der Rock rosenfarben. Der flimmernde Bauch war vorgestreckt,
die lindgrünen Beine gespreizt, die in eigelben Stiefeln staken, auf
der Brust flimmerte Ordensgold, die Schärpe zeigte ein strahlendes
Ultramarin, die Handschuhfinger am senffarbenen Degen waren
wie mit Deckweiß getupft. Die Grenzen der Figur vibrierten, die
Bewegung des Deckenspiegels veränderte bald die Schattierung
der Farben, bald ihre Leuchtkraft. Plötzlich schlug er um, wie ein
Segel im Sturm, und mit einem Schlag erschienen alle Farben der
Resanow-Figur komplementär verkehrt; sie stand jetzt wie ein dik-
ker Frosch in der Luft, mit pechschwarzen Händen, knallgrünem
Hut, grünlicher Uniform, dunkelgrünem Gesicht, nur die Schärpe
war gelb, der Degen blau, und die Feder züngelte wie ein rotes
Flämmchen. Die Farben schwankten noch mehrmals, bevor sich
das Bild ganz entfärbte und am Ende nur noch ein bengalischer
Schleier über dem Boden hing.

Als ich erwachte, lagen Nadja und ich ineinander verwickelt wie
Schlangen auf dem Bärenfell, und da ich ihre Augen offen sah, begann ich, ihr den Traum zu erzählen. Unsere Verbindung hatte sich
noch nicht gelöst, und während ich sprach, begann sie sich wieder
zu festigen.

Ich habe an Resanow gedacht, sagte sie. – *Darum* ist er dir im
Traum erschienen. Du kannst sehen, was ich denke.

Als ich den Namen aus ihrem Mund hörte, geriet mein Knecht
ins Stocken. Ihre Augen hatten schon zu schwimmen begonnen;
ich hatte das Zeichen lesen gelernt, ihr Schoß erzählt Geschichten,
die ihr Mund verschweigt.

Bitte nicht Resanow, sagte ich.

Wen möchtest du denn?

Moor, sagte ich, und augenblicklich bekam ich das Unbedachte dieses Wunsches zu spüren. Nadja versteifte sich. Dann rückte sie von mir ab und stand auf.

Ich habe einen Brief von ihm, sagte sie, den letzten, den er geschrieben hat.

Moor? fragte ich.

Sie können ihn lesen. Ich bringe ihn.

Woher haben Sie diesen Brief?

Natürlich ging er an die Zensur, und der Zar verlangte, ihn zu lesen.

Alexander hat ihn gelesen? fragte ich ungläubig.

Und geweint, sagte Nadja, und lächelte plötzlich. – Er hat doch ein Herz für verlorene Seelen. Ach Ermolai, lachte sie, Sie fangen ja an zu glauben, was ich erzähle! Natürlich hat Rikord den Brief einbehalten, wozu war er Gouverneur.

Golownin hat ihn nicht bekommen? fragte ich.

Er hätte ihm nur geschadet, wenn die Zensur mitgelesen hätte. Rikord hat ihn verbrannt, bevor er nach Petersburg zog. Aber vorher habe ich ihn abgeschrieben.

Schon die Japanesen fürchteten, daß sich Moor etwas antut, sagte ich, sie bewachten ihn Tag und Nacht. Wie hat er sich denn umgebracht?

Er hat sich nackt ausgezogen und den Schuß mit dem Zeh ausgelöst. Er war schon gefroren, als man ihn fand. Die Kleider tadellos an einen Baum gehängt, die Stiefel davor exakt ausgerichtet.

Wie in der Kadettenanstalt, sagte ich, das mußten wir üben.

Warum lassen Sie ihn nicht in Frieden? fragte sie. – Die Japanesen erwarten nicht, daß wir sie verstehen. Sie wollen ihre Ruhe, und Moor hat sie gestört. Beinahe hätte er die Befreiung seiner Kameraden verdorben.

Sie wären gar nicht erst gefangen worden, sagte ich ein wenig hitzig, wenn Golownin Iturup vermieden hätte.

Sie sind imstande, Moor zu verteidigen. Aber gut, morgen haben Sie den Brief. Ich will ihn nicht wiedersehen. Versprechen Sie, ihn zu vernichten.

8 *Geehrter Wassili Michailowitsch,*

nur noch zwei Briefe bleiben mir zu schreiben: der eine geht an Sie, und es ist der erste, den Sie von mir erhalten, aber ganz gewiß auch der letzte. Morgen beim ersten Tageslicht spaziere ich zur Bai und gebe mir die Kugel.

Die junge Frau des alten Gouverneurs ist schon am Aufräumen, damit Rikord einziehen kann. Mit unserer Befreiung hat er sich also schon ein Amt verdient; Ihre Freundschaft wird in aller Munde sein, wenn Sie Ihren gemeinsamen Bericht publizieren. Ich biete mich für das vorletzte Kapitel an. Eine tragische Episode macht sich nicht übel als Kontrapunkt zu Ihrem glücklichen Zusammenwirken. Wie Sie mich darstellen, hätte ich zu gerne noch gelesen und bitte um ein Belegexemplar. Versäumen Sie aber nicht, es auf Asbest drucken zu lassen, damit es dem Fegefeuer standhält.

Rikord ist nun mit Kamtschatka gestraft. Daß es nicht zu regieren ist, habe ich schon im Haus seines Vorgängers erlebt. Er hat seiner Dulcinea, einem gefallenen Engel, den kranken Moor zum Hüten überlassen, aber als sie sich vor mir zu fürchten anfing, hat sie mich weitergeschickt, zum Popen Dmitri, damit er ein Wunder an mir wirke. Da er mein Gewissen partout nicht gefunden hat, mußte er sich aufs Beten verlegen, und dazu braucht er nur sieben Worte: Jesus Christus, Sohn Gottes, erbarme dich meiner. *Nach ihnen regelt er Atem und Herzschlag so vollkommen, daß er ganze Tage sitzen kann wie tot. Damit habe ich Muße, ein paar Dinge aufzuräumen, bevor ich mir diesen Dienst selbst besorge. Unser Verhältnis, Wassili Michailowitsch, gehört dazu.*

Wo haben sich unsere Wege getrennt? haben Sie mich gefragt, nachdem Sie Ihre Kajüte auf der Fahrt nach Kamtschatka für einen Verlierer hergegeben haben. Sie haben mich in Schutzhaft genommen, zuerst gegen den lärmenden Frohsinn der Mannschaft, später gegen ihre Todesangst. Der Orkan, der uns zwei Tage hinter Hakodate anfiel, hätte unser aller Ende sein können. Aber Sie blieben an meiner Seite, als wüßten Sie die Diana *bei Rikord in besten Händen. Ihnen beiden steht eine große Karriere bevor. Denn wieviel klüger sind Sie als ich!*

Ich beneide Sie nicht darum.

Wo haben sich unsere Wege getrennt, Fjodor Fjodorowitsch? Die Frage macht Ihnen Ehre. Ein Herz und eine Seele waren wir nie – aber wieviel haben wir miteinander geteilt, nachdem Sie glücklich Kapitän der Diana geworden waren. Ich war Ihr zweiter Mann, dem Range nach, noch vor Rikord: diese Stellung war für mich nicht schmerzlos, aber ich glaube, ich habe sie nicht nur mit Fassung getragen, sondern mehr als passabel ausgefüllt. Sie haben mich keiner Freundschaft gewürdigt, aber doch Ihres Vertrauens – ich glaube, es nicht enttäuscht zu haben. In der Gefangenschaft habe ich so viel Stärke gezeigt, daß mich die Wärter als Seele unseres Häufchens betrachtet haben, auch wenn ich dafür zu sorgen wußte, daß Sie als Kopf unbestritten blieben – bis zu einem bestimmten Punkt. Als Sie selbst den Kopf verloren, habe ich nicht mehr mitgemacht.

Ich habe die Japanesen vom ersten Tag der Gefangenschaft an als Gastgeber und schließlich als Freunde behandelt. Dafür haben sie uns Freiheiten gegönnt, die Sie sich gern gefallen ließen; aber als Ihr Mißtrauen unbelehrbar blieb, mußte ich mich entschließen, meinen eigenen Weg zu gehen. Wir sind verschiedene Naturen, Wassili Michailowitsch. Ich habe nie, wie Sie, meine Worte gezählt und gewogen, mit Freunden rede ich von der Leber weg. Wollte ich in Japan kein Gefangener bleiben, mußte ich Japanesisch können, auch wenn ich weiß – ich durfte es erfahren! –, daß die Sprache des Herzens alle Grenzen überschreitet. Doch für einen Mann wie Teske war mir auch ein subtiler Diskurs nötig, denn sein Wissensdurst bestand auf Präzision und beschämte mich mit nur zu berechtigten Fragen. Hatten wir eine Kultur? Oder begnügten wir uns damit zu verschwenden, was die Natur uns schenkte – und was wir der geduldigen Art unseres armen Volks abpreßten, bis zum letzten Blutstropfen? Teske wollte nicht glauben, daß ein russischer Landbesitzer die Menschen, die ihn ernähren, verkauft, um Spielschulden zu bezahlen; daß es schon als Fortschritt gilt, wenn er sie nur mit dem Boden zusammen hergeben kann. Die Gemeinheit Chwostows mußte ich nicht erklären, wohl aber das Ärgernis einer Frömmigkeit, welche das Elend von Leibeigenen in die Hände Gottes legen muß, weil sich keine Menschenhand dafür rührt. Noch weniger konnte ich erklären, wie sich eine Nation gebildet nennen darf, deren erdrückende Mehrheit weder lesen noch schreiben kann.

Nicht einmal Ihre nutzlose Flucht wäre Ihnen gelungen, Wassili

Michailowitsch, wären die Wächter nicht in ihre Bücher vertieft gewesen! Sie lesen sie laut, wie heilige Schriften. Die Bauern- und Fischersöhne lesen Chikamatsu, ihren Shakespeare, der für Puppen geschrieben hat. In Matsumai, als Sie auf der Flucht waren, wurde mir erlaubt, ein Puppenspiel zu sehen; man vergißt dabei, wer Mensch und wer Puppe ist. Sollten Sie jemals ernsthaft wissen wollen, welches Land Ihnen zu betreten vergönnt war, sehen Sie sich ein japanesisches Puppenspiel an! – Aber dazu werden Sie nicht mehr kommen. Der Lorbeer des Zaren wartet auf Sie.

Wo haben sich unsere Wege getrennt? Als wir das neue Haus in Matsumai bezogen, hat man dafür auch einen Garten angelegt. Er stellte eine Seelandschaft dar, mit Inseln, auf die kleine Kiefern gepflanzt waren; es braucht Kunst und Liebe, sie so klein zu halten. Dieser Garten war nicht zum Betreten geschaffen, man durfte nur die Augen daran weiden. Erinnern Sie sich, was Sie bemerkten? «Das soll ein Garten sein? Diese Pfütze, ein paar Erdhaufen?» Das war die Sprache eines Barbaren. Ich aber wußte, in diesem Augenblick: in einem Land, das solche Gärten baut, kann ein Mensch wie ich leben und sterben.

Erinnern Sie sich, wie uns der alte Mann, der für unsere Beköstigung sorgte, Bilder mit japanesischen Frauen zeigte? Er bat uns, sie zu behalten. Wozu? – Ihr könnt sie manchmal aus Langeweile beschauen. – Der Abscheu war Ihnen anzusehen, Wassili Michailowitsch, und ich wollte die Lage mit einem Scherz retten: Wir müßten uns die Bilder versagen, damit sie nicht den Wunsch aufkommen ließen, um lebende Originale zu bitten; ob der Gouverneur uns dies wohl gewähren würde? Nein, nein, erklärte der Dolmetscher lachend, jetzt geht es nicht an, vielleicht später. Als wir wieder unter uns waren, hielten Sie einen Vortrag des Inhalts: unter den Lastern der Japanesen scheine Ihnen die Wollust das Auffallendste zu sein und genieße auch noch die Förderung der Obrigkeit!

Wirklich befanden sich in der Nachbarschaft einige Freudenhäuser, in denen Tag und Nacht getrommelt wurde, und bei einem Spaziergang führte man uns daran vorbei. Da sprang wohl ein Dutzend der jungen Frauen an die Tür, um uns zu betrachten; Sie merkten an, daß sie auch einem gleichen Hause in einer europäischen Hauptstadt keine Schande gemacht hätten. Keine Schande!

Als Sie sich auf Ihrer ehrenwerten Flucht befanden, Wassili Michailo-

witsch, packte mich schiere Verzweiflung. Ich wußte ja bestimmt, daß Sie wieder gefangen würden, dann fürchtete ich für uns alle das Schlimmste. Ich hatte Sie ausreichend gewarnt; Sie aber hörten nur die Sprache des Verrats. Aber selbst wenn meine Weigerung, mich Ihrer Flucht anzuschließen, mir einen Vorteil gebracht hätte – glauben Sie, ich hätte ihn ausgenützt? Ich wußte nur zu gut, daß ich Ihr Schicksal auch unverdient teilen würde. Als man Sie wieder gefangen hatte, habe ich das Äußerste getan, den Japanesen das Ehrenhafte Ihres Versuchs darzustellen; das haben Sie nie bemerkt. Von mir selbst hörten Sie ja nur, daß ich Ihr Vorhaben verurteilte – das tat ich nicht erst, als es gescheitert war, und ich tue es auch heute noch. Nach Resanow hätten wir wirkliche Botschafter Rußlands in Japan sein müssen und werden können – aber nur als Gruppe. Allein konnte ich es nicht.

In Ihrer Abwesenheit führte mich Teske, um meinen Kummer zu lindern, ins Haus der Frauen, und diesmal nicht nur daran vorbei. Was mir geschenkt wurde, behalte ich für mich. Ich hoffe nur, diesem Haus sowenig «Schande» gemacht zu haben, wie dieses – nach Ihren Worten – Petersburg oder Paris gemacht hätte. Von diesem Augenblick an fühlte ich mich nicht mehr als russischer Untertan. Nicht ich war es, der nein sagte – Es in mir sagte Nein. Ich hatte mich von Ihrem Bild der Welt gelöst. Meine Freiheit brauchte ich nicht mit einem gestohlenen Schiff zu suchen; sie hatte mich gefunden. Ich wurde ein anderer Mensch. Aber für die Japanesen wurde ich damit erst recht zum Europäer, und sie verurteilten mich wieder zu Ihrer Gesellschaft, von der es kein Entrinnen mehr gab.

Jetzt erst war ich doppelt gefangen.

Ja, ich habe die Wahrheit über unsere Expedition gesagt. Die Russen wollen sich Japan unterwerfen, sobald sie die Mittel dazu haben. War das etwa nicht die Wahrheit? Wollen Sie sie auf Elende wie Chwostow abwälzen? Ahnungslosigkeit über das, was wir fremden Völkern angetan haben, ist schon lange nicht mehr erlaubt; nach den Erfahrungen, die wir in Japan gemacht haben, ist es verboten.

Japan ist uns großherzig begegnet. Aber wir haben nicht seine Stärke kennengelernt, sondern seine Verletzlichkeit. Wir sind Gift für die Japanesen. Wehe, wenn sie einmal danach so süchtig werden sollten wie die Chinesen nach Opium! Russen trinken grenzenlos, Japanesen vertragen nur wenig, und im Rausch werden sie nicht bösartig, sondern vertrauensselig wie Kinder: Alles ist gut. *Nein, nichts bleibt gut, wenn wir unseren Stiefel auf diese Inseln setzen. Wir wissen nicht einmal, was wir mit Füßen treten! Die Japanesen sind ein austariertes Uhrwerk. Einmal aus dem Takt gebracht, findet es ihn nicht wieder.*

Ihr Stolz war sehr beleidigt, als Sie feststellen mußten, daß die Leute, vor denen Sie zu fliehen wähnten, Ihnen gefolgt waren, Schritt für Schritt. Ihre Flucht war ein Gegenstand der Neugier, wie sich Tiere unserer Sorte wohl aufführen, wenn sie unter sich zu sein glauben. Sie, Wassili Michailowitsch, haben die Prüfung bestanden; der Ausgang beweist es.

Ich bin durchgefallen. Ich war verblendet, Sie haben ganz recht. Aber was ist meine Verblendung neben derjenigen der Japanesen! Sie glauben, unserer Sorte durch Ritterlichkeit beizukommen, und daß man sich Unanständige mit Anstand vom Leib halten könne. Sie irren sich, und es ist leider nur eine Frage der Zeit, bis sie sich uns zum Vorbild nehmen. Das wünsche ich nicht mehr zu erleben. Sie haben nur unter der Lächerlichkeit Ihrer Flucht gelitten; für mich aber ist das Dasein zum Hohn geworden. Dafür gebe ich mir selbst keinen Pardon, und Sie können ihn mir nicht gewähren.

Da mein Leben nichts mehr zu bedeuten hat, bleibt mir nur der Ausweg der herrenlosen Samurai, in der Gewißheit, daß die Japanesen meinen Tod nicht bemerken und die Russen ihn mißdeuten. Ich sterbe ohne Gewicht, meine Leere ist vollkommen. Setzen Sie mir keinen Stein. Wenn Sie können, trösten Sie meine Mutter; eine so kluge Frau, und hat mich trotzdem geboren. Leben Sie wohl, wie Sie es verdienen; und hüten Sie sich vor Rikord, denn die nächsten Freunde töten am besten.

Lang lebe der Zar!

Fjodor Moor

Moors Worte in Nadjas Handschrift; ich sehe sie zum ersten Mal. Sie eilt ohne jede Flüchtigkeit von einer Spitze zur andern, jede Zeile ein Dornenhag.

V
Klausur

1 Nadja ließ mich tagelang allein. Das Essen stand auf dem Tisch, wenn ich aus dem Garten zurückkam – ich gab ihr die Gelegenheit, es zu bringen, und tat wohl gut daran. Hätte sie mich verhungern lassen, so hätte ich versuchen müssen, auszubrechen – die Jäger warteten nur darauf. Nadja war vielleicht mein einziger Schutz, und jetzt hatte ich unser Verhältnis aufs Spiel gesetzt. Aber ich verbot mir Spekulationen, womit und warum.

So begann ich, »Golownins Gefangenschaft« wieder zu lesen, als ginge es um mein Leben: die Reise ins Land Kannitverstan.

In der Festung Kunaschir, in die sich Golownin mit zwei Offizieren – Moor und Chlebnikow –, vier Matrosen und dem kurilischen Dolmetscher Alexej mutwillig, vertrauensselig oder fahrlässig begeben hat, werden sie beim Essen mit dem Kommandanten unverhofft angegriffen. Der Kapitän schlägt sich mit einem Teil der Gruppe noch bis zum Strand durch, aber das Boot läßt sich nicht mehr wassern; die Russen werden überwältigt. Ihre *Diana* ankert unerreichbar weit draußen. Sie werden abgeführt, kunstvoll verschnürt wie Pakete; anfangs sind ihre Fesseln die reine Tortur. Aber zugleich halten ihnen die Wächter mit Wedeln jede Mücke vom Leib, und wenn sie an ein Wasser kommen, dürfen sie sich ja nicht die Füße naß machen. Überall sind Ärzte zur Stelle, die ihre Wunden versorgen.

Die vierhundert Werst, zu Land und zu Wasser, von Kunaschir bis nach Matsumai, der Hauptstadt der großen Insel Ezo, sind immer weniger ein Leidensweg, schon gar kein Spießrutenlaufen; immer mehr gleichen sie einer Prozession. Im freien Land haben die Gefangenen die Wahl, ob sie gehen, reiten oder in Sänften getragen werden wollen. Daß letzteres zu beschwerlich wäre, haben die Russen allein ihrer Übergröße zuzuschreiben; Alexej, der Kurile, läßt sich die Sänfte gefallen. Das Erscheinungsbild der Gefangenschaft wird immer nur vor größeren Orten wiederhergestellt, dann aber hochzeremoniell; jeder Durchmarsch ein Umzug, dem zwar Schaulust begegnet, aber auch Teilnahme, und nirgends eine Spur von Schadenfreude oder Grausamkeit. Die Gefangenen geben Autogramme, setzen ihre Namen mit kyrillischer Schrift auf hingehaltene Fächer, Moor ist besonders begehrt, da er zeichnen kann; er zeichnet auch die *Diana*, für alle, die noch nie ein fremdes Schiff gesehen haben. Die Frage nach dem Befinden der Gefangenen ist immer die erste. Irritation kommt erst auf, wenn sie sich beschweren: das ist unmännlich. Sie erfahren – trotz Alexejs Übersetzungsversuchen – eine *sprachlose* Kalt-Warm-Behandlung, die ihnen ein Rätsel ist; das wird sie bleiben, für die ganze Dauer ihrer Gefangenschaft. Immer wieder stecken ihnen einfache Leute Leckerbissen zu, es kommt vor, daß sie weinen, wenn die Fremden gefesselt vorbeigeführt werden. Die Russen verstehen nur, daß die Japanesen selbst nicht wissen, wie man mit so fremden Menschen umgeht. Wann sind sie Feinde, wann Gäste? Als Eindringlinge unwillkommen oder als Lehrer besonders wertvoll?

Sie sind in ein Land geraten, das seit zweihundert Jahren in einem ganz eigenen Zustand verharrt. Die Abschließung nach außen beruht auf der Annahme, daß, wer seinen Haushalt nur gut genug ordnet, auch mit der übrigen Welt keine Rechnung mehr offen hat. Läutet sie trotzdem an der Tür, muß man das so lange wie möglich überhören und montiert man am besten das Läutwerk ab. Wäre Gulliver ins reale Japan gekommen, es hätte seinen Verfasser, den Misanthropen, in Verlegenheit gebracht – wie hätte er es *nicht* als beste aller möglichen Welten schildern können? Auch wenn seine Bewohner etwas unter Menschenmaß geraten waren, sittlich hätten sie sich deutlich darüber gezeigt. Solange Japan sich selbst genügt, ist es zivil, genügsam und dabei keineswegs arm, obwohl es auf knappem Raum eine zahlreiche Bevölkerung zu ernähren hat. Aber der Reichtum, den es aus Boden und Wasser zieht, wird haushälterisch behandelt – Golownin bemerkt, die Japanesen äßen schlechterdings alles, was das Meer hergebe. Aber was immer sie essen: es bleibt ein Produkt von Fleiß und Sorgfalt, dem einzigen Gut, an dem niemals gespart wird. Die Paläste bleiben Hütten, nur daß sie in Form und Material edel ausgeführt sind; aber auch

die Häuser der Armen zeugen von ihrem Sinn für schöne Verhältnisse.

Sogar für das Novum europäischer Gefangener suchen die Japanesen die beste Form. Leider sind die Langnasen mit einem Makel
behaftet, den sie nicht einmal als solchen empfinden. In hartnäcki-
gen, bis zur Erschöpfung wiederholten und auf Widersprüche ab-
geklopften Verhören werden sie immer wieder auf *Resanow* und
Chwostow angesprochen. Und was wollen sie mit der Vendetta des
Gesandten und seiner Compagnons zu tun haben? Nichts!

Das kann man nicht fassen in einem Land, wo kein Spatz ohne
Wissen der Obrigkeit vom Dache fällt. Die Unschuldsbehauptung
ist nicht nur sträflich, sondern verächtlich. Die Gefangenen verspielen ausgerechnet, was ihnen in Japan den besten Schutz garan-
tiert: ihre Würde. Die Übeltäter sind Landsleute Golownins; wie
kann er sich vor der Haftung drücken und uneinsichtig verreden,
was doch auf der Hand liegt! Seine Glaubwürdigkeit stand und fiel
mit der *Entschuldigung*, welche die Japanesen erwarteten. Sie war
eine Sache der Form, also keine Formalität. Verlangt war die Anerkennung einer Wunde, die dem Körper Japans mutwillig beigebracht worden war. Golownin aber will nicht unverdient verurteilt
werden, er fühlt sich im Recht, wenn er die Anklage zu entkräften
bemüht ist. In seinen eigenen Augen wäre er nichtswürdig gewesen, wenn er den Kotau ohne Wenn und Aber vollzogen hätte. Gerade mit Wenn und Aber bringt er die Japanesen auf. Es ist ein
Zeichen von Kleinheit, mit dem die Russen auch ihre Gastgeber
erniedrigen. Die Gefangenen ihrerseits mißtrauen jeder Erleichterung, jeder Wohltat, jedem günstigen Wohnungswechsel. All dies
deuten sie nur als Signal, daß sie zum Bleiben verurteilt sein könnten, in Japan gefangen auf Lebenszeit.

Und nun gibt es auch noch einen Russen, der diese Aussicht als
Befreiung betrachtet: Moor. Der befreundet sich mit dem Gedanken, seine Tage in Japan zuzubringen, sieht gar seinen Beruf darin,
den Japanesen als Dolmetscher zur Welt zu dienen. Wie sollten die
Mitgefangenen den Schlafwandler ernst nehmen? In ihren Augen
erschleicht er sich nur einen persönlichen Vorteil, betreibt gar seine

eigene Befreiung auf ihre Kosten. Als sie sich zur Flucht entschließen, fällt er ihnen in den Rücken. Dafür gibt es nur einen einzigen mildernden Umstand: Er muß verrückt geworden sein.

Ob Golownin ernsthaft an seine Chance zur Flucht geglaubt hat, steht auf einem anderen Blatt. Das Vorhaben war verzweifelt, aber auch wenn es ihn nicht retten konnte – den Versuch war er seiner Ehre schuldig. Schon einmal war ihm ein verwegener Ausbruch gelungen. Die *Diana* hatte ihren Südwestkurs um Kap Hoorn wegen schlechten Wetters abbrechen müssen, und auf der langen Fahrt hatte die Besatzung gar nicht mitbekommen, daß sich ihr Land inzwischen im Kriegszustand mit England befand. Als die Fregatte an der Südspitze Afrikas anlegte, wurde sie konfisziert und viele Monate festgehalten; am Ende sollte die Mannschaft zum Arbeitsdienst für den Feind verpflichtet werden. Da gelang Golownin mit einem seemännischen Husarenstück der Durchbruch ins freie Meer.

Jetzt aber saßen sie, zu siebent oder acht, an einem Ort fest, wo ihnen nur noch von außen zu helfen war – und dieser Ort lag in einem Land, das keine Verbindung nach außen unterhielt. Zwar waren die persönlichen Effekten und Bücher, die Rikord, vor der Abfahrt der *Diana*, an einem einsamen Strand hinterlegt hatte, bei ihren Adressaten, zweifellos nach gründlicher Musterung, richtig angekommen. Aber das willkommene Zeichen war ein zweideutiges Signal. Auch Ausgesetzte und Abgeschriebene, für die man nichts mehr tun kann, werden so abgefunden. Man durfte nicht zweifeln an Rikords Willen, für die Befreiung der Kameraden alle Hebel in Bewegung zu setzen, doch an ihrer Wirksamkeit konnte man nur *ver*zweifeln. Denn die stärkste russische Antwort – Kriegsschiffe – wäre auch die hoffnungsloseste gewesen, jedenfalls für die Gefangenen.

Die Japanesen haben sie nicht als Geiseln betrachtet, hatte Nadja einmal gesagt, sondern als *Menschen*. Sie waren nur zu retten, wenn sie zeigen konnten, wer sie *sind*.

Geiseln sind Handelsgegenstände, und für Japan gab es keine Not, mit der Außenwelt zu verhandeln. Die Ausnahme von der

Regel – eine künstliche Insel im Hafen von Nagasaki – betrieb es als Isolierstation. Es ließ nur so viel fremdes Wissen herein, wie es zur Selbsterhaltung unentbehrlich fand, verteilte es unter ausgewählte Eingeweihte wie Teisuke und kontrollierte seine Zirkulation aufs strengste. Die Angst vor der Ansteckung mit unabhängigem, darum unordentlichem Wissen war allgegenwärtig; Erreger von Wissen waren fast so gefährlich wie solche eines Glaubens, der seine Anhänger nach dem Jenseits süchtig machte und vom Diesseits entpflichtete. Mit den Holländern war ein rationierter Verkehr möglich, weil sie sich auf greifbaren Profit beschränkten. Mit ihrer Ware, ihrem Wissen bedienten sie nichts weiter als Gier und Neugier; das eine durfte man geringschätzen, das andere ließ sich im Zaum halten. Rußland aber war noch eine unbekannte Größe. Riesenhaft, dabei nicht einmal fähig, das Wissen, das es besaß oder geborgt hatte, auf ordentliches Papier zu drucken oder seinen Untertanen eine einheitliche Tracht vorzuschreiben! Die Gefangenen waren Versuchspersonen, an denen man sich eine Vorstellung bildete, wessen man sich von Rußland zu versehen habe. Sein Gesandter Resanow hatte – außer einzelne Kaufleute, denen *jeder* Gewinn recht ist – keinen Japanesen davon überzeugt, daß man um diesen Handel nicht herumkomme; Chwostow hatte bewiesen, daß man sich vielmehr vor ihm hüten mußte. Jetzt hatte man russische Gefangene gemacht – herzlich ungern, eigentlich waren sie nur eine Last.

Aber nun waren sie einmal da. Als Menschen fremder Lebensart waren sie nicht zu verachten, und da von dieser kleinen Quelle keine Überschwemmung zu befürchten war, ließ man sich vertrauensvoll davor nieder, probierte das Wasser, studierte seine Zusammensetzung. Eine unbekannte Spezies war hier gewissermaßen in Reinkultur zu besichtigen, und ihre Erforscher waren bemüht, den Russen die ihnen gewohnten Lebensbedingungen zu bieten, damit sie auch ihr natürliches Verhalten zeigen konnten; die Rolle, die sie in japanesischen Augen spielten, blieb sensationell genug: sie waren ja, was Japanesen nie werden durften: *Fremde.* Auf dem Prüfstand war nur für Leute wie Teisuke die *andere* Zivilisation. Um auch den gemeinen Mann, die einfache Frau zu interessieren, mußten die Russen zuerst *für sich* etwas wert sein. Und waren sie dann noch Gefangene?

Als Golownin seinen Fluchtversuch machte – und erst recht, als er gescheitert war –, hat ihm Moor Undank vorgehalten; er habe das Verständnis der Japanesen nicht verdient, ihre Gnade verwirkt. Golownin aber erwartete weder Gnade noch Verständnis. Wenn von Rußland keine Rettung kam, mußten sich die Gefangenen selbst helfen. Es war nicht ganz unmöglich, irgendwo an der Küste Ezos ein unbewachtes Fischerboot zu kapern und darauf siebenhundert stürmische Seemeilen zurückzulegen, zur nächsten rettenden Küste; sie war von Tataren bewohnt, und solche hatte Golownin schon als Kind kennengelernt. Aber auch wenn es unmöglich war: es wollte versucht sein. Lieber den Tod auf See, dem vertrauten Element, als in der japanischen Versenkung verschwinden. Als die Ausbrecher wieder gefangen waren, fürchteten sie das Schlimmste. In Rußland wäre es nicht möglich gewesen, seine Wächter durch Flucht zu *entwaffnen*. In Japan hatte sich Golownin zum letzten Mal in den Japanesen getäuscht – diesmal zu seinen Gunsten. Er hatte sie gewonnen; sie fanden: an seiner Stelle hätten sie, aus Liebe zum Vaterland, handeln müssen wie er. Damit hatte er Chwostow richtiggestellt, die rücksichtslose Untat beantwortet mit einer Tat ohne Rücksicht auf sich selbst.

Golownin und Moor waren dazu verurteilt, noch eine Weile zusammen zu kutschieren, doch ihre Wege blieben getrennt, und ihre Gefangenschaft war nicht mehr dieselbe. Nadja ist die Enkelin des Ausbrecherkönigs Benjowski; muß ich fragen, auf welche Seite sie gehört?

Mich sieht sie auf der andern.

Und wo sehe ich mich selbst?

2 Mein Globus zeigt den einzigen bekannten Himmelskörper, auf dem Leben gedeiht; den einzigen, den seine Bewohner verändern können.

Ich sehe ihn, wie man ihn (ohne französische Beschriftung) aus dem benachbarten Weltraum sehen muß, fasse die Insel Ezo in den Blick, einen verzogenen Rhombus, der den Kopf des japanesischen Drachen bildet. In Golownins Bericht heißt er «Matsumai», nach der Residenz am Ende ihres südwestlichsten Zipfels. Dort saßen die Gefangenen, eher gastlich gehalten, im Außenbezirk der Gouverneursresidenz. Ihr Fluchtweg führte erst über die Palisaden, dann durch einen Tempelfriedhof in die Wälder; vor sich hatten sie drei Wochen Marsch durch unwegsamstes Gebirge, und dies – was Golownin selbst betraf – mit einem schon beim ersten Schritt schwer lädierten Fuß.

Auf meinem Globus wäre die zurückgelegte Strecke ein fast mikroskopisches Rißchen im Lack.

Doch wenn ein Globus erfunden würde, der kein summarisches Bild der Erdoberfläche lieferte, sondern ein durch Annäherung ins Reale auflösbares Konzentrat, in das man aus dem Weltraum hineinstürzen und zusehen könnte, wie die Erde das Blickfeld füllt und zum Greifen vergrößert;

dann möchte ich falkengleich in die Schlucht einfallen, in der Golownin mit seinem Fuß nicht mehr weiterkommt, und mich genau über der Stelle fangen, wo er gleich abstürzen muß;

denn schon reißen die Wurzeln des Bäumchens, an das er sich klammert, schon beginnt das Felsband, auf dem sein gesunder Fuß Halt gesucht hat, zu weichen;

und wie sollte der Matrose Makarow über ihm, der mit letzter Kraft festen Boden gewonnen hat, gerade in diesem Augenblick aus seiner Ohnmacht erwachen, um die Hand seines Kapitäns zu ergreifen;

wie sollte er ihn gerade noch über die Kante ziehen können, bevor ihn selbst, den Retter, das Bewußtsein wieder verläßt –

Es ist nicht möglich. Aber gerade so erzählt es Golownin.

Noch einmal mit genauer Not gerettet, heftet er sich mit Klauen und Zähnen an ein Stück Erde, das nur so lange fest bleiben möge, bis Makarow, der treue Riese, sich wieder gefangen hat. Nun kann sich der Kapitän an den Gürtel des Matrosen klammern wie ein Kind an die Hose des Vaters, um weitergeschleppt zu werden, auf den nächsten Berg, durch die nächste Schlucht.

Längst hat er die Gefährten beschworen, ihn zurück- und seinem Schicksal zu überlassen. Aber in der Not sind sie auch Christen. Wenn der Kapitän nicht mehr das Größte sein kann, wird er zum Nächsten. Den lassen sie nicht im Stich, und selbst wenn Gott ihnen verziehe: sich selbst täten sie es nicht.

Natürlich lassen sie sich nicht träumen, daß überall, wo sie eine Spur hinterlassen, die Verfolger einen Pflock eingeschlagen haben: die Wegmarke einer übermenschlichen Anstrengung. Sie ist absurd, sie weckt Respekt.

Ich aber müßte, um *wirklich* dabeizusein, einen Globus haben, der sich nicht auf die *Abbildung* der Erde beschränkt. Da verschwindet, bei immer größerer Annäherung, das Objekt des Interesses immer mehr. Und die größte Nähe, im Mikroskop, könnte nur noch die Pigmente und Lacktupfer zeigen, aus denen das *Bild* einer Welt zusammengesetzt ist. Die *Wahrnehmung* hätte die Wirklichkeit übersprungen, und die Sache, bei der es *ums Ganze geht* (wie bei jedem Schritt Golownins mit seinem kranken Fuß), hätte sich im Bild aufgelöst wie Salz im Meer.

Für Herrn von K., meinen Pariser Bekannten, hat ebendies den Weltuntergang bedeutet. Sein Landsmann Kant, der kategorische Philosoph, hatte das Auseinandertreten von Ding und Vorstellung für endgültig erklärt, für unüberwindlicher als jede Schlucht. Wenn K. die Welt aber nie sehen konnte, wie sie *ist*, wollte er gar nichts mehr sehen. Lieber sterben.

Golownin aber und Chlebnikow, Makarow, Simanow, Wassiljew und Schkajow sind nicht gestorben. Sie hatten nie ein Bild ihrer Lage, oder ein falsches. Und doch haben sie sich immer weiter durchs Dickicht des Wirklichen gekämpft, ohne jedes Hilfsmittel als eine Nähnadel, die Chlebnikow magnetisiert hatte, so daß sie sich als Kompaß verwenden ließ. Was sie taten, war aussichtslos, aber sie haben es getan. Und damit haben sie sich den Japanesen als berechtigte Männer gezeigt, zum ersten Mal.

Ich ging ins Freie. Hier lehnte ich mich neben der Hütte an einen Baum und dachte über unser Schicksal nach. Das majestätische Bild der Natur erregte meine ganze Aufmerksamkeit. Der Himmel war klar, aber unter uns, zwischen den Bergen, wogte schwarzes Gewölk. Wahrscheinlich regnete es in den Ebenen. Der Schnee von allen Bergen ringsum schimmerte in der Ferne, und nie hatte ich früher bemerkt, daß die Sterne so leuchteten wie in dieser Nacht. Allein dieses erhabene Schauspiel schwand, wenn meine Gedanken plötzlich auf unsere Lage fielen. Sechs Menschen auf einem der höchsten Gipfel der matsumaischen Gebirge, ohne Kleidung, ohne Nahrung, sogar ohne Waffen, mit deren Hilfe man doch irgend etwas hätte erzielen können, von Feinden und wilden Tieren umringt, ohne sich verteidigen zu können, auf einer Insel herumirrend, ohne die Gewißheit und Kraft zu haben, sich eines Fahrzeugs zu bemächtigen, ich überdies mit einem kranken Bein, das mich bei jedem Schritt furchtbar quälte.

Endlich erlösen die Verfolger sie von dieser Flucht und ziehen das Netz, in dem sie sich, um ihrer Freiheit willen, fast schon zu Tode gezappelt hatten, respektvoll zusammen.

Doch peinliche Verhöre bleiben ihnen nicht erspart, und Moor, als Dableiber salviert, darf zuhören, richtigstellen, mäkeln. Warum sind sie geflohen? Die Japanesen wollen die *Wahrheit*, aber die hat Golownin doch längst gesagt. Er hat auch schon die alleinige Verantwortung übernommen – so war es verabredet, als die Flucht zu Ende war. Doch Moor erinnert sich an etwas ganz anderes. Hat Golownin nicht selbst erklärt, in der Gefangenschaft ende sein Kommando und jede Stimme gelte gleich viel? Aber dies ist kein europäisches Gericht. Es interessiert sich nicht für klare Verhältnisse, die es noch nie und nirgends gegeben hat. Es will saubere Menschen. Warum müssen diese Russen ihre Handlungsweise erklären, rechtfertigen, begründen? Die Frage ist einfach: war sie *richtig* oder *falsch*? Warum erwarten die Ausbrecher immer noch, daß ihre Fluchtgründe *gewürdigt* werden; können sie dies nicht den Japanesen überlassen? Als ob diese nichts von Würde verstünden und sich die Gründe nicht selber denken könnten!

Was die Russen nie begreifen: für die Japanesen war die Flucht zwar ein Muster ehrenhaften Verhaltens, aber brauchte sie auch hinterher noch *richtig* zu sein? Deckte der gemeinsame Rückblick nicht einen Mangel an Vertrauen auf; erklärte der glückliche Ausgang die Flucht nicht zum Beziehungsdelikt, das die Wächter nicht verdient hatten? War für die Umstände, die man ihnen bereitet hatte, keine *Entschuldigung* fällig? Mußte immer noch gemarktet sein? Golownin verweigert die Scham; damit zwingt er die Japanesen, sich an seiner Stelle zu schämen, herzhaft widerwillig. Denn alles, außer dieser Scham, könnte er jetzt geschenkt haben; selbst die Freiheit, für die er zu sterben bereit war, ist nur noch eine Frage der Zeit. Die Japanesen sind nicht mehr seine Richter – sie wären Bundesgenossen, wenn er es nur erlaubte. Aber dafür müßte er seine europäische Erziehung verleugnen. Der Riß zwischen den Kulturen tritt am deutlichsten hervor, als er schon überbrückt sein könnte – da zeigen sich beide Seiten als Gefangene ihres Gesichts. Golownin entschuldigt sich nicht, er übernimmt Verantwortung, wie er sie versteht. Auch das versteht Arao Madsumano Kami, der Gouverneur von Matsumai. Nur muß er den Gefangenen dann leider mitteilen, unter diesen Umständen sei es leider nicht möglich, ihre Bitte um Entlassung im empfehlenden Sinn nach Edo weiterzuleiten.

Aber genau das hat er getan, sagte Nadja, und noch mehr: er hat in der Hauptstadt, im Bunde mit Teisuke, persönlich dafür gesorgt, daß auch sein Nachfolger die Befreiung der Russen als Ehrensache betrachtete. Golownin hat alles falsch gemacht und damit das Richtige getan: von einem wie ihm durften sich die Japanesen nicht lumpen lassen. Denn so fremd er ihnen blieb: er war kein Lump.

Moor auch nicht, sagte ich.

Er wollte den Japanesen alles recht machen, sagte sie, er offerierte ihnen auch seine Scham – viel mehr, als sie brauchen konnten. Denn es hatte ihn nicht geniert, sich von seinen Kameraden abzusetzen. Da konnte er noch so fließend Japanesisch sprechen – die Japanesen verstanden ihn nicht.

Schon bei der ersten Audienz hatte Arao Madsumano Kami, der

Gouverneur, die Russen gebeten, sie möchten die Japanesen künftig als Brüder betrachten. Und was sie hörten, war: sie müßten die Heimkehr vergessen.

Du bist ein Mensch, ich bin ein Mensch, ein anderer ist ein Mensch, sage, was für ein Mensch?

Golownin hörte nur Unsinn und Geschwafel. Er gab dem neuen Dolmetscher schuld. *Die Dreistigkeit und Schamlosigkeit des Menschen brachte uns ganz aus der Fassung, und wir sagten geradeheraus, daß wir nichts antworten würden, damit uns dieser Betrüger durch seine ersonnenen Antworten nicht schaden könne.*

Als dieser Übersetzer nicht einmal das Wort «Vater» in seinem Wörterbuch findet, lacht sogar der Gouverneur: möge doch Alexej weiter dolmetschen. Aber was bringt der Kurile heraus? Er habe vom Fürsten *so vieles und Schönes gehört, daß er kaum die Hälfte davon wiedergeben könne, sich aber bemühen werde, uns den Hauptinhalt seiner Rede zu sagen, worüber wir uns freuen könnten.* Und der Hauptinhalt lautet, *daß die Japanesen ebensowohl Menschen wären und ein Herz hätten wie andere, deshalb müßten wir uns nicht fürchten und verzweifeln.*

Aber die Russen fürchten und verzweifeln so lange, bis sich Midshipman Fjodor Moor von ihnen trennt. Vor ihm wird Golownin sein Fluchtvorhaben noch besser zu hüten haben als vor den Japanesen – und muß auch den immer schwankenden Kurilen davon ausschließen. Als die Flucht gescheitert ist, begegnet ihm Moor mit Selbstgefälligkeit und Schadenfreude und fährt fort, sich als Vertrauensmann der Japanesen aufzuführen. Zugleich macht er sich zum Sprecher der Gruppe und setzt eigenmächtig Denkschriften an die Behörden auf; sie belasten die Russen so sehr, daß ihn sogar ein Mann wie Teisuke fragen muß, ob er noch bei Troste sei. Denn er droht, alle Fäden zu zerreißen, die der subtilste aller Übersetzer zugunsten der Gefangenen gesponnen hat. Damit kommt er nur vom Fleck, wenn er Moor desavouiert, und schließlich muß er ihn fallenlassen. Moor bleibt, was europäische Verhältnisse, technisches Know-how betrifft, der eifrigste Informant; aber ebendamit entfremdet er sich dem japanischen

Ehrgefühl – viel mehr als Golownin, der auf die Kernfrage: «Sage, was für ein Mensch?» eine starke Antwort gegeben hat. Damit hat er die Japanesen herausgefordert – in Frage gestellt hat er sie nicht. Moor aber ist ihnen zu nahe getreten und hat sich zwischen alle Stühle gesetzt. In Japan gibt es keine Stelle für ihn. Als die andern heimkehren dürfen, wird er heim*geschickt*, unter Golownins Vormundschaft – der ihm versichert, daß er in Rußland immer noch etwas verloren habe. Das weiß Moor besser und schlimmer. Er *ist* verloren.

Von dem fühlenden Herzen | Fordert sein Schicksal | Eine Träne!

3 Eines Nachmittags saß Nadja unverhofft an meinem Schreibtisch – ich hatte fast aufgehört, sie zu erwarten. Sie zerriß den Brief Moors in kleine Schnitzel. Und statt eines Grußes sagte sie:

Ich wollte sehen, ob Sie Wort gehalten haben.

Es war Ihre Schrift, sagte ich, ich konnte sie nicht zerreißen.

Und nun, haben Sie sich satt gelesen?

Nadja, fragte ich, Moor ist tot. Warum verfolgen Sie ihn?

Weil er weiterspukt, sagte sie. – In Ihnen. Ich mag Menschen nicht, die sich anbiedern.

Golownins Gefangenschaft hat nichts verändert, sagte ich, nach seiner Befreiung blieb alles, wie es war. Moor hat versucht, ein anderer zu werden.

Er blieb immer derselbe, sagte sie, und immer was Besonderes. Er kroch von einem Kreuz zum andern. Erst wollte er die Güte der Japanesen nicht verdient haben, dann die Güte der Russen. Aber sein einziges Thema war er selbst. Immer der gekreuzigte Muttersohn.

Aber wenn sich Japan verändern muß? fragte ich.

Dafür braucht es ehrliche Begleiter. Eine Windfahne ist kein Wind.

Sie blätterte im zweiten Band von Golownins «Gefangenschaft», dann hielt sie mir das offene Buch hin.

Das müssen Sie lesen. Bitte laut.

Ich bin den Befehlston nicht mehr gewohnt, sagte ich.

Sie sah mich an. – Also sprach Arao Madsumano Kami – so redet ein Mann:

Wenn Sonne, Mond und Sterne, die Schöpfungen des Allmächtigen, in ihren Bahnen Veränderungen unterworfen sind, so sollten die Japanesen ihre Gesetze, das Werk schwacher Sterblicher, doch nicht für ewig und unveränderlich halten. Teisuke versicherte uns, daß niemand von den japanesischen Großen es gewagt haben würde, der Regierung eine solche Vorstellung zu machen.

Nach kurzer Stille fragte sie mit leiser Stimme: Glauben Sie, Moor habe uns nicht leid getan? Ich habe mit ihm gekämpft.

Sie haben ihn ja doch gekannt.

Das dachte ich auch. – Holen Sie mir ein Glas Wasser?

Ich ging in den Waschsaal, brachte das Gewünschte, und zu meinem Erstaunen begann sie, die Schnitzel, die sie zu einem Häufchen zusammengekehrt hatte, in den Mund zu stecken, und spülte sie, ohne zu kauen, mit Schwefelwasser hinunter, Schluck für Schluck.

Als die *Diana* zum ersten Mal in Petropawlowsk einlief, kam sie aus der Südsee, sagte Nadja, davon merkten wir nichts. Natürlich, die Mannschaft war schon wieder ausgehungert und holte sich, was sie brauchte. Aber die Offiziere waren korrekt – so etwas hatte Petropawlowsk noch nicht erlebt. Wenn ich an die *Nadeschda* denke! Koschelew hatte alle Hände voll zu tun, euch zur Räson zu bringen – die Stimmung dazu machten die Damen, und dafür durften sie keine Damen sein.

Ich erinnere mich, sagte ich.

Besser nicht, sagte Nadja. – Aber Golownins Truppe hatte Stil. Die konnten feiern, ohne sich halbtot saufen zu müssen. Schließlich hatten sie der *Royal Navy* ein Schnippchen geschlagen – was sollte ihnen jetzt noch passieren! Chlebnikow und Rudakow sangen, Rikord brillierte, Golownin warf sein Gewicht in die Waage, immer sparsam – brauchte nicht zu beweisen, daß er es hatte. Moor war schon steifer, aber am Abschiedsfest machte er ein Gedicht auf mich und trug es vor; es klang verliebt. Die meisten verabschiedeten sich vor Mitternacht; einige tanzten noch, Chlebnikow lärmte mit Kumpanen in der Ecke. Moor saß immer noch am Tisch. Er zeichnete. Als ich näher kam, deckte er das Papier ab; ich zog seine Hand weg und staunte: *mich* hatte er gezeichnet, als Akt. – Was würde Ihre Verlobte dazu sagen? neckte ich ihn. – Ich muß keiner Frau gefallen, sagte er herausfordernd. – Nicht einmal Ihrer Mutter? fragte ich. – Was wissen Sie von ihr? erwiderte er gequält, ich habe nur noch eine Mutter: die *Diana*, und die hält nicht mehr lange. – Ihre Brüste sind beneidenswert, sagte ich, man würde nicht denken, daß sie eine Jungfrau ist. – Ach, sagte er, die Galionsfigur. Wurmstichig, wie die ganze Fregatte. Wir können von Glück reden, wenn wir mit ihr bis nach Japan kommen – erobern werden wir es gewiß nicht. – Haben Sie das denn vor? fragte ich. – Nicht, daß ich wüßte, antwortete er mit zweideutigem Lächeln. Der Mann reizte mich, ich mußte ihn versuchen und sagte: Haben Sie Lust, bei einer Tasse Tee noch etwas zu plaudern? Hier ist es zu laut, und hinten wären wir ungestört. – Und was antworte er, ohne mich anzusehen: Mademoiselle, Sie sind zu gütig. Aber ich habe mich angesteckt. – Ich war schockiert, daß er gleich auf das Gröbste zu sprechen kam, nur um mich grob abzuschmettern, und hatte keine Lust mehr, mich mit einem Menschen zu unterhalten, der ein Vergnügen als Ernstfall behandelte. – Es wird auch Zeit für mich, sagte er, aber ich bitte um Erlaubnis, Ihnen zum Abschied meine Zeichnung verehren zu dürfen. Ich empfehle mich. – Bei mir hatte er sich nicht empfohlen.

Haben Sie die Zeichnung noch? fragte ich.

Nadja blieb die Antwort schuldig und setzte ihre Papiermahlzeit fort. – Zwei Jahre später hätte ich ihn nicht wiedererkannt. Die *Diana* hatte die befreiten Landsleute an Bord, alle waren des Gottes voll, die Gefangenschaft gab zu reden ohne Ende – über Moor kein Wort. – Dort sitzt er, in der Ecke, sagte Rikord. – Da sah ich einen großen mageren Menschen in kurilischer Bauerntracht, das Haar zurückgekämmt und zum Pferdeschwanz gebunden, das Gesicht bärtig und ausgehöhlt, wie das einer Ikone, aber die Augen waren durchdringend blau – erst an ihnen erkannte ich Moor. – Kümmern Sie sich ein wenig um ihn, sagte Rikord, er wohnt bei uns. Er hat ein wenig den Verstand verloren, aber er ist harmlos.

Er lebte im Haus des Gouverneurs, habe ich gelesen, in der Pflege seiner jungen Frau.

Rikord wurde Gouverneur, und die junge Frau war ich, sagte sie, und ich war auch noch schwanger.

Aber nicht von Moor, sagte ich.

Sie lachte schnöde.

Er konnte sich niemals angesteckt haben, denn er *konnte* gar nicht, der Muttersohn. Jetzt schwieg er nur noch, er mied die Gesellschaft, obwohl ihm Golownin goldene Brücken baute. Erst wenn ich mit ihm allein war, redete er unaufhörlich, ohne zuzuhören, und seine Augen hatten das Leuchten eines gestörten Oberlehrers. Wenn er allein war, redete er japanesisch – mit den Wänden seines Zimmers, er durfte es nicht verlassen, zu seinem eigenen Schutz. Aber er hatte sich rasiert und begann auch wieder zu essen. Er brauche Kraft und gute Haltung, sagte Rikord, sonst könne er ihm nicht erlauben, sich in Kamtschatka auf dem Dorf anzusiedeln – das war angeblich sein einziger Wunsch. Auch dort brauche es Vorbilder, sagte Rikord, und für ihn bleibe Moor ein russischer Offizier. Er zeichnete nicht mehr. Jetzt wollte er auf die Jagd, aber Rikord gab ihm keine Waffe in die Hand, wir wußten alle, was das bedeutet hätte. Mit mir sprach er ganz offen darüber. – Wenn ich ein russischer Offizier bin, gibt es für mich nur noch das eine. – Mit mir durfte er nächtelang kämpfen, um seine Ehre, seine Philosophie, um Japan und Rußland, aber auch um sein Leben – das schien er zu genießen. Solange er darüber redet, tut er es nicht, dachte ich. – Nehmen Sie sich doch eine einfache gute Frau, Fedja, sagte ich, beginnen Sie ein neues Leben. – Alles kommt von den Frauen, sagte er, das geht immer so weiter, und Sie beteiligen sich daran. Warum haben Sie sich ein Kind machen lassen? Tut es Ihnen nicht jetzt schon leid? Ich pflanze mich nicht fort. Ich würde mich schämen, meinen Schwanz in eine Frau hineinzustecken.

Ich hatte ihn gehütet wie einen Bruder, aber da sagte ich: *Go to hell.*
Sie taten ihn zum Popen, sagte ich.

Als er wiederkam, benahm er sich, als wäre er ein neuer Mensch, und jetzt wollte er endlich auf seine Jagd und bat Rikord um ein Gewehr. Als der zögerte, lachte er: glauben Sie, wenn ich wünschte, mich umzubringen, ich könnte es nicht zu Hause mit einem Messer oder einer Gabel tun?

Reden Sie nicht nur davon, tun Sie's, haben Sie ihm gesagt.

Als ich ihm die Waffe gab, war ich sicher, daß er zuerst *mich* erschoß, sagte sie und starrte vor sich hin. – Aber ich sollte ja seine Abschiedsbriefe noch lesen. Dieser Eitelkeit verdanke ich vielleicht mein Leben.

Sie führte noch einmal das Glas an die Lippen, aber es war leer.

Ich möchte das Bild sehen, das er von Ihnen gezeichnet hat.

Es ist das einzige, das es von mir gibt.

Es muß schön sein, sagte ich.

So schön, wie ich einmal gern gewesen wäre, antwortete sie. – Ich behalte es für mich. – Sie hatte fast keine Stimme mehr, als sie fragte: Wollen Sie jetzt noch mit mir zu tun haben?

Ja, sagte ich.

Sie atmete, nach Kinderart, hoch auf, aber ihr Schalk war durchsichtig auf eine bodenlose Traurigkeit.

Ich gebe Ihnen seinen Brief an die Mutter, sagte sie. – Ich habe ihn von ihr selbst. Sie hat ihn ein dutzendmal abgeschrieben und an seine Freunde versandt, an alle, die sie dafür hielt. Ich habe ihn nicht geöffnet. Darf ich ihn hierlassen? Aber dann nichts mehr davon – verstecken Sie ihn.

Wie sollte ich ihn vor Ihnen wohl verstecken?

Tun Sie ihn in Ihren Kopf, sagte sie. – Da kann ich nicht hineinsehn. Aber von Moor will ich nichts mehr wissen, nie wieder.

Liebste, verehrte Mutter,
wenn Sie diesen Brief in der Hand halten, ist Ihr Sohn nicht mehr, und er
wüßte, außer Ihnen, keinen Menschen, dem er dafür Rechenschaft schuldig
wäre. Trösten kann ich Sie nicht und nur hoffen, daß dieser Brief den

Schmerz, den ich Ihnen zufügen muß, lindert, wenn es mir gelingt, Ihnen die Notwendigkeit meines Entschlusses nahezubringen. Mein erstes und letztes Wort an Sie aber sei Dank; Sie haben Ruhe und Glück geopfert, um einen musterhaften Sohn aus mir zu machen, und viele Jahre durfte ich glauben, daß Ihre Mühe gut angewendet war. In der Kadettenanstalt gehörte ich zu den Besten, in zwei Kriegen wurde ich für Tapferkeit ausgezeichnet, und Sie dürfen mir glauben, daß auch die japanesische Gefangenschaft meinen Mut nicht gebrochen hat.

Dennoch hat sie mich von meinen Schicksalsgenossen für immer getrennt. Sie werden zu dieser Wendung der Dinge das Wort «Verrat» hören, und ich werde darauf nichts mehr erwidern können. Es würde auch nichts mehr helfen, denn das Verhängnis nimmt seinen Lauf. Der Krieg zwischen Rußland und Japan ist unvermeidlich, und er wird von beiden Reichen nichts übriglassen, was des Aufhebens wert wäre. Nur daß Rußland zum Versinken zu groß ist, es kann nur verfaulen. Japan aber wird untergehen.

Was kümmert es mich noch, liebe Mutter? Sie werden hören, daß ich mich den Japanesen angedient hätte und meinen Kameraden in den Rücken gefallen sei, daß ich sie bloßgestellt, denunziert, die wahre Absicht unserer Expedition aufgedeckt hätte: den kommenden Feind auszuspionieren. Ich soll die Befreiung der Kameraden hintertrieben haben, weil ich mich bei den Japanesen ins beste Licht setzen und mir eine Stellung verdienen wollte. Dazu sage ich nur noch, daß mir solche Absichten, wenn ich sie denn gehabt hätte, nichts genützt hätten. Sie hätten mich bei Russen und Japanesen gleich unmöglich gemacht, und bei diesen noch mehr.

Natürlich konnte und wollte ich niemals einer der Ihren werden. Was ich mir vorgesetzt hatte, war etwas ganz anderes: sie gegen die Invasion fremder Mächte fester zu machen, sie in ihrer gesonderten und einmaligen Existenz zu bekräftigen. Dafür wollte ich ein Dolmetscher sein, auf den sie hören mußten, aber nicht, damit sie die übrige Welt besser verstünden, sondern damit sie an ihrem gerechten Unverständnis festhielten; nicht, damit sie ihren Handel mit dem Ausland verbesserten, sondern damit sie die Kraft behielten, darauf zu verzichten. Dafür wollte ich ihnen mein Wissen über Europa, auch mein bestes Wissen über mich selbst, zur Verfügung stellen und sie mit dem nötigen Gegengift stärken.

Japan sieht im Zustand seiner Isolation wie ein begriffsstutziges Land aus. Aber die Innenseite seines Unverständnisses ist eine einzigartige Kultur, deren Teilnehmer selbst nicht wissen, wie gut sie darin aufgehoben sind. Auch der Fisch weiß nichts vom Wasser, in dem er schwimmt, und hat keine Ahnung, daß sein Element anderswo ein kostbares Gut sein könnte, nach dem man dürstet, wenn es fehlt, und verdurstet, wenn es versiegt. Auch die Japanesen wissen nichts über das hinaus, was sie für ihre wohlgeordnete und subtile Lebensart wissen müssen. Dieses bezaubernde Nichtwissen ist zu ihrer zweiten Natur geworden, und alles Menschliche ist ihr viel weniger fremd als uns.

Aber Sie stellen sich auch nicht vor, wie empfindlich ihr System ist; wie leicht sie es durch Neugier selbst zerstören können. Japan hat wie in einem festen Glas exakt jene Mischung der Gase entwickelt, in der seine Geschöpfe atmen können. Auch seine Kultur ist ein Ergebnis dieser Mischung und würde hinfällig, wenn sie einer andern Außenwelt ausgesetzt würde; diese müßte nicht einmal rauh oder unempfindlich sein. Japanesen sind Seegeschöpfe, die nur in ihrem Element ihre wahre Gestalt entfalten und, an den Strand gespült, zur Unansehnlichkeit verfallen und Seemist werden, wie jedes Treibgut der allgemeinen Geschichte, wenn die Grundlage ihrer besonderen Geschichte verschwindet.

Natürlich läßt sich der Mensch die Neugier sowenig verbieten wie sein Unglück. Ich habe in der Gefangenschaft Japanesen kennengelernt, die nichts dringender wünschen, als in einer andern Welt anzukommen. Ihre Hoffnung, darin Tüchtiges zu leisten, ist berechtigt; lernbegierig und lernfähig, wie sie sind, wollen sie alles wissen – nur nicht, daß sie dabei verlieren müßten, was sie zu Japanesen macht. Sie wären wohl Musterschüler der europäischen Kultur, aber sie verlören den Schutz vor der Einsicht, daß sie damit überflüssig geworden sind. Ich habe gute, ja die begabtesten Japanesen auf diesem Weg in die Selbstvergessenheit gesehen, wenn sie von meinen wissenschaftlichen oder zeichnerischen Gaben nicht genug bekommen konnten. Ich habe versucht, sie nicht zu enttäuschen, und das Herz tat mir weh. Denn dabei hat ihr Gesicht das Unvergleichliche verloren und einen Allerweltszug angenommen. Sie haben es schon weit gebracht und würden rasch noch weiter kommen, aber die Richtung wäre die falsche, und es quälte mich, daß ich auf diesem Weg wie ein Wegweiser, ja wie ein Vorbild aussah.

Ich hätte sie gern mit allem Nötigen ausgestattet, einem Europäer nicht *zu folgen, denn die Verlockung, die ich darstellte, führte sie in eine Gefangenschaft, die viel heilloser war als meine eigene. Wenn sie keine Ahnung davon hatten, was ihnen bekam, ich hatte sie, und es wäre meine Pflicht gewesen, sie mit meinem besten Wissen von ihrem fatalen Wissensdurst zu heilen.*

Ein vermessenes Projekt; und wenn ich nicht wahrhaben wollte, daß es mich überforderte, mußte ich es erfahren. Ich habe mich damit von meinen Russen für immer getrennt, ohne bei den Japanesen landen zu können. Diese Meister der Scham haben die Scham, mit der ich ihren Wohltaten begegnete, nicht fassen können; sie glaubten, ein Fremder könne dazu gar nicht fähig sein. Doch es war mir ernst, wenn ich sagte, daß ich mich ihrer edelmütigen Behandlung nicht würdig fühlte. Und nachdem ich, als unerwünschter Agent ihrer Sache, mich von den eigenen Leuten entfernt hatte, galt ich ihnen auch noch als anmaßender Egoist, der kein Vertrauen verdient. Denn Gemeinschaft bleibt für sie das Maß aller Dinge, und nach ihren Gründen pflegen sie nicht zu fragen.

Ich war für Freund und Feind verächtlich geworden; sagen Sie selbst, wie Ihr Sohn damit leben soll? Sie haben mich dazu erzogen, das Gemeine zu scheuen, in jeder Form; ich versuchte, den Japanesen zu ersparen, sich mit der Haltlosigkeit unserer Zivilisation gemein zu machen, und stand am Ende in ihren Augen wie der Gemeinste und Haltloseste da. Sie trieben das schwarze Schaf zu seiner Herde zurück; mochten sich jetzt wieder die Kameraden des Irrläufers annehmen.

Das taten sie nach Vermögen, liebe Mutter, als wir nach Kamtschatka unterwegs waren. Sie schworen, mich nicht zu verraten und mir auch nichts nachzutragen; sie hielten meinen Irrsinn der Gefangenschaft zugute. Jeder mildernde Umstand wurde mir zugestanden, und jeder vernichtete mich noch mehr. Ich kleidete mich als gemeiner Mann, was auch die Matrosen in ihrer Verachtung nur bestärkte. Der Gedanke an Petersburg war unerträglich; ich erklärte, mich auf Kamtschatka als Bauer niederlassen zu wollen. Sie sperrten mich ins Haus des Gouverneurs und versprachen sich von seiner jungen Frau eine wohltätige Wirkung auf meinen Zustand, aber ich erschreckte sie so, daß sie mich als Unhold verstieß. Da es hier kein Irrenhaus gibt, nahm sich der Pope meiner an. Aber Langeweile macht mich

nicht bußfertig. Möge wenigstens die Pietät der Zensoren dafür sorgen, daß
dieser Brief in Ihre Hand kommt. Wenn sein Inhalt sträflich ist: ich habe
die Höchststrafe schon vollstreckt.

Leben Sie wohl, liebe Mutter! Sie haben Ihr Bestes aus mir gemacht – ich
lege mein Leben jetzt in eine Hand, für die es gut genug gewesen sein wird.
Mit meinem Tod verlieren Sie mehr als ich, darum schenke ich Ihnen die
einzige Träne, die ich dafür habe.

Ich küsse Ihre Hand, für immer Ihr treuer Sohn
Fjodor

Die penible Hand der alten Dame hatte nicht gezittert und sich
kein einziges Mal verschrieben.

4 Der Brief lag noch auf dem Tisch, als Nadja ohne Klopfen
eintrat. Sie lief auf mich zu und fiel mich an wie eine tolle
Hündin. Sie riß mir den Mantel von den Schultern, und ihre
Zähne suchten die Ader an meinem Hals. Es gelang mir noch,
ihren Kopf mit meinem wegzudrücken, aber ich konnte nicht verhindern, daß sie sich in meiner Schulter festbiß. Sie ließ nicht mehr
los, wie ich mich auch wand; jetzt zerrte ich an ihrem Haar und ließ
schließlich alle Rücksicht fahren. Wir hatten einander die Mäntelchen abgerissen und kämpften auf Tod und Leben. Ihr Gebiß grub
sich in mein Fleisch, und der Schmerz hatte unversehens meinen
Lanzknecht bewaffnet, der ihr an den Leib wollte, umsonst. Erst
als wir uns am Boden wälzten, vermochte er, sich gewaltsam Zutritt
zu verschaffen, und begann jetzt seinerseits zu wüten, ohne damit
ihre Zähne zu lockern; sie bohrte mir jetzt auch die Nägel in den
Rücken und grub lange Striemen hinein. Endlich öffnete sich ihr
Gebiß zu einem gedehnten Schrei, der wie das Wiehern eines Pfer-
des klang, und bevor ich zusammenbrach, sah ich einen Augenblick ihre aufgerissenen Lippen, von denen Blut tropfte. Jetzt aber
legte sie die Arme um mich, als wäre der Sturm vorbei, und ich
glaubte, das Weitere meinem Knecht überlassen zu dürfen, als sie

sich aufbäumte, mich abwarf, zur Seite stieß und auf den Rücken legte. Dann packte sie meine Knöchel, faltete mir die Hände auf der Brust, drückte ihre Finger auf meine Wunde und begann, den verwaisten Knecht mit meinem eigenen Blut zu salben.

Als wir uns säuberten, floß das Wasser rötlich durch die Rinne ab; Nadja nahm mich bei der Hand und trocknete erst mich, dann sich selbst mit den Fetzen unserer Kleider; nackt verschwand sie durch die Tür. Ich setzte mich ebenso nackt ans Pult; die Schulter blutete nicht mehr, aber noch war der Abdruck jedes einzelnen Zahns zu sehen, bevor die blaurote Schwellung überhandnahm. Die Wunde pulsierte, als ich den liegengebliebenen Brief in den zweiten Band von Golownins Reise steckte, neben den des Geheimen Rats.

Wenig später erschien Nadja in Ockergelb und trug die stahlblaue Gegenfarbe wie ein gefaltetes Kissen auf den Händen, darauf ein schwarzes Lacktablett mit rotem Rand, auf dem ein Sakefläschchen mit zwei ganz flachen Bechern stand; sie waren schwarz und ziegelrot, das Innere golden. Sie stellte das kleine Gedeck aufs Bärenfell, kam herüber, küßte mich auf die Lippen und prüfte meine Wunde. Dann zog sie ein Fläschchen Alkohol aus dem Ärmel, sprengte den Inhalt darüber, und der dumpfe Schmerz brannte wieder lichterloh. Dann aber legte sie den Verband darum, den sie gleichfalls aus dem Ärmel zog, und knüpfte die aufgetrennten Enden der Binde um meinen Hals zusammen. Sie arbeitete fein und sachlich, ihre Hände trugen, wie immer, keinen Schmuck, während sie den Mund zum ersten Mal magentarot geschminkt und die Augenbrauen zu einem dünnen Strich rasiert hatte; aus ihrem Dekolleté stieg ein Hauch von Rosenwasser. Dann schüttelte sie den Mantel aus seinen Falten, die knackten, als sie mir hineinhalf. Ich zog den Gürtel zu, und wir knieten mit verkehrten Farben vor dem Tablett auf dem Bärenfell.

Wir betrachteten immer noch wortlos das Ensemble der kleinen Gefäße; das Fläschchen vereinigte hälftig die Farben der Becherchen, und jede Seite zeigte die feine Goldzeichnung eines Drachen, der einmal aufwärts, einmal abwärts flog. Nadja wartete, bis ich das rote Schälchen erhoben hatte, dann schenkte sie so viel Reiswein ein, daß es fast bis zum Überfließen gefüllt war; ich stellte es heil auf das kleine Tablett zurück; dann kam es an mich, Nadjas schwarzem Schälchen den Gegendienst zu leisten. Auch bei ihr stieg die Flüssigkeit so hoch, daß sich ihre Oberfläche noch über den Rand zu wölben schien, und auch sie stellte es ab, ohne einen Tropfen zu verschütten. Nachdem alles wieder auf seinem Platz stand, hoben wir die Schalen gleichzeitig auf Mundhöhe.

Kanpai, sagte sie. – Jetzt ist er tot.

Wir schlürften, wozu wir uns in die Augen sahen; ich wollte das Schälchen absetzen, aber Nadja hatte das ihre wieder erhoben. Wir schenkten und tranken, der goldene Grund verdunkelte sich von unsern geneigten Gesichtern und wurde, als er wieder im Licht schimmerte, zum dritten Mal mit Sake bedeckt; diesmal tranken wir aus und stellten die Schälchen ab.

Das kleine Service kam mir bekannt vor.

Resanow hatte sich Lackwaren auf die Ratteninsel kommen lassen, und da er sie nicht, nach seinem Wunsch, en gros erwerben konnte, hatte er einzelne, die ihm ins Auge stachen, als Geschenke behandelt und vor der Abreise auf andere Teilnehmer der Expedition verteilt, damit sie bei der Schlußinspektion der *Nadeschda* als persönliches Eigentum passieren konnten. So war auch Horner zu einer Garnitur gekommen und hätte sie dem unrechtmäßigen Besitzer nach der Ausfahrt wieder abliefern müssen. Doch im Ärger über den Fehlschlag seiner Gesandtschaft hatte Resanow versäumt, die zerstreuten Muster wieder einzufordern. Ich hatte das Geschirr bei Horner gesehen, als er sich fragte, ob er unrecht Gut nach Hause nehmen dürfe.

Er hat es mir geschenkt, als Entschuldigung für das erste Mal, sagte Nadja.

Und aus Dankbarkeit für das zweite?

Sie lächelte. – Geweint hat er jedenfalls nicht mehr, und für ein Räuschchen in Ehren war ich ihm gut genug. – Auf Ihren Freund Caspar Horner.

Ich hob das Schälchen und sagte: ein artiges Zusammentreffen.

Tut es noch weh?

Meine Wunde verrate ich sowenig wie Sie Ihre Bekanntschaften, sagte ich.

Als sie ging, war das Sakegeschirr stehengeblieben; ich trug es ihr nach.

Ich wollte es Ihnen weiterschenken, sagte sie, zum Andenken an diesen Tag. Aber erst will ich's waschen, mit aller Sorgfalt. Der Lack ist alt und kostbar.

Unter der Tür blieb sie noch einmal stehen.

Moor bleibt tot, nicht wahr?

Er soll uns nie mehr trennen, sagte ich.

Solange es hell ist, verweile ich in meinem Garten.

«Im Freien» darf ich's nicht nennen, denn die Gefangenschaft zwischen Festungsmauern ist lückenlos, bis auf das entfernte Stück Himmel, ein unregelmäßiges Vieleck, das ich nach Anzeichen der Tages- und Jahreszeit, Wechseln der Witterung absuche, aber es zeigt nur denjenigen von Tag und Nacht. Beschlagenes Licht weicht stumpfem Dunkel, oft glaube ich, in ein verglastes Oberlicht zu blicken. Regen höre ich nur in der Klause rauschen, meinem Garten bleibt er fern, der Trümmerschutt ist immer staubtrocken. Und doch habe ich, wenn ich den Baderaum verlasse, das Gefühl, *nach draußen* zu treten. Ich recke und dehne mich, bevor ich, aufatmend, die Trümmerlandschaft mustere und prüfe, was *heute* für mich daran zu tun ist – oder zu lassen.

Allmählich ist eine gewisse Reinheit des Ausblicks entstanden. Um so krasser fällt der Müllberg heraus, der sich im toten Winkel gesammelt hat, ein Haufen rostiges Eisen, mürbes Holz, Sacktuch, Teppiche, Stofftapeten, den ich mit dem Namen «Wrack» geschmückt habe. Doch es bleibt Müll, und je aufgeräumter der Steingarten wirkt, desto greller wird der Kontrast, als hätte ich es mutwillig darauf angelegt, mein eigenes Werk zu schänden. Natürlich überlegte ich, den Haufen zu verbrennen, aber ich traue dem Abzug des Rauches nicht, und Nadja danach zu fragen, verbietet ein stillschweigender Vertrag. Sie ist mir über die Gryllenburg keine Auskunft schuldig, dafür überläßt sie mir meinen Garten, den sie meines Wissens nie betreten hat, so wie ich die Suche nach ihrem Zugang zu meiner Klausur – oder einer Hintertür für mich selbst – aufgegeben habe. Ich versuche, mich zur Einsicht durchzuringen, daß der Sinn eines Müllbergs, den ich nicht entfernen kann, eben in seinem störenden Charakter besteht. Wäre der Kontrast weniger schreiend, so unternähme ich vielleicht alles, ihn zu beseitigen. Aber nun behauptet der Schrei sein Recht; als stände ich selbst in diesem Müllberg nackter da, als mich Nadja jemals machen kann. Hier ist die krätzige Haut abgelegt, aus der ich in Archangel hatte fahren wollen. Orpheus soll, nach der Sage, feste Mauern allein mit dem Klang seiner Leier aufgerichtet haben. Meine Arbeitslieder sind die Schweizer Blödversli Horners, von denen er eine ganze Sammlung besaß und aus denen das Elend des einwandfreien Mannes blickte wie der Zipfel eines Sünderhemds aus der versehentlich offenen Hosentür.

Rasch tritt der Tod den Menschen an. Ob er aber über Oberammergau oder aber über Unterammergau oder aber überhaupt nicht kommt, ist nicht gewiß. – So sind gar manche Sachen, die wir getrost belachen, und unsern kranken Nachbarn auch. – Am Himmel steht ein Regenbogen / Die Magd ist Wasser holen gogen. In Erinnerung an den Theologen, meinen Freund, nahm ich immer wieder die *gantze Heilige Schrifft Deudsch* an den Rand meiner kleinen Wüste mit, um sie im Licht dieses Buches zu lesen – und auch bei besserem Tageslicht. Inzwischen kann ich viele Stellen auswendig, meine Bibelfestigkeit nimmt zu, aber auch mein Befremden. Das Volk Israel wurde von Moses durch die Wüste ins Gelobte Land gezogen, dreißig Jahre lang, die der Geheimrat in Weimar als kunstvolle Irreführung überführt hat, aber Gott selbst scheint mit der Ankunft seines Volkes in Einem Land weniger im Sinn gehabt zu haben als mit seiner erneuten Vertreibung. Mein Horner, alles andere als ein Wüstensohn, hat mir bei der unnützen Vermessung von Nukahiwa erklärt, die Juden seien immer erst beim Wandern zu sich selbst und an ihr Bestes gekommen. Hatte Horner Zahnweh, so ergrimmte er gegen das Alte

Testament. Das Gottesbild des Mannes Moses nannte er das Werk eines Ausländers mit Pharaonenblut; ohne Babylonische Gefangenschaft wären die Juden nicht einmal zur Erzählung ihrer Heilsgeschichte gekommen. Von ihrer Ansässigkeit im eigenen Land, das nur als gesuchtes und ersehntes Bedeutung habe, sei bloß Mittelmäßiges, Dubioses oder aber Grausames zu berichten, den pompösen Tempel eingeschlossen. Die Juden seien eindrucksvoll nur in der nomadischen Form ihrer Patriarchenzeit, bedeutend nur im Zustand ihrer Zerstreuung.

Hatten sie nicht auch dem Juden Jesus die Anerkennung als Gottesgestalt verweigert, damit Gottes eigene Opferbereitschaft geleugnet? Bei seinem Zürcher Bekenntnis verstand Horner den Spaß nicht, der ihm über die Konkurrenz im rechten Glauben locker vom Munde ging. Auch Horner hatte seinen Garten, auf den er nichts kommen ließ, um den Preis, daß er alles, was er dafür nicht verwenden konnte, als Müll behandelte und aus seinem Blick entfernte. Freilich war sein Schutzgebiet, zur Schweiz passend, eher berg- und stromförmig, weshalb er dem Nil oder den Wassern Babylons mehr abgewinnen konnte als der Wüste oder einem japanischen Steingarten. Doch seine wahre Liebe blieb das Meer, das er in Zürich am meisten entbehrt zu haben schien. Daß es keine glückliche Liebe war, bewies er mit häufigen Anfällen von Seekrankheit, aber auch bei Sturm und Schwindel gab er Lot und Sextanten nicht aus der Hand. Sein Rettungsmittel war die Meßkunst, sein Fluchtpunkt der gestirnte Himmel, an dem sein frommer Sinn die einzige, wenn auch sehr entfernte Konvergenz von Mathematik und Christenglauben festmachen konnte. Er hatte es nötig, über die Natur hinauszuwachsen, und doch mußte sie Gegenstand wissenschaftlichen Interesses bleiben. Unsere Spaziergänge in Nukahiwa waren nur zu beispielhaft für die Spaltung der Welt, unter der er litt, wenn auch nie ohne Scham. Hier der Blick durch den Theodoliten, in dem die Natur ein ordentliches Gesicht annahm. Dort, zum Glück außer Sicht, der Müllberg der gefallenen Natur, in dem sich Fleisch mit Fleisch zusammenwarf, zur Schadenfreude der dunklen Göttin, der die Heiligkeit der Seele geopfert wurde.

Und nun komme ich zu diesem Sakegeschirr, seinem Geschenk an Nadja; der Dank eines nichtzahlenden Freiers. Wenn er das wüßte – wie hätte er sich geschämt! Aber es paßte zu ihm, daß es etwas von einem Tabernakel hatte.

5 Etwas wie Scham hatte sich auch zwischen Nadja und mir eingeschlichen – jedenfalls zeigte sie sich, nach unserer heiligen Handlung, mehrere Tage nicht mehr. Doch immer, wenn ich nach Gartenarbeit und Wasserguß wieder in meine Höhle trat, stand das Speisetablett warm auf dem Tisch; sie mußte jeden meiner Wege im Auge behalten. Das Menü war Hausmannskost geworden, und ich appetitlos; oft genügte es, Hackfleischbällchen, Linsen oder Hirse, Kartoffelbrei und grünen Salat nur anzusehen, und schon war ich satt.

Allmählich wurde Lustlosigkeit zum Dauerzustand; ich begann zu hängen, zu kränkeln. Die Schulterwunde hatte sich zwar verschlossen, doch recht heilen wollte sie nicht, als wäre das Fleisch nachhaltig vergiftet. Es begann wieder zu schwellen und blieb so empfindlich, daß ich schon den *Gedanken* einer Berührung nicht ertrug. Ich ging nicht mehr in den Garten, schon die Helligkeit des Waschsaals tat meinen Augen weh; nachts machte mich die nervöse Erschöpfung schlaflos. Dafür überfiel mich am Tag die Mattigkeit schon, kaum hatte ich mich an den Schreibtisch gesetzt. Ich hatte Mühe, die Feder aufzunehmen, und es fiel mir immer weniger ein, *wozu*. Am liebsten bewegte ich mich gar nicht, sondern blieb in halbfiebrigem Zustand auf dem Bärenfell liegen; er erinnerte mich an einen, der noch schrecklicher gewesen war als Archangel: etwas wie Tropenfieber oder Malaria, Lebenskoller, Bewußtlosigkeit. In meinen Dämmerzuständen sah ich mich austrocknen wie meinen verlassenen Garten und erinnerte mich an Goethes «edlen Tithonos», der im Bett der Göttin zum Wurzelmann eingelaufen war.

Auch die Männlichkeit ruhte eingewintert in ihrem Versteck, und ich wurde zu schwach, sie zu entbehren. Um so mehr überraschte sie mich mit einem unerwarteten Aufstand. Hatte sie ein schwüler Traum munter gemacht? Ich erinnere mich nur daran, daß ich meinen Leibknecht, erst ungläubig, wieder bei Kräften fühlte und ertappte ihn dabei, daß er sich, warm umfangen, schon auf dem Weg zum Ziel seiner Wünsche befand. Solche hatten mir gerade noch so fern wie möglich gelegen – nun schossen sie ein wie frischer Saft in einen morschen Stamm. Der plötzliche Frühling riß mir die Augen auf; ich sah mich auf dem Bärenfell liegen, Rosenfinger waren ohne Hast damit beschäftigt, meinen Knecht in einem weiblichen Schoß, Zoll für Zoll unterzubringen; schon war er so gut wie verschwunden. Als ich ihm herzhaft nachsteigen wollte, hielt mich ein Arm an der Schulter zurück; daß es die empfindliche war, ließ sich ertragen. Je fester ich meinen Pfahl einschlug, desto mehr Schmerz zog er aus meiner Schulter ab, und bald fühlte ich mich wunderbar erfrischt. In welche Kur war ich geraten?

Nadja war bei mir, und war es auch nicht. Sie lag, zugleich an mich gepreßt und halb abgekehrt auf der Seite, doch wenn ich die Umarmung vollenden wollte, stemmte ihr Arm mich weg, so weit, daß mein Schatten nicht auf ihr Gesicht fallen konnte. Es lag mit geschlossenen Augen im Licht des Schreibtischs, das es gnadenlos beleuchtete. Erst als sie sicher war, meine Annäherung verhindert zu haben, zog sie ihren Arm zurück und legte ihn zum andern hinter den Kopf. Spitz traten die Ellbogen hervor, markant die Sehnen.

Ich war schon im Begriff, mich zurückzuziehen, als sie mit herber Stimme gebot: *Bleiben Sie.*

Ich fühlte, wie sie meinem Knecht die Aufmunterung, deren er bedurfte, angedeihen ließ wie kleine Rippenstöße, die ihn wieder mutig machten.

So, sagte Nadja. – Mach die Augen zu. Und jetzt stell dir vor, was du willst, auch das *Letzte.*

Die Einladung kam unverhofft, aber der Knecht schien sie nicht mißverstehen zu können. Er begann, sich seiner Umgebung immer unverschämter zu bemächtigen und wüste Bilder zu melden; dann stürzte er darauf, aber wenn er mich auf äffische oder hündische

Beute nachzerren wollte, hielt mich Nadjas warnender Arm zurück: *Nein.*

Mein Knecht stellte sich an, als müsse er gleich bersten, aber ebenso straff hielt ich ihn im Zaum und fühlte, wie allmählich wieder Ruhe einzog, auch wenn er sie lange nicht geben wollte. Aber Nadjas Schoß ließ ihn nicht erschlaffen, sondern gefrieren. Er mußte lernen, daß man fast schon am Ziel wieder in Sehnsuchtsstarre fallen kann. Und schließlich benötigte er gar keinen Wunsch mehr, um als Wächter seiner selbst aufrecht zu bleiben. Mir schien, daß er, um sich wachzuhalten, zu pfeifen anfing, zugleich Sturmwarnung und Wiegenlied. Zugleich pfiff er auf seine Dressur. Ich lag mit geschlossenen Augen und offenen Sinnen, um mir keinen Ton entgehen zu lassen, doch allmählich begann sich meine Aufmerksamkeit zu erschöpfen. Ich lagerte mich bequemer und fiel in tiefen Schlaf. Und als ich daraus erwachte, fühlte ich mich erquickt wie lange nicht mehr.

Aber ich war allein.

Ich blieb den ganzen Tag liegen, wo ich mich wiedergefunden hatte, und verbot mir jede Lektüre, auch jedes weitere Wort zu mir selbst. Ich lauschte nur auf Ebbe und Flut an meinem Leib.

Zum ersten Mal war sie mit mir auf Du und Du gewesen. Zugleich hatte sie von mir Abstand genommen.

Aber jetzt kam sie jeden Tag wieder, zuverlässig und regelmäßig. Sie stellte mir das Essen auf den Tisch und sah zu, wie ich es verschlang. Ebenso wortlos betteten wir uns danach zur Fortsetzung der Kur. Sie führte sich meinen Knecht zu, um sein Bedürfnis nach Herrschaft erst zu wecken und dann durch ihr Verschwinden zu stillen. Himmel und Erde schwiegen dazu, und wir auch. Ich erholte mich zusehends, und Nadja schien sich zu verjüngen. Vorbei die Zeit, als mich ihr Verblühen haltlos gemacht hatte. Ich nannte «Schäferstunde», was uns vereinigte, denn es gab wieder Raum für Mutwillen. Das Ticken der Uhr war verstummt, und es kam vor, daß wir der Dressur gemeinsam entliefen. Dann hörten wir die Stimmen von Petropawlowsk. Und kehrten am nächsten Tag zur stillen Hut zurück.

Du wirst schon wieder zu fest, war das erste Wort, das ich von ihr hörte – dein Bauch steht im Wege.

Vielleicht bin ich schwanger.

Das ist kein Witz. – Und merk dir lieber gleich: Kinder behält man nicht.

Eines Tages sagte sie: Willst du hören, wie ich eine Hure geworden bin?

6 Der Abenteurer Benjowksi hatte seine Tochter Justyna, nachdem ihre Mutter Atanasia zu Macao im Kindbett gestorben war, dem Matrosen Loginow anvertraut, der ihr seinen Namen gab und sie nach Kamtschatka zurückführte. Aber ein guter Vater war er nicht, sondern ließ das Mädchen beim Popen von Bolscherezk dienen, der es ebensowenig hüten konnte, so daß es mit sechzehn schwanger wurde. Das Kind wurde Nadeschda getauft. Als Vater trat ein verbannter Jude hervor, der sich «Ahasver» nannte, eigentlich aber Grynspan hieß und der jungen Mutter bald ein neues Kind machte, doch die Geburt überlebte es sowenig wie sie. Nun hatte Nadeschda nur noch Grynspan, und Grynspan machte sich das Kind untertan.

Er blieb nur meinetwegen in Bolscherezk, sagte Nadja, dabei galt er als rastlos, ein weitgereister Mann, der zum Krüppel geworden war. Jetzt tat er eine Hundezucht auf, mit sibirischen Schlittenhunden, und vor dem Einschlafen erzählte er Geschichten, denen ich gierig zuhörte, bevor ich sie verstand. Ich war noch ein Kind und gewiß der erste Mensch, der sie ihm geglaubt hat, und er erfand immer neue. Als junger Mann wollte er Kapitän auf einem französischen Südseefahrer gewesen sein, aber so streng, daß er seinen Matrosen nicht erlaubte, die eingeborenen Mädchen zu vögeln; da hätten sie ihn an den Mast gefesselt, und er habe zusehen müssen. Da ich gar nicht wußte, wovon er redete, versprach er, es mir zu zeigen, dafür müßte ich nur stillhalten wie ein Hündlein.

Ich bekam auch einen Hund, den Utis, der war schneeweiß und lahmte wie er selbst. Eigentlich hätte er ihn abtun müssen, aber ich durfte ihm das Leben schenken. Es tat weh. Die kamtschadalischen Mägde nähten Pelzkleider für mich, darin war ich ein Eisbär, ein Walroß oder eine Seekuh, und er mußte mich erst jagen, bevor er mich liebhaben konnte. Er erzählte, wie er in Amerika Bergbau studiert habe und in Virginia in die Grube gefahren sei, dann mußte ich Grube spielen, und er zeigte mir die Fahrkunst, die er erfunden hatte. Ich mußte ihm helfen, Indianer zu töten, einen Indianer hatte er ja immer dabei, aber eigentlich hat er *mich* getötet. Als ich einmal mit einem Jungen meines Alters eine Stunde am Fluß gesessen hatte, schlug Grynspan meinen Hund tot, mit einem Beil. Als er sich bückte, nahm ich es selbst und traf ihn am Schädel. Da fiel er um und rührte sich nicht mehr. Ich rannte ins Haus des Popen, sagte, daß ich meinen Vater getötet hätte, und verlor die Besinnung. Als ich wieder zu mir kam, war Grynspan verschwunden, und der Pope behielt mich bei sich. Er war ein alter Mann, schon meine Mutter hatte bei ihm gedient, und er fand, ich sei ihr aus dem Gesicht geschnitten. Er ließ mich hart arbeiten, dann verlangte er, daß ich ihm meine Sünden beichtete, und fand sie zu groß, als daß sie mir vergeben werden konnten. Darum mußte ich jeden Tag wieder beichten, und er geriet ins Keuchen, wenn er mir seine Hände auflegte. Ich war dreizehn, die Quelle der Todsünden entsprang meinem schwarzen Herzen, der Teufel saß mir zwischen den Beinen, und ich machte einen Versuch, ihn aus der Welt zu schaffen und mich damit. Aber ein Sprung von der Brücke brachte mich nur bis in die Krankenbaracke von Bolscherezk; da war ein junger Arzt, ein verbannter Pole, der mich wieder auf die Beine brachte; danach half ich bei der Pflege kranker Seeleute, die nicht mehr fahren konnten. Den Popen sah ich erst bei ihrer Letzten Ölung wieder. Der Arzt war der erste Mann in meinem Leben, der nicht daran zu denken schien, mich liebzuhaben; aber einmal wollte ich doch richtig geliebt sein, und so verführte ich ihn dazu, alles zu nehmen, was ich zu geben hatte. Daß es nichts wert war, brauchte er nicht zu wissen, und ich ruhte nicht, bis er mich «sein Leben» nannte. Auch er war Jude, obwohl getauft, und ein guter Mensch, viel zu unerfahren, um zu merken, daß mein Körper nicht mehr lebte. Als die Cholera umging, suchte ich den Tod an seiner Seite, denn er hatte sich angesteckt, ich aber blieb immun und erreichte nur, daß er in meinen Armen starb. Er wäre lieber für Polen gestorben, sein letzter Seufzer war das Unglück seines Landes. Wenigstens hat er nicht mehr erfahren, daß ich ihn nicht lieben konnte; das wußte ich allein. Ich hatte mich kennengelernt. Nach seinem Tod hatte ich keinen Menschen mehr, aber ich war frei und wußte, daß ich mein Leben selbst in die Hand nehmen mußte. Zbygniew war mein erster Freund und mein letzter.

Warum Ihr letzter? fragte ich.

Es gibt zwei Bärenfelle in der Klause, und mit ihrer Pfefferfarbe, lackierten Nüstern und roten, wie von Licht geblendeten Augen, vor allem aber mit ihrem vollständigen, darum *furchtbaren* Gebiß sehen sie vollkommen ähnlich aus. Man kann keinem mehr nachsagen, daß er Männchen oder Weibchen sei. Und doch gibt es einen Unterschied: auf dem einen liegen wir, auf dem andern liegen wir *nicht*.

Wenn sich die nackte Haut mit der Rauheit des Fells versöhnt hat, könnte man es kuschlig nennen, aber wir liegen einander nur so nahe, daß wir bequem zusammenwachsen können, auf die Seite gelagert wie träge Seehunde. Manchmal stütze ich mich auf einen Arm und sehe zu, wie auch unser Geschlecht unkenntlich wird, als verschließe sich eine Blüte oder als ziehe sich ein Fruchtkolben in seine Hülle zurück. Wenn der Schäfer auf sanfter Aue weidet, hat er einen Stock, aber er braucht ihn nicht, nichts muß er hüten als seine Ungeduld. Warum klopft er noch? Es ist ihm ja schon aufgetan. Wenn er sich schwinden fühlt wie ein Mond, wird er geneckt, bis er wieder aufgeht, scheinbar voll wie noch nie. Oft scheint seinem Prangen in der Finsternis so viel Ewigkeit beschieden, daß seine Hüter getrost einschlafen.

Ich war gegen Liebe immun geworden, sagte sie, aber ich hatte gelernt, wozu mein Schoß zu brauchen ist, und führte ihm Männer zu, für Geld, denn als Ernährer waren sie nicht zu verachten. Mit achtzehn ging ich nach Petropawlowsk. Da gibt es kaum Gesellschaft, aber der Gouverneur wünschte sich ein gesellschaftliches Leben; ich war erfinderisch genug, es vorzutäuschen, und so eitel, ihm ein wenig Glanz zu geben. Ich hatte als Kind keine Wahl gehabt, als Frau wurde ich wählerisch und konnte mich darauf verlassen: die Herren waren es nicht. Mit ihren Schwänzen konnten sie mir nichts beibringen, doch ihren Köpfen lernte ich viel ab, und ihre *wahren* Interessen hatten mir etwas zu bieten; die konnte ich teilen, ohne zu heucheln. Ich bildete mich zur Zuhörerin und habe von meinen Gästen gelernt, auch von den dümmsten und gröbsten. Ich vergab mir nichts, wenn ich *nahm*. Ich war die Dame von Petropawlowsk.

7 Wenn eine Frau keine Kinder mehr kriegt, muß sie selbst wieder ein Kind werden, sagte Nadja. – Davon träume ich immer wieder und erwache jedesmal mit einem Schrei. Denn im Traum wird es immer so schrecklich, wie es *war*. Was hat dieses Kind mit mir zu tun? Nichts, nichts haben wir gemein – außer der Wahrheit. Dieses kleine Mädchen wollte nie eine Frau werden. Und dann ist es nicht viel anderes geworden – Nadja lebte davon. *Ich* konnte nicht damit leben. Aber: wer war ich ohne Nadja? Nur sie konnte für mich sorgen. Sie machte sich begehrt, aber sie wußte so gut wie ich: alles nur gemacht. Das war ich gar nicht. Ich will *kein* Kind sein, nicht noch mal! nie wieder! Aber zum ersten Mal.

Ich war selbst nie ein Kind, sagte ich. – Ich mußte gleich ein Mann sein. Darum bin ich keiner geworden.

Sie widersprach mir nicht.

Hast du Doktorspiele gemacht? fragte sie.

Mit wem? meinen Schwestern? Du bist der erste Doktor in meinem Leben.

Der Doktor, das ist gut. Ich bin nicht deine Schwester. Ich will ein Mann sein, Ermolai! Wenn du schon keiner bist – du mußt doch wissen, wie man einer wird!

Ich habe darüber etwas gelesen, sagte ich, von einem Schweizer Arzt, aber veröffentlichen durfte er es nicht. Er wäre erledigt gewesen. Er war Haushofmeister einer russischen Großfürstin – sie soll die Quelle seiner Inspiration gewesen sein. Die Handschrift zirkulierte unterderhand, und es wunderte mich, daß Horner sie besaß – und auch wieder nicht. Wenn um das Geschlecht ging, waren seine Grundsätze so streng, daß er ein zweites Leben brauchte, eines zum Geheimhalten. Geheimnisse wollen nun einmal geteilt werden. Und auf der *Nadeschda* war ich sein einziger Freund.

Hat er dich berührt? fragte sie.

Ja.

Mich auch, sagte sie. – Nur berührt. Aber er konnte nicht aufhören. Er war noch nie bei einer Frau gewesen, und einmal wollte er alles sehen, auch mal anfassen – aber er behielt seine volle Montur. Ist das bei allen so? fragte er mich, und ich konnte genau feststellen, wann er sich die Hose naß gemacht hatte; er verzog keine Miene dazu, aber danach fragte er wie ein Wissenschaftler, und seine Stimme schwankte nicht mehr. Würden Sie es sich bitte einmal selbst machen? fragte er, und ich erwartete, daß er sich Notizen mache, statt dessen kniete er wie ein Katholik und machte sich nochmals die Hose naß.

Danach schenkte er dir die Lacksachen, sagte ich, er schenkt am liebsten etwas, was er nicht kaufen mußte.

Du wolltest mir von seiner geheimen Handschrift erzählen, erwiderte sie. – Vom Arzt aus Bern.

Er ist, sagte ich, auf den männlichen Unterleib spezialisiert, behauptet aber, vom Unterschied zwischen Mann und Frau mache man zu viel her. Jeder Mensch werde als Hermaphrodit geboren. Zur geschlechtlichen Einfalt bequeme er sich viel eher unter dem Druck der Konvention als aufgrund anatomischer Mitgift. Und öfter, als man wissen wolle, habe auch eine vermeintlich eindeutige physische Ausstattung an einer ganz entgegengesetzten der Seele nichts geändert. Die Unglücklichen seien dann in ihrem Körper gefangen wie Rudersklaven im Bauch der Galeere und dürften ihr Elend nicht einmal wahrhaben. Da man es ihnen nicht ansehe,

sehe man es ihnen auch nicht nach. Vielmehr unternehme man alles, um es ihnen durch die Zwangsjacke der Verkleidung einerseits abzudressieren, anderseits weiter zu vergiften. Man unterlasse nicht einmal schlüpfrige Komplimente, schwafle etwa von einer auffallend zarten Männerhaut oder schwärme von einem amazonenhaften Körperbau. Dabei würde sich der Laie nur wundern, welchen Kompromissen und Naturspielen das Auge des Arztes am nackten Menschenleib begegne. Das Pöbel stoße erst bei der Leichenwäsche darauf, und dann heiße es: Deckel drauf und fort mit Schaden! Es sei viel, wenn der volkstümliche Aberwille noch von einem Rest Pietät gedämpft sei.

Dabei wäre Respekt zu *Lebzeiten* der Ärmsten viel angebrachter gewesen, wenn die vorgebliche Sitte denn erlauben würde, den vermeintlichen Schaden als Vielfalt gelten zu lassen und ebenso findig zu traktieren, wie sich die Natur in Sachen des Geschlechts selber zeige. Denn ihr gehe es, wie der unerschrockenen Wissenschaft, um den *Versuch*, und um Reglemente foutiere sie sich mit Vergnügen. Darum solle man ihre Triebe, immer auch kostbare Antriebe der Phantasie, statt zu verpönen, lieber walten lassen und mit unbestechlichem Blick registrieren, wohin sie führten.

Und wie findest du das? fragte Nadja.

Es entspricht meiner Erfahrung, sagte ich.

Löwenstern! sagte sie strahlend, wir haben zusammen nur *ein* Geschlecht!

Holla! rief ich. – Wir sind durch!

Wir sind die Größten, die Besten, die Geilsten! schrie sie laut und fiel mir um den Hals, und zugleich, wie es schien, in Ohnmacht, aber es schien nur so, denn alsbald bemächtigte sie sich meiner wie ein stürmischer Liebhaber. Wir kamen, wie es kam, und vergingen wie nichts.

Wir haben es auch weiter zusammengelegt, unser Eines Geschlecht, Exzellenz – lesen Sie mich immer noch? –, und dabei unsere Phantasie noch weniger geschont als unsere Organe. Am «wechselseitigen» Gebrauch unserer Geschlechtseigenschaften schreckte uns nichts mehr, oder fast nichts – viele lernten wir miteinander gar zum ersten Mal. Auch wenn der Verfasser der verbotenen Schrift Schweizer ist – nicht einmal er verpflichtet das Geschlecht, das er für so variabel hält, deshalb zur Neutralität. Die Variationen sind nicht unbeschränkt. Zum Glück ist der Trieb stärker als das Gedächtnis, und der überwiegend weibliche Partner immer noch einfallsreicher als der andere – ich bin nicht sicher, ob aufgrund ihres *männlichen* Geschlechtsanteils, für den Nadja sich immer neue Vornamen einfallen ließ, die ich zu Kosenamen verzärteln durfte. Darin sind slawische Sprachen unübertroffen, und so hielt ich mit der Zeit alle ihre polnischen Liebhaber einmal im Arm, und die besten sogar mehrmals. Nur eine Stelle an Nadjas Leib blieb unentwickelt – die Mundlippen, jedenfalls zum Kuß. Hier sollte ich nicht eindringen, schon gar nicht mit der Zunge – als wäre sie durch Worte vergiftet, in denen ich Nadja immer über gewesen bin, auch wenn ich die ihren als treffender empfand. Rotkäppchen durfte ich mit der Zunge versuchen, aber Mund auf Mund oder gar Zunge gegen Zunge: das ging Nadja zu weit. Vielleicht wirkte die alte Hurenmutterwarnung nach: laß den Kerl alles machen, was er will, Kind, nur bitte keine Intimitäten! Aber auch ein Witz über ihre Hemmung löste diese nicht auf. Ich will nicht verhehlen: das genierte mich. Wir hatten nur noch *ein* Geschlecht – und ich war immer noch Nadjas Kunde!

Aber weder mein männliches noch mein weibliches Teil wäre auf die Idee gekommen, die Nadja – nennen wir ihn wieder so – gelassen aussprach, und das nach einer besonders glücklichen Partie: das nächste Mal brauchen wir einen Zeugen.

Das Wort riecht nach Trauung und Lebenswierigkeit, aber wie sich zeigte, war es frivoler gemeint, oder ernsthafter.

Denn statt der Standuhr – ihre Zeit hat ausgedient, ihr Ticken verhallt ungehört – und an ihrer Stelle steht nun die Gestalt eines fremden Ritters, der allerdings nur aus Rüstung besteht; der schwarzen Rüstung eines Samurai. Sie ist hohl, doch in die Dunkelstellen von Helm und Visier sieht man unwillkürlich ein Gesicht hinein, und die Leere blickt grimmig. In dieser Gestalt muß den gefangenen Russen der Tod erschienen sein.

Doch ist der Dritte in unserem Bund immer öfter mein einziger Gefährte; denn ich bin wieder tagelang allein. Nadja wird abgehalten, aber sie will nicht verraten, womit. Von Zeit und Zeit wird aus der Tiefe der Gryllenburg ein Summen laut, wie in einem Bienenstock; immer wieder ist – draußen oder drinnen? – auch etwas wie Menschengeräusch zu vernehmen, Stimmen, Schritte, entferntes Gelächter. Es verstummt, wenn ich meinen Garten besuche; komme ich zurück, so ist wieder alles still, der Tisch gedeckt, das Gesteck erneuert – jetzt sind es rosa Hortensien; ich vertrage die Schlachterblume zum ersten Mal. Meine Einsamkeit ist nicht ganz unwillkommen; ich schreibe wieder, wie Sie sehen. Die Post lege ich neben das gebrauchte Eßgeschirr, und beides ist, wenn ich vom morgendlichen Guß zurückkomme, zuverlässig abgeräumt. Nadja hat sich von Anfang an verpflichtet, meine Briefe *unbesehen* zu befördern. Wohin, hat sie nie fragen müssen, und Antwort erwarte ich nicht mehr.

Sie müssen schreiben, sagte sie damals, aber *was* Sie schreiben, interessiert mich nicht.

Nadjas Auftrag – wenn sie denn einen hat, wenn sie ihn denn noch erfüllt – besteht darin, *mich* zu lesen. Wozu, das muß ich nicht wissen.

Gestern klopfte es wieder einmal an meine Tür.

Nadja war es, auch wenn ich sie fast nicht erkannt hätte. Sie trug einen roten Turban auf kurzem braunen Haar und ein langes weißes Kleid, das sehr hoch unter dem Busen gerafft war; um die Schultern lag ein dunkelroter Schal, dessen lange Schleife über ihren Arm fiel. In seiner Beuge lag ein Ginsterstrauß; in der andern Hand – weiße Handschuhe reichten über den Ellbogen hinauf – trug sie einen flachen Koffer aus Segeltuch, der mit Riemen zugeschnallt war.

Sie verreisen? fragte ich.

Ich habe Ihnen Kleider gebracht, sagte sie. – Es könnte kühler werden. Ich störe nicht lange, tausche nur die Blumen aus.

Sie hielt mir den Mantelsack entgegen; ich nahm ihn wortlos.

Es ist ein Bauernkleid, sagte sie, Hemd, Kittel und Hose. Die Bundschuhe habe ich vor der Tür abgestellt. Sie werden ja noch im Garten arbeiten. Fürs Haus ist ein kurzer Kaftan dabei. Probieren Sie, ob alles paßt.

Ich danke Ihnen, sagte ich und hatte unwillkürlich den *Yukata* über der Brust festgezogen, denn mich fröstelte auf einmal. Ich sah zu, wie sie den Strauß ablegte, die Schale mit dem Goldlack aufnahm und durch die Tür trug, um das Wasser zu wechseln; dann brachte sie das leere Gefäß zurück und kniete nieder, um es mit Ginster zu bestecken. Ich sah ihren gebeugten Rücken, über den das breite Schleifenende hing; er wirkte damenhaft und zerbrechlich.

Sie kommen wieder, sagte ich.

Ich würde mich freuen, von Ihrer Arbeit noch mehr zu hören, sagte sie.

Arbeit? fragte ich ungeschickt.

Sie beschäftigen sich doch mit «Golownins Gefangenschaft», sagte sie. – Es soll ja bald zum Krieg kommen.

Zum Krieg? fragte ich erstaunt. – Warum denn? Die Gefangenen sind doch schon lange frei.

Die Gefangenen frei? fragte sie, sich aufrichtend. – Glauben Sie das im Ernst? – *Wir* sind frei, sagte sie mit starrem Blick, jetzt kommen auch die anderen dran. Wir bekommen zu tun, Ermolai.

VI

Tod dem Zaren

1 In neuen Kleidern waren wir ein neues Paar.

Regelmäßig spätnachmittags kommt meine Gastgeberin, Madame Nadeschda Loginowa, um mich zu vernehmen, und dabei ist sie in ihrem Kostüm – zwischen Empire und Biedermeier – nichts als Dame.

Wie kamen die Russen frei? frage ich, und sie: Was glauben Sie? Fangen Sie doch mal bei Rikord an.

Am 11. Juli 1811 liegt die *Diana* vor der japanesischen Festung Kunaschir. Kapitän Golownin ist mit Moor, Chlebnikow, vier Matrosen und dem Dolmetscher Alexej an Land gegangen und bleibt zu lange aus. Rikord hat die Küste zunehmend besorgt durch das Fernglas beobachtet. Dann muß er mitansehen, wie sich seine schlimmsten Befürchtungen bewahrheiten.

Was tun? Gegen einige Hundertschaften bewaffneter Feinde ist mit fünfzig Mann, die auf der *Diana* geblieben sind, nichts auszurichten. Rikord löst ein paar Kanonenschüsse, einen hilflosen Wutschrei; dann ruft er die Mannschaft zusammen und hält Rat. Soviel ist sicher: Sie kehren nicht ohne Kapitän und ihre Kameraden nach Rußland zurück. Und doch: gerade dies müssen sie als erstes tun, um Verstärkung zu holen und sich der Unterstützung der Regierung zu versichern; dann ist Rußland im Krieg. Doch wie sollen ihn die Gefangenen überleben?

Man hat, bevor man Kunaschir verließ, an einem unbewachten Ort ihre Kleider, Bücher und persönlichen Gegenstände hinterlassen, denn soviel weiß man immerhin: die Befreiung wird dauern. In Ochotsk, das die *Diana* ansteuert, ist nichts und niemand für diesen Notfall gerüstet. Der Platzkommandant kann Rikord nur raten, in Irkutsk persönlich zu verhandeln; vielleicht sogar in Petersburg. So läßt er das Schiff unter dem Kommando des Ersten Steuermanns Rudakow zurück und macht sich im einbrechenden Winter auf den Weg, auf Hundeschlitten erst, schließlich zu Pferd: Er ist lange nicht mehr geritten. Beim Queren einer Schlucht fällt sich sein Tier zu Tode, er kommt mit einem gebrochenen Bein davon und wird nach Irkutsk transportiert, wo er zum ersten Mal vom Einfall Napoleons erfährt. Jetzt hat der Zar Dringenderes zu tun, als sich um eine Handvoll Gefangener am Ende der Welt zu kümmern.

Als Rikord wieder gehen kann, erhält er Ordre, in die Kurilen zurückzusegeln und sich Gewißheit zu verschaffen, ob die Kameraden überhaupt noch am Leben sind. Also zurück nach Ochotsk und wieder auf nach Kunaschir. Der Dolmetscher, eine von Chwostows Geiseln, inzwischen Russe, wird in der «Bucht des Verrats» abgesetzt und kehrt mit einer Hiobsbotschaft zurück: die Gefangenen seien tot, man habe sie als Reisdiebe hingerichtet.

Rikord begreift erschüttert, was Golownin im Sommer nicht wahrhaben wollte: Japan hat Chwostows Überfall als Kriegserklärung betrachtet und seine Stützpunkte im Norden zu Festungen ausgebaut. Aber die Habseligkeiten der Gefangenen sind offenbar abgeholt worden; Rikord gibt die Hoffnung nicht auf. Um ihr Gewicht zu verschaffen, entschließt er sich jetzt, Gleiches mit Gleichem zu vergelten. Der Zufall führt ein japanesisches Handelsschiff vorbei; er kapert es mit einer Kriegslist, wobei einige Japanesen ertrinken, und nimmt den Kommandanten gefangen. Dieser scheint ein Mann von Rang.

Takada ya Kahei, sagte Nadeschda, war der Chef eines großen Fischereiunternehmens, und als ihn Rikord nach Petropawlowsk entführte, betrachtete er sich als Geschäftsführer Japans. Und Rikord war so klug, ihn nicht als Geisel zu behandeln. Auf der Überfahrt teilte er die Kapitänskabine mit ihm. Miteinander reden konnten sie nicht, sie verständigten sich durch Gesten und Taten. Als Kahei die Hängematte verschmähte, verzichtete auch Rikord und legte sich auf den Fußboden, der Große neben den Kleinen. Aber der Kleine war der bessere Seemann, das bewies er, als ein Sturm aufkam. Ohne ihn wäre die *Diana* gar nicht nach Kamtschatka gekommen.

Seit Nadeschda im fließenden Gewand einer römischen Vestalin auftritt, sitzt sie gerade aufgerichtet auf dem gepolsterten Hocker, der sich plötzlich in die Klause gestohlen hat, und ihre Sprache ist unerbittlich gepflegt.

Auch in Petropawlowsk wohnte er mit Rikord unter einem Dach, mitsamt seiner Dienerschaft.

Wo hatte er Diener her? fragte ich.

Sie waren von sich aus mitgekommen, fünf ältere und ein kurilischer Junge, der sich um keinen Preis von ihm trennte; sie drängten sich dazu, mit Kahei zu sterben. Dabei hatte Rikord alle freilassen wollen, wie Yone, Kaheis Reisegefährtin, die ihn begleitet hatte, im Einverständnis mit seiner Ehefrau. Rikord führte sie durchs Schiff, während seine Matrosen Kaheis Sachen auf die *Diana* umluden, und Vorräte für zwei Jahre.

Vorräte auch?

Wovon hätten Japanesen in Petropawlowsk leben sollen? Von Grütze und Borschtsch? Rikord ließ Kahei sogar die Waffen. Seinen Abschied von der Freundin hätte er sich gefühlvoller vorgestellt. Es konnte ja für immer sein. Aber sie verneigten sich nur voreinander, das war *mehr*.

Ich lächelte, das Erzählen konnte ich jetzt getrost Nadeschda überlassen.

Woran erkennt man einen guten Mann? Am Stil seiner Umgebung. Als Kaheis Gefangenschaft bekannt wurde, begab sich seine Ehefrau auf Pilgerfahrt und teilte seine Entbehrungen, wenigstens aus der Ferne. Und sein bester Freund verschenkte alle Güter und lebte als Mönch.

Dabei scheint Kahei nichts entbehrt zu haben.

Alles, sagte Nadeschda. – Und klagte nicht. Er hatte nur eine einzige Sorge: seine Anbefohlenen.

Ich erfuhr, daß Takada ya Kahei aus Awaji stammte, der Insel des Puppenspiels, ein Kind einfacher Fischer. Er zeigte sich tüchtig, betrieb den Fischhandel bald in so großem Stil, wie die Gesetze des Landes erlaubten, und erschloß die nördlichen Inseln. Er handelte mit Ainus und Kurilen, ohne sie über den Tisch zu ziehen; das Militär, das ihm folgte, hatte seine Skrupel nicht. Doch ohne sein Geschäft wäre die Besetzung gar nicht der Mühe wert gewesen. Er war der wahre Gründer Hakodates, des größten Hafens der Nordinsel, und wurde so reich, daß der Fürst von Matsumai bei ihm in der Kreide stand – und ihm trotzdem nie die Ehre eines Besuchs erwies, obwohl Kahei eigens dafür einen Palast gebaut hatte. Denn als Kaufmann rangierte er noch unter den Bauern und mußte sich durch persönliche Kultur schadlos halten. Aber er blieb der Fischersohn und schickte keine Flotte aus, ohne selbst Hand anzulegen.

Jetzt hatte er vor Wintereinbruch die letzte Fischernte von Etorofu einbringen wollen und fand sich plötzlich als Gefangenen auf einem russischen Schiff. Er nahm es so gefaßt wie ein Erdbeben und erklärte sich mit seiner Versetzung nach Kamtschatka einverstanden – zu *seinen* Bedingungen, und Rikord ließ sich darauf ein. Denn Kahei verdankte er eine Nachricht, auf die er sehnlichst gewartet hatte: die Russen waren noch am Leben! Natürlich war die Kunde von ihrer Gefangennahme in den hintersten Winkel des Landes gedrungen, und der erste Name auf Kaheis Liste war Moor. Wo aber blieb Golownin?

Es dauerte einige Tage auf hoher See, bevor ihn Rikord in Kaheis Mund wiedererkannte: «Hobōrin». Ja doch: das war der Übergroße, allzeit Düstere, der kaum sprach und nicht einmal rauchte. Und die Erleichterung Rikords verband sich mit der Sorge des Freundes: Golownin mußte leiden. Aber er lebte!

In Petropawlowsk kamen sie als Ebenbürtige an; für die Einheimischen freilich blieben Kahei und seine Leute nichts weiter als gefangene Äffchen. Darum verließen sie das steinerne Haus nicht mehr, das «Admiralität» genannt wurde. Sie wunderten sich über die durchsichtigen Fenster, die nie geöffnet wurden; den immer glühenden Kanonenofen, den summenden Samowar. Im Raum, der ihnen zugeteilt wurde, richteten sie sich nach der Sitte ihres Landes ein und betrieben auch eine japanische Küche. Dabei blieben sie wachsam und kampfbereit. Kahei machte sich auf den Fall gefaßt, daß ihre Immunität nicht respektiert wurde; dann mußten sie, bevor sie in Würde starben, die Stadt anzünden und das Pulvermagazin in die Luft sprengen.

Aber so lange wie möglich lag Kahei daran, seinem Gefolge Verletzungen ebenso zu ersparen wie Demütigungen. Daß sie darum lieber gar nicht mehr nach draußen gingen, bekam ihrer Gesundheit nicht, und sie begannen zu kränkeln. Sie genossen Schutz, solange Rikord nach dem Rechten sah. Aber dieser mußte nach Ochotsk, um mit seinen Behörden den Austausch der Geiseln zu beraten, und hatte kaum den Rücken gekehrt, als Rudakow, sein Stellvertreter, die Japanesen nach Noten zu schikanieren begann. Er war bescheidener Herkunft und pochte um so mehr auf seine militärische Autorität.

Aber nun begegnete er einem Mann von wirklichem Rang. Kahei lud ihn zu seinem japanesischen Neujahrsfest ein, das er sich viel kosten ließ. Rudakow trank keinen Tropfen, und doch begann sich in ihm etwas zu rühren. Unversehens sah er Kahei an wie ein verwundetes Tier. Sagen Sie selbst, fragte er, welche Chance hat ein Mensch wie ich? – Sie erinnern mich an meinen jungen Bruder, antwortete Kahei, er ist nicht so begabt wie Sie, und darum noch härter mit sich selbst. Ich habe ihm gesagt: Bruder, mach dein Herz weit! Was dir fehlt, ist ein weites Herz! – Dazu öffnete Kahei das Kleid über der Brust, und Rudakow brach in Tränen aus. Zum ersten Mal war er ein Kind, das weinen durfte.

Wurde Rikord nicht Gouverneur von Kamtschatka? fragte ich.

Ja, sagte Nadeschda, das erfuhr er bei seiner Reise nach Ochotsk. Für Rikord war es ein Opfer. Er brachte es für Golownin. Nur so konnte er etwas für ihn tun, denn Rußland war gelähmt. Der Kommandant von Ochotsk gratulierte ihm, er war eine Frohnatur, bestand darauf, ihn persönlich ins Amt einzuführen, und nahm seine ganze Familie mit: eine Schlittenpartie nach Petropawlowsk, während Rikord auf Kohlen saß – von Kahei gar nicht zu reden. Jede Nacht ging er vor die Tür und erwartete seinen Freund. Endlich hörte er die Glöcklein klingeln – man hört sie meilenweit, die Nacht in Kamtschatka ist still wie das Grab. Aber seine wahre Prüfung begann erst mit den neuen Gästen. Das Gouverneurstöchterchen mußte dem kleinen Mann aus Japan unbedingt beibringen, wie man in Rußland *küßt*. Wahrscheinlich hat sie sich gleich in ihn verliebt, wie ich. Aber ich scheute mich, ihn anzusprechen. Er trug die unsichtbare Rüstung eines Erzengels.

So hatte ich Nadeschda noch nie reden hören.

Dabei blutete ihm das Herz. Seine Japanesen wurden immer weniger. Er kochte für sie, er wachte bei ihnen, aber sie starben ihm weg, einer nach dem andern, bis auf zwei. Aber er hatte nie versäumt, der Gesellschaft aus Ochotsk die Honneurs zu machen, bis sie wieder schellenläutend davongestoben war. Er begrub seine Toten, während Rikord nur darauf wartete, daß das Eis brach und er endlich ausfahren konnte, nach Kunaschir. Aber nicht ohne die Japanesen! Jetzt mußte sich zeigen, was Kahei seinen Landsleuten wert war. Doch der Handel war ungleich geworden. Acht wohlgenährte Langnasen gegen drei magere Äffchen!

Hat Kahei Russisch gelernt? fragte ich.

Ja, sagte Nadeschda, vom Küchenjungen Olinka, den ihm Rikord zugeteilt hatte. Der war damals zwölf Jahre alt. Sie arbeiteten jeden Tag viele Stunden miteinander. Zuerst brachte Olinka Kahei russische Wörter bei, dann lernte Kahei kyrillische Buchstaben, damit Olinka das, was er sagte, auch schreiben konnte. Dabei hat er Japanesisch gelernt, ohne es zu merken, und nach ein paar Wochen schrieb er die ersten Zeichen. Einer wäre verloren gewesen ohne den andern. Und als sie sich nach Kunaschir einschifften, ging der Unterricht weiter. Olinka, der Dolmetscher, lernte die Seefahrt auf Japanesisch, und Kahei hatte endlich einen Sohn. Sein eigener taugte nichts, hat er mir gesagt. Aber das war vielleicht nur seine Art, das Eigene zu verkleinern.

Jetzt konnten auch Sie mit ihm reden, sagte ich.

Zum zweiten Mal sah ich Tränen in ihren Augen. Sonst saß sie unbewegt, bis ihr die Stimme wieder gehorchte.

Er war klein, sagte sie, einen Kopf kleiner als wir alle, und doch wirkten neben ihm andere Menschen … überflüssig. Sie hatten zu viel von allem: Körper, Stimme, Bewegung. Sogar wenn er las – er konnte tagelang lesen –, drückte seine Haltung Respekt aus, vor dem Buch und vor sich selbst. Auch wenn er ganz vertieft war –

alles an ihm blieb anwesend. Wenn er aufstand, dann *plötzlich* – als schnelle ihn der Boden weg. Sofort stand er im Gleichgewicht. Neben ihm hatte ich das Gefühl, ich müsse immer noch stehen *lernen*, wie früher gehen oder schwimmen. Er hatte drei Lebensregeln: Niemanden kleinmachen. Sich selbst nicht vergrößern. Maß und Gewicht aller Dinge richtig einschätzen. Die Weisheit des guten Kaufmanns. – Plötzlich lachte sie hellauf. – Aber er konnte auch überschnappen, durchdrehen – *rasen* wie ein Dämon. Auf der Fahrt nach Kunaschir hatte Rikord ein Dokument dabei – ein Attest der sibirischen Behörde, den *Anfang* einer Entschuldigung für Chowstows Missetat. Rikord war weite Wege gegangen für dieses Papier. Jetzt durfte nur nichts mehr dazwischenkommen, kein Schiffbruch, kein Weltuntergang! Doch da *kam* etwas dazwischen – *einer*, Kahei. Rikord hatte ihm das Dokument gezeigt – das ist seine Art. Er nahm es in die Kajüte mit und studierte es mit Olinka, Wort für Wort. Am Ende gab er es Rikord zurück und sagte: Ich hätte es zerreißen müssen. Nur weil wir Freunde sind, habe ich es nicht getan.

Die *Diana* näherte sich der «Bucht des Verrats», der Anblick der Küste machte Kahei wieder zum Japanesen und störrisch wie ein Maultier. Rikord hielt ihn für verrückt. Oder *spielte* er nur verrückt? Der russische Brief war für den Kommandanten von Kunaschir bestimmt, denselben, der die Russen erst gefangengenommen, dann totgemeldet hatte. Eine Irreführung, die hiermit aufgeflogen war; mit der Rückkehr der *Diana* und dem Brief, den sie zu bestellen hatte, verlor er sein Gesicht. Wer sollte ihm diesen Brief überreichen? Einer von Kaheis Japanesen, verfügte Rikord – Kahei selbst, seinen einzigen Trumpf, gab er natürlich nicht aus der Hand. *Nein*, entgegnete Kahei; der Brief sei ungehörig. Darin drohte nämlich der Kommandant von Ochotsk: gäben die Japanesen ihre Gefangenen nicht heraus, so würde ihr *Reich in den Grundfesten erschüttert*.

War das die Sprache, mit der man eine Entschuldigung begleitet? Wenn die Russen ihre Drohung für angebracht hielten, gab es nur einen einzigen, der sie durch persönlichen Auftritt entkräften konnte, *mündlich* – Kahei. Wer sonst konnte dafür sorgen, daß die Behörden den Brief richtig lasen, oder am besten: gar nicht?

Rikord verlor die Fassung. Auch Kahei sparte sich jedes weitere Wort und verschwand in der Kabine. Er schnitt sich die Locke vom Kopf, packte sein Bildnis in ein Kästchen, rief seine Japanesen und händigte ihnen die Sachen aus, zusammen mit seinem Langschwert: sie möchten alles seiner Familie überbringen.

Sie müssen erstarrt sein, denn Kaheis Handlung konnte nur *einen* Sinn haben. Dafür behielt er das kurze Schwert zurück. Die Locke war an seiner Stelle zu verbrennen, zum Zeichen, daß er ehrenhaft abgetreten sei.

Rikord war zur Härte entschlossen. Entweder der Brief geht nach Kunaschir, unverändert und durch den von ihm bestimmten Boten – oder man kehrt auf der Stelle um, aber nach Ochotsk – und *mit* Takada ya Kahei.

Ochotsk, sagte Nadeschda. – Das Letzte. Alles Böse kam von Ochotsk. Als Rikord nach Ochotsk fuhr, hatte Kahei Olinka sogar verleitet, Rikords Schreibtisch abzusuchen. Was wollte er *wirklich* in Ochotsk? Die Küsse des Gouverneurskinds hatten Kaheis Mißtrauen nicht entkräftet. Ochotsk, das bedeutete Krieg – und jetzt hatte sein Freund die Maske fallenlassen. *Lebend* brachte ihn niemand nach Ochotsk.

Ich aber lernte Nadeschdas Talent als Schauspielerin kennen.

Jetzt bringt er sich um, endgültig. Aber zuvor ist er sich noch eine Szene schuldig. Plötzlich turnt er, der zarte Mann, die Wanten der *Diana* hinauf – jetzt ist er das Äffchen, das diese Russen in ihm immer gesehen haben! – bis zum Topp, und klettert in den Korb. Und schreit in alle Winde: *Ikuruzu! Ikuruzu!* Olinka erklärt dem bestürzten Kapitän, damit sei *er* gemeint. Als sie noch Freunde waren, haben sie sich gegenseitig *Taisho* genannt – Chef. Olinka wartet die Antwort des Kapitäns nicht ab; vorher saust er selbst zum Krähennest hinauf, seine verzweifelte Ansprache *sieht* man nur, man hört sie nicht; und im Nu steht er wieder unten auf dem Deck. Kahei, meldet er, erwarte Rikord auf dem Topp, zum Zweikampf

Mann gegen Mann, aber, fügt er atemlos hinzu, Kahei verlange nur ein wenig verwundet zu werden, der Ehre wegen; dann stürze er sich selbst hinunter. Inzwischen scheint Kahei auf dem Sprung, seinen Vorsatz auch ohne Rikord auszuführen, und der macht seiner Gewissensqual mit einem Schrei Luft: *Taisho! ich habe dich verstanden!* Keine Reaktion, also muß er selbst hinauf, der Kapitän, und klettern, bis der Großmast aufhört, das hat er seit der Kadettenschule nicht mehr getan. Nun hängen sie beide im schwankenden Korb, enger als Ratten im Käfig, zwischen Himmel und Erde und halten sich doch besser, statt zu kämpfen, aneinander fest. Und am besten helfen sie einander, nach einer Anstandspause, vorsichtig wieder hinaus und sorgsam hinunter. Am Ende muß Rikord den plötzlich gealterten Mann stützen, obwohl er selbst nicht auf festesten Beinen steht – aber es ist noch einmal überstanden, was immer.

Wieder auf Deck, erklärt Kahei in aller Form, *jetzt kleide er sich um.* Rikord erwidert ebenso: ob er ihn danach in der Messe zum Tee erwarten dürfe? Kahei erscheint, im schwarzen Habit, den er zuletzt beim Begräbnis seiner Diener getragen hat; wenigstens ist es nicht das weiße Totengewand. Beherrscht trägt er dem *Taisho* vor – er nennt ihn wieder so –, es sei leider nicht möglich, daß ein unpassender Brief von einem zweitrangigen Boten zum Kommandanten von Kunashiri gebracht werde. Deswegen sei Kahei entschlossen gewesen, sich zu töten – zuvor aber auch einige Russen; ihn, Rikord, leider auf jeden Fall, und auch den zweiten Offizier. Inzwischen aber habe er eingesehen, daß die Übergabe dieses Briefes für Rußland zwingend sei, und sei darum bereit, ihn dem Kommandanten von Kunashiri persönlich einzuhändigen. Da er, Kahei, dann wohl festgehalten werde, sei leider eine Weile mit seiner Abwesenheit zu rechnen.

Danke, *Taisho*, sagte Rikord und verneigte sich. – Ein Boot steht zu deiner Verfügung, sofort, oder wann immer es dir beliebt.

Kahei verbeugte sich seinerseits. Jetzt hatte er plötzlich keine Eile mehr; ein kleiner Schlaf werde beiden guttun. – Und zieht sein kurzes Schwert, und zum Beweis seiner Schärfe trennt er ein seidenes Taschentuch genau in der Mitte. Er überreicht Rikord eine Hälfte; die andere behält er selbst.

Bei Sonnenaufgang wird das Boot zu Wasser gelassen. Rikord gibt Kahei das Geleit an den Strand auf japanesischen Boden, den Rikord, als Ausländer, nicht betreten darf. Aber Kahei, dem er aus dem Boot hilft, bewilligt ihm dreißig Schritte in der einen, dreißig in der andern Richtung und wartet ruhig, bis Rikord sie getan hat, ohne Feierlichkeit, aber wohlgezählt. Die ersten Schritte auf einem neuen Weg.

Es beginnt wie ein Kinderspiel, sagte ich. – Woher wissen Sie das alles? Sie sind ja nicht dabeigewesen.

Rikord ist dabeigewesen, sagte sie. – Und für heute war es wohl genug. Gleich kommt Tanja mit dem Essen vorbei. Haben Sie Appetit?

Tanja? fragte ich. – Wer ist denn das?

Erinnern Sie sich nicht mehr? *On est prêt à vous servir*, sagte sie. – Lassen Sie sich überraschen.

Nadeschda, sagte ich. – Wir haben noch nie miteinander gegessen.

Soweit sind wir noch lange nicht, Herr von Löwenstern, sagte sie.

Morgen erzählen Sie weiter? fragte ich.

Das sehen wir, sagte sie. – Ich möchte Sie nicht ermüden.

Der gepolsterte runde Hocker blieb einsam zurück; ein Fremdkörper in meiner Klause. Die Delle, die Nadeschda hinterlassen hatte, war noch warm; ich hob den Hocker mitten auf den Schreibtisch und erklärte ihm mit einer Verbeugung, er sei hier jetzt der Schriftsteller, ein für allemal. Dann legte ich mich auf das Bärenfell – das *andere*, auf dem wir noch nie gelegen hatten, und betrachtete den schwarzen Samurai, bis mir die Augen zufielen.

Im Traum hörte ich seinen Namen: Yoshi.

2 Am nächsten Tag kam sie wieder, ihr Kostüm war fast unverändert, aber die Schärpe blau wie der Hyazinthenstrauß, der den Ginster ersetzte; dafür hatte sie eine weiße Amphore mitgebracht. Der Hocker stand wieder auf dem Fußboden.

Alles ganz neu, sagte ich.

Wie haben Sie Tanja gefunden? fragte sie. – Auch ganz neu?

Ich brauche keine Tanja, sagte ich. – Ich bin in den Garten gegangen. Aber die neuen Kartoffeln mundeten vorzüglich. Noch neuer ist mir allerdings, daß man gleichzeitig Kartoffeln ernten und Hyazinthen pflücken kann.

Die Gryllenburg kennt keine Jahreszeiten. Hier lebt man immer gleich warm und kalt.

Das ist allerdings sehr auffallend, sagte ich. – Gemäßigt, wie in einem Glashaus. Eigentlich nicht mein Fall. Die Lauen wird der Herr ausspeien aus seinem Mund.

Sind Sie der Bequemlichkeit müde, Herr von Löwenstern? fragte sie. – *Novarum rerum cupidus?*

Latein können Sie auch?

Die Winter in Kamtschatka sind lang, sagte sie. – Rikord hat es mir beigebracht, es war seine Verbindung zu Golownin, als er sonst nichts für ihn tun konnte. Sie haben in der Kadettenanstalt lateinische Dichter gelesen, wenn der Dienst vorbei war.

Ich erinnere mich, sagte ich. – Eine ausgefallene Liebhaberei.

Rikord war immer auch ein wenig Schulmeister, und die Interessen von Seehunden und Seebären sind begrenzt. Da hab ich mich als Schülerin angeboten.

Novarum rerum cupidus, begierig auf Neues, sagte ich, damit war aber nicht der römische Naschmarkt gemeint. Es hieß *aufbegehren, Revolution machen.*

Warum nicht, sagte sie leichthin. – Wer im Glashaus sitzt, darf auch einmal Steine werfen. Es gibt Scherben, aber vielleicht auch wieder Jahreszeiten. Menschen werden wieder heiß und kalt. Und der Herr muß sie nicht mehr ausspeien aus seinem Mund.

Die Jahreszeiten Japans waren sogar im Hafen von Nagasaki zu spüren. Der Frühlingswind über der Bucht, die Pflaumenblüte auf

der Ratteninsel – wir haben auch die Kirschblüte erlebt. Die Herbst-
farben sind noch schöner. Als wir ankamen, brannte der Ahorn auf
allen Höhen. Im November sei er am schönsten, sagte der Tolk, bei
dem ich ein wenig Japanesisch lernte. Ich möchte wieder Sommer
und Herbst, Nadeschda.

Werden Sie reif für den Ausbruch? fragte sie.

Erst muß ich Ihre Geschichte zu Ende hören, sie steht ja in keinem Buch. Ich sehe Kahei vor mir, als wäre ich dabeigewesen.

Nadja lächelte. – Als Rikord seine zweimal dreißig Schritte am
Strand getan hatte, einmal hin, einmal her, dachte er, es könnten
seine ersten und letzten in Japan gewesen sein. Sein Boot ruderte
zur *Diana* zurück, er sah den kleinen Kahei immer kleiner werden
– der zweite Freund, der ihm aus den Augen ging, wie einst Golownin –, vielleicht war das Neue schon wieder zu Ende. Kahei
hatte den einzigen Schlüssel zur Freiheit von sieben gefangenen
Russen mitgenommen, und damit ging er ganz allein in die Höhle
des Löwen. Um selbst heil aus der Sache herauszukommen, mußte
er sein Land neu begründen. Rikord aber hatte jetzt gar nichts
mehr in der Hand, er konnte nur noch *glauben*, daß er mit leeren
Händen zum Ziel kam. Sie mußten, jeder für sich, neue Menschen
sein. Aber Kahei war im *alten* Japan gelandet, und das bekam er
gleich zu spüren.

Wir hatten uns niedergelassen, ich auf dem Ungetüm von Büro-
sessel, sie, wie ein weißer Reiher, auf dem Hocker, den ich wieder
in die Mitte gerückt hatte; ihr wallendes Kleid ließ ihn verschwinden, als säße sie hoch aufgerichtet in der Luft.

Der Kommandant von Kunaschiri ist überaus höflich, als er Kahei
bitten muß, sein Haus doch lieber nicht zu betreten. Der Brief an
den Gouverneur wird zwar angenommen, doch der Bote erhält nur
ein schäbiges Quartier in einem Nebengebäude der Festung. Aber
wozu ist Kahei ein Herr! Als erstes heuert er Bediente an, die ihn
angemessen versorgen, dann Ainu-Bauleute, die ihm eine Residenz zimmern, bis die Antwort aus Matsumai eintrifft. Und er hat
Heimweh nach seinen Freunden, den Russen. Fast jeden Tag kauft
er frischen Fisch – teuer, da nicht Fangzeit ist, und läßt ihn auf die

Diana senden. Dann kommt er selbst zum Strand, steckt das halbe Seidentuch auf sein Schwert und winkt; und Rikord schickt ein Boot, das ihn zur Fregatte hinausrudert. Für den Kommandanten von Kunashiri existiert sie gar nicht. Früher hätte er auf sie schießen lassen. Soviel hat Kahei schon erreicht.

Endlich trifft der Bescheid ein und ist nicht ganz ungünstig. Auch der Gouverneur hat seine Gefangenen kennengelernt. Es sind Menschen. Er hat einen Dolmetscher wie Teisuke und versteht zu würdigen, was der Ehrenmann Takada ya Kahei auf sich genommen hat. Hinterher wird ihm auch die Vollmacht dazu bescheinigt; er kann sie weiter ausüben. Plötzlich zeigt sich auch der Festungskommandant von seiner freundlichsten Seite.

Allerdings: für den nächsten Schritt fehlt immer noch ein Papier. Was der Kommandant von Ochotsk drohend zu melden gut fand, will man auf sich beruhen lassen, jedoch: mit Brief und Siegel muß, diesmal von *höchster* russischer Stelle, ausdrücklich bestätigt werden, daß Chwostow ohne Auftrag gewütet hat. Ferner ist eine Erklärung geschuldet, daß das geraubte Gut zurückerstattet wird – *soweit möglich*. Natürlich hat man auch in Japan gehört, daß Chwostow tot ist, und kann vermuten, seine Beute sei in alle Winde zerstreut. In diesem Fall läßt sich immerhin, mit höchstem Bedauern, bescheinigen, daß man sie nicht mehr beibringen kann. Eine *Entschuldigung*, wenn's gefällig ist; dann braucht man über Schuld nicht weiter zu reden.

Der lange Marsch zur Befreiung Golownins verlangt immer wieder eine Ehrenrunde. Aber die Zeremonie gehört zur Substanz, es darf kein Tüttelchen fehlen. Inzwischen ist in Japan auch bekannt, daß sich im fernen Europa das Kriegsglück gewendet hat: der Zar ist an der Spitze seiner Verbündeten in Paris einmarschiert. Das kann der Sache Golownins nicht schaden, nur soll niemand glauben, daß sie schon in trockenen Tüchern sei. Es fehlt nicht nur ein Papier. Japan verlangt ein Zeichen des Respekts, bis es so frei ist, die Gefangenen freizulassen.

Was bleibt Rikord übrig, als noch einmal zwischen Rußland und Japan zu pendeln – diesmal ohne Kahei, den ehrenhaft Repatriierten, aber dieser Anker sitzt jetzt fest auf dem Grund und bürgt für fortgesetzte Verbindung. Noch einmal vergehen Monate, bis alle Knoten des Spiels gelöst und würdig abgewickelt sind. Der letzte Akt soll sich ereignen wie folgt:

Wenn die *Diana* aus Ochotsk wiederkommt, läuft sie nicht mehr Kunaschir an (von einer «Bucht des Verrats» ist auch nicht mehr die Rede), sondern unmittelbar den Norden der großen Insel Ezo. Der passende Hafen wird Kapitän Rikord mitgeteilt: nicht zu nahe der Provinzhauptstadt Matsumai, aber für ihre Würdenträger doch bequem zu erreichen. Dorthin nämlich wird ein *kaiserlicher* Beamter einen Abgesandten der Gefangenen geleiten, den diese selbst bestimmen mögen. Er darf seine Gefährten auf der *Diana* als erster wiedersehen und übernimmt den Austausch von Nachrichten, die einerseits zur gegenseitigen Entlastung dienen, andererseits zur Vereinbarung des nächsten Schritts. Danach darf die Fregatte etwas weiter vorrücken, wofür sie eines einheimischen Lotsen bedarf. Natürlich hat sich Rikord seinen Freund Kahei gewünscht, aber der soll es noch nicht sein; dafür ging seine Nähe zu den Russen doch etwas zu weit. Er hat, genau wie die Gefangenen – ohne ihnen schon persönlich zu begegnen –, die Ankunft der *Diana* in Hakodate abzuwarten. Denn dahin sind Golownin und die Seinen von Matsumai feierlich verlegt worden, jetzt nicht mehr Gefangene, sondern Staatsgäste.

Hakodate ist Kaheis Revier; ohne den Fischgroßhändler Kahei gäbe es gar keinen Hafen Hakodate. Dahin steuert nun die *Diana*, geradezu anlegen aber darf sie nicht, Rikord soll sich unter Aufsicht an Land rudern lassen.

Gerade davor hat ihn Golownin durch seinen Sendboten zu warnen versucht. Es war oder wird sein der Matrose Simanow, den das Los bestimmt hat, obwohl – oder eben weil – Moor um jeden Preis als erster seinen Fuß auf die *Diana* setzen wollte. Sonst geschehe ein Unglück! Er allein verfüge über Informationen über die *wahren* Absichten der Japanesen!

Doch an seiner Stelle hat das Los ein schlichtes Gemüt getroffen, denn Simanow sieht über keinen Gartenzaun hinaus und kann keinen Auftrag im Kopf behalten. Aber da Rikord die Warnung Golownins nicht gehört hat, braucht er sie gar nicht erst in den Wind zu schlagen. Er hat gelernt, dem Frieden zu trauen, gibt sich getrost in japanesische Hand und setzt unversichert über nach Hakodate.

Die Behörden werden ein Zollhaus festlich herausgeputzt haben; hier schließen sich die Freunde in die Arme, nach über zwei Jahren zum ersten Mal, nachdem Rikord Golownin in der japanisierten Uniform, die ihm seine Gastgeber angemessen haben, fast nicht wiedererkannt hätte. Zuerst findet das Wiedersehen vor Zeugen statt, dann ohne sie, obwohl sich der Gouverneur Arao Madsumano Kami hinter einem Vorhang die Szene nicht entgehen läßt. Auch er, der Menschenfreund, hat sie sich redlich verdient.

So wird es vereinbart; so soll es geschehen, so geschieht es, buchstabengenau. Die *Diana* hat ihren Kapitän wieder, der Freund den Freund, und alle zusammen (bis auf einen) die Freiheit.

Und Kahei? Ist nicht dabei – und ob er bei der Krönung seines Werks ganz freiwillig fehlt, bezweifelt Nadeschda ausdrücklich; entweder sollten seine Bäume nicht in den Himmel wachsen, oder man witterte fremdes Gift in ihren Wurzeln. Genug, er ist krank gemeldet – und bei den Strapazen seiner Mission darf das schließlich niemanden verwundern. Vielleicht halten ihn auch die Seinen fest, die sich glücklich wieder versammelt haben. Ist auch eine ungeratene Tochter wieder dabei, die er verstoßen hat? Nur auf Rikords dringende Vorhaltung war er bereit, sie in den Kreis der Lebenden zurückkehren zu lassen. War sein Sohn dabei, den er – zugunsten seines eigenen jüngeren Bruders – von der Fortführung des Geschäfts ausgeschlossen hat? Gegen Nadeschda hat er dies oder jenes von seinem Familienkreuz durchblicken lassen. Ich darf nicht zweifeln, daß sie in Petropawlowsk seine Adoptivtochter geworden ist – mit Olinka zusammen Teil einer Familie, die sie gewiß mehr entbehrt hat als er.

Aber nur der Tod hätte Kahei gehindert, seinen russischen Freunden das allerletzte Geleit zu geben; so erschien er denn auch in Nadeschdas Schlußtableau, aufgerichtet wie ein Tännchen. Das Abschiednehmen zog sich hin. Dem Bankett, das die Japanesen den Russen an Land gaben, folgte eine Wiederholung mit umgekehrtem Vorzeichen auf der *Diana*. Viele, auch nicht geladene, dennoch willkommene Gäste ruderten herbei, um das fremde Schiff von außen und innen zu bestaunen – auch Frauenvolk, das neugierig kichernd in alle Winkel huschte und sich mit einer Verbeugung für jeden unerhörten Einblick bedankte. Geschenke duften die japanesischen Freunde auch jetzt nicht annehmen, so daß man ihnen ein paar Andenken nur verstohlen zustecken konnte. Endlich das Finale mit Paukenschlag: ein donnernder Salut über das Wasser hin und her, als die *Diana* Anker lichtet und ein günstiger Wind ihre Segel schwellen läßt. Die Russen haben ihre Freiheit wieder, die Japanesen ihre Ordnung.

Unter den letzten, welche ich, durch Nadeschdas Augen, die *Diana* auf die offene See hinausgeleiten sah, waren Takada ya Kahei und Murakami Teisuke, zum ersten Mal vereinigt in einem Boot. Als sie dem Schiff nachwinkten, wußten sie: hier fuhr auch ein Stück von ihnen, und sie würden nicht erleben, daß es wiederkam. Aber die Wunde der Trennung war auch der Aufbruch in eine andere Welt. Sie hatten ihn persönlich gewagt und könnten bezeugen, daß die Veränderung, die Japan fürchtet, eine Hoffnung wäre – sie brauchte nur die Menschen zu ändern, auf denen sie beruht.

Und Midshipman Moor?

Ich stellte die Frage nicht mehr, ich war kein Spielverderber. Der einzige, der lieber geblieben wäre, wurde erbarmungslos auf das Schiff der Glücklichen getrieben und verschwand im toten Winkel der Geschichte. Nadja sieht nur das geteilte Taschentuch, mit dem sich Kahei und Rikord zum Abschied zugewinkt haben. Es wird sie unzertrennlich machen, unabhängig von Zeit und Raum.

3 Allmählich war auch Nadeschda so frei, auf ihre Jahre in Petropawlowsk zurückzukommen. Denn hier lag ihre Liebe, immer noch unbegraben. Kahei, mit dem sie kaum reden konnte, war ihr Schutzgeist gewesen, obwohl er in der kalten Fremde selbst ohne Schutz leben mußte. Rikords Hand war die einzige, die ihn hielt, und dabei geschah es, daß er an die Hand Nadeschdas rührte – und ihr Leben wurde zum Leben berührt. Lange hatte sie ihren Mund gegen meinen gehütet; jetzt brauchte sie ihre Zunge für sich selbst. Und mit jedem Tag, an dem ich ihr zuhörte, wortlos, schien ich ihr etwas vertrauter zu werden, und jeder, der mich ihr näherbrachte, entfernte mich weiter von ihrem Geschlecht. Lange verhüllte die größte Liebe ihr Gesicht. Denn sie fing mit Sterben an.

Bald nach dem Neujahrsfest in Petropawlowsk hatte Kahei zwei seiner Gefährten verloren. Es rächte sich, daß er von allen, die sein Los hatten teilen wollen, nur die Ältesten mitgenommen hatte; aber die Ausnahme, der junge Ainu, starb schon als zweiter. Als der Schiffszimmermann kam, um die Särge anzumessen, sagte er zu Rikord: ich mache gleich einen mehr. Wirklich starb auch der dritte Japanese bald danach. Jetzt blieben Kahei noch zwei. Er war verstummt. Er schüttelte nur den Kopf, als der Pope ins Haus kam, um die Früchte des Schmerzes für seinen allein seligmachenden Glauben zu ernten; darauf sagte der Gottesmann: dann begrabt einander doch selbst.

Rikord befahl Matrosen herbei, um ein gemeinsames Grab auszuheben, aber ihr Werkzeug schlug auf Fels, so streng war der Frost. Da ließ er an der Stelle, die Kahei bezeichnet hatte, ein Feuer machen, um den Grund zu erweichen: man blickte weit über Petropawlowsk hinaus. Ich habe ihnen den Tod gebracht, sagte Kahei, jetzt sollen sie wenigstens in die Richtung schauen, wo Japan liegt. Er hatte sich ein priesterliches Samtkäppchen geschneidert, zu seinem schwarzen Habit; für den Todesfall führte er auch einen weißen mit, denn schon in Kunashiri hatte er an alles gedacht.

Die Matrosen, welche drei Särge auf den Berg trugen, kämpften gegen starken Wind, in dem Kaheis Kleid wie ein schwarzes Segel flatterte. Er hatte die Grabhölzer mit eigener Hand beschriftet und schöne Totennamen ausgesucht – der Ainu hieß «blutender Kranich auf dem Schneezweig» –, hatte den Hinübergegangenen auch ihre Lieblingsbücher mitgegeben und reichlich Trinkgeld für den Fährmann in die andere Welt. Am offenen Grab murmelte er ein Sutra und rieb den Rosenkranz zwischen gefrorenen Fingern. Als die Särge geschlossen waren, besprengte er sie mit Reiswein, stellte das Krüglein vor die Namenstafel und verbeugte sich lange. Rikord legte ihm die Hand auf die Schulter: *Ten, taisho! Ten* war ihr gemeinsames Wort für Himmel und sollte für alles gelten, was über ihnen war. Aber Kahei wandte sich wortlos ab. Die zwei letzten Japanesen stützten ihn, damit er nicht ins offene Grab fiel, und konnten sich doch selbst kaum noch auf den Beinen halten.

Seit dem Brand von Moskau wurden auch in Petropawlowsk keine Gesellschaften mehr gegeben; Nadeschdas Gönner, der alte Gouverneur, war weg, und sie lebte allein in seinem leeren Haus, bis Rikord die Geschäfte übernahm, er wohnte immer noch mit seinen Japanesen in der «Admiralität». Im April fiel zwei Tage lang Schnee, und die Siedlung versank wieder in tiefem Winter, Rikord stapfte jeden Morgen ins Amtshaus und machte sich mit den Akten bekannt, die zu lange liegengeblieben waren; das Elend Kamtschatkas sollte ihn für ein paar Stunden vom Jammer seines Haushalts ablenken und vervielfachte ihn nur. Die beiden Japanesen aßen nichts mehr; Kahei saß den ganzen Tag gegen die Wand gedreht; Olinka kniete neben ihm und weinte. Die *Diana* lag gestrandet im Tiefschnee, der Tag, an dem sie wieder flott werden sollte, um Golownin entgegenzufahren, schien unvorstellbar weit entfernt. Rikord war sicher, daß ihm Kahei den Tod seiner Leute nicht verzieh. Schon bei seiner Gefangennahme waren die ersten ertrunken. Daß er nur sich selbst an ihrem Schicksal die Schuld gab, war die japanische Art, den wahren Urheber zu beschämen. So wurde der Hebel, den Rikord zur Befreiung der Gefährten hatte ansetzen wollen, immer schwächer. Starb ihm auch Kahei weg, so blieben Golownin und die Seinen unwiederbringlich gefangen. Rußland war ausgeblutet, die Post zum Erliegen gekommen; von Ludmilla, seiner Braut, hatte Rikord seit Weihnachten nichts mehr gehört.

Eigentlich hatten sie in Petersburg heiraten wollen; jetzt hatte sie sich womöglich schon auf die Reise durch Sibirien aufgemacht. Eine Sorge mehr. Warum sollte sie seine Verbannung mit ihm teilen?

Nadeschda, die Dame ohne Gesellschaft, lernte mit Rikord Latein. Das Absurde dieser Beschäftigung war ihm willkommen, denn dabei sammelte er sich, statt sich zu verzetteln. Obwohl man auch für das Nötigste den größten Aufwand treiben mußte: in der elenden Hafensiedlung hatte er *immer* das Gefühl, seine Zeit zu verlieren, am meisten mit dem Versuch einer Verbesserung der Verhältnisse. Nadeschda versah seinen Haushalt in der Admiralität, dem *andern* Steinhaus von Petropawlowsk. Als die Japanesen einzogen, hatte sie sich ihrer angenommen und seine Stelle vertreten, wenn er auf Reisen war. Anfangs hatte sie Rudakow, den Stellvertreter, schroff in die Schranken weisen müssen, seine Avancen gegen sie selbst, seine Hartherzigkeit gegen die Japanesen. So war es zwischen ihr und Rikord zu einem Einverständnis gekommen wie zwischen Bruder und Schwester. Sie hatte nie einen Bruder gehabt.

Als Nadeschda ihm eine Kanne Tee an den Arbeitstisch brachte, sagte er, ohne aufzublicken: Wenn Sie drüben einmal vorbeisähen, Nadeschda, ob noch jemand lebt.

Sie schlüpfte in Stiefel und Pelzmantel; es schneite nicht mehr, aber das Tageslicht schien für immer erloschen, und wie tot lag auch die Admiralität, nur die Ofenhitze darin war zum Schneiden dick. Kinzo und Heizo lagen auf ihren Matten, ohne sich zu rühren, Kahei saß gegen die Wand gedreht. Als sie seinen Ärmel berührte, schüttelte er kaum merklich den Kopf. Olinka kauerte beim Ofen, in den er ab und zu eine Schaufel Kohle warf; die Fenster hielten nicht jeden Luftzug ab. Gott sei Dank, dachte Nadeschda, wären sie dicht, müßten die Bewohner ersticken. Wie kann es für die Kranken gut gewesen sein, daß der Arzt ihnen frische Luft verbot! Er nannte die Krankheit Skorbut; sie macht die Glieder gefühllos wie Holz und schwächt das Herz, bis es seinen Dienst versagt. Die Japanesen waren aber nicht am Mangel an Nahrung gestorben, sondern an Hoffnung.

Auf der Wärmplatte des Ofens stand eine Pfanne Borschtsch; Olinka begann erst zu löffeln, als sie auch für sich eine Schüssel geschöpft hatte. Dann setzte sie sich an den Tisch mit der Fransendecke; dieser Salon war einmal festlich gewesen. Jetzt kroch das Dunkel aus allen Winkeln und niemand hatte die Kerzen vor den Ikonen angezündet. Sie putzte das Tischlicht und nahm ein offenes Buch zur Hand, die russische Ausgabe der «Verlobten» von Manzoni; Rikords Braut hatte sie aus Petersburg geschickt. Nadeschda las erst gedankenlos, dann nahm die Lektüre sie gefangen. Am Ofen war Olinka eingeschlafen; sie zog ihm sachte den Löffel aus der Hand und machte ihn so weit munter, daß er sich auf eigenen Füßen in seine Kammer schleppte; *tragen* konnte sie ihn nicht mehr. Er schlief schon wieder, als sie ihm das Nachthemd überstreifte; er hatte ihr die Arme um den Hals gelegt und seufzte: *jiisama*, Großvater; er hatte nur noch Kahei. Der aber schien allmählich mit der Wand zu verwachsen.

Sie sank über den Tisch, und als der Schlag der Pendule sie weckte, wiesen die Zeiger auf zwölf; die Fenster waren dunkel. Es war Mitternacht geworden, und wo blieb Rikord?

Auch das Haus des Gouverneurs lag lichtlos wie ein Findling im stumpfen Weiß. Sie trat vor die Tür, in beißende Kälte. War er zu den Mannschaftsbaracken gegangen? Oder zur *Diana*? Oft wanderte er allein am Strand der Awatscha-Bucht; aber im tiefen Schnee? Sie sah Werkstätten und Lagerhäuser unter der weißen Last, auf der ein Schimmer von Sternenlicht lag. Der Himmel hatte sich aufgetan, Stille läutete in den Ohren, und die Weite der Bucht lag schwärzer als jede Nacht.

Rikord hatte erschöpft ausgesehen. Die Kneipe besuchte er nicht, sie hatte auch längst geschlossen. Vielleicht war er im Büro eingeschlafen, doch wenn er ins Freie gegangen war und sich irgendwo hingesetzt hatte, konnte er erfrieren. Sie ging zurück, um Pelzmantel, Kappe und Stiefel anzuziehen; als sie zum zweiten Mal die Tür öffnen wollte, fiel sie ihr entgegen, und ein Mensch hinterher.

Es war Rikord, und seine Bewegungen, auch sein Atem verrieten: er war schwer betrunken. So dankte Gott, daß er noch seine Haustür gefunden hatte. Sie mußte alle Kraft zusammennehmen, um ihn zu stützen und mit seinem Gewicht um die Richtung in sein Schlafzimmer zu kämpfen; zum Glück war es ebenerdig. Lag er erst auf dem Bett, so würde er auch liegenbleiben. Fast hatte sie ihn so weit, als er die Arme gegen die Wand stemmte und sie mit glasigen Augen ansah. Ludmilla! lallte er und umschlang sie heftig. – Ich bin nicht Ludmilla, Pjotr Petrowitsch, Sie müssen schlafen! – Nur mit dir! lallte er, zerrte ihr den Mantel vom Leib und versuchte, sie gegen sein Lager zu drücken, aber jetzt widerstand sie aus Leibeskräften, brachte ihn ins Stolpern und schob ihn geradewegs auf sein Bett. Als er sich wieder aufrichtete, drückte sie ihn nieder, zerrte ihm die Stiefel ab, hob seine Beine über die Kante und warf eine Decke über ihn. Schlafen Sie! befahl sie scharf, doch nicht zu laut, eingedenk des stillen Mannes hinter der Wand; Rikord wälzte sich ächzend zur Seite.

Sie wartete, bis sie seinen rauhen Atem regelmäßig gehen hörte. Dann kehrte sie in den Salon zurück und warf das Winterzeug ab; solange Kahei aufrecht saß, mußte er ja noch leben. Sie war entschlossen, die Nachtwache fortzusetzen, bis auch er sein Lager suchte, und nahm das Buch wieder vor. Aber die Zeilen wurden nicht heller, und bald verwirrten sie sich endgültig.

Wie lange sie diesmal gedämmert hatte, wußte sie nicht, bis sie ihren Namen gesprochen hörte – Nadeschda! klar, aber nicht laut. Sie fuhr auf und erschrak noch einmal, sie sah eine Erscheinung. In der Tür zu Rikords Zimmer stand ein nackter Mann. Seine Züge waren blaß, aber seine Augen klar. Um seine Lippen zuckte die Spur eines Lächelns, doch zitterte er jetzt am ganzen Leib, und sie sah, es war das Zittern der Begierde. Er hatte die Arme geöffnet und sagte ein Wort, das sie von ihm noch nie gehört hatte: OIDE.

Für das, was weiter geschah, gab es kein zweites Mal. Seither blieb Nadeschda unberührt.

Und Kahei? fragte ich.

Ich hatte ihn vergessen. Er war unser Zeuge.

Eine Woche vor Ausfahrt der *Diana* stand Ludmilla vor der Tür,

Rikords Braut. Ich half ihr, sich in Petropawlowsk zurechtzufinden. Ich habe sie vom ersten Augenblick an geliebt. Sie brauchte nicht lange, um zu sehen, was es für die Frau eines Gouverneurs von Kamtschatka zu tun gab. Sie war ein Segen für die Leute, und auch die erste, die mir ansah, daß ich schwanger war. Dann kamen die Russen aus Japan zurück, endlich frei! Es ging hoch her. Ich gehörte nicht mehr dazu, wie Moor. Ich bekam ihn zur Pflege. Er war aus der Welt gefallen wie ich. Ich hoffte, daß er mich tötet, aber er verabschiedete sich allein. Als er weg war, ging ich auch. Ich war dem Kind schuldig, es zur Welt zu bringen. Vor Rikords Hochzeit verschwand ich nach Bolscheretsk und wohnte im Haus des neuen Popen. Drei kleine Kinder, die Frau kränkelte, und ich arbeitete bis zur Erschöpfung. Entweder ich verlor das Kind, oder ich lernte, wie man mit Kindern umgeht. Aber bei mir schrien sie nur. Ich war ja selbst ein verlorenes Kind. Aber meins behielt ich immer noch. Im neunten Monat half ich im Stall, mitten in der Nacht, man erwartete die Geburt eine Kalbes. Aber ich kam noch früher, auf einer Lage Stroh. Der Knecht rannte nach der Hebamme, die hatte selbst kürzlich geboren; aber als sie erschien, hatte ich es schon hinter mir, allein. Xenja wollte meine Brust nicht nehmen. Da stillte die andere Frau sie, und ich bekam das Kind zum Wiegen. Dabei ist es geblieben. Als ich reisen konnte, brachte ich Xenja mit ihrer Amme nach Petropawlowsk.

Zu ihrem Vater? fragte ich.

Zu Ludmilla. Sie wußte Bescheid. Das Kind hat seine Augen und glich ihm jeden Tag mehr. Und Rikord hat ihr gesagt, was es zu sagen gab. Hätte er's verschwiegen, Ludmilla hätte ihn verlassen, auch nach der Hochzeit. Jetzt war sie es, die mich rief. Und ich kam, denn das Kind brauchte eine Mutter. Sie haben sich gleich gefunden. Xenja hat den beiden Glück gebracht, sie wurde ein Kind des Hauses, eine Prinzessin. Und sie behielt meinen Namen. Nun war ich entlassen.

Wohin?

Petersburg. Ich versuchte Schauspielerin zu werden, aber für eine Liebhaberin war ich zu alt, und für eine Charakterrolle nicht reif genug. Dann wurde Rikord Kommandant von Petersburg, und ich zog eine Nummer weiter.

Ihre Tochter haben Sie nicht mehr gesehen?

Ludmilla hat ihr Bild für mich malen lassen. Sie ist eine Tochter Benjowskis, lächelte Nadeshda, aber sie hat Glück. Seine Hände hat sie nicht geerbt.

Sie zogen weiter – wohin?

Sie öffnete beide Hände, als hielten sie ein Geschenk, und betrachtete sie. Dann stand sie auf, ging auf mich zu, legte die Hände um meinen Hals, und ihre Finger prüften den Adamsapfel, behutsam wie früher die Bißwunde.

Zu Ihnen, Ermolai Löwenstern, sagte sie.

Nadeschda, fragte ich, was sollen wir hier?

Auf einmal preßte sie meinen Hals zusammen, mit aller Kraft.

Töten lernen, antwortete sie leise und ließ dann ebenso brüsk wieder los.

Sie stand auf, fuhr sich durchs Haar und knüpfte den Gürtel fester.

Hermann Ludwig von Löwenstern, sagte sie. – Benötigen Sie noch etwas? Dann bitte ich um Erlaubnis, mich zurückzuziehen.

4 Am nächsten Morgen, als ich vor meinem Garten stand und sah, daß daran nichts mehr zu tun war, packte mich, wie angeworfen, die Wut. Ich stürzte mich auf die geharkte Wüste und begann, die Brocken, die darin versenkt waren, mit nackten Händen wieder auszuscharren, grub wie ein verhungerter Hund nach einem Knochen oder wie ein Rückkehrer nach einem vergrabenen Schatz, der sich nicht mehr findet. Schweißtriefend stellte ich die Unordnung wieder her, die ich vor unbestimmter Zeit vorgefunden hatte, lief Amok gegen die Steine und ließ sie wüst durcheinander liegen: es reichte mir! Aber was?

Als ich gesäubert und nackt in den Korridor trat, stockte mein Schritt. Vor der Tür zur Klause, im leeren Kabinett an der Wand, wo ich meine Kleider erwartete, hing ein russischer Offiziersmantel mit den Insignien eines Marine-Kapitänleutnants. Das gelbe Mäntelchen und die Bauerntracht verdrückten sich hinter dem blauen Uniformstoff, dessen Filz mich frösteln ließ wie die Berührung eines ganz fremden Körpers. Ich schlüpfte in Hemd und Hose und betrat meine Klause; sie war leer, bis auf Yoshi, der mir lebendig vorkam. Neben dem Tagesgedeck lag die *St. Petersburger Zeitung* vom 13. Mai 1817. Auf der Titelseite meldete sie, daß die *Kamtschatka* unter dem Kommando des Kapitänleutnants Wassili Michailowitsch Golownin gestern in Kronstadt für eine neue Weltumsegelung ausgelaufen sei. Zar Alexander persönlich habe die Fregatte verabschiedet, in Gesellschaft des Kommandanten von Petersburg, Pjotr Petrowitsch Rikord. Sie sei nach Golownins Wünschen gebaut worden, und unterstellt seien ihm junge Offiziere, die man im Hinblick auf ihren Forschungsauftrag – der ungenannt blieb – ausgewählt habe, die Unterleutnants Wrangel, Litke und Matjuschkin; ferner begleiteten ihn die Brüder seiner Braut als Seekadetten, Ardalion und Feopempt Lutkowski.

Der Artikel war mit Bleistift angestrichen. Ich hatte eine Vision: die Halbinsel Kamtschatka löst sich vom Festland und nimmt als *Kamtschatka* Fahrt auf Japan, verhängt von gestreiften Stoffbahnen, hinter denen die Geschütze scharfgemacht werden.

Das Klopfen an der Tür schreckte mich auf. Es hatte etwas von einem Alarmzeichen. Augenblicklich packte auch mich die Ungeduld. Statt Nadeschda eintreten zu lassen, verstellte ich die Tür und deutete auf die Uniform in meinem Kabinett.

Was ist das? fragte ich.

Im Gegenlicht aus dem Waschsaal war ihr Gesicht nicht zu lesen.

Erkennen Sie Ihr Ehrenkleid nicht wieder? fragte sie. – Es geht los, Baron. Sie müssen sich entscheiden: töten oder sterben?

Wofür? fragte ich.

Lassen Sie mich ein? fragte sie.

Im Kerzenlicht der Klause wirkten ihre schlanke Gestalt, das lange weiße Kleid eher unheimlich als vertraut. Sie hatte keine Blumen gebracht, war aber selbst an die Stelle getreten, wo sie sich sonst mit dem Zimmerschmuck beschäftigt hatte, und wandte mir den Rücken zu. Ihre Schultern, die der Schal entblößt hatte, zuckten. Sie erinnerte mich an ein Bild, das mir als jungem Mann Eindruck gemacht hatte: Marie Antoinette auf dem Weg zum Schafott. Abgewendet sagte sie: Die *Kamtschatka* ist gerade losgefahren. An Bord ist die Revolution. Wenn sie Petropawlowsk erreicht, erhebt sich Petersburg, und Rußland sprengt seine Ketten. Wir kommen dran, Ermolai.

Was soll ich tun?

Sie töten den Zaren, sagte sie.

Ich lachte. – Und wer tritt an seine Stelle?

Die Freundschaft, sagte sie. – Golownin und Rikord vereinigen sich, und dann erheben sie den neuen Menschen auf den Thron. Eine Frau.

Dahin kommt es noch, sagte ich.

Ja, dahin muß es kommen, sagte sie. – Und es kommt darauf an, daß Sie auf der rechten Seite sind.

Wohin fährt die *Kamtschatka*? fragte ich.

Nach Japan, sagte sie. – Japan steht auf.

Ich erschrak. War ihr noch zu helfen? Nadja, sagte ich.

Sie drehte sich um. Ihr Gesicht war blaß und starr, wie bei unserer ersten Begegnung, und die Pupille so klein, daß die Iris fast weiß wirkte.

Nur noch einmal mußt du ein Mann sein, sagte sie mit fast geschlossenen Lippen.

5 Ich erinnere mich nicht, Exzellenz, wann ich zum letzten Mal eine Zeitung in der Hand gehabt habe. Mit scheint: vor bald fünfzehn Jahren, im *Foreign Correspondents' Club* von Greens umgebautem Pferdestall. Mit dem Blatt aus Petersburg schleicht sich der Wahnsinn der Geschichte in die Stille der Gryllenburg zurück.

Ich sehe eine Welt grober Vermutungen, dummer Bilder, schlecht ausgemalt; plumper Wiederholungen. Golownin segelt über Südwest nach Fernost, diesmal wird er, wie Krusenstern, die ganze Welt umsegeln, nicht nur die halbe. Die *Kamtschatka* ist kein umgebauter Lastkahn wie die *Diana*; diesmal kehrt er nicht mehr um am Kap Hoorn. Er hat vor, wie ich lese, die Westküste Südamerikas hinaufzufahren, in Callao vor Anker zu gehen, Lima, die Hauptstadt des spanischen Vizekönigreichs zu besuchen, in der es nie regnet. Da proviantiert er sich für die direkte Fahrt nach Kamtschatka; danach aber geht es wieder ostwärts, den Alëuten entlang zum Besuch der russischen Niederlassungen in Nordamerika, bis hinunter nach Kalifornien, auf Resanows Spuren. Und wenn er von da nach Hawaii gelangt, wird er nicht nur Japan weiträumig umfahren haben, sondern auch den südlichen Inselgruppen und den Paradiesen des Lasters ausgewichen sein. Der Rest ist schon Rückkehr, auf bereits geschäftigen Handelsrouten nach China, Indien und um das Kap der Guten Hoffnung in den Atlantik zurück. Das Bündnis der Heiligen Allianz in Europa begrenzt das Risiko unerwarteter Zwischenfälle auch im Rest der Welt. Napoleon, der sie unsicher gemacht hat, sitzt in St. Helena gebannt, dessen Vulkantürme man schaudernd, doch gefahrlos passieren kann, wenn man sich nicht als Befreier verdächtig macht. Die *Kamtschatka* wird nicht scheitern wie die *Diana*: Der Weg um die ganze Welt zeichnet zugleich die Karriere ihres Kommandanten vor, seinen Aufstieg zum Verantwortlichen der russischen Marine. Der Zar wird ihn noch gnädiger empfangen, als er ihn verabschiedet hat; er wird, lese ich, die Erfüllung des Auftrags mit einer Hochzeit krönen. Und ohne Zweifel wird er auch seine letzte große Fahrt mit einem Bericht dokumentieren und danach, gesucht und hochgeehrt, nie mehr selbst zu fahren brauchen.

Was geht mich das an, Exzellenz? Haben Sie noch etwas damit zu tun? Wozu wollten Sie mich verwenden?

Diese Frage habe ich Ihnen schon als junger Mensch gestellt, und damals haben Sie geruht, sie mit meiner Einteilung zur Krusensternschen Expedition zu beantworten. Sie sollte mich nach Japan führen, zugunsten meines Gulliver-Projekts, als werdenden Schriftsteller in der Verkleidung eines vierten Offiziers an Bord der *Nadeschda*, des Schiffs mit dem Namen Hoffnung. Über den Ausgang dieses Unternehmens habe ich Ihnen Rechenschaft abgelegt und zu erklären versucht, woran es gescheitert ist – der kürzeste Name dafür lautet «Resanow». In ihm kommt alles zusammen, was Rußland verfehlt hat – nicht nur in Japan. Ich selbst habe das Land so gut wie gar nicht betreten; nur wenn es Resanows Laune gestattete, durfte ich mich zu seinem Rattenkäfig hinüberrudern lassen, um mich über seine lasterhafte Inkompetenz zu ärgern und die Zeit mit Schabernack totzuschlagen. Etwa, indem Horner und ich kleine Heißluftballone über die Palisaden steigen ließen – die erschrockenen Japanesen fürchteten, wir wollten Nagasaki abbrennen.

Mein Gulliver-Projekt haben Sie endgültig beerdigt, als Sie für die nächste große Fahrt den Riesen Golownin engagierten und dafür sorgten, daß ich nicht mitkam – oder *nicht* dafür sorgten, daß ich mitkam. Ohne Goethes Gefälligkeit wäre mir vielleicht sogar der Bericht von seiner Gefangenschaft entgangen. Oder glauben Sie, ich hätte in Archangel etwas über Japan gelesen? Ich hätte sogar das Ende des Vaterlandes erst aus der englischen Presse erfahren – das ist Rußland! Seine rohe Hand macht Taten von selbst zu Untaten oder Unfällen. Wie dürfte man solchen Händen ein Kunstwerk wie Japan überlassen!

Nachdem ich *nicht* in Japan war, hat mich die Regierung dafür auch noch büßen lassen. An Archangel, die Station kalten Wahnsinns, erinnere ich mich nur zu gut. Und was kam danach? Manchmal flimmert mir etwas vor den Augen; Sonnenblumenfelder vielleicht, das Schwarze Meer: Schnee auf keinen Fall. Eine südliche Gegend, immer schwül, immer schmutzig; diesmal war der Wahnsinn grell und laut, roch nach Wermut, Wacholder, Räucherwerk, Kampfer, Chloroform. Lag ich ohne Bewußtsein im Lazarett, war ich schon in der Leichenhalle aufgebahrt? Hat man mich in die Zwangsjacke gesteckt, ans Bett gefesselt? Manchmal tun mir alle Knöchel weh, auch heute noch. Phantomschmerz oder Folterspuren?

Erst auf der Gryllenburg bin ich wieder zu mir gekommen, wer ich gewesen sein könnte, ist stückweise wieder in meine Erinnerung gedrungen, an vielen Stellen überdeutlich. Einmal erschien mir im Traum eine türkische Fregatte mit russischer Flagge; eine Prise. Ich war es nicht, der sie aufgebracht hatte, und doch war sie *mein* Schiff, das neu aufgetakelt immer noch einen türkischen Namen trug: *Magubei*. Ich konnte froh sein, daß der schwimmende Schrott nie ins Treffen kam, er schleppte sich nur von einer Quarantäne zur nächsten. Wohin wir auch kamen, wir hatten nur die Wahl zwischen Pest und Cholera. Sollte ich dieses verlorene Kapitel meines Lebens nur geträumt haben? Gleichzeitig stieß Napoleon seinen Degen in den russischen Riesenleib und zog ihn durch dieselbe Öffnung wieder hinaus, dabei bröckelte der Stahl der *Grande Armée* wie faules Holz, und der Matador, der nur noch den Griff in der Hand behielt, lief um sein Leben. Wäre Rußland ein Stier gewesen, er hätte ihn ins Herz getroffen, aber es ist ein überlebensgroßer Mollusk mit allen möglichen Nervenzentren und zahllosen Gliedern. Das unsere hat den Stich kaum gespürt, und die Agonie, in der wir den Boden scharrten, war nur die übliche, der eingesessene Dauerzustand der russischen Katastrophe. Ich war eine der Maden, die aus diesem Kadaver krochen, und übergebe mich schon beim Gedanken daran. Bin ich an meinem Erbrochenen erstickt? Wie lange bin ich tot gewesen? Oder habe ich mich in Ekel aufgelöst, ganz und gar?

Die Gryllenburg kommt mir wie ein Laboratorium vor, in dem ein unfertiger Mensch zu einem Werkzeug umgemodelt werden soll, dessen Zweck er besser nicht errät. Ich will nicht undankbar sein: Sie haben mich neu erschaffen und sogar meine Rippen geschont, als Sie mir eine Gefährtin erweckten. Auch mein Herz wollten Sie aus dem Spiel lassen, denn Sie haben das Steuer meinem Leibdiener anvertraut, einem von Haus aus schlichten Gemüt.

Aber nun ist Löwenstern an eine Frau geraten, die ihm durchaus nicht als Werkzeug dienen will. Ihr Eigensinn ist beträchtlich; phantasielose und sittenstrenge Zeitgenossen würden sie geisteskrank nennen. Angenommen – nur angenommen! – sie hätte an meiner

Wenigkeit einen bestimmten Auftrag zu erfüllen gehabt, mit der Pflicht, ihn zu verschweigen; angenommen, es wäre *Ihr* Auftrag – haben Sie nie damit gerechnet, daß sie ihn sowenig erfüllt wie meine Erwartungen, wenn man sich nicht auf die gröbsten beschränkt? Haben Sie einkalkuliert, daß sie Ihnen aus dem Ruder läuft? Wären Sie Gott und ich Abraham, würden Sie mein Liebstes als Opfer fordern und meine Hand dazu verwenden, es darzubringen, so müßte ich sagen: Dein Wille geschehe. Aber da ich Löwenstern bin, und solange ich es bin, lautet die Antwort: muß ich töten lernen, kommt dafür nur einer in Betracht: *Sie.*

Eben hat mir eine unbekannte Person das Essen gebracht, eine spanische Dame mit weißem Spitzenhäubchen, roter Mantilla und langem schwarzen Zigeunerrock, unter dem Schnallenstiefelchen hervorlugten.

Bon appétit!

Erst an der Stimme erkannte ich Nadeschda, dann auch an den Augen mit der fast weißen Iris. Die Lippen hatte der Schminkstift zum Kußmund verzogen.

Warum tragen Sie das?

Meine Rolle verlangt es. Sie sollten auch wieder etwas Ordentliches tragen. Wie wär's mit Ihrer Uniform, Herr Kapitänleutnant? Draußen hängt sie bereit.

In die passe ich nicht mehr, sagte ich, und *mir* paßt sie nicht. Nie wieder! – Und als sie unter der Tür war, rief ich sie beim Namen.

Ja? fragte sie über die Schulter.

Nadja! wiederholte ich.

Soll ich Ihnen einen runterholen? oder einen blasen? fragte sie, schüttelte sich und stakte hinaus.

Darauf blieb ich lange vor meinem Garten sitzen und betrachtete seine Verwüstung mit Grausen, als hätte ich sie nicht selbst angerichtet. Aber nun gab es nichts mehr zu reparieren.

Als ich zurückkam, hatte sich Yoshi ins Garderobenkabinett zurückgezogen. Er drückte sich zwischen meine Offiziersuniform und das spanische Kostüm, das ich an Nadeshda gesehen hatte;

darunter die Schnürstiefelchen mit der Silberschnalle. Auch unter der Uniform stand plötzlich ein Paar gewichste, fast kniehohe Stiefel mit Sporen. Die hohle Versammlung wirkte wie Sendboten aus einer andern Welt.

Unterläßt man jede Bewegung, die an Fortpflanzung unserer Art erinnert, treten am Körper fast sogleich Merkmale des Verfalls hervor. Meine Finger wirken gichtig, die Haut der Unterarme zeigt Altersflecken, der Anblick meiner Füße entsetzt mich; es sind diejenigen eines alten Mannes. Ich habe mir wieder das gelbliche Mäntelchen angezogen; es bedeckt meinen gedunsenen Leib nicht mehr, es stellt ihn aus. Die Blumenschale am Fenster bleibt leer; auch die Klause beginnt zu verwahrlosen.

Da erinnerte ich mich an meiner Väter Sitte, in trostloser Lage die Bibel aufzuschlagen, die Augen zu schließen und mit einer Nadel nach Gottes Wort zu stechen: dann führt Er dem Zufall die Hand.

Ich hatte keine Nadel. – Doch: war nicht einmal eine Haarnadel Nadeschdas liegengeblieben, und ich hatte sie aufgehoben – nur wo? Aber bevor ich zu suchen begann, fiel mir die Gelegenheit wieder ein, bei der sie verlorengegangen war. Wir waren ineinander verdämmert, da versetzte mich ein Traum in den Oberstock des *Einhorns* zu Portsmouth. Ich sah den Riesen Golownin vor mir, der einen Mann, den er von hinten umschlungen hatte, in die Luft hob, aber die Bewegung war nicht herrisch, und es war auch nicht Chwostow, den er festhielt. *Mich selbst* sah ich aufgehoben, als noch jungen Mann, und meine Uniform war kein Flickwerk, sondern diejenige des Fähnrichs, die ich zum ersten Mal auf dem Weg nach Zarskoje Selo getragen hatte. Es war ein Augenblick der Entrükkung. Solange der Riese meinen Rücken stärkte, konnte mir nichts geschehen. Zugleich aber lag ich bei Nadeschda, und ihr Schoß umfing mich wie die warme Hand einen Vogel, der aus dem Nest gefallen ist.

Jetzt erinnerte ich mich, wo ich die Nadel gelassen hatte: als Lesezeichen in Golownins Buch. Ich drückte ihre Drahtschenkel zusammen, schloß die Augen, öffnete den Folianten im letzten Viertel und las endlich die Stelle, die ich getroffen hatte:

*Jch bin komen / das ich ein Fewer anzünde auff Erden / Was wolt ich
lieber / denn es brennete schon?*

6 Das Kabinett begann sich mit Uniformen zu bevölkern, dunkelblauen, betreßten Mänteln russischer Seeoffiziere, und die Hutablage war mit Dreispitzen belegt, deren Federbüsche auf hohen Rang schließen ließen. Fast deckten sie den Samurai, und das Damenkleid war ganz verschwunden. Ich glaubte, vor der verstopften Garderobe eines Kasinos zu stehen, doch ließ sich kein Mensch blicken.

Das nächste Mal, als ich aus dem Garten kam, war Nadeschdas Schuhwerk wieder zur Stelle, aber ohne ihr Kostüm. Die übrigen Hüllen hingen wie eine Jagdstrecke an der Stange, und die gewichsten Männerstiefel starrten aufdringlicher als je. Ich hatte mich schon zum Gehen gewandt, da fiel mir am oberen Ende von Nadeschdas Stiefelchen etwas Merkwürdiges auf: ein Fingerbreit nacktes Fleisch. Die Fortsetzung war von einem Marinemantel verdeckt, der sich wölbte, als berge sich dahinter eine Menschengestalt, aber sie verriet sich durch keine Bewegung.

Als ich mitten in der Nacht aufwachte, hörte ich Stimmen vor den Fenstern, sie schienen Deutsch zu sprechen, aber durch die Luken nahm ich nur einen Fackelschein wahr. Er huschte über die Fassaden der Arkade gegenüber.

Am nächsten Tag stand Yoshi mitten im Durchgang zum Waschsaal; jemand hatte ihn aus der Garderobe entfernt, denn jetzt war diese zum Bersten gefüllt mit Uniformteilen, Mänteln, Überwürfen und einem Gedränge von Stiefeln, als kampiere ein ganzes Geschwader auf der Gryllenburg. Ich hob die Rüstung am Ständer auf und trug sie in meine Klause. Dann ging ich in den Garten.

Ich baute aus aufgescharrten Trümmern drei Steinsäulen auf, ähnlich den Felstürmen der Awatscha-Bucht. Sie mochten das letzte sein, was Moor gesehen hatte, bevor sein Zeh den Flintenhahn drückte. Ich hatte sie neben dem Wrackhaufen so nahe bei der Plattform plaziert, daß ein Betrachter, der nur ins Weite blicken wollte, sie nicht bemerken mußte.

Dann fing ich wieder an, Steine zu komponieren, in fünf Gruppen; einem Blick aus großer Höhe konnten sie wie Inseln erscheinen, mit Rändern von Dünung, die ich mit Hilfe einer Eßgabel wellenförmig in den Sand zeichnete. Moor hatte an der Geringschätzung Anstoß genommen, die Golownin für den Garten in Matsumai hatte. In meinem, wo es keine Spur von Grün gab, hätte er wohl nur einen Kindersandkasten mit ein paar Stolpersteinen gesehen.

Deutsche Laute vor meinen Schießscharten, schallendes Lachen, Männer und Frauen. Ein Klavier, Takte eines Gassenhauers; die Begleitung einer Singstimme. Tremolo, Koloratur. Bricht wieder in Lachen ab, Applaus, lauteres Gelächter. Dazwischen eine hohe Stimme, die Achtung gebietet; der Lärm legt sich nur zögernd. Die Stimme expliziert lang und breit; Mann oder Frau? Ich verstehe kein Wort, und durch die Fensterluken erreicht mein Blick den Erdboden nicht.

Als Nadeschda erscheint, trägt sie ein dunkelgrünes Faltenkleid ohne Gürtel über Haremshosen in gleicher Farbe und auf dem Kopf eine Zobelmütze. Die Büste steckt in einem silberfarbenen Jäckchen, dessen Stickereien Schulterstücke andeuten. Sie hält die Tür für eine zweite Person auf, die, ganz in Schwarz, mit dem Gedeck hereinhuscht: kaum hat sie es auf den Tisch gesetzt, ist sie auch wieder verschwunden. War das zerknitterte Gesicht nicht dasjenige eines Chinesen? Und plötzlich steigt eine peinliche Erinnerung auf. Diesen Kopf hatte Horner in Kanton vom Galgen entwendet und brachte ihn vor Sonnenaufgang, in ein Tuch eingeschlagen, auf unser Zimmer. Es war ein Geschenk der Wissenschaft an seinen Freund Gall, den Schädelsammler. Als Kopfjäger hatte ich meinen Freund noch nicht kennengelernt und bestürzt zugesehen, wie er seine Beute in Zitronensäure einlegte.

Es gibt *loup de mer*, sagte Nadeschda, soll ich Ihnen vorlegen?

Selbst ist der Mann, erwiderte ich. – Was ist das für ein Lärm?

Ich habe Sie gewarnt, sagte sie. – Einmal mußte es kommen. Kotzebue probt sein neues Stück. Es soll im Dezember in Reval aufgeführt werden, und, wenn es die Zensur erlaubt, auch in Petersburg.

Kotzebue? fragte ich. – *Der* Kotzebue?

Der Theatermann, sagte sie, er feiert Triumphe, eilt von Erfolg zu Erfolg. Zweihundertfünfzig Stücke, in einem habe ich mitgewirkt. Diesmal wird es ein Trauerspiel.

Seine Söhne waren auf der *Nadeschda*, als Kadetten.

Inzwischen ist Otto Kapitänleutnant und wartet auf seine erste Weltumsegelung. Moritz stürmt den Kaukasus, ein hochdekorierter General. Aber Sie dürfen den Fisch nicht kalt werden lassen.

Nadeschda, sagte ich. – Wo liegt die Gryllenburg?

Sie gehört zum Besitz Peter von Manteuffels, sagte sie.

Dann konnte ich nicht allzuweit von zu Hause sein. Manteuffel war ich noch nicht persönlich begegnet, aber er war als der verrückte Graf bekannt und meist auf Reisen. Er besaß Güter, die so viel abwarfen, daß er sich mit der Herstellung von Flugmaschinen beschäftigen konnte. Er sorgte aber auch als Philanthrop für seine Leute, versuchte, ihnen Lesen und Schreiben beizubringen und die Alkoholsucht abzugewöhnen. Da er nur auf estnisch publizierte, las ihn in Reval kein Mensch.

Er ist kaum je hier, sagte sie, er hat das Gut seiner Tochter überschrieben, aber auch sie lebt meist in der Stadt. Kotzebue hat freie Hand.

Und Sie sind für die Gryllenburg zuständig, sagte ich.

Da Sie nicht mehr der einzige Gast sind, kann ich mich nicht im Lotterkleidchen zeigen. Schauspieler haben es gerne bürgerlich.

Spielen Sie mit?

Am Rande. Ich hoffe, Sie spielen auch mit, Herr von Löwenstern.

Ich begann mit dem Tranchieren des Seewolfs. – Ich würde mich freuen, wenn Sie sich dazusetzten.

Vielleicht später, erwiderte sie leichthin. – Zur Zeit gibt es viel zu tun. Ich bleibe nur, damit Sie überhaupt essen.

Probieren müssen Sie, sagte ich und reichte ihr die Gabel mit einem Bissen Fisch, den sie, im Geist ihrer Rolle, mit einem Knicks zum Mund führte.

«Resanow oder Die Ewige Treue», sagte sie. – Eigentlich ist es eine Oper, aber das Orchester kommt später dazu. Hier ist es nur durch ein paar Instrumente vertreten.

Ich höre sie, sagte ich. – Eine Geige, ein Klavichord, eine Handorgel.

Die Musik hat teilweise spanischen Charakter, aber auch russischen und vor allem religiösen.

Eine aparte Mischung.

Die Chöre sind die Hauptsache. Es ist ein Hoheslied auf die Liebe. Auch die Statisten sind Sänger.

Ich kann nicht singen, sagte ich.

Wenn es viele Stimmen sind, merkt man das nicht, und plötzlich kann man es doch.

«Resanow oder Die Ewige Treue», sagte ich. – Das muß man sich im Munde zergehen lassen.

Kein Hafen, den wir anliefen, wo Resanows erster Gang nicht ins Bordell geführt hätte. In Kopenhagen nahm er sogar seinen St.-Annen-Orden mit. Als er ihm abhanden kam, verlangte er von Krusenstern, er müsse das Haus bombardieren. Der Gesandte, der auf der Ratteninsel nie aus dem Schlafrock herauskam, war unpäßlich oder geil, wobei eins vom andern nicht zu unterscheiden war. Aber wie lange war ich selbst nicht aus dem Negligé herausgekommen?

Es gibt ein Libretto, sagte sie. – Es wurde an alle Mitwirkenden verteilt. Wenn Sie dabei sind, bekommen Sie es auch. Es war doch einmal Ihr Stoff.

Hoffentlich weiß Kotzebue, wie man ihn behandelt.

Soll ich Sie ihm vorstellen? fragte ich.

Ich lese lieber erst das Libretto, sagte ich.

Bitte schön, sagte sie und zog eine Broschur aus dem Dekolleté.

Ein russischer Kammerherr namens Nikolaj Resanow, Manager der Rus-
sisch-Amerikanischen Pelz-Compagnie, hat seine Frau begraben müssen
und sucht eine neue Herausforderung. Er erhält vom Zaren den Auftrag, in
den russischen Kolonien am Pazifik nach dem Rechten zu sehen. Mit seinen
Schiffen Juno *und* Avos *– kommandiert von Chwostow und Davydow,*
zwei Tunichtguten – reist er nach San Francisco und kommt gerade recht
zum 18. Geburtstag der Tochter des spanischen Gouverneurs. Er führt ein
Diadem der Zarin Katharina mit, das er ihr verehren kann. Aber es ist
seine vornehme Persönlichkeit, mit der er das Herz der reinen Conchita
gewinnt, obwohl sie schon Fernando versprochen ist, einem ritterlichen
jungen Mann. Der Altersunterschied zwischen dem vierzigjährigen Witwer
und der jungen Dame ist erheblich, aber die Liebe überwindet auch diese
Schranke. Dazu verwendet sie einen Gottesdienst, zwischen zwei Gebeten
an die heilige Gottesmutter. Diese wird Zeugin einer unverhofften Hochzeit,
aber auch der Schwüre ewiger Treue, mit denen sie besiegelt wird. Der Vater
beugt sich der höheren Macht, aber noch steht dem Glück des Paars zweierlei
im Wege. Zuerst Fernando, der in einem Duell überwunden werden muß,
bevor er bereit ist, sich selbst zu überwinden. Dann fehlt aber auch noch der
Segen des Zaren. Resanow muß also nach Petersburg eilen, um das Einver-
ständnis seines Herrn zu gewinnen; er will aber auch seine Kapitäne nach
Rußland rückführen, denn Chwostow und Dawydow haben in Amerika
wieder nicht gutgetan. Wie sollten die Liebenden ahnen, daß der tränen-
reiche Abschied, den sie einstweilen voneinander nehmen müssen, für im-
mer ist? Aber eben so will es das grausame Schicksal. Resanow kommt auf
der Rückreise durch das wilde Sibirien ums Leben, Conchita faßt es nicht,
tritt in ein Kloster ein, um seine Rückkehr abzuwarten, und wartet dreißig
Jahre, bis zu ihrem Tod. Aber dieser darf nicht eintreten, ohne daß ihn die
Erscheinung Resanows begleitet. Und in einem letzten Hosianna der Liebe
verewigt sich die Treue des Paars zum jubelnden Wunder der Überwindung
von Zeit und Tod. Im gnadenreichen Schoß der reinen Mutter Maria blei-
ben der russische Held und seine amerikanische Braut vereinigt für immer.

Die Kühnheit des Wurfs springt in die Augen. Dabei gibt es zwei
Punkte, die Kotzebue bewegt haben, das Stück vorerst in aller
Stille zu probieren und die Mitwirkenden zum Stillschweigen zu

verpflichten. Beide betreffen kritische Vereinigungen. Zuerst diejenige von Mann und Frau im Kirchenraum – an ihrer Körperlichkeit läßt die Musik keinen Zweifel offen. Die Handharmonika, in Vertretung der vollmundigen Orchesterorgel, schmachtet unzweideutig genug, auch wenn sie sich zugleich der Tonsprache christlicher Passion bedient. Der andere heikle Punkt betrifft natürlich die verschiedenen Bekenntnisse. Das Martyrium der Sünde – die Heilige Jungfrau mag ja ihren Segen dazu geben. Aber auch der Papst und der Metropolit? Und der Zar, das weltliche und geistliche Oberhaupt des rechten Glaubens? Und was sagt die Heilige Allianz dazu?

Gelingt es aber, das Meisterwerk an der Zensur vorbeizuretten, so hat Goethe nichts mehr zu lachen. Resanow wird «Faust» in den Schatten stellen, doch dafür muß Kotzebue selbst aus dem Schatten von Neid und Übelwollen treten, der seinen Erfolg hartnäckig begleitet – seine Stücke aber nicht daran hindern kann, auf allen Bühnen der Welt ein enthusiastisches Publikum zu finden. Kotzebue kennt seine Pappenheimer. Wenn das Stück schwach ist, kommt es auf große Stimmen an. Wer hört dann noch, was sie sagen?

Solange sie kein Orchesterklang begleitet, hört man es unerbittlich. Nur wenn Conchita Spanisch singt und Lateinisch betet, versteht man glücklicherweise kein Wort. Die Stimmen *tragen*, da ist nichts zu sagen – diejenige Resanows überspannt mühelos vier Oktaven. Russisch klingt immer, und wenn ihm noch ein großer Chor zu Hilfe kommt, klingt es nach Himmelreich. Der Weltmann Kotzebue weiß, wie man die Religion einspannt; und da sein Komponist auch ein Gespür für die Gasse hat, kriecht ein Ohrwurm nach dem andern durch meine dicken Mauern. Ich ertappe mich dabei, wie ich nur auf den nächsten Schlager warte, um mitzusummen. Jeder Triller ist ein Schrei nach Liebe, jedes Couplet ein Traum von Arm-in-Arm mit einer besseren Welt. Der Rest ist Seele, und die russische bleibt auch gern unverstanden. Es kommt ihrem Vibrato zugute.

Ach, Löwenstern ist von Zweifel und Spott noch nicht geheilt.

Nun bekommt er, *Halleluja der Liebe!*, zur Strafe die Ohren Tag um Tag vollgestrichen mit Sündenschmalz. Kotzebue muß mit hundert Leuten in die Gryllenburg eingefallen sein. Kein Wunder, daß sich Nadeschda nicht mehr blicken läßt. Sie kann die Frage nach meiner Mitwirkung nicht ernst gemeint haben. So sitze ich doppelt allein in meiner Klause, und es sind die chinesischen Raben, die mich atzen, ohne Worte und schnell wieder flüchtig. Ich löffle lustlos Massenkost, die gleiche offenbar, mit der die Schauspieler abgefüttert werden. Doch von der abendlichen Geselligkeit, deren Laute aus der Tiefe der Burg zu mir herüberdringen, bin ich ausgeschlossen und falle in alte Löcher der Lebenseifersucht zurück. Denn wie ich Nadeschda kenne, ist sie mitten unter den Leuten und gönnt sich so viel Amüsement, wie sich mit ihrer Rolle als Gastgeberin verträgt. Endlich wieder Gesellschaft! Willkommen in Petropawlowsk!

Seit der Tag durch die Probenarbeit gegliedert ist, hat sich auch das Zeitgefühl wieder eingeschlichen: Tag und Nacht sind deutlich unterschieden, nur ich selbst bin gleichmäßig allein. Es ist lange her, daß ich mich an Nadeschda so sehr gewöhnt hatte, daß ich sie kaum noch vermißte. Jetzt aber warte ich, warte bis zur Sehnsucht – das Feine der Liebe macht sich schmerzhaft bemerkbar, wenn das Gröbere außer Reichweite gerät. Löwenstern ist nicht dabei, muß froh sein, wenn er noch mitessen darf. Ich lausche begierig, kann nicht erwarten, bis die Harmonika wieder zu klagen beginnt. Ihr Jammer ist der meine. Gefühl bleibt Gefühl, ich gebe auf, ihm auf die Finger zu sehen.

Ich war kein sonderlich musikalisches Kind, aber wenn in Rasik Hauskonzert war, schlich ich mich in die erste Reihe, denn nie zeigen Menschen, bekannte und unbekannte, so viel Körper, sogar meine Schwestern. Die hoch atmenden Busen, die unwillkürlich geöffneten Lippen, die zuckenden Hüften. Und ich tat so, als ob ich all dies gar nicht sehen wollte, dabei wollte ich *nichts anderes* sehen. Wie gern hätte ich sogar die Sonntagsschullehrerin nackt erlebt – *jede* Frau. *Halleluja der Liebe.*

7 Als sie wiederkam, erkannte ich sie wieder nicht. Ich sah eine spanische Witwe ganz in Schwarz, mit langem durchbrochenen Kleid und einem breiten Hut, von dem ein Schleier hing. Der sichtbare Teil ihres Gesichtes war kalkweiß, auch die Schminke der Lippen, aber der eine Mundwinkel war immer noch fester als der andere. Daran erkannte ich sie, und es ließ mein Herz hüpfen. *Ganz* entfesselt war sie noch nicht.

Sie sind ja schon dabei, sagte ich.

Sie kommen auch dran, Herr von Löwenstern, sagte sie. – Der Chor der russischen Seeleute braucht Verstärkung. Aber auch im Gefolge des Alkalden von San Francisco werden noch Herren benötigt. Ich schicke heute die Schneider vorbei, damit sie Ihnen Maß nehmen, für einen Abendanzug. Morgen muß er fertig sein, denn übermorgen treten Sie auf.

Ich hob die Brauen.

Kommt es zu plötzlich? fragte sie. Und war kaum aus dem Raum, als ihn zwei bezopfte Chinesen unbestimmten Alters betraten; sie trugen schwarze Pyjamas. Ausdruckslos und ohne ein Wort rollten sie ihre Bänder an meinem Körper aus, vermaßen ihn nach allen Richtungen und schlürften Luft durch die Zähne; Notizen hatten sie nicht nötig. Für einen Sarg, dachte ich, brauchten sie nicht so viele Umstände zu machen. Als sie verschwunden waren, aß ich ein paar Bissen und legte mich hin, ruhelos wie ein Prüfling. Mußte dann doch eine Weile geschlafen haben, denn als ich aufwachte, war draußen schon die Probe im Gange.

Aber was hing da neben dem Bettkasten am Gestell, einem sogenannten Herrendiener? Ein mehrteiliger Abendanzug ganz in Schwarz, auch die Knöpfe. Weiß war nur das Rüschenhemd, das ich mir als erstes über die nackte Haut zog. Dann wand ich mir die Leibbinde um, die meinen Umfang bändigte, stieg in die Pantalons, schlüpfte in die Weste, an der es viel zu knöpfen gab, legte die hellblaue Schärpe um, an der ein Phantasieorden haftete, und schließlich den Frack mit den Schwalbenschwänzen. Alles paßte so angegossen, daß ich mich fast beweglicher fühlte als in nacktem Zustand, und am Ende knüpfte ich mir noch das grauseidene Foulard um den Hals. Blieben noch die Schnallenschuhe; sie wirkten klein, aber auch sie saßen perfekt.

Betrachten konnte ich mich nicht. Das Spiegelchen in der Badehalle, vor dem ich mir Bart und Haare schneide, zeigt keinen ganzen Mann.

Gut sehen Sie aus, sagte es hinter mir; es war die schwarze Witwe. – Fehlt nur noch der Zylinder. Wie kommen Sie sich vor?

Ein wenig fremd, sagte ich.

Sie brauchen auch eine Maske, sagte Nadeschda, sie gehört zu Ihrer Rolle.

Sie hielt eine gipsweiße Larve mit Augenlöchern in der Hand und stand jetzt so dicht vor mir, daß ich ihr Parfüm roch, als sie die Arme hob, Patschuli mit einem Stich Moschus, unterlegt vom Hauch einer Körperlichkeit, der mich schwindeln machte. Sie setzte mir die Maske auf und ließ sich beim Festbinden der Schnüre hinter meinem Kopf so viel Zeit, daß ich sie unwillkürlich um die Taille faßte. Sie entzog sich nicht, doch der Druck ihrer Hüften blieb neutral. Dann setzte sie mir den Zylinder auf und drückte ihn fest.

In meiner Phantasie verlängerte er sich auf Turmhöhe; ich blickte durch fremde Augenlöcher in einen unbekannten Raum hinab. Ich war riesenhaft geworden und spürte doch Nadeschdas warmen Atem dicht an meinem Ohr, der sich zum Gewisper verstärkte.

Hörst du mich? flüsterte sie.

Ja, antwortete ich von weit weg.

Morgen ist der Tag, hauchte sie. – Wir sind im Haus des Alkalden, mitten im Volk, und nach Conchitas Lied: «Auf ewig» und Reganows Antwort: «Jetzt oder nie» breche ich mit einem Schrei zusammen. Es gibt einen Auflauf, und du gelangst unbemerkt in seinen Rücken.

Ihre Hände fingerten an meinen und drückten einen harten Gegenstand hinein.

Dann tust du es, flüsterte sie. – Mit einem Stich.

Ich schob die Maske aus dem Gesicht; der Zylinder fiel zu Boden. Das Messer in meiner Hand hatte einen Horngriff und saß in einer Lederscheide.

Steck's unter die Weste, sagte sie. – Sie hat eine Tasche dafür.

Sie packte den Dolch mit meinen Händen zusammen und wollte sie an meine Brust führen, aber ich hatte den Griff losgelassen, so daß sie ihn allein festhalten mußte.

Wen? fragte ich.

Du wirst es wissen, sagte sie. – Es gibt nur den einen.

Ich töte keinen Menschen, sagte ich.

Hinter dem Witwenschleier konnte ich das starre Weiß ihrer Augen auf mich gerichtet sehen.

Ich liebe Sie, sagte ich.

Sie rührte sich nicht.

Draußen hörte ich die Schauspieler durcheinanderreden, jemand klatschte wiederholt in die Hände; Kotzebue rief zur Ordnung, das Klavier spielte den Schlußchoral an.

Nadeschda ging zu meinem Schreibtisch und setzte sich auf seinen Rand. Dann streifte sie den Schleier aus dem Gesicht und sagte, in die Chorprobe hinein, mit leiser Stimme: Ich habe Ihnen noch nicht berichtet, daß uns eine Überraschung erwartet. Seine Majestät der Zar hat sich angesagt, auf der Durchreise mit seinem Bruder Konstantin, dem Vizekönig von Polen. Warschau ist unruhig. Die Majestäten sind gestern auf dem Manteuffelschen Gut eingetroffen und wünschen, sich einen Eindruck von Kotzebues Stück zu verschaffen. Hören Sie mich, Ermolai?

Ich schwieg.

Sie sind sprachlos, fuhr sie fort. – Sie werden es noch mehr sein, wenn Sie erfahren, daß Golownin, sobald er in Petropawlowsk eintrifft, verhaftet wird.

Warum? fragte ich.

Der Zar ist davon überzeugt worden, daß auf der *Kamtschatka* eine Verschwörung im Gange sei. In Golownins engster Umgebung sollen sich Mitglieder einer Geheimgesellschaft befinden, welche die Abschaffung der Leibeigenschaft und der Zensur verlangt.

Das hat der Zar bei der Thronbesteigung selbst versprochen.

Heute steht der Tod darauf. Zu den Verschworenen gehören auch Fjodor Litke und Feopempt Lutkowski, der künftige Schwager Golownins. Sie verlangen die Abdankung des Zaren.

Golownin ist nicht der Typ des Verschwörers, sagte ich.

Salvieren kann er sich nur, wenn er das Kommando einer kriegerischen Expedition übernimmt – gegen die Japanesen. Es heißt, er kenne ihre Mentalität. Und der Zar zählt darauf, daß er Gründe hat, ihnen die Gefangenschaft heimzuzahlen. Es wäre auch der untrüglichste Beweis seiner Loyalität.

Das tut er nicht, sagte ich.

In Kronstadt, fuhr sie fort, wird eine Flotte gerüstet, die im japanesischen Krieg zum Einsatz kommen soll. Sie wäre schon ausgelaufen, wenn Großfürst Konstantin kein Veto eingelegt hätte. Er möchte die Kriegsmacht Rußlands nicht verzetteln, solange Polen nicht befriedet ist. Auch hat er eine günstige Meinung von Golownin. Wäre Konstantin Zar, hätten die Reformisten nichts mehr zu fürchten.

Konstantin will nicht regieren.

Das wollte Alexander auch nicht, sagte sie. – Und Sie sehen, was herausgekommen ist. Vielleicht interessiert Sie auch, daß er nicht nur als Theaterfreund hierherkommt, sondern als Verehrer Resanows. Er sucht eine Gelegenheit, ihn zu rehabilitieren.

Nein, sagte ich.

Ich hoffte, daß du das sagst, Ermolai, erwiderte sie. – Ich lasse dich jetzt allein.

Nadeschda, flüsterte ich, Zar bleibt Zar – es ist hoffnungslos.

Ja, sagte sie. – Golownins Flucht war hoffnungslos. Benjowski warnte die Japanesen vor Rußland – hoffnungslos. *Und wenn?* Man muß es tun. Und hat man es getan, ist *nichts mehr* hoffnungslos.

Ich töte nicht, Nadeschda, sagte ich.

Wozu glaubst du, daß du hier bist?

Deinetwegen.

Sie zog den Schleier vor das Gesicht und ging rasch hinaus. Das Messer blieb auf dem Tisch.

8 Als Ermolai Löwenstern in dieser Nacht zu seinem Garten ging, erlebte er eine Überraschung. Das Geviert stand unter Wasser; im Gemäuer mußte eine Leitung geborsten sein. Der unregelmäßige Raum war unbetretbar geworden, die Trümmerlandschaft lag unsichtbar auf seinem Grund. Dafür spiegelte sich ein voller Mond auf seiner Oberfläche, mit zuckenden Rändern, als wäre der Himmelskörper lebendig, dabei zeigte die Luft keinerlei Bewegung, und am Himmel suchte man ihn umsonst; im kleinen Feld zwischen den Mauerzinnen stand nichts als helle Nacht. Man hätte ins Wasser hinausgehen müssen, um der Lichtquelle ins Auge zu blicken; aber da der Hof noch nie in der Sonne gelegen hatte, wie sollte jetzt zum ersten Mal der Mond hineinscheinen? Und war er nicht seinerseits ein Spiegel, ein milder nächtlicher Abglanz, den man erst sehen konnte, wenn die Sonne, das Muttergestirn, schon unter- oder noch nicht aufgegangen war?

Aber auch im gespiegelten Spiegel, im Bild eines Bildes zeigten sich, vielleicht plastischer als in seinem scheinbaren Original, die Zeichen von Körperlichkeit: Furchen, Trübungen, Schattenzonen, welche die betrachtende Phantasie seit je zu einem Gesicht zusammengesetzt hat, oder zu einem ganzen Mann im Mond. Der ungeschliffene Spiegel war «inwendig voller Figur» – diese Wendung hatte Löwenstern bei Albrecht Dürer gelesen, und sie war auf die Schöpferkraft des Malers gemünzt, die sich aus allen Vorbildern der Natur wieder ganz eigene Bilder zu machen wußte. Löwensterns Gefühl hatte sich immer daran gestoßen, daß seine Sprache – anders als fast alle andern, die den Dingen überhaupt ein Geschlecht unterstellen – den Mond männlich, die Sonne weiblich behandelt. Nun zeigte ihm die Spiegelung im Wasser einen Körper eigenen Rechts, der durch leises Zittern nichts von seiner Festigkeit verlor; es machte ihn lebendig. Ja, der Mond schien in der kleinen Tiefe noch stärker, fast durchdringend zu scheinen als je in der Höhe, und sein Licht, geborgt oder nicht, war «inwendig voll Figur». Im Wasserreflex des Mondspiegels, der das verschwundene Sonnenlicht zur Erinnerung dämpfte, erschien die Figürlichkeit des kleinen Gestirns noch gesteigert und, durch Vereinzelung im Verlies, wie durch ein Brennglas, zur Herrlichkeit verstärkt.

Löwensterns Hände hatten unwillkürlich eine Bewegung ausgeführt. Er wandte sich ihnen zu und betrachtete sie als etwas erstaunlich Fremdes. Sie hatten sich vor seinen Augen in gleiche Höhe erhoben und locker geöffnet, wandten einander, mit Abstand, die geneigten Handflächen zu. Und selbst bei diesem schwachen Licht konnte er *sehen*: auch die Leere, die sie vorwiesen, war von beweglichen Schatten gezeichnet, inwendig voll Figur wie der Mond. Sie trugen, mit Furchen und Schwielen, die Spuren seiner Arbeit, den gesammelten, dauerhaft gewordenen Abdruck aller Körper, die sie jemals berührt hatten.

Nun begann er mit ihrer Stellung zu spielen. Seine Hände schaukelten leicht, wie die Arme einer Waage, und pendelten sich dann wieder auf gleicher Höhe ein. Und plötzlich sah er Hände eines Schöpfers am Werk. Sie griffen nicht zu, sie packten nichts an. Sie wogen nur, in kleinsten Bewegungen, ihre Leere gegeneinander ab, verrückten ihre Balance, um sie wiederzufinden. Aus der Differenz, die sie herstellten und zurücknahmen, *ergab* sich etwas, und dieses Etwas war nicht mehr nichts. Auch die kleinste Verschiebung der Gewichte hüben und drüben war ein Anfang von Figur; das Fast-Nichts von Unterschied vibrierte wie der Mondschein im Wasser. Hier begann etwas zu pulsieren und zu atmen, wurde weniger und mehr.

Und Löwenstern vertiefte sich immer weiter in den Anblick seiner Hände, die ihm Unterweisung zukommen ließen, ohne dafür etwas anderes zu sein als leer. Sie sagten ihm: alles hängt am Gleichgewicht, und aus dem Spiel damit geht alles hervor – auch das Spiel, es hänge gar nichts daran. Es ist nicht das Gegenüber von Mann und Frau, Entweder-Oder, Meinung und Gegenmeinung, nicht einmal von Leben und Tod. Es ist das Gleichgewicht von Sein und Nichtsein, das der Schöpfung selbst zugrunde liegt und sie durch kleinste Verschiebungen entstehen und auch wieder vergehen läßt. Und der Mensch, für den dieses Gleichgewicht vorstellbar wird, kann nur noch staunen, daß überhaupt etwas ist, und nicht vielmehr nichts.

Was gab es für Ermolai Löwenstern noch zu tun?

Er fuhr noch ein wenig zu spielen fort.

Er hatte zwei Hände, eine für Sein, und eine für Nichtsein. Und jetzt bückte er sich, um einen Stein aus dem Wasser zu fischen; er wußte welchen und wo er lag, denn gestern noch hatte er ihn selbst dahingelegt, an den Fuß der drei krummen Felstürme, die er zum Andenken an Moor aufgebaut hatte und die jetzt im Wasser standen wie die Originale an der Awatscha-Bucht. Er hatte diesen Stein etwas beiseite gelegt, denn nirgends wollte er passen; jetzt brauchte er nur die Hand ins Wasser zu tauchen, um ihn auf der Stelle zu finden. Es war ein über faustgroßer Malachitbrocken von nächtlichem Dunkelgrün. Der Stein, wie alle andern aus einer verwitternden Mauer gestürzt, mußte von weiter her sein, denn er blieb im Hof der einzige seiner Art. Löwensterns Hand befühlte seinen Körper, der zugleich etwas Bestimmtes und Geschmeidiges hatte; seine Seiten waren teilweise glatt ausgebuchtet, die Oberfläche ließ an Bearbeitung denken, doch wozu? Zugleich glaubte Löwenstern, der Form zu entnehmen, daß sie noch in keines Menschen Hand gelegen habe, und gefiel sich in der Phantasie, sie möchte wirklich vom Mond gefallen sein. Oder hatte er sie aus reiner Leere geschöpft? Unwillkürlich hatte er sie trockengestreichelt, und jetzt lag sie mit allen kleinen Widerständen fest wie ein Faustkeil in seiner Hand. Es war die Linke. Er war als Linkshänder geboren, und daß er mit der Rechten schrieb, aß oder grüßte, war ein Werk kindheitlicher Dressur. Was er unwillkürlich und von Herzen angriff, tat er immer noch mit links. Also entschied Löwenstern: es war die Hand des Seins, und die trockene Rechte mußte sich das Nichtsein gefallen lassen.

Und wieder hob er beide Hände fast auf halbe Schulterhöhe; die linke um den Stein geballt, die rechte leer wie zuvor.

Allmählich schien ihm das Gewicht der Hände fast einerlei; der Stein war ja gar nicht schwer; er mußte die Augen schließen, um das größere Gewicht seiner Linken zu *fühlen*. Und jetzt bewirkte seine Einbildungskraft, daß es noch schwerer wurde, allmählich fast untragbar. Seine Linke stemmte sich aufbegehrend gegen das Übergewicht, bis es Löwenstern einfiel, sich auf die vergessene

Rechte zu konzentrieren. Und siehe da, ihre Leere begann, sich zu füllen – womit? Mit Gegengewicht. Er brauchte nur mit dem Herzen nachzuhelfen und konnte die Balance in seine Hände einwachsen fühlen. Er durfte damit schaukeln, sie stellte sich gemächlich, fast träge wieder her, wie die Luftblase in der Wasserwaage sich zwischen ihren Marken einpendelt. Das Gleichgewicht war stabil, und so merklich die Gewichte waren, *das Ganze war leicht*. Und der Punkt, auf dem die Waage ruhte, war er selbst.

Und in diesem Augenblick ging ihm auf, was er sollte. Er öffnete die Augen und vertiefte sich in seine Hände. Wie brav die Linke ihren Stein festhielt! Aber jetzt sollte auch die Rechte zu schaffen bekommen. Er musterte sie ernsthaft, die Treuhänderin seiner Dressur, die sich hergab zum Gruß mit Handschlag, zum Schneiden mit dem Messer, zum Schreiben mit der Feder, zum Schwur auf den Zaren; jetzt, da sie leer war, sah er ihr auf die Finger. Dies war sein Nichtsein. Aber wenn er jetzt sein ganzes Gewicht spüren konnte – war es nicht auch schon ein halbes Glück? In der einen Hand der gebildete Stein, der schon etwas war – sein Dasein hatte ungeheures Gewicht. In der andern Hand alles, dem zum Dasein etwas gefehlt hatte, das Versäumte, Vergessene, Verdrängte und Verspielte – war das alles nichts? Oder konnte man sich nicht auch zum Nichtsein *bilden*, ihm so viel Gewicht zufließen lassen, daß Sein und Nichtsein sich die Waage hielten – und die ganze Last auf zwei Händen in der Schwebe ruhte, mit solcher Leichtigkeit, daß man sie festhalten mußte, damit sie einem nicht entflog?

Wie mühelos er aufstehen konnte – als wäre er ein Japanese, der langes Sitzen gewohnt ist. Nein, er war nur Hermann Ludwig Löwenstern und hatte noch etwas vor. Und wie ein Junge warf er den Stein ins Wasser hinaus – mit links, aber zielsicher nach dem Mondschein, den er fast in die Mitte traf. Er sprühte in Funken auseinander, die aufgeregten Wellenkreise trugen ihm das zersplitterte Licht zu, heftig zuerst, dann immer gemächlicher, bis sich auch der verwirrte Lichtkörper wieder gesammelt hatte und auf sein altes Rund zurückgekommen war, auch wenn es noch eine kleine Weile nachbebte.

Löwenstern hatte jeder Bewegung zugesehen und verweilte noch weiter, als die größtmögliche Ruhe eingekehrt war. Dieser Wurf war ebendas, was seinem Garten noch gefehlt hatte. Wenn das Wasser abgezogen war, würde der Stein wieder auftauchen, denn tiefer konnte er nicht fallen als bis auf den Grund.

Und wenn er nie mehr zum Vorschein kam?

Dann war es auch gut.

9 Als er in die Klause zurückkehrte, sah er, im Schein des Wachslichts auf dem Tisch, die Frau im Halbdunkel vor der Blumenschale kauern, im stahlblauen *Yukata* wie am ersten Tag. Im Widerschein der weißen Holunderblüten, die sie steckte, schimmerte ihre Stirn, und die losen Haarsträhnen darauf rührten sich bei jeder Bewegung. Als sie redete, sah sie ihn nicht an.

Ich habe dir etwas noch nicht gesagt. Ich habe dir noch nichts gesagt. Ich habe dir noch nie etwas gesagt.

Er ließ sich auf das Bärenfell nieder, das eine oder das andere.

Ich höre dich, sagte er kniend.

Ich will nicht, daß du mich hörst.

Wie sollen wir das denn machen?

Du mußt gleichzeitig reden und darfst nicht aufhören, keine Sekunde.

Was soll ich denn sagen?

Sag Wacholder.

Holunder geht auch?

Was du willst, aber immerfort. Im-mer-fort!

Er begann *Wacholder Wacholder* zu murmeln, und sie sprach ebenso leise, aber bei ihr waren es ganze Sätze in einer fremden, doch, wie er meinte, nicht *ganz* unbekannten Sprache. Er spitzte die Ohren, aber sein eigener Singsang war dem Verständnis im Wege, und sobald er nur noch den Mund bewegte, um die Frau zu überlisten, tat sie es ihm gleich. Als er des Holunders müde wurde, machte er *Pollunder* daraus, dann *Pullover Pullunder Palaver Hollän-*

der Hallodri, und je mehr er die Wörter ihrem Hang zu Eigensinn und Nonsense überließ, desto besser glaubte er der Frau folgen zu können, auch wenn er sie immer weniger verstand. Sie schien von Tieren zu reden, Menschen, die Tiere gewesen oder wieder geworden waren, dabei ging ihr Atem kürzer, und ihre Erregung begann sich dem Mann mitzuteilen. Auch er bildete nun Sätze ohne Sinn, bramarbasierte nach Herzenslust, und je weniger er nach der Quelle des Unsinns fragte, desto bereitwilliger schien sie zu fließen.

Die Frau hatte sich erhoben, ihr Gesicht war gerötet, auch ihr Gerede lebhaft und dringend, er sah das Zucken ihrer Lippen, die rasch wechselnde Grimasse von Abscheu und Hingerissenheit. Auch ihn hielt es nicht mehr auf den Knien, und ohne seinen Standort zu verlassen, begann er die Bewegungen der Frau andeutungsweise nachzuahmen; denn es waren Tanzschritte daraus geworden, und sie führten sie auf Umwegen, mit Drehungen und Pirouetten in die Richtung des Mannes. Dabei war sie aus ihrer Hülle geschlüpft, raffte das dünne Tuch vor den Brüsten und ließ es vor ihrer Blöße schaukeln, im Takt ihrer Geschichte, die sie sogleich unterbrach, wenn Löwenstern verstummte, und sei es nur, um Atem zu holen.

Anfangs hatte das Unisono etwas Belustigendes, aber dann wurde der Eindruck, keiner wolle den andern ausreden lassen, zur Störung; der Mann hatte unwillkürlich die Stimme erhoben, die Frau erhitzte sich ihrerseits, ihre Schultern zuckten, ihre Füße fielen aus dem Tritt. Einmal hatte der Mann schon die Arme geöffnet, um sie aufzufangen, doch sie redete sich mit einer brüsken Geste wie angewidert von ihm weg, schüttelte sich sogar und blieb abgewandt stehen, um laut in die Ecke zu schimpfen. Dann beugte sie sich, ohne ihren Redestrom zu unterbrechen, und präsentierte den Hintern. Das Bild seiner entblößten Mutter schoß dem Mann durch den Sinn, das er als Kind erhascht und widerwillig bewahrt hatte, zugleich war die hagere Person, die mit gespreizten Beinen zu wippen begann, der schiere Hohn und verschlug ihm die Sprache. Sie blickte unwirsch über die Schulter, dann drehte sie sich ihm zu und forderte ihn mit einer herrischen Geste zum Weiterreden auf, umsonst. Da ging sie, den Mantel flüchtig um den Leib gewunden, mit drohenden Schritten auf ihn zu.

Besteig sie doch, du Arsch, statt dir nur in die Hose zu machen! Er glaubte es nicht, aber es war erst der Anfang. Sie riß ihm den Mantel von den Schultern und brach, indem sie das Tuch mit Füßen trat, in einen Strom ordinärer Verwünschungen aus, dergleichen er seit seinen Seemannsjahren nicht mehr gehört hatte. Ihr Gesicht dicht an seinem, spie sie das Letzte hinein, was man zu einem Menschen sagen sollte und darf. Er hörte das Zetern der Hure, die sich, um ihren Lohn geprellt, mit Lästern schadlos hält: so ist es, das Männerpack, präpotent und impotent, Betrüger und Waschlappen, Angeber und Scheißkerle. Aber nun erst dieser da: – ist das überhaupt ein Mann? Ein Schönschwätzer ist er, ein geblähtes Nichts, gar nicht der Rede wert – und nun konnte die Rede erst richtig beginnen. Sie ging zur Sache und wurde bemerkenswert akkurat. Jeder Satz, in Gift und Galle getaucht, ein Pfeil, der eine empfindliche Stelle traf, und keiner, der nicht nach der Mannesehre zielte und nach der Menschenwürde.

Was tun? Schlagen durfte er die Frau nicht, fliehen konnte er nicht, aber schweigen noch weniger. Er suchte Widerworte, fiel zu seiner Beschämung selbst in den Ton der Frau, als er sie anherrschte: es reicht! Er warnte sie nachdrücklich, steigerte die Drohung zum Ultimatum, verlängerte es zum zweiten, zum dritten Mal, während sie, die Hände auf die Knie gestützt, feixend auf und ab wippte. *Gambare, gambare, Löwensterchen, nur zu, kleiner Freund! Weine nicht mehr, bleiche Dudu, sei ein Mann!* Als er verstummt war, ließ sie ihm die Wahl, ein *Waschweib* zu sein oder ein *Marktweib* – und er hörte genau, daß es der *weibliche* Anteil des Schimpfworts war, der ihren Hohn schärfte. Sie bleckte die Zähne, die unter straffer Oberlippe entblößt blieben wie die einer Raubkatze, als sie anfing, ihn zu reißen, Stück für Stück. Sie zerrte ihm die Larve der *Exzellenz* herunter, nur aufgesetzt, um zu verbergen, daß er gar kein Gesicht habe. Sie schlug ihm die Briefe um die Ohren, die sie natürlich nicht nur gelesen, sondern *gefressen* habe und danach aus dem Kotzen gar nicht mehr herausgekommen sei: ob er sich je gefragt habe, wovon sie eigentlich *lebe*? Und wie sie mit dem Nichts, das er sei, auskommen könne? Er habe sich immer nur mit *Ausreden* beschäftigt – denn das und nichts anderes sei seine Schreiberei: Ausrede für ungelebtes Leben, Schaufenstergebäck aus buntem Gips.

Der Mann, der in seinem Garten eben noch das Universum ausbalanciert hatte, begann zu verstehen: Sein oder Nichtsein – das war erst das kleine Einmaleins. Aber moralisches Nichtsein bei lebendigem Leib: darauf war er nicht gekommen, und jetzt tat die Frau den Teufel, es ihm einzutränken.

Nachdem seine Ultimaten unbeachtet verstrichen waren, hatte sich der Mann mit Seelenkunde geholfen. Eine Frau, die ihn mit dem Niedrigsten zudeckte, was ihr zur Hand war, brauchte er nicht wörtlich zu nehmen. Sie zeigte damit nur die Tiefe ihrer Erniedrigung an, und wer es darin nicht aushält, wird niederträchtig, muß niedermachen – den ersten Besten. Aber daß sie es *ihm* antat, bewies ja mehr als ausreichend, daß er immer noch der beste Erste war. Auch wenn sie ihn jeder Würde entkleidete – noch immer würdigte sie ihn wie keinen andern ihres Vertrauens. Mit jedem Fluch, den sie gegen ihn schleuderte, widersprach sie gewissermaßen sich selbst. Der Mann kann nicht töten, darum soll er nicht leben. Mag die Frau weiterlästern: *Wenn du ein Dichter bist, bin ich eine Japanesin!* Es ekelt sie, ihn zu berühren – doch von ihm lassen kann sie nicht.

Muß er das Spiel mitmachen? Er kann ja lesen. Er war immer ein Leser. Aus dieser Quelle flossen ihm unfehlbar gute Gründe zu. Die Frau nennt sie «Ausreden». Kann es sein, daß er ihrer plötzlich müde geworden ist – *sterbensmüde*?

Er sieht dieses Gesicht vor sich, das nicht aufhören kann, ihn zu beleidigen. Was die Frau sagt, trifft ihn ja gar nicht, das ist dummes Zeug. Was ihn wirklich beleidigt, ist ihre Häßlichkeit, die Penetranz ihres Anspruchs, das Schamlose ihrer Geschichten. Was ihn rasend macht, ist *sie*, sie selbst. Jetzt drückt sie auch noch die Augen zu. Und ihr Mundwinkel –

Für diesen Mundwinkel *allein* könnte er sie erwürgen. Und als sich seine Hände ballen, stöhnt er laut auf, hört sich schluchzen und versteht gar nichts mehr. Er hat zu lallen begonnen, als wäre er vom Schlag getroffen; da hört er die andere Stimme. Die Frau lallt mit ihm. Zugleich läuten die Ohren; die Lade der ungenannten Dinge kippt und leert sich aus, mit Rasseln und Prasseln; liefe dazu noch ein Mundwerk, es könnte sein eigenes Wort nicht hören. Aber jetzt hat das Paar laut zu heulen begonnen – wer hat diesen wölfischen Ton angestimmt? Genug, er lag in der Luft – fast schon einstimmig ausgestoßen aus gestrecktem Hals, endlos gedehnt, über alle Wände der Gryllenburg hinaus, bis an die Grenze des Atems.

Als sie erreicht war, verstummten sie, beide zugleich. Sie öffneten die Augen und sahen einander zum ersten Mal. Die Frau lächelte schwach, aber mit ganzem Mund. Die Lippe war frei. Sie ließ ihre Stirn gegen die Stirn des Mannes sinken. Auch im Gehör war Schweigen. Erst standen sie nur. Dann legten sie die Arme umeinander.

Sie zog ihn auf das Bärenfell nieder, das eine oder das andere, und wenn es das andere war, zog sie jetzt das eine über beide; unter ihm zog sie es über seine Schultern, oder auf ihm über die ihren. Jetzt waren sie ganz und gar im Versteck, und es bewegte sich nicht mehr, aber es war inwendig voll Figur und unaufhörlichem Raunen. Rede, Ermolai, nicht aufhören, keinen Augenblick. Ich weiß noch viel mehr. Er hörte etwas wie *mein Sabbath, mein Goldkelch, mein Schwert und mein Helm,* und sprach *Kataster* hinein, *Katheder, Katheter, Piaster, Pilaster, ich könnte dich umbringen, mein Herzensnarrchen, meine Einsamkeit, mein Schiff, mein schönes Tal, meine Belohnung.* Rede, du darfst mich nicht hören. *Meine Wiege, meine Stimme, mein Richter, mein Schoßkind, wieder einen Finger schlägst du mir ein. Mein Süßtönender, mein teurer Sünder, mein Goldkelch, mein Eingeweide, meine Hochzeit, die Taufe meiner Kinder, mein Trauerspiel, mein Nachruhm. Wieder einen Nagel schlägst du mir ein.* Im Kokon rappelt es, während sie draußen klöppeln wie nicht gescheit, acht Bärentatzen auf dem Steinboden mit Bärenkrallen wie Totenbeinchen, wie Stiefelabsätze auf Katharinas Marmorparkett. Wir bleiben drinnen, lassen keinen herein, da kann es hämmern, wie es will. *Mein Goldkind, meine Perle, mein Johannes, mein Cherubin und Seraph, o Himmelstöchterchen, du Gottesmann.* Wer hilft uns aus der Puppe, Nadja? Niemand ist da, keine Menschenseele. Jetzt hast du mich gehört, *mein Alles und Jedes, meine Vergangenheit und Zukunft, du Vergebung meiner Sünden, mein Herz meine Mördergrube.* Noch ein Nagel, und es ist vollbracht. Wir sind nur noch einen Streich vom Leben entfernt, Ermolai, einen kleinen Todesstreich.

Wo bist du, Kind Gottes?

Ich denke an Green, sagte der Mann.

Wenn er gelebt hätte, sagte die Frau, wäre er tot. Er stirbt nicht, weil er nur ein Schatten ist, unser Schatten. Wir können ihn groß und klein machen wie Gulliver.

Den hast du mir ausgetrieben, sagte der Mann.

Du mußtest auf die Welt kommen, sagte die Frau, dafür gab ich meinen Leib, denn du wußtest gar nicht, daß du einen hattest. Dafür nahm ich deine Seele, denn ich hatte meine verloren.

Jetzt sind wir groß und klein, sagte der Mann, aber *eins* werden wir nicht.

Das wäre noch schöner, flüsterte sie, doch wir sind zusammen gefallen, und tiefer sinken können wir nicht. Wir sind wieder im Ei, *mein Küken*, und brauchen keinen Hammer, um die Schale zu öffnen. Du hast den Schnabel, ich habe den Zahn, *mein süßes Leben, mein Mädchen, meine Braut* –

Ja –

PAN!

Die Puppe sprang, das Netz um ihren Leib entfaltete sich und wurde durchsichtig, das verdoppelte Geschöpf hatte vier Flügel auszubreiten und begann sich im Licht zu wiegen, mühelos gepaart, leichter als der Wind. Über ihm, hochgetürmt, die Wolke der Gryllenburg mit verwehten Zinnen, fließenden Rändern, und in der Tiefe das Summen des ewigen Sommers. Hörst du es auch?

Rhabarber, Rhabarber, Rhabarber.

Ganz Ohr werden:

HOSIANNA der Liebe.

So anders. Das bist du.

So und nicht anders.

So

VII
Nachspiel
Palfer. Theater

1 Alexander, Selbstherrscher aller Reußen, machte im Spätsommer 1820, zweiundvierzigjährig und fünf Jahre vor seinem Tod, unterwegs zum Fürstenkongreß von Troppau, Station in Palfer, dem Gut Otto von Kotzebues. Der Zar war in Reval unverhofft leidend geworden, am Kleinfinger der linken Hand, der sich über Nacht entzündet hatte und heftig pochte. Das Nagelbett war von Eiter umlaufen, den der erste Leibarzt – der Zar war von drei deutschen Ärzten begleitet – durch einen Schnitt abgeführt hatte. Danach war die ganze Hand geschwollen, das Gelenk, ja der Unterarm begannen, sich schmerzhaft zu versteifen, und die Ärzte waren sich einig, daß die Infektion ernst zu nehmen sei. In der Entourage des Kaisers befand sich auch Doktor Abraham Schiferli, Stadtchirurg von Bern, der in allerhöchster Familiensache nach Petersburg gereist und vom Zaren noch in einer andern, gleichfalls diskreten empfangen worden war. Jetzt riet er zu einer konservativen Behandlung des Fingers mit Kamillenbädern, hielt aber doch zwei, drei Ruhetage für indiziert. Die Gesellschaft sagte sich kurz entschlossen bei Otto von Kotzebue an.

Palfer gehörte seinem Schwiegervater, dem Grafen von Manteuffel, der ein Querkopf und wie häufig, so auch diesmal auf Reisen war, aber so begütert, daß der Aufenthalt in Palfer die nötige Bequemlichkeit versprach; die Gegend war auch für ihr gutes Wasser bekannt. Außerdem glaubte der Zar, Kotzebue eine Aufmerksamkeit schuldig zu sein. Seine Weltumsegelung war vom Außenminister, Graf Rumjanzew, aus dessen Privatschatulle bestritten worden und hinterher ins Gerede gekommen, da Kotzebue in der Beringsee die Suche nach der Nordwestpassage aufgegeben hatte, aus Gesundheitsgründen. Die Kritiker urteilten, ein Kapitän der kaiserlichen Marine habe, wenn sein Herz versage, das Kommando einem Stellvertreter abzutreten und müsse auf seiner «Rurik» genauso als erster zu sterben bereit sein, wie er sie als letzter verlassen dürfe. Später hatte sich Kotzebue auch noch in einem Sturm vor

Kamtschatka verletzt. Offiziell hatte man die Umkehr auf den schlechten Zustand der Brigg geschoben, die in Manila vollständig überholt werden mußte.

Der Zar war zur Nachsicht gestimmt. Wenn Kotzebue den verkürzten Handelsweg nicht gefunden hatte: immerhin hatte er eine Strömung registriert, die für ihre Möglichkeit sprach, und bei der Erforschung der Südsee Bahnbrechendes geleistet, wofür auch dem mitreisenden Naturforscher Adelbert von Chamisso zu danken war, bekannter als Dichter des «Peter Schlemihl». Kotzebue hatte sich überdies als Diplomat verdient gemacht und, Verwicklungen mit der spanischen Krone in Neukalifornien abzuwenden, solche mit dem König von Hawaii beizulegen gewußt. Für seine Verdienste hatte ihn der Zar bereits zum Kapitänleutnant befördert und mit dem Orden des Heiligen Wladimir vierter Klasse ausgezeichnet. Außerdem war der Zweiunddreißigjährige frisch verheiratet und wirkte zwar etwas schroff und manchmal cholerisch, aber nüchtern und berechenbar, im Unterschied zu seinem Vater, dem russischen Staatsrat und großen Dichter, der kürzlich in Mannheim von einem deutschen Patrioten erstochen worden war.

Als der Zar mit Gefolge auf Palfer eintraf, wurde er eher herzhaft als untertänig empfangen und im Südflügel des Herrenhauses einquartiert. Nachdem er sich erfrischt hatte, ließ er sich in Kotzebues Studierzimmer eine Reihe exotischer Pflanzen und Objekte vorführen, die Chamisso gesammelt hatte. Auch wenn Kotzebue unterwegs mit dem französischen Ausgewanderten nicht warm geworden war, fand er ihn unentbehrlich für die Abfassung des wissenschaftlichen Reiseberichts und hatte ihn dafür nach Palfer geladen. Der hagere Chamisso, dessen Deutsch mit einem Akzent gestraft blieb, verband das Air des Edelmanns mit der Delikatesse des gebildeten Bürgers und trug eine langsträhnige Löwenmähne, die ihn zugleich als Außenseiter auswies. In seinem Berlin war er ein Bruder literarischer Bünde, in denen die Kapriolen der Romantik mit der Neugier des höchsten preußischen Adels und dem aufgeklärten Witz des jüdischen Salons zusammentrafen, der freilich ein ganz bürgerliches Gesicht hatte und oft nicht ansehnlicher war als eine Dachstube.

Der Zar zeigte sich an naturkundlichen Erläuterungen nur mäßig interessiert, wünschte aber ein Mehreres über die staatlichen Einrichtungen Polynesiens zu vernehmen, soweit man von solchen reden durfte. Dann verlangte er über die Religion der Insulaner Bescheid und schließlich über ihre Sittlichkeit, die verheerend sein müsse. Kotzebue stimmte bei, unterschlug aber den Anteil nicht, den europäische Seefahrer an dieser Verderbnis hatten. Da fragte der Zar nicht weiter und beschränkte sich auf die Anmerkung, Freiheit sei zu kostbar, als daß man sie sogenannten Freigeistern überlassen dürfe, und sprach mit Wärme von der Heiligen Allianz, die den allgemeinen Verfall zu steuern versprach.

Selbstverständlich war der Palfer benachbarte Adel herbeigeeilt, um dem Zaren aufzuwarten; die Gesellschaft wurde ihm, der den Arm in der Schlinge trug, ohne Förmlichkeit vorgestellt. Nach dem stehenden Umtrunk, der, wie der Gastgeber scherzte, aus grönländischem Sauerwein bestand, ließ man sich an der Tafel nieder, die sich nicht gerade unter Speisen bog; um so mehr genoß man die Würze des Tischgesprächs. Der Zar erklärte, als Großfürst sei er selbst noch Jakobiner gewesen und habe durch bittere Erfahrung lernen müssen, daß die Freiheit wohl für den Menschen, der Mensch aber nicht für die Freiheit geschaffen sei. Die einzige, deren Gebrauch ihn kleide und hebe, sei diejenige zum Dienst an Gott und den Menschen.

Der Berner Stadtchirurg pflichtete bei, was die Menschen betraf; über Gott rede er nicht mit. Er durfte sich, als Schweizer, gegen den Zaren Freiheiten herausnehmen, die durch seine ärztliche Kompetenz – und, obwohl diskreter, durch quasi-familiäre Nähe – gedeckt waren. Schiferli war eine Koryphäe des menschlichen Unterleibs im allgemeinen und der männlichen Organe im besonderen, und der Zar bedurfte seines Rats. Es war ein offenes Geheimnis, daß die beiden Töchter, welche die Zarin geboren und zu früh verloren hatte, aus ihrer Verbindung mit dem Außenminister Czartoryski hervorgegangen waren, dem der Zar sein unverändertes Vertrauen bewahrte, obwohl er Pole war. Seine Majestät hatte ihrerseits Trost bei einer polnischen Favoritin gefunden und mit ihr auch männliche Nachkommen zu zeugen vermocht. Und obwohl er den größten Wert auf zarte Verhältnisse legte und auf gütliches Einvernehmen aller an seinem Wohl beteiligten Damen, sah er doch ein, daß dessen physische Grundlage einer gewissen Robustheit bedurfte, und war in Sorge, er möchte derselben ermangeln.

Schiferli konnte ihn beruhigen, Seine Majestät dürfe sich nur nicht verdrießen lassen, von einer bestimmten mechanischen Nachhilfe Gebrauch zu machen, auf die Schiferli ein Patent besaß und die er Seiner Majestät unter vier Augen demonstrierte. Auch in seiner Person stellte der hochgewachsene, unverwüstlich wirkende Arzt gewissermaßen eine leibhafte Empfehlung für seine Kunst dar. Denn als Oberhofmeister der Großfürstin Anna Federowna auf ihrem Asyl Elfenau bei Bern war er auch der Vater gemeinsamer Kinder geworden, nachdem sie sich vom Großfürsten Konstantin, Alexanders jüngerem Bruder, getrennt hatte. Damit eine formelle Scheidung stattfinden konnte, galt es, beim Hof zu Petersburg eine schickliche Apanage auszuwirken, und ihr *Chevalier d'Honneur* zeigte sich bei ökonomischen Verhandlungen nicht weniger tüchtig denn als Chirurg. Der Quasi-Schwager des Zaren brachte aber auch ein politisches Gewicht auf die Waage, denn Konstantins Verhältnisse hatten ihre dynastische Delikatesse. Heiratete dieser nämlich seine polnische Favoritin, so schloß er sich zugleich von der Nachfolge seines Bruders aus – woran ihm ebensoviel gelegen schien wie an der Legitimation seiner Liebe. Jetzt verstand Schiferli meisterhaft, die Chirurgenhand für seine verlassene Großfürstin hinzuhalten, wenn sich ihr Mann die Freiheit etwas kosten ließ, König der Polen zu bleiben, statt Zar aller Reußen zu werden.

Alexander beneidete ihn, denn auch er hätte seine fortgeschrittenen Jahre nur zu gern als Philosoph in einem ländlichen Asyl zugebracht, etwa am Genfer See in der Nähe seines verehrten Lehrers César La Harpe. Er hatte sich beim Wiener Kongreß nicht umsonst für die immerwährende Neutralität des Musterlands altehrwürdiger Freiheit eingesetzt und sie gegen die Ränke Metternichs verteidigt. Darum hörte er sich bei Tische mit süßbitterer Miene den Einspruch des pragmatischen Arztes an, der auch als

Stadtpolitiker tätig war und dem Zaren leider sagen mußte: nicht einmal im Lande Tells sei alles Gold, was glänze; und vieles, was auf Glanz verzichte, könnte eher etwas zu verstecken haben als achtbare Gründe.

Da der Zar nur einer Hand mächtig war, hatte er sich die Speisen vorschneiden lassen, was beim zähen Hirsch etwelche Mühe bereitete. Aber da er dem Burgunder um so lebhafter zusprach, zeigte er fliegende Röte in seinem verdrossen-jugendlichen Gesicht, als er rief: Wem kann das Regiment ärgerlicher sein als mir! Doch ich unterwerfe mich, denn auch ich habe keine Freiheit als den Dienst und werde wohl auf Gottes Wink warten müssen, mich von der Last zu erlösen! Konstantin will meine Krone nicht – also wird sie am kleinen Nikolaus hängenbleiben, und seine Frau brennt ja auf den Thron; sie möchte das Land mit preußischem Charme besiegen, wie ihre selige Mutter Louise. Das war einmal eine Frau!

Beim Nachtisch war von Staatsgeschäften nicht mehr die Rede; der Zar saß dem Hausherrn gegenüber, und zu seiner Rechten die Hausfrau, deren gesegneter Zustand unübersehbar war. Damit schien sie die Galanterie Alexanders nur zu beflügeln, der ohne weibliche Begleitung reiste. Die Gesellschaft bestand, außer den Ärzten, aus zwei Dutzend Herren und Damen, deren Namen im Baltikum guten Klang hatten. Im ersten Rang war Adam Krusenstern zu nennen, der Weltumsegler, seither Direktor der Marinekadetten in Petersburg, ein Vater des Vaterlandes, durch dessen bildende, immer korrekte Hand die ganze zur See bestimmte Jugend des Reiches ging, während die für Ämter auf festem Land vorgemerkte das Lyzeum in Zarskoje Selo absolvierte. Krusenstern, mit den Kotzebues vielfach versippt, war auch der seemännische Ziehvater Ottos gewesen, und an jedem andern Tag hätte ihm und seiner Gattin Juliane der Ehrenplatz an der Tafel gebührt.

Sie waren in bestem, das heißt: estländisch diskretem Staat vorgefahren, die von Knorrings, von Dethloffs, von Brevers und von Keyserlings, und hatten dem hohen Leidenden Reverenz erwiesen. Der baltendeutsche Adel, der sich die Abschaffung der Leibeigenschaft als erster hatte gefallen lassen, war immer russisch gesinnt gewesen. Doch das gebotene Französisch kam nur dem Zaren selbst so zwanglos von den Lippen wie Chamisso, der allerdings kaum den Mund öffnete. Peter Graf von Manteuffel war entschuldigt, aber durch seine Tochter, die Hausherrin, gewissermaßen mehr als ausreichend vertreten. Die anmutige Amalie von Kotzebue war eine geborene Zweig, ein Phantasiename für die natürlichen Töchter, die ein Wiener Schäferkind dem baltischen Edelmann geboren hatte. Das Paar war sich auch ohne Trauschein treu geblieben, bis zum tief betrauerten Tode der Frau, und als Manteuffel abermals, diesmal standesgemäß, heiratete, versäumte er nicht, die außerehelichen Töchter den ehelichen gleichzustellen.

Seit der Heirat Amalie Zweigs mit Otto von Kotzebue hatte sich die Familienrichtigkeit mit einem Titel erledigt, aber als Gegenstand des Feingefühls durfte sie durchaus berührt werden. Sie nahm den Zaren und seine Tischdame des längeren in Anspruch, und dabei lag seine bewegliche Hand nicht ganz selten auf der ihren. Nachdem er sich für die auf seine Gesundheit ausgebrachten Toasts bedankt hatte, wandte er sich fast ausschließlich der geborenen Zweig zu, die jedermann Kitty nannte. Ihre frische Art schien ihm wohlzutun.

Der Zar war nicht mehr der gertenschlanke junge Gott, dem bei der Thronbesteigung vor zwei Jahrzehnten die Herzen Rußlands, die Hoffnungen Europas zugeflogen waren. Er wirkte gedunsen, seine legendären blauen Augen wässerten, und die Farbe seines zwischen vergoldeten Backenbärten schwer gewordenen Gesichts war nicht wohl gesund zu nennen. Aber mit Kitty schien er seine Molesten zu vergessen und schloß am nächsten Tag auch eine kleine Jagd nicht mehr aus – zur Bestürzung des Hausherrn, die sich erst nach dem Einspruch der Ärzte wieder legte: es waren wohl Pfleger, doch keine Jäger nach Palfer bestellt worden. Was wären wir ohne Mütter! beliebte der Zar gegen Kitty zu scherzen, die er bald bei diesem Namen nannte, worauf sie zuverlässig errötete –, was zählen daneben wir Männer! Die Natur selbst hat dafür gesorgt, daß es auf uns gar nicht sonderlich ankommt; und was ist eine Frau, wenn nicht schöne Natur im Schleier der Sitte! Auch ich, Kitty, bin nicht von Vätern gezeugt, aber von Müttern geboren – das ist meine wahre Legitimation!

Das Sujet entbehrte, angesichts des Endes von Alexanders Vater, des unseligen Paul, nicht der Empfindlichkeit. Um so delikater verlangte behandelt zu werden, was Kitty «das weite Herz» der großen Katharina nannte. Sie sei ein Haus mit vielen Wohnungen gewesen, wie es der Allerhöchsten zieme. Schiferli, der, aus Bedächtigkeit, immer um ein Thema hinterherhinkte, war noch bei der Geschlechtsnatur des Menschen und fragte den Hausherrn, ob der Kabeljau, den man gerade genieße, mit seiner Milch zubereitet worden sei. Die Gegenfrage des immer stirnrunzelnden Krusenstern, seit wann Kabeljaus Säugetiere seien, bedachte er mit einer überlegenen Antwort. Als *Milch* werde die Samenflüssigkeit der Fische bezeichnet; er müsse sich wundern, daß einem Seemann der Ausdruck nicht geläufig sei. Der Admiral müsse wohl wieder einmal fischen! Aber auch Kotzebue wollte von Samenmilch an seiner Tafel nichts wissen, worauf ihn Schiferli unerbittlich aufklärte, eigentlich sei sie das Beste am Fisch, und die *grande cuisine* verwende sie als Zutat zur Sauce; diese dürfe natürlich keine «Tunke» sein. Kitty, rot und blaß, mußte sich ferner anhören: auch die deutsche Sprache, die «Milch» weiblich, den «Rogen», das weibliche Ei, männlich behandle, verrate etwas über die versteckte Einheit der Geschlechter, deren Trennung durchaus nicht gottgegeben, sondern ein Kunstgriff der Natur sei, die für die Fortpflanzung immer günstige Varietät zu erzeugen. Sie sei ein primäres Indiz dafür, daß das Individuum fremdgehen müsse, um etwas Interessantes hervorzubringen.

Die natürliche Begründung lockerer Lebensart stieß auf Befremden, doch eine gewisse Taktlosigkeit war einem wissenschaftlichen Geist, dem auch Samenmilch rein ist, wohl nachzusehen. Doch als er anfing, die Beliebigkeit der Befruchtung, die beim Ausstreuen der Milch über dem Rogen obwalte, ebenfalls als natürlich zu schildern, fand der Zar angebracht, ihn an die Heiligkeit der Ehe zu erinnern und als ihr Muster die Verbindung Gottes mit der

Kirche, der Kirche mit ihren Gläubigen zu preisen. Darum sei der Abfall vom wahren Glauben als Ehebruch zu betrachten, wie auch der Ehebruch als Judastat. Darauf getraute man sich nicht mehr zu erwidern, zumal man wissen konnte, daß diese Überzeugung des Zaren, in schlaflosen Nächten erkämpft, ein Werk der Selbstüberwindung war.

An dieser Stelle gab sich auch Krusenstern als Mann zu erkennen, der habe umlernen müssen. Vor zwanzig Jahren hätten ihn die Karlsbader Beschlüsse, die Ausrufung der Zensur statt derjenigen der Menschenrechte, noch «auf die Palme gebracht» – die Referenz an seine Südsee sah man dem Seehelden lächelnd nach; aber seit jeder gutgläubige Narr – gerade die gutgläubigsten! – sich gegen Biedermänner, nur weil sie seine Illusionen nicht teilten, zum Tyrannenmord berechtigt fühle, habe er diesen Befreiungsmärtyrern Valet gesagt. Die Brutusse hätten sich heute selbst zuzuschreiben, wenn ein Weltbürger gegen sie die Partei der Cäsaren nehmen müsse, bei denen die Humanität am Ende doch besser aufgehoben sei.

Es war eine eher verklausulierte Huldigung an den anwesenden Cäsar, aber nun setzte dieser höchstselbst noch einen drauf.

Wollen Sie glauben, Krusenstern, daß ich meine Brust lieber dem Dolch preisgäbe als das Blut meiner Untertanen zu vergießen? Daß niemand gegen blinde Autorität mehr einzuwenden hat als ich, denn kostet sie mich nicht jeden Tag mein Glück, meine Ruhe, ja mein Leben? Ebendarum muß sie ja in Gott begründet sein – statt in einer von Menschen gemachten Verfassung, die nicht gegen die Sünde zu kämpfen wagt, sondern nur die Lizenz dazu reguliert! Das Evangelium stiftet das einzige Menschenrecht, das uns niemand nehmen kann als wir selbst; und einen andern Grund dafür kann niemand legen als den, der gelegt ist, in Christo! Um Vergebung, liebste Kitty – er wandte sich, jetzt auf Deutsch, wieder geradezu an seine Nachbarin –, ich schwärme nicht, ich eifere nicht. Ich bin nicht mehr und nicht weniger als ein Realist, der lernen mußte, mit irdischem Wasser zu kochen, und erleben muß, daß dafür nur Feuer vom Himmel heiß genug ist!

In einem eigenen Anfall von Feuer drückte er die Hand der Hausfrau und ließ dann die seine, die mächtigste der Welt, sanft darauf ruhen. – Ich denke an Ihr Kindchen, Kitty. Es soll nicht die Sünden seiner Väter erben, sondern die Tugenden seiner Mütter. Aber zuweilen geschieht es wohl, daß auch ein kühner Mann unser Herz erhebt. Wie viele herrliche Stunden verdanke ich nicht Ihrem verewigten Schwiegervater, dem unsterblichen August Kotzebue und seinem Theater! Mein *Agent* war er nie, wie sein Mörder unterstellte – doch er war *mein Mann*, in höherem Sinn, und ich schwöre: ich will seinen Tod heimsuchen an denen, die ihn auf dem Gewissen haben! Was ist die Heilige Allianz, wenn sie die Heiligkeit eines Menschenlebens nicht mehr schützen kann! Der Geist August von Kotzebues begleitet mich nach Troppau, ich fordere Rechenschaft für sein Leben, vor allen Fürsten dieser Welt!

Ach, Majestät, Sie sind doch selbst der Größte, sagte Kitty.

«Menschenhaß und Reue», welche Tiefe des Gefühls! «Das merkwürdigste Jahr meines Lebens» – was für ein Buch, und was für ein Spiegel unserer Selbstherrschaft – unserer Selbstherrlichkeit! Haben Sie das Buch gelesen, Chamisso?

Nein, Majestät, sagte der Angesprochene, der ganz unten am Tisch saß.

Er liest meinen Vater nicht, sagte Otto von Kotzebue.

Wie unrecht Sie haben, Monsieur! sagte der Zar und hatte wieder in tadelloses Französisch gewechselt. – Und was ärger ist: Sie *tun* unrecht! Kotzebue *Père* war ein geistvoller Kopf – und ein unabhängiger. Den Majestäten ein Volksmann, dem Pöbel ein Legitimist. Gegen Franzosen ein Deutscher mit Herz und Gemüt, gegen Kleinbürger ein Kosmopolit. Unverbrüchlich nur wider den Einen: Napoleon, den Antichrist, während ich selbst – ich gestehe es – mich von ihm habe blenden lassen. August Kotzebue war der Unbestechliche. Dafür ist er erstochen worden!

Friede seiner Asche, aber er war ein Opportunist, sagte Otto von Kotzebue. Einen Augenblick herrschte Schweigen an der Tafel.

Kitty, sagte der Zar, ich glaube, mit Ihrem Mann muß ich einmal unter vier Augen reden. Legen Sie ein gutes Wort für mich ein?

Die Tafel raunte. Welch ein Souverän!

Was könnten wir Ihnen verweigern, Majestät, sagte Kitty.

Ach, *Majestät!* seufzte er *sotto voce*. – Ich bin nichts als ein einsamer Mensch und könnte mich in Sie verlieben. Und dafür würde Ihr Gatte mich fressen. Aber es ist zu spät. Alles kommt zu spät, Kitty, ich auch.

Laut sagte er: Welch zauberhafter Abend, liebe Freunde! Ich habe ganz vergessen, daß ich im schönen Palfer nicht nur zum Spaß eingekehrt bin. Jetzt ruft die Kur unerbittlich. Lassen Sie sich nicht stören! *Doctores*, ich stehe zur Verfügung.

Er stand auf und küßte Kitty die Hand; selbstverständlich war damit die Tafel aufgehoben. Aber der männliche Adel stand noch eine Weile im Rauchzimmer zusammen, während sich die Damen im Salon niederließen. Sie unterhielten sich über die Huld des Zaren, seinen Zartsinn, seine unauslöschliche Tragik.

Noch unter der Tür hatte der Zar Otto von Kotzebue eine Hand auf die Schulter gelegt.

Lieber, sagte er leise, ich denke, einen langen Schlaf zu tun. Zeitig erwecken will ich mich schon selbst, ich werde alt. Und eine *promenade solitaire* vor dem Frühstück ist dann ganz das Rechte. Nein, begleiten Sie mich nicht. Doch wie wäre es, wenn wir uns um acht Uhr in der Früh in Ihrer Rosenlaube träfen? Ganz am Ende, wo sie in den Park hinüberblickt? Da sind wir Männer unter uns. – Und dicht an Kotzebues Ohr fuhr er fort: Ihr Vater mag schrecklich gewesen sein, aber meiner war *abscheulich*. – Gute Nacht, Herr von Kotzebue.

2 An diesem Abend rief der Zar noch einmal nach Doktor Schiferli. Der Arzt erschien im frugalen Gastzimmer der Kotzebue, wo sich die Majestät, im Schlafrock am Tisch sitzend, bereits selbst des Verbands entledigt hatte. Die Entzündung hatte sich zurückgebildet. Doch Schiferli ließ sich nicht nehmen, den affizierten Arm bis zum Ellbogen abzutasten, Zoll für Zoll.

Soviel zu meinem Umlauf, Schiferli, sagte Alexander. – Was ist jetzt mit dem Blasenstein? Ist er wirklich so groß wie ein Taubenei?

Ich kann nicht in Ihre Blase hineinsehen, Majestät. – Hoffentlich ist er groß genug, dann geniert er Sie am wenigsten.

Und was wäre Ihre Methode, ihn verschwinden zu lassen?

Schiferli erklärte es zum dritten Mal. Vor allem ging es darum, dem Patienten den lebensbedrohlichen Blasenschnitt zu ersparen. Schiferli hatte ein Verfahren entwickelt, in die Harnröhre einen Bohrer einzuführen und damit das störende Objekt, nachdem er es durch den After manuell fixiert hatte, behutsam zu zermalmen. Die Prozedur war so lange zu wiederholen, bis die Trümmer für einen natürlichen Abgang verschwindend genug waren.

Das heißt, wie oft? fragte der Zar.

Schiferli rechnete mit zwanzig Sitzungen. Nach jeder war eine Pause von einigen Tagen einzuhalten, damit die Reizung der Blase abklingen konnte, auch ihre immer mögliche Blutung.

Das sind Höllenschmerzen, Doktor Schiferli, sagte der Zar. – Die schiere Tortur.

So würde es Schiferli nicht ausdrücken, aber zugeben, daß die Behandlung an die Fassungskraft des Patienten bestimmte Anforderungen stellte.

Zwanzigmal gefoltert, sagte der Zar, und dazwischen jeweils drei Tage, an denen ich nicht brunzen kann!

Der Ablauf funktioniert zumeist, sagte Doktor Schiferli.

Das sind zwei Monate, die ich nach Bern kommen müßte, sagte der Zar schaudernd. – Und was wird aus den Staatsgeschäften?

Ich käme auch nach Petersburg, sagte Schiferli.

Und was würde Ihre Großfürstin dazu sagen? Von der Remuneration reden wir gar nicht, sagte der Zar, aber wie stellen Sie sich vor, daß ich in diesen zwei Monaten auf einem Thron sitzen soll? Der Selbstherrscher aller Reußen mit angebohrtem Unterleib? Doktor Eisenbart ist gnädig gegen Sie, Herr Doktor Schiferli!

Dafür sind Sie den Stein los, sagte Schiferli.

Viel lieber möchte ich sterben, sagte der Zar.

Doktor Schiferli schwieg. Dann sagte er. – Solange der Stein groß genug ist –

Er ist groß genug, Herr Doktor. Ich wünsche, wohl zu ruhen.

Der Zar lehnte sich zurück. Die Gutenachtgeschichte des Chirurgen hatte ihn erst maßlos geängstigt, dann fast ebenso tief beruhigt. Er war, im Abgrund der Resignation, wieder auf sich selbst gestoßen. Der Blasenstein lag, wie die Krone, wieder in Gottes Hand. Die Taube des Heiligen Geistes hatte ihr Ei in seinen Schoß gelegt. Er würde es vor dem Bohrer zu schützen wissen.

Der Morgen war bedeckt, doch nicht kühl, als der Hausherr, im leichten Jagdkostüm, den hohen Gast am entfernten Ende der Rosenlaube erwartete. Diese war Manteuffels Werk und Stolz, ein weitläufiges, bis in den Herbst hinein verwunschen duftendes Labyrinth aus weiß erblühten Sträuchern ohne Zahl, und lag nach der Hinterseite des Herrenhofs auf einer terrassierten Plattform. Von ihrem Rand überblickte man den Gewürz- und Gemüsegarten, der von einer mannshohen Steinmauer umlaufen war. Die Marke setzte sich als Lebhag ins Parkgelände fort und trennte es vom Ufergehölz des nahen, vielfach gewundenen Flüßchens.

Kotzebues seemännischer Blick suchte die Weite umsonst nach einer menschlichen Figur ab. Da schrak er zusammen, denn neben ihm stand plötzlich der Zar, in weißer Hose, die auf der Seite einen langen Riß aufwies, und mit taunassen Stiefeln.

Noch springe ich, Otto, wenigstens über eine Mauer.

Ich wünsche einen guten Morgen, Majestät.

Schon gehabt, Herr von Kotzebue. Es liegt mir daran, Otto – auch wenn es eigentlich überflüssig ist –, Sie meines uneingeschränkten Vertrauens zu versichern. Sie werden wieder *fahren*. Sobald Ihr häusliches Glück es erlaubt, kommen Sie zu Ihrer nächsten Weltumsegelung – und werden sie vollenden, zur Ehre Rußlands, zum Gewinn der Wissenschaft. Sie müssen die Nordwestpassage finden. Wie anders können wir unsere Besitzungen am Großen Ozean auf Dauer versorgen? Sie tragen sich nicht selbst, und der Seeweg ist unsicher, der Landweg endlos.

Es sei denn, Majestät, sagte Kotzebue, Sie könnten sich entschließen, die entfernte Ostküste als zweites Gesicht Ihres Reiches zu betrachten.

So betrachten kann ich es gerne, sagte der Zar, aber können Sie mir verraten, wie ich es auch so behandeln soll? Selbst wenn wir Menschen und Schiffe hätten, die ganze Westküste Amerikas zu bemannen, meinetwegen noch ein paar hundert Inseln dazu – wir müßten ununterbrochen Krieg führen, mit Spanien, England, Frankreich, auch mit den Vereinigten Staaten. Jeder seetüchtige Zwerg kann uns die Wege von einem Ende des Reichs zum andern verlegen. Unsere ganze Größe liegt auf dem Land, es ist aber auch die einzige. Wir müßten nach Süden so weit kommen wie nach Osten – nach Afghanistan, Persien, Indien. Aber da sitzen andere Völker als Tschuktschen, Samojeden und Indianer, und überall auch schon andere Europäer.

Wir dürfen nicht nur Europäer sein, Majestät.

Was wären wir sonst? fragte Alexander. – Ein leeres Blatt! Ein stimmloses Ungeheuer! Rußland könnte etwas sein – wenn nur die Russen nicht wären!

Die Amerikanische Union hat ein ähnliches Problem, sagte Kotzebue. – Alles drängt sich an der Ostseite zusammen.

Wir werden noch erleben, wie die Amerikaner den Westen erobern, sagte der Zar. – Und wenn sie da sind, haben sie eine endlos weite warme Küste. Das sind Unternehmer! Vielleicht wäre es das Beste, ihnen unsere Besitzungen gleich zu verkaufen. Welche Last wären wir los!

Wie sie sind, kauft sie uns keiner ab, Majestät, er nimmt sie sich, wenn er will, und wir können ihn nicht einmal hindern.

Also denn – was? fragte der Zar.

Bauen Sie eine Eisenbahn durch Sibirien, nicht, um noch mehr zu erobern. Um zu verdauen, was wir haben.

Eine Eisenbahn? fragte der Zar. – Was soll das heißen?

Railroads, sagte Kotzebue, oder Schienenwege sind fahrbare Straßen mit festen Gleisen von Eisenschienen oder von mit Eisen beschlagenem Holz und Steinen, auf denen die Räder der Wagen laufen, wodurch der Widerstand, welchen sie auf gewöhnlichen Wegen am Umfange erleiden, so weit aufgehoben wird, daß beinahe nur die Reibung an der Achse noch zu überwinden bleibt und ihre Fortbewegung durchschnittlich wenigstens zehnfach erleichtert ist.

Der Zar lachte. – So etwas mag für eine Kohlengrube nützlich sein, aber durch Sibirien? Über zehntausend Werst? Ein langer Verdauungsweg, Kotzebue, da sind Rentiere noch schneller. Wir bleiben zur Seefahrt verdammt. – Doch jetzt lösen Sie mir ein ganz anderes Rätsel. Im Wald dort drüben bin ich auf ein weitläufiges Gemäuer gestoßen – die Zugänge sind versperrt, da bin ich auf einen Baum geklettert, und durch ein Loch glaubte ich, ein ganzes Stadtbild zu erkennen, mit gemalten Wänden, die meisten zerfallen, und wenn sie noch standen, war nichts dahinter. Was ist das für ein Potemkinsches Dorf?

Ach Gott, Majestät, das war die Probierstadt meines Vaters, sagte Kotzebue. – Ich kam noch nicht dazu, sie abzutakeln.

Probierstadt? fragte der Zar.

Er pflegte, die Truppe, mit der er im Deutschen Theater auftrat – in Reval, auch mal in Petersburg –, zuvor in Manteuffels Gut zusammenzuziehen. Seine erste Frau, Kittys Mutter, hatte Geschmack daran; sie war ja selbst ein Kind des Volkes. Die alte Festung, die Sie gesehen haben, ist eine Bischofsburg aus katholischer Zeit. Ihr Beinkleid, Majestät – Sie haben sich doch nicht weh getan?

Im Gegenteil. Ich habe mich vergnügt. Aber Klettern hat seinen Preis, wenn man kein Affe mehr ist. Eine Bischofsburg, sagten Sie?

Als sie aufgelassen wurde, verfiel sie, bis Manteuffel ein Irrenhaus daraus machte. Als Menschenfreund scheute er keine Kosten. Die Patienten sollten sich wie zu Hause fühlen. Manchmal zog mein Vater sie als Statisten heran. Farbige Charaktere. Sie dienten ihm wohl zur Inspiration. Lockere Sitten. Er nannte den Ort auch «Wallensteins Lager» und spielte den Generalissimus.

Sie sprechen mit wenig Pietät von Ihrem Vater.

Wo soll sie herkommen? Nach dem frühen Tod meiner Mutter hielt uns wenig zusammen.

Sie war eine herrliche Frau, sagte der Zar, eine von Essen, nicht wahr?

August hat sich getröstet und munter fortgezeugt, sagte Kotzebue. – Ich habe zehn bekannte Geschwister – es dürften noch einige mehr sein. Seine Truppe hat ihn nicht umsonst Vater genannt.

Sie sind mutterlos aufgewachsen, Otto, bemerkte der Zar sichtlich bewegt.

Ich hatte zwei Mütter, die See und die Wissenschaft, sagte Kotzebue. – Auch an einem Vater hat es uns nicht gefehlt, meinem Bruder Moritz und mir. Krusenstern! Er nahm uns auf Weltreise mit, dabei war uns noch kaum ein Bart gewachsen.

August von Kotzebue bleibt ein Genie, sagte der Zar, und die Quellen, aus denen es schöpft, darf man nicht zu eng betrachten.

Er hatte jedenfalls das Talent zu verbergen, wenn er auf einem wahren Genie schmarotzte. Sogar seine Theatergemeinde hat er nach «Wilhelm Meister» gemodelt. Es war die Pflanzstätte für seine Philinen.

Aber er war doch selbst Weimaraner und mit Goethe gut Freund. Ihre schöne Kitty erzählte, er habe gar mit ihm auf der Bühne gestanden.

Als Briefträger in den «Geschwistern», sagte Otto von Kotzebue, und hat nur *einen* Satz gehabt. *Ein beschwerter Brief, zwanzig Dukaten, franko halb.* Aber das paßte. Als Ökonom verstand er sein Geschäft. Er konnte Goethe nie das Wasser reichen, aber er verkaufte sich besser, das war sein ganzer Stolz.

Mir scheint, Sie haben mit ihm wenigstens ein *Vater*problem gemeinsam, bemerkte der Zar. – Aber wo keine Liebe ist, darf man auch keine Gerechtigkeit erwarten. «Benjowski oder die Verschwörung von Kamtschatka» – wir haben das Stück in Petersburg gesehen, es hat uns zu Tränen gerührt. Benjowski, was für ein Charakter! Zu denken, daß Rußland nichts Besseres zu tun wußte, als ihn ans Ende der Welt zu verschicken!

Er war ein notorischer Hochstapler, sagte Otto von Kotzebue, und log wie gedruckt. Mein Vater auch. Sie paßten zusammen.

Väter sind ein Kreuz, Otto, sagte der Zar. – Ja, davon können wir ein Lied singen. Der meine hat den Ihren auch verbannt – und dann ebenso willkürlich begnadigt. Als die Last des Amtes auf mich kam, wissen Sie, was ich geschworen habe? *Nicht wie mein Vater. Wie mein Vater – niemals!*

Ihr Herr Vater muß etwas ganz Ähnliches geschworen haben, als er Zar wurde, bemerkte Kotzebue trocken. – *Nie wie meine Mutter.*

Jawohl, das «Kamtschatka»-Stück ist in den Kulissen geprobt worden, die Sie gesehen haben. Gewohnt haben die Schauspieler im Irrenhaus, herrschaftlich nur der kluge August. Er hatte seine Absteige im Stift und konnte die Damen und Herren – lieber die Damen – zur Vertiefung ihrer Rolle aus dem Schlafsaal geradewegs in die Schreibstube zitieren.

Sie verwirren mich, Kotzebue, sagte der Zar. – Irrenhaus, Stift, Schreibstube – was denn nun?

Um Vergebung, Majestät, die Geschichte des Gemäuers ist verschachtelt. Jedenfalls nützte es mein Vater dazu, Schauspieler mit Irren zusammenzuspannen. Er fand, sie könnten für die Wahrheit ihrer Darstellung nur gewinnen. Er hatte nämlich die Theorie, daß Schauspieler Irre werden müßten, um gut zu spielen, und daß die Irren eigentlich Schauspieler seien, die sich in ihrer Rolle gefangen hätten.

Er hat die Bedauernswerten als Vorbilder der Kunst mißbraucht? fragte der Zar.

Mit Ihrem allerhöchsten Einverständnis, wie er behauptete, sagte Kotzebue. – Majestät waren damals selbst an der sogenannten Nachtseite der Natur interessiert. Nach dem Wiener Kongreß will er Ihnen seinen schwersten Fall persönlich vorgetragen haben.

Worum handelte es sich noch?

Um eine Person, die in der «Verschwörung von Kamtschatka» für eine Nebenrolle vorgesehen war und sich in eine Hauptrolle hineinphantasierte. Sie wollte eine leibhafte Enkelin Benjowskis sein. Und mit dieser Vollmacht begann sie, August ins Handwerk zu pfuschen, und hätte es ihm gerne ganz gelegt. Als er sich nicht mehr zu helfen wußte, sollen Sie ihm den Rat gegeben haben, die

Frau probeweise zu legitimieren. Die Folgen waren furchtbar. Sie hätten ihn fast das Leben gekostet.

Erzählen Sie, sagte der Zar angeregt, die Sache ist mir wahrhaftig entfallen.

Er setzte die Person auf einen Menschen an, der als unheilbar galt, sagte Kotzebue. – Einen ausgemusterten Seeoffizier, der Krusenstern nach Japan begleitet hatte. Ich erinnere mich sehr gut an ihn – damals schien er ein braver Kerl, immer ein wenig spöttisch, aber auch skrupulös und im Grunde zuverlässig –, er konnte keiner Seele ein Haar krümmen und kein Wässerchen trüben. Danach verlor ich ihn aus den Augen. Er soll erst in Archangel gedient haben, dann gegen die Türken, in der Krim und an der Donau – da muß er dann ganz und gar übergeschnappt sein. Er bildete sich ein, er sei ein verirrter Japanese oder ein großer Dichter – das konnte er nicht mehr auseinanderhalten. Er war für keinen Dienst mehr zu gebrauchen und wurde auch noch krank – etwas wie Aussatz, den er sich in den Sümpfen Neurußlands aufgelesen hatte. Kurzum, man mußte ihn isolieren, und er kam auf die Gryllenburg. Soll Protektion gehabt haben – Manteuffel vermutete sogar: die Ihrige persönlich, Majestät.

Das würde mich wundern, sagte Alexander. – Aber ein Zar weiß nicht alles. Und was wurde aus der Schauspielerin?

Man tat sie mit Löwenstern zusammen, sagte Kotzebue.

Wer ist Löwenstern?

Pardon – so heißt der besagte Seeoffizier. Mit ihm sollte sie die Rolle der Prinzessin lebenslänglich probieren – und er bei ihr die Rolle des Japanesen und Dichters.

Gleiches mit Gleichem kurieren, sagte der Zar. – Störung mit Störung. Das Prinzip der Homöopathie. Ja, ich erinnere mich, einmal selbst dergleichen geglaubt zu haben. – Ich war dem Teufel näher, als ich ahnte, Kotzebue. – Was wäre geworden, wenn mich Gott nicht rechtzeitig gefunden hätte!

Die gesunde Röte der Morgenwanderung, der bübischen Kletterpartie war dem Zaren aus dem Gesicht gewichen; er hatte Kotzebue unwillkürlich beim Arm gefaßt.

Der Teufel, das ginge ja noch, sagte dieser, aber Sie hätten auch zu Tode kommen können, wäre es mit rechten Dingen zugegangen.

Wieso? fragte der Zar mühsam beherrscht und zog seine Hand zurück.

Sie erinnern sich nicht? fragte Kotzebue. – Der Fall gab zu reden. Mein Vater probierte damals ein neues Stück – «Resanow», es sollte im Kušelev-Theater aufgeführt werden. August war bester Dinge, er hatte sein Rührstück als Oper eingerichtet und rechnete mit einem starken Erfolg. In seinem Mutwillen ließ er sich etwas Besonderes einfallen: er stellte seiner Truppe vor, der Zar komme nach Palfer, weil er der Probe persönlich beizuwohnen wünsche –

Wann soll das denn gewesen sein? fragte Alexander.

Ich war jedenfalls schon auf der *Rurik* unterwegs, sagte Kotzebue. – Natürlich war der Zarenbesuch eine Mystifikation. August hatte sich Ihre Rolle selbst zugedacht. Der Einfall war zu unwiderstehlich, seine Truppe zuerst das Gruseln zu lehren und ihr am Ende als der *noch* größere Schauspieler zu imponieren.

Er hat sich verkleidet? fragte Alexander. – Als – Ich? als Wir?

Man sagte ihm ja eine gewisse Ähnlichkeit nach, sagte Kotzebue, das kam dem Auftritt zustatten.

Davon höre ich zum ersten Mal, entgegnete der Zar pikiert.

Jedenfalls gelang der Streich nur zu gut, sagte Kotzebue. – August hatte nämlich den Fehler gemacht, auch das irre Paar zu besetzen. Es hielt den falschen Zaren für den richtigen und versuchte, ihn zu ermorden. Das heißt, die Prinzessin versuchte es, mit einem Messer. Aber sie hat meinen Vater nur geritzt, denn Löwenstern fiel ihr in den Arm.

Tod dem Zaren, flüsterte Alexander.

Sie erinnern sich ja doch, sagte Kotzebue. – Ja, das hat die Frau gerufen.

Das können sie haben, sagte Alexander fast tonlos, früher, als ihnen lieb sein kann. – Dann richtete er sich auf und lächelte.

«Resanow», sagten Sie. Das Stück ist mir gar nicht bekannt.

Natürlich war es gestorben, sagte Kotzebue, und wurde stillschweigend beerdigt. Mein Vater hat auch auf eine Klage verzichtet. Majestätsbeleidigung! Das wäre das Ende seiner Herrlichkeit gewesen. Vergebung, Majestät. Das sind olle Kamellen. Aber da Sie selbst auf das Gemäuer gestoßen sind … Auch mein Vater gehörte zu den Leuten, die Erfindung und Wirklichkeit nicht immer auseinanderhalten.

Ist er tot? fragte der Zar.

Mein Vater ist tot, bestätigte Kotzebue verwundert.

Ich rede von diesem Löwenstern, sagte der Zar.

Der bleibt unter Verschluß, sagte Kotzebue, und seine Prinzessin auch.

Man hat sie hoffentlich nicht zur Rechenschaft gezogen, sagte der Zar. – Sie sind schon gestraft genug. Die Unglückseligen!

Es macht sich, wie ich höre, sagte Kotzebue. – Sie befinden sich ganz wohl. Es sieht so aus, als hätten sich die Rechten gefunden.

Wollen Sie sagen, sie sind geheilt? fragte Alexander, und seine Augen begannen zu leuchten.

Sie scheinen sich jedenfalls selbst zu genügen, sagte Kotzebue, und versorgt werden sie auch. Darum kümmert sich Kitty.

Es klingt wie ein Wunder, sagte Alexander verklärt.

Ja, die Frau soll wie verwandelt sein – sie trage sich neuerdings als Japanesin.

Als Japanesin? Das heißt, sie erfüllt Löwensterns tiefsten Wunsch? fragte der Zar. – Hat sie ihn auch zum Dichter gemacht?

Ich weiß nur, daß die Schauspielerei kein Ende nimmt. Ich habe einen *wirklichen* Japanesen auf dem Gut. Er ist ein Schiffbrüchiger, ein verlorener Sohn, der hier sein Gnadenbrot ißt. Fremd ist er immer noch und bleibt es bis zu seinem Tod. Aber soviel weiß ich, Majestät: es ist wahrlich kein Jux, Japanese zu sein.

Doch der Zar schien ihn nicht mehr zu hören. Er war aus dem Rosengewölbe herausgetreten, an den Rand der Terrasse, und blickte ins Weite, über Pflanzgarten und Park zum Hügel hinüber; im fernen Wald zeichnete sich eine Lichtung ab, und in dieser der lückenhafte Umriß einer Festung. Die weiße Reithose des Monarchen zeigte, außer dem Riß, grüne und braune Flecken.

Ist es möglich, mein Freund, sagte er wie zu sich selbst, wäre es möglich, daß sie glücklich sind?

Ich? fragte Kotzebue unwillkürlich erschrocken; da wandte sich der Zar lächelnd nach ihm zurück.

Nein doch, Otto – daß *Sie* glücklich sind, weiß die ganze Welt. Der Gatte Kittys ist ein glücklicher Mann. Ich frage nach Löwenstern und seiner – wie heißt sie denn?

Ich weiß es nicht, Majestät, sagte Kotzebue, unter uns heißt sie nur *die Prinzessin*.

Das schickt sich auch für ein Märchen, sagte der Zar, dann frage ich sie selbst nach ihrem Namen. Ich will das Paar sehen, Otto.

Kotzebue stand versteinert. Dann sagte er: Majestät, es handelt sich immer noch um Verwirrte – sie sind jahrelang nicht mehr in Freiheit gewesen. Die Frau soll nur zwei Worte sprechen, und der Mann gar nichts mehr. Seit dem Attentat soll er verstummt sein. Majestät – Sie dürfen das Gemäuer nicht betreten. Es ist – baufällig, um nicht zu sagen lebensgefährlich. Ich stünde für nichts.

Aber jemand muß doch hin und her gehen, erwiderte der Zar, also tragen Sie ihm auf, die Leute in Ihr Haus zu holen und zu präsentieren. Ich tue es nicht anders.

Otto von Kotzebue blickte vor sich auf den Boden. – Ich kümmere mich darum, Majestät, sagte er ingrimmig. – Aber es ist Zeit nötig, bis man sie in einen Zustand gebracht hat. Bald kommen auch die Gäste wieder, man erwartet einen Empfang. Und am Abend eine kleine Gala –

Ich erwarte nichts dergleichen, mein Freund, sagte der Zar, um es deutlich zu sagen: es würde mir zuviel. Was ich erwarte, sind Löwenstern und seine Prinzessin – zur *tea time*, das schaffen Sie doch? Wenn wir Zeugen haben, um so besser – Publikum stört mich nicht. Aber ich bin hungrig. Schreiten wir zum Frühstück, wenn's beliebt. Es wird die Mittagstafel erübrigen; ich ruhe ein wenig, und danach erleben wir unsere Irren, ein glückliches Paar.

Otto von Kotzebue verneigte sich stumm. Sie machten sich, der Zar einen Schritt voran, auf den Weg zurück zum Haus, durch den Mitteltunnel des Blütengewölbes, von dem schiefe Seitengänge abzweigten wie Blätter von einem Stengel; aus der Vogelschau hätte man das ganze Labyrinth als Figur einer Rose sehen können. Manteuffel hatte es zu Ehren seiner ersten Frau, der Schäferin, angelegt. Unterwegs schloß Kotzebue zum Monarchen auf und sagte atemlos: Es könnte sein, daß man sie binden muß, Majestät.

Uns wird niemand in Ketten vorgeführt, Herr von Kotzebue, erwiderte der Zar und rief entzückt: Siehe, wir werden schon erwartet!

Denn am Ende des Tunnels war, wie ein zierliches Licht, die Gestalt Kittys zu erkennen, in einem losen weißen Umhang, der ihren gesegneten Zustand verbarg. Der Zar riß eine weiße Rose von der Wand, nahm einen humoristischen Kavaliersschritt an und ließ sich, vor Kitty angekommen, auf ein Knie nieder, um sie ihr zu überreichen. Sie knickste errötend, während Otto von Kotzebue weiterging und etwas entfernt mit starrem Lächeln stehenblieb.

Wie morgendlich Sie sind, Kitty.

Sie bluten, Majestät, flüsterte sie.

Immer, sagte der Zar, aber *Sie* mußten kommen, um es zu bemerken.

Sie neigte sich über seine Hand und preßte die Lippen auf seinen Finger.

Wie himmlisch, Ihr Märtyrer zu sein, sagte der Zar, Sie haben so viel Linderndes.

Ich wollte nur zum Frühstück bitten.

Er bot ihr den Arm und steckte den Finger selbst in den Mund. Dann sagte er: Um Vergebung, daß es fast ein Spätstück geworden ist. Erst schlug ich mich in die Büsche, dann traf ich auf Ihren Gatten, und wir haben uns über Löwenstern unterhalten.

Löwenstern? fragte Kitty erschrocken, was hast du ihm erzählt, Otto? Er ist harmlos, sanft wie ein Lamm!

Kotzebue erklärte mit kurzem Lachen: Du weißt, daß du dich nicht aufregen sollst, mein Kind. – Meine Eheliebste hat den Narren an ihm gefressen, aber es ist immer noch genug vom Narren übrig. – Seine Majestät wünschen, daß Ihm das Pärchen präsentiert wird. Ich kümmere mich gleich darum. Bitte um Entschuldigung. Wenn du unserem Herrn so lange Gesellschaft leisten würdest, Kitty?

Wenn sie ihm ausreicht? fragte seine Frau, und bevor der Monarch mit einem Kompliment antworten konnte, fiel Kotzebue ein: *Daran* zweifle ich nicht.

3 Die Gesellschaft hatte sich, wie zum Gruppenbild für einen Maler, erwartungsvoll im Salon aufgebaut. Der Zar saß, ohne Verband, in der Uniform eines Gardeobersten auf dem Sofa, neben ihm die Hausfrau; dahinter hatten die Damen auf allen möglichen Sitzgelegenheiten Platz genommen. Die kaiserliche Entourage hielt sich im Hintergrund; Krusenstern belegte den Ohrensessel, die übrigen Herren standen in Gruppen, Schiferli mitten unter ihnen, während Chamisso Abstand hielt. Die Leibgardisten standen an den Wänden verteilt, um alles im Auge zu behalten.

Zuvor hatte der Hausherr die Gesellschaft mit wenigen Worten eingestimmt und sich entfernt; nun wartete man schon eine ganze Weile flüsternd auf den Einzug der seltsamen Gäste.

Es war Otto von Kotzebue selbst, in Zivil, aber mit dem Wladimirsorden auf der Brust, der das Paar, von zwei Leibgardisten eskortiert, hereinführte. Der Mann, etwa vierzig, erschien in der Uniform eines Kapitänleutnants der Marine, freilich ohne Waffen, aber aller Augen hatten sich schon auf die Frau gerichtet, die hinter ihm weniger hereinkam als -schlich; denn man konnte die Bewegung ihrer Glieder nur erraten. Sie steckte in einem dunkelblauen Kimono, der fast ihre weißbestrumpften Füße bedeckte; sie schienen eher zu gleiten, als zu schreiten. Das Kleid war von einer lilasilbernen Binde gerafft, deren Schleife im Rücken zu einem kunstvollen Paket geschnürt war. Die Hände versteckten sich in weiten Ärmeln, die den Ansatz eines weinroten Futters hervorleuchten ließen. Ihr Gesicht war weiß geschminkt; ein blutroter Tupfer zeichnete die Lippen stärker gerafft, als sie von Natur waren, und anstelle der Brauen zogen sich dünn gezogene Bögen hoch in die

Stirn. Auch die äußeren Augenwinkel zeigten eine schwarze Zeichnung, die ihren Schnitt verlängerte und von den Augen selbst nur einen Spalt sehen ließ, doch sie schimmerten blau. Die Nase war stärker, als man bei einer Asiatin erwarten würde, aber obwohl sie unter dem Gewicht ihres Kopfschmucks wie eingesunken ging, konnte man sie nicht eben klein nennen.

Doch gönnte sie dem Publikum kaum Muße zur Musterung. Denn sie war kaum in die Mitte des Salons gelangt, als sie auf die Knie sank und, das Haupt vor dem Zaren gesenkt, nur noch ihr glänzend schwarzes Haar sehen ließ, eine hoch aufgebaute, kunstvoll verschränkte Coiffure, zusammengehalten von zwei Kämmen aus Schildpatt und einem Gesteck langer Nadeln mit Bernsteinknöpfen. Der weiß gepuderte Nacken beugte sich tief, und sein Ansatz verdämmerte im Winkel des Kragens, wo wieder das rote Untergewand zu sehen war. Sie hatte die Hände vor sich auf den Boden gelegt und schien eine mit der andern verdecken zu wollen.

Ihr Begleiter war stehengeblieben, ohne sich dem Zaren zuzuwenden. Er hatte beim Eintritt auch den Dreispitz nicht abgenommen, den ihm jetzt Otto von Kotzebue behutsam vom Kopf hob; darunter kam eine weiß gepuderte Perücke zum Vorschein, mit einem Zopf, den eine schwarze Masche zusammenhielt, zum Schmetterling geknüpft. Der Hausherr verkündete nicht laut, doch förmlich: Hermann Ludwig von Löwenstern.

Als sich der Vorgestellte nicht rührte, erhob sich Alexander selbst.

Seien Sie uns gegrüßt, Kapitän.

Der uniformierte Mann gab dem Zaren keinen Blick. Es entstand eine schwerwiegende Stille. In ihr sagte Krusenstern vernehmlich: *Das ist nicht Löwenstern.*

Der Offizier wandte ihm den Kopf zu, während der Zar sich zögernd wieder setzte.

Er ist nicht recht bei sich, sagte Amalie von Kotzebue, oft wandelt er im Schlaf.

Sie hatte sich in ihre Sofaecke zurückgezogen, und man bemerkte, wie sich die Gardisten in Positur setzten, bereit, sich bei der ersten verdächtigen Bewegung auf den fraglichen Löwenstern zu stürzen. Doch dieser stand wie eine Wachsfigur.

Gestatten Sie, sagte Schiferli, halb zum Zaren, halb schon zu Löwenstern gewandt; denn er war auf diesen zugetreten, ergriff sein Handgelenk und prüfte seinen Puls. Dann zog er ihm die Augenlider nieder.

Kaum fünfzig Puls, sagte Schiferli. – Blutdruck tief.

Hobōrin, sagte die Japanesin mit hoher Stimme, und nochmals: *Hobōrin*.

Was sagt sie, Kotzebue? fragte der Zar.

Ich kann kein Japanesisch, Majestät.

Schiferli war etwas zurückgetreten. – Die Funktionen sind normal.

Die Bemerkung traf die Stimmung der Gesellschaft durchaus nicht und hatte dennoch etwas Entlastendes. Man befand sich also in einer klinischen Demonstration mit einem völkerkundlichen Einschlag.

Krusenstern erklärte halblaut: Löwenstern war ein schlanker, fast dürrer Mensch, man durfte ihn nervös nennen. Und er war fast weißblond. Diese Person ist eine andere.

Bis auf die Augen, sagte Kotzebue, die Augen passen.

Just die Augen passen nicht, erwiderte Krusenstern.

Hat er sich in Ihrer Zeit sehr verändert, Madame? fragte der Zar, zur Frau des Hauses gewendet.

Ach Gott, Majestät, sagte Kitty von Kotzebue, so gut kenne ich ihn gar nicht.

Wie lange ist er denn schon im – Stift? fragte der Zar. – Wann wurde er ausgemustert?

Waterloo war vorbei, als mein Vater das Kamtschatka-Stück probierte, sagte Kotzebue, dann wurde umgebaut für ein bürgerliches Rührstück. Die Kulisse blieb auch für «Resanow» stehen, weil das Geld für eine neuspanische Hazienda fehlte. Löwenstern muß kurz vor dem Wiener Kongreß abgedankt worden sein – das wäre jetzt fünf Jahre her, aber darüber wüßte mein Schwiegervater mehr. Mit Bewußtsein habe ich persönlich Löwenstern das letzte Mal an

Bord der *Nadeschda* wahrgenommen, bei ihrer Ankunft im August 1806. Dieser Mann sieht ihm in der Tat nicht ähnlich, aber in vierzehn Jahren verändert man sich, besonders bei seinem Leben.

Er ist es *nicht*, insistierte Krusenstern. – Ich werde doch meine Offiziere erkennen. Sehen Sie seine Händchen an. Sind das Hände eines Seemanns? Sogar die Japanesin hat größere.

Der richtige Hermann Löwenstern lebt in Rasik, verkündete ein Herr von Üxküll mit Bestimmtheit. – Hier sitzen so manche, die ihn in den letzten Jahren gesehen haben. Man sollte ihn diesem Doppelgänger einmal gegenüberstellen. Da könnte er nur lachen.

Er lacht kaum noch, sagte eine Frau von Knorring. – Das ist mir aufgefallen, als ich ihm in Reval begegnete, zu Johanni letzten Jahres.

Des letzten Jahres, Henriette, korrigierte ihr Mann stehend.

Er ist mit Minchen von Essen verheiratet, sagte ein Herr Dethloff. – Der Tochter des Gouverneurs. Da hat er nichts mehr zu lachen.

Kinder haben sie auch nicht, meldete sich seine Gattin zu Wort.

Die Konversation begann, familiär zu werden, zunehmend unbekümmert um die Anwesenheit der allerhöchsten Person.

Das ist Moor, sagte Krusenstern leise, Midshipman Moor.

Fi donc, Adam! zischte seine Gattin, der hat sich doch längst umgebracht!

Darben hat der Mann jedenfalls nicht müssen, sagte Herr Taube von der Issen. – Das Stift muß ihm bekommen sein.

Die Japanesin hob zum ersten Mal den Kopf und flüsterte: *Ikoruzu. Ikoruzu.*

Das sagt sie oft, sagte Kitty. – Nur zwei Worte. *Ikoruzu* und *Hobōrin*.

Was mag sie meinen? fragte jemand.

Hobōrin, wiederholte die Japanesin und berührte den Boden mit der Stirn.

Was ich wissen möchte, sagte Krusenstern, wie ist die Frau überhaupt nach Rußland gekommen?

Es sind viele Schiffbrüchige an unsere Küsten gespült worden, Admiral, sagte der Zar, und gerettet worden an Leib und Seele, schon zu Zeiten meiner verewigten Großmutter.

Männer ja, Majestät, inzwischen müssen es hundert sein. Ich habe ja selbst drei davon nach Nagasaki überstellt. Aber noch nie eine Frau. Und warum kann sie nur zwei Wörter und kein Wort Russisch?

Wissen wir denn, was dieser Mann redet? fragte Juliane von Krusenstern.

Er hat vor kurzem Geschlechtsverkehr gehabt, sagte Schiferli. Und fuhr, in betretenes Schweigen hinein, ungerührt fort: Das sehe ich am Unterlid.

Der Zar hatte sich erhoben und ließ sich neben der Frau auf ein Knie nieder, worauf sie sich wieder tief zum Boden beugte.

Geschätzte Prinzessin, sagte er, und zum ersten Mal hörte man ihn Russisch reden. – Was kann man für Sie tun?

Die Frau begann, mit der Stirn auf den Boden zu schlagen, und flüsterte: *Hobōrin Ikoruzu. Ikoruzu Hobōrin.* – Die gezogenen Vokale hörten sich wie Wehlaute an.

Als der Zar den Kopf hob, hatte er Tränen in den Augen. – Ich verstehe sie, sagte er. – Sie hat Heimweh. Sie möchte nach Hause. – Er stand wieder auf, nicht mühelos, und wandte sich an den Hausherrn, mit hoher, kaum noch beherrschter Stimme: Sie segeln bald wieder in den Osten, Herr von Kotzebue. Sie nehmen sie mit.

Wie meinen – ? stammelte der Hausherr.

Sie fahren in Japan vorbei und lassen die Unglückliche aussteigen.

Ich werde mich hüten, Majestät, stieß Kotzebue, blaß, doch entschieden hervor.

Soll mein Mann das Schicksal Golownins erleiden? fragte Amalie.

Hobōrin, sagte die Japanesin. – *Hobōrin!*

Keine Angst, liebes Kind, sagte der Zar.

Sie meint «Golownin», sagte Krusenstern. – Die Japanesen können unsere Namen nicht aussprechen.

Es genügt ja wohl, nach Petropawlowsk zu fahren, sagte der Zar. – Dann kann sie jemand mitnehmen, der nach Japan weiterreist.

Nach Japan reist niemand *weiter*, Majestät, sagte Kotzebue, es ist ein verschlossenes Land. Und wenn die Person trotzdem hinkäme, würde sie nichts Gutes erwarten. Einen Mitbürger, der aushäusig gewesen ist, nehmen die Japanesen nicht mehr auf. Sie töten ihn wohl nicht, aber er bleibt ein Gefangener auf Lebenszeit. Was täten sie mit einer Frau? Nicht auszudenken.

Interessant, ließ sich Schiferli vernehmen. – Tiere reagieren gleich. Kürzlich fand unser Sami beim Kornschneiden ein Rehkitz und war so dumm, es aufzulesen. – Leg das wieder hin, *Donnerslöu!* fuhr ich ihn an, aber es war zu spät. Die Rehmutter nahm es nicht mehr an. Es wäre umgekommen, wenn es die Großfürstin nicht mit der Flasche aufgezogen hätte. Da wurde es zahm wie ein Haustier und wäre immer noch da, wenn es der Bärry nicht gerissen hätte, der *Löu*. Für den blieb es ein Stück Wild. Ja, der Nestgeruch! Natur bleibt stur!

Vielleicht, sagte der Zar, sollte man mit diesen Japanesen doch einmal deutlich werden.

Kein Problem, Majestät, sagte von Üxküll, ein ausgedienter General, nur eine Frage der Mittel. Eine brave Kanonade, und das Land fällt wie ein Kartenhaus.

Ich warne, sagte Kotzebue. – Japan ist ein Faß ohne Boden. Erobern kann man es vielleicht, aber halten? Rußland braucht kein Abenteuer. Es braucht Reformen.

Die Gesellschaft erschrak, doch der Zar lächelte nur. Der vermeintliche Löwenstern behielt die Ruhe eines Standbilds, doch man hatte schon aufgehört, ihn zu beachten, und plauderte angeregt und ratlos.

Hobōrin, sagte die Japanesin. – *Ikoruzu.* Plötzlich richtete sie sich, immer noch kniend, auf und blickte streng geradeaus. Jetzt waren ihre Augen weit geöffnet und strahlend blau. Die Lippen entblößten pechschwarze Zähne, die Lippenschminke hatte sich zum doppelten Blutstropfen gespalten. Wie gebannt sah die Gesellschaft zu, wie die Hände der Frau nach hinten griffen, langsam die Schleife des breiten Stoffgürtels lösten und ihn ebenso bedächtig von ihrem Leib wanden. Dann faltete sie ihn wieder zu einem kompakten Paket zusammen und legte es hinter sich. Jetzt streifte sie – diesmal behende – den blauen Kimono ab, wobei der dunkelrote wie von selbst nachfiel, und hielt beides, ohne sich umzublicken, über sich empor: Der Gefährte in Uniform nahm es und drückte das Bündel, wie es war, gegen seine Brust. Die Frau saß jetzt hoch aufgerichtet in einem schneeweißen Unterkleid, das nur von einem Band zusammengehalten wurde. Ohne hinzusehen, löste sie auch dieses auf, und es öffnete sich wie ein Vorhang über ihrem elfenbeinfarbenen Leib, nur die Brüste ließ es bedeckt. Nun saß sie straff aufgerichtet, schloß die Augen und schien in tiefes Nachdenken zu versinken.

Aber das nächste ereignete sich sehr schnell. Ihre Rechte hatte in die Tasche unter dem linken Ärmel gegriffen, einen Augenblick, und schon zu spät, sah man auch den Stahl in ihrer Hand, denn gleich darauf hatte sie sich die Klinge schon mit beiden Händen in den linken Unterleib gestoßen und zerrte den Griff waagrecht geradewegs nach der rechten Seite. Um dem Druck nachzuhelfen, schien sich der Leib der schneidenden Klinge geradezu entgegenzuwerfen – es war vollbracht. Die Frau nahm die Fäuste unter dem Bauch hervor, ihre Finger wischten die Klinge am weißen Kleid ab und legten sie zitternd vor sich auf den Teppich. Einen Augenblick verharrte sie mit gesenktem Kopf. Dann aber richtete sie sich auf, die Augen zuckten, aber sie waren wieder weit offen, und auf dem gestrafften Leib trat der Schnitt hervor wie eine saubere Naht, aus der einzelne Blutstropfen traten.

Jetzt erst entlud sich das Entsetzen in einem einzigen Schrei, der in fassungslose Rufe, verwirrte Bewegung überging. Kitty war in Ohnmacht gefallen, andere Damen sprangen auf, hielten sich an Herren fest, vergruben ihre Köpfe an deren Schultern und schluchzten laut; auch der fluchende Schiferli vermochte sich von einer haltsuchenden Unbekannten nicht loszureißen. Der Zar war auf seinen

Platz auf dem Sofa zurückgefallen und saß wie tot. Die deutschen Ärzte stürzten für Erste Hilfe herbei, aber bevor sie die Verletzte anfassen konnten, die jetzt vornübergesunken war, gebot eine klare Stimme: Halt.

Es war Adelbert von Chamisso.

Er ging mit großem Schritt zu der Japanesin, kniete nieder und hielt seine offenen Hände über ihren schwarzen, mit vielen Nadeln bewehrten Kopf. Dann hob er den Blick zu Löwenstern. Aber er fand seine Augen nicht. Der hatte sein Gesicht in das Bündel kostbaren Stoffs begraben, das er mit beiden Armen an sich zog. Seine übrige Haltung blieb ungebeugt, wie diejenige eines Offiziers, der unter schwerem Feuer nicht mehr an Deckung denkt.

Chamisso aber hatte, über die Japanesin gebeugt, zu singen angefangen, und in ungläubiger, doch zunehmender Stille begann man, die Worte zu verstehen.

Seit ich ihn gesehen / Glaub ich blind zu sein / Wo ich hin nur blicke / Seh ich ihn allein / Wie im wachen Traume / Schwebt sein Bild mir vor / Taucht aus tiefstem Dunkel / Heller nur empor.

Und siehe: bei den letzten Worten hatte sich die Japanesin langsam wieder aufgerichtet; jetzt aber blieben ihre Augen geschlossen, und ihre Lider wirkten verklärt. Da fuhr Chamisso zu singen fort, mit leiser, doch fester Stimme:

Es blicket die Verlaßne vor sich hin / Die Welt ist leer / Geliebet hab ich und gelebt, ich bin / Nicht lebend mehr / Ich zieh mich in mein Innres still zurück / Der Schleier fällt/ Da hab ich dich und mein verlornes Glück / Du meine Welt.

Die Frau war gegen Chamisso gesunken, und nach den Worten *Du meine Welt* wurde man Zeuge, wie er sie umfing und, ohne Worte weitersummend, scheinbar mühelos aufhob. Als er sich selbst aufgerichtet hatte, konnte man glauben, er wolle sie mit ganzem Leib abschirmen, doch die Zuschauer, wie gebannt, meinten auch zu sehen, wie sie zu schwinden, dann, bei fortdauerndem Singsang, immer mehr zu *ver*schwinden begann. Sahen sie recht? Die Person war nicht kleiner geworden; sie war immer noch da – und zugleich war sie es nicht. Was blieb, waren die offenen Arme Chamissos; und langsam, als trüge er noch etwas und als trüge er jetzt erst merklich daran, ging er zu der Löwenstern genannten Person hinüber, die immer noch regungslos in der Mitte stand. Und siehe, diese hatte die Frauenkleider fallenlassen, oder sie waren ihrerseits verschwunden; denn Chamisso legte ungestört die Arme um sie. Und man konnte förmlich zusehen, wie sich auch die Arme der Offizierssperson langsam hoben und Chamisso umfingen; als ihre Stirn auf die Schulter des Dichters fiel, waren sie beide von gleicher Größe, Zwillinge, brüderlich ungleich wie Löwenmähne und Soldatenzopf.

Sie verweilten in stummer Umarmung; auch der Gesellschaft blieb die Sprache weg. Nur Kittys Schluchzen war hörbar, und der Zar nahm sie in den Arm.

Die Person und der Dichter ließen einander los; Chamisso trat einen Schritt zurück. Löwenstern aber verneigte sich vor dem Zaren, der in Verlegenheit geriet; dann erhob er sich und streckte die Hand aus. Aber Löwenstern nahm sie nicht, sondern sagte mit lauter Stimme: *Heute sterben Sie noch nicht.*

Er preßte das Frauenkleid in den linken Arm. Mit dem rechten vollführte er eine weite Kreisbewegung, verbeugte sich gegen Chamisso und verließ den Raum mit festem Schritt. Der Zar gab den Wachen einen Wink, ihm nicht zu folgen.

Wo geht er hin? fragte jemand.

Er ist in Gottes Hand, flüsterte der Zar. – *Quel miracle*!

In diesem Augenblick stürzte Kitty von Kotzebue mit einem lauten Schrei zu Boden und umschlang seine Knie. Es stirbt, wimmerte sie. – Es ist tot! Majestät –

Er blickte auf das Köpfchen nieder, das sein aufgelöstes Haar haltlos, schutzsuchend an seinem Beinkleid rieb; doch allmählich wich der Ausdruck der Betretenheit aus seinem Gesicht, das sich zusehends gerötet hatte. Er beugte sich über Kitty und ergriff sie sanft bei den Schultern.

Nicht doch, sagte er. – Stehen Sie auf, Kitty. – Und erhob sich nun seinerseits, um die aufgelöste Frau nachzuziehen; Otto Kotzebue eilte herzu, um sie zu stützen. Der Zar, der aus der Armbinde geschlüpft war, legte jetzt die Hände auf ihren hohen Leib und schloß die Augen. Sein Gesicht verklärte sich, während Kitty zu murmeln begann; es klang wie ein Gebet. Plötzlich richtete sie sich auf und legte ihre Hände auf die des Zaren. – Es hüpft! jauchzte sie, durch Tränen lachend. Spüren Sie? es hat gehüpft! Ach, Majestät – ! und sie beugte den Nacken und bedeckte seine Hand mit Küssen.

Er litt es eine Weile mit geschlossenen Augen; dann öffnete er sie, entzog ihr seine Hände mit einer kurzen Grimasse – wer dachte nicht an seinen kleinen Finger? – und schlug feierlich das Kreuz über sie. Dann blickte er nach dem Gatten, der einen Schritt zurückgetreten war.

Otto, sagte er, sie braucht Ruhe. Unser Besuch hat zu viele Umstände gemacht. – Und schon hatte er der innig verneinenden Kitty den Arm gereicht, nachdem er seine baumelnde Armbinde ganz abgeschüttelt hatte. *Quel miracle!* wiederholte er zu Kitty, die sich mit einem kurzen Schluchzer bei ihm eingehakt hatte, und zu Otto: Begleiten Sie uns an die frische Luft?

Kotzebue wandte sich, während das Paar schon auf dem Weg zur Tür war, noch einmal nach der Gesellschaft um und sagte mit schmalen Lippen: Lassen Sie sich nicht stören, Herrschaften. Man ist gleich wieder da.

4 Das leere Sofa strahlte eine Präsenz aus, die Schweigen gebot. Die Gesellschaft rührte sich eine ganze Weile nicht. Schließlich war es Krusenstern, der das Wort ergriff.

Sie ist wohlauf! erklärte er gebieterisch.

Das Kind auch, unterstützte ihn seine Frau Juliane. – Eine Frau erträgt viel mehr, als sie denkt, besonders in der Schwangerschaft. Und seine Majestät wirkt Wunder.

Der Zar *ist* ein Wunder, immer noch! übertrumpfte sie eine Stimme aus dem Hintergrund, vielleicht Herr von Brevers, aber sein Kontertenor war vom Diskant seiner Frau nie zu unterscheiden.

Schade um Löwenstern, sagte Herr von Dethloff, da ist Hopfen und Malz verloren.

Er hat sich nicht einmal gerührt, als seine Frau –! Frau von Knorrings Stimme wurde von einem Weinkrampf überwältigt.

Es war *nicht* seine Frau, Ilse, korrigierte ihr Gatte.

Und er ist noch immer nicht Löwenstern, sagte Krusenstern, aber die *Frau* hatte seine Augen.

Unfug, verdammter! brach Herr von Üxküll aus, sein kleiner Kopf hätte nicht röter werden können, und die Augen drohten, aus den Höhlen zu springen. – Pardon, Herrschaften! Aber Löwenstern lebt in Rasik, so wahr ich hier stehe! Wir haben Löwensterns vor drei Wochen besucht! Haben wir sie besucht oder nicht, Notburga?

Ich sagte gleich: wir bleiben aber nicht lange! entgegnete sie. – Wie er aussah! Sitzt nur noch am Schreibtisch, kommt Tag und Nacht nicht aus dem Zimmer! Was sagte Minchen? Das sei gar nicht mehr ihr Hermann!

Was weiß denn Minchen? schnaubte Üxküll, aber er *existiert!* das ist der Punkt, und es gibt ihn nur *ein* Mal!

Er drohte zu bersten. Seine Frau begütigte mit angestrengtem Lächeln: Ach, Bernd, das weiß man doch gar nicht mehr so genau. Heute ist *alles* möglich.

In der Tat, sagte Schiferli, Spaltungsirresein kommt vor. Im Kanton Schwyz gibt es ein Dorf, wo es endemisch ist. Tritt immer mit Inzucht zusammen auf. Bruder mit Schwester, Kusin mit Kusine ersten Grades, Onkel mit Nichte und so weiter. – Und an Chamisso gewandt, fuhr er fort: War das nun der berühmte animalische Magnetismus?

Ist er berühmt? antwortete Chamisso.

Hokuspokus, knarrte Schiferli. – Wo haben Sie Medizin studiert?

Ich studiere Freundschaft, sagte Chamisso. – Aber unter meinen Freunden gibt es auch Ärzte, Koreff zum Beispiel.

Ein Scharlatan, entschied Schiferli. – Ich werfe keinem Juden vor, daß er mir etwas vormachen will. Ich nehme mich selbst bei der Nase, wenn ich auf ihn hereinfalle.

Unser Freund Chamisso, sagte Otto von Kotzebue, der unbemerkt wieder eingetreten war, ist nun einmal ein Forscher von Gottes Gnaden. Er sammelt *alles*. Was haben wir unter seiner Passion zu leiden gehabt! Die *Rurik* ist nicht nur ein Kriegsschiff, sie ist ein *kleines* Kriegsschiff, habe ich ihm gleich anfangs gesagt, *nicht* für Passagiere eingerichtet, schon gar nicht solche, die an jeder Küste die ganze Flora abräumen, am liebsten die Fauna noch dazu. War die *Rurik* ein Museum? Sie hatte einen Auftrag!

Juliane von Krusenstern repostierte wie ein Mann: Chamisso hat *Naturgeschichte geschrieben*, Otto, ganze neue Pflanzenfamilien sind nach ihm benannt! Was hättest du Seiner Majestät präsentieren können, wenn Chamisso nicht an Orten gesammelt hätte, wo noch keiner gewesen ist? Das *bleibt!*

Ein Astronom sammelt Sterne, ein Seemann Inseln, fuhr ihr Gatte, der Admiral, lächelnd fort, und endlich hat Freund Kotzebue einmal eine Insel nach mir benannt, auf der man sich nicht gleich totfriert! Ein Atoll! Palmen, rosa Strände! Ein traumhaftes Altenteil. Nur ein wenig weit weg.

Ich hätte gern einen *Ozean* nach Ihnen benannt, *oncle*, lächelte Kotzebue grimmig, ohne Sie hätte ich nie erfahren, was Seefahrt heißt.

Für die Frau bedeutet sie Sorge, Einsamkeit und Entbehrung, meldete sich Juliane von Krusenstern abermals. – Das wollen wir nicht vergessen.

Man lernt sie nicht aus, sagte ihr Gatte, aber sie ist ein Rüttelsieb sondergleichen. Die Spreu fällt durch.

Spreu *fliegt weg*, sagte von Üxküll, man hört, daß Sie kein *Land*mann sind, Weltumsegler.

Herr von Keyserling räusperte sich und sagte: Was wir gesehen haben, war *kein* korrekter Selbstmord.

Mußt du davon reden, Fritz? fragte seine Frau.

Ich habe die Praktiken der Japanesen studiert, fuhr er fort. – Was die Frau getan hat, war typisch männlich. So tötet sich keine Japanesin. Die wickelt einen Dolch in ein Seidentuch und stößt ihn sich von vorn durch die Kehle –

Daß du schweigst, du Greuel! Fritz! schrie seine Gattin.

Darum war das hier gar keine Frau, sprach ihr Gatte unerbittlich zu Ende.

Auf den ersten Blick glaubte ich, sie sei schwanger, meldete sich Schiferli zurück. – Sie probiere den Kaiserschnitt. Aber den sollte man dem Arzt überlassen. Es gibt nicht viele, die sich trauen.

Wie ich Sie kenne, gehören Sie dazu, sagte Kotzebue.

Mit dem Messer kommt man meist zu spät, sagte der Arzt. – Und der Blutverlust ist prohibitiv. Das heißt, man opfert die Mutter. Die von Cäsar soll den Schnitt überlebt haben. Würde mich wundern, mit der Technik der Antike. Sicherlich eine Legende.

Gut, daß Kitty Sie nicht hört, sagte Juliane von Krusenstern, das hätte jetzt noch gefehlt.

Doch in diesem Augenblick trat sie ein, am Arm des Zaren, und beide wirkten überaus angeregt. Er geleitete sie zum Sofa und nahm selbst darauf Platz; der Thron war wieder besetzt.

Ein Spaziergang durch Ihren Rosenhag, Otto, wandte sich Zar an den Gastgeber, wie das verjüngt! Einmal in dieses Paradies der Düfte getaucht – gleich fühlt man sich wieder als Mensch! Kitty blüht, meine Hand ist heil – und wir haben einen Dichter am Werk gesehen! *Poésie pure*, lieber Chamisso – Sie waren begnadet. Der Mann mag Löwenstern heißen oder nicht – was zählt ein Name! Er ist in den Kreis der Lebenden zurückgekehrt! Immer noch bedenklich, Otto?

Man kann hoffen, er werde wieder er selbst.

Kitty richtete sich auf. – Wer ist man denn selbst? Wer weiß das so genau! Das kann einem nur die allernächste Seele sagen! Oh, Chamisso, wir haben gesehen, was er braucht. Einen Freund!

Chamisso lächelte. – Ich hätte ihn gerne mitgenommen.

Warum tun Sie's nicht! rief Kitty. – Nehmen Sie ihn nach Berlin!

Ich könnte ihn nicht ernähren, verehrte gnädige Frau.

Aber auch Sie haben Freunde! bettelte Kitty.

Ah, Madame, sagte Chamisso mit einer leichten Verbeugung, wohl habe ich sie, doch wohlhabend sind sie nicht. Er käme vom Regen in die Traufe. Wir sind Fremdlinge auf Erden. Unser Kreis besteht aus Franzosen, Juden – er deutete gegen Schiferli einen energischen Kratzfuß an –, und unsere Deutschen sind – *eh bien* – Geisterseher und Schmetterlingsjäger. Es liegt auch immer etwas Staatsgefährliches in der Luft, das sich in Preußen nicht wie unter Ihrer kaiserlichen Majestät – hier verneigte er sich tief gegen Alexander – der allerhöchsten Sympathie erfreut. Darum hüte ich mich, uns einen *Club* zu nennen.

Aber Prinzipien haben Sie ja wohl, sagte Alexander.

In der Freundschaft darf man nicht zu viele Prinzipien haben, Majestät, sagte Chamisso, sie ist ein fortwährendes Experiment, und seine Resultate sind nur literarisch erheblich – hoffen wir jedenfalls. Wir sind übereingekommen, uns durchaus niemals mit schlechtem Machwerk zu quälen. Wir betrachten uns als Handwerker, doch einen goldenen Boden – den hat unser Handwerk leider nicht. Wir leben davon, daß wir einander unseren Schatten ausleihen.

Ah! rief Kitty, Peter Schlemihl, der Mann, der seinen Schatten verkauft! Wer hat es nicht gelesen!

Das folgende Schweigen deutete eher darauf, daß es niemand gelesen hatte.

Leider, Gnädigste, sagte Chamisso, darf ich mich keines Bunds mit dem Teufel rühmen. Dafür bleibt mir auch die Not erspart, in Gold zu schwimmen. Kein Glückssäckel, keine Tarnkappe, keine Siebenmeilenstiefel, nicht einmal ein Brotkorb. Sonst hätte ich auch ohne die *Rurik* eine Stelle als Naturforscher gefunden, und Freund Otto wäre viel erspart geblieben.

Was hat Ihr «Mann ohne Schatten» eigentlich zu bedeuten? fragte der Zar.

Majestät sind nicht der erste, der die Frage stellt, aber der erste, dem ich sie beantworte, sagte Chamisso. – Sehen Sie: Ich war als preußischer Leutnant bei Hameln dabei, gemeinhin bekannt als «die Schmach» oder auch «der Verrat» von Hameln. Soll heißen, daß wir Napoleon die Festung ohne Kampf überließen. Wir hatten keine Chance – außer derjenigen, bis zum letzten Mann zu verbluten. Unser Kommandant verzichtete darauf, sie wahrzunehmen, sonst hätte ich nicht das Privileg, vor Ihnen zu stehen. Aber, Majestät: Sie können sich die Gefühle gar nicht *gemischt* genug vorstellen, mit der ich die Grenadiere Napoleons in Hameln einziehen sah. Sie redeten meine Sprache – meine deutschen Kameraden auch. Ich warf einen zweifachen Schatten – wollte ich nicht die Seele verkaufen, um nur noch einen deutschen oder französischen zu werfen, blieb kein Mittel, als auf Schatten ganz zu verzichten.

Das haben Sie im Buch aber anders beschrieben, sagte Kitty.

Bücher sind gerne klüger als ihre Verfasser, erklärte Chamisso, dafür sagen sie nicht alles. Sie verraten zuviel, und nie genug. Auch meine Berliner Freunde sind Verräter, jeder in seiner Art, und dennoch treu – sei es einem einzelnen Menschen oder auch einmal sich selbst. Aber der einzige Schatten, den wir werfen, steht auf Papier. Es sind Erzählungen, die wir austauschen und einander vorlesen; das ist unser Schattenverleih.

Sie haben zur Zeit keine Position? fragte der Zar. – Man könnte etwas für Sie tun.

Um Vergebung, Majestät, das kann man nicht, erwiderte Chamisso.

In die hörbare Stille hinein sprach eine zittrige Frauenstimme: Ich bin Friederike von Essen und schwer von Gehör. Aber Musik und Gesang höre ich immer noch gut. Darum frage ich Sie: Was Sie da eben vorgetragen haben, Herr von Chamisso, war doch kein Volkslied?

Chamisso schien gleich zu wissen, wovon die alte Dame redete.

Leider nein, gnädige Frau.

Fräulein, korrigierte sie. – Ich bin Stiftsdame. Kennen Sie die Dichterin?

Ein wenig, sagte er, aber es ist ein Dichter. Ein Mann.

Dann sagen Sie ihm, er sei ein wahrer Kenner der Frauenseele.

Ihr Kopfzittern war beängstigend geworden.

Chamisso verneigte sich. – Ich werde es gern bestellen, gnädiges Fräulein.

Gibt es Noten dazu? fragte sie. – Meine Nichte spielt das Piano.

Ich fürchte nein, sagte Chamisso.

Dann komponiert Wilhelmine sie selbst. Das Gedicht ist ja das *Bild* einer glücklichen Ehe.

Chamisso verbeugte sich abermals.

Und was diesen verrückten Offizier betrifft, *neveu*, fuhr sie fort, an Kotzebue gewandt, er muß sich nur ordentlich verheiraten! Soll den richtigen Löwenstern zum Muster nehmen, der ist ein Ehrenmann. Das sage ich laut, in Gegenwart Seiner Majestät! Kitty, du kümmerst dich darum, aber du, Otto, bleibst verantwortlich. Wenn dieser Sogenannte von Stand ist, dann braucht er eine Frau, und zwar eine Partie, die ihm auch was gönnt! Sonst nehmen seine Flausen kein Ende.

Nachwort des Herausgebers

1

Die Aufzeichnungen, die hier mitgeteilt werden, haben sich über zweihundert Jahre vor der Welt verborgen. Ivar K., der heutige Besitzer des Gutes Raasiku südöstlich von Tallinn/Estland, förderte sie bei der Renovation eines alten Pferdestalls ans Licht. Löwensterns Manuskript fand sich im ausgehöhlten Buchkörper eines «1826» etikettierten Jahrgangs von *Cobbett's Political Register*, der, zusammen mit intakten Bänden derselben Zeitschrift, in einem messingbeschlagenen Kasten hinter dem ehemaligen Futtertrog eingemauert war. Der marmorierte Einband verriet die Handarbeit eines Liebhabers. Ivar hatte den Fund zum Antiquitätenhändler nach Tallinn gebracht, der aber nur am Kasten interessiert war und die Zeitschriften als Altpapier in Kauf nahm. Den präparierten Band allerdings hatte Ivar zurückbehalten. Zwar las er kein Deutsch mehr, schon gar nicht die alte Kurrentschrift. Doch vielleicht fand sich eines Tages jemand, dem sie etwas sagte.

Dieser Glückliche war ich, am Mittwoch, dem 18. Mai 2011.

Auf einer Reise nach Japan hatte ich die Ostsee zweimal achtlos überflogen, war aber nach der Rückkehr auf ihren östlichen Rand zurückgekommen, in die neue EU-Provinz Estland, um an einem Kongreß über den Zusammenhalt Europas teilzunehmen. Es war zugleich die Gelegenheit für einen Lokaltermin in eigener Sache. Der Geist des Zürcher Astronomen Caspar Horner, der mir in meinem letzten Roman erschienen war, hatte zugleich die erste russische Weltumsegelung 1803–1806 heraufbeschworen, an welcher Horner als Astronom und Geodät teilgenommen hatte, von Anfang an eine Fahrt auf Messers Schneide. Denn dem Forschungsinteresse der Expedition, für das der deutsch-baltische Kapitän Adam Krusenstern zuständig war, wurde noch ein politischer Auftrag aufgesattelt. Mit einer diplomatischen Mission in das verschlossene Japan wollte Rußland nicht nur das holländische Monopol auf den Japan-Handel brechen, sondern auch seine Expansion um den nördlichen Pazifik strategisch absichern. Der prospektive Gesandte Resanow war zugleich, als Direktor der «Russisch-Amerikanischen Compagnie», Herr des fernöstlichen Pelzhandels und betrachtete die seemännische und wissenschaftliche Kompetenz Krusensterns nur als Mittel zum eigentlichen Zweck der Expedition. Da der Weltumsegler sich nicht zum Fuhrmann degradieren ließ, war von Anfang an für Streit auf der *Nadeschda* gesorgt, und die Mission drohte schon zu scheitern, bevor sie – auf der Westroute über Kap Hoorn – Petropawlowsk, den ersten russischen Hafen am Pazifik, erreicht hatte.

Das Journal, das der vierte Offizier der *Nadeschda*, Hermann Ludwig von Löwenstern, über diese denkwürdige Reise geführt hat, war nur für seinen persönlichen Gebrauch bestimmt und stellt darum die Verhältnisse ungeschminkt dar. Es wurde erst im vergangenen Jahrzehnt von Victoria Joan Moessner, einer verdienstvollen Universitätsgermanistin im ehemals russischen Alaska, entziffert und publiziert. Die Tagebücher des Fünfundzwanzigjährigen zeigen einen Charakter, dem man in seiner Altersgruppe auch heute begegnen könnte: zugleich salopp und unsicher, mit gutem Auge für das Detail, in seiner Reflexion eher anspruchslos, doch lausbübisch und mit Geschmack am Galgenhumor; als Parteigänger des Kapitäns keineswegs unkritisch, aber vernichtend in seiner Kritik der «Passagiere», namentlich des präpotenten Gesandten. Diesem jungen Seeoffizier, der Caspar Horners Freund gewesen war, trat man nicht zu nahe, wenn man die Fülle seiner Notizen als Stoff verstand, der eine literarische Form vertragen konnte. In Tallinn, zu seiner Zeit: dem russischen Reval, das heute auch als Hauptstadt Estlands sein deutsch-baltisches und hanseatisches Gepräge bewahrt hat, bot sich mir jetzt die Chance, die Umgebung zu besichtigen, in der Löwenstern aufgewachsen und in die er nach seinen Wanderjahren als verheirateter Gutsherr zurückgekehrt war. Sein Gut Rasik, gute dreißig Kilometer südöstlich der Hauptstadt, schwebte mir als Stützpunkt eines literarischen Projekts vor, dessen Gegenpol Japan bilden sollte, das Andere Land, das ich gerade verlassen und das Löwenstern vor über zweihundert Jahren berührt hatte, ohne es eigentlich zu betreten. Darin empfand ich unsere Familienähnlichkeit jenseits von Raum und Zeit.

2

Damals hatte der erste Versuch des Zarenreichs fehlgeschlagen, in Japan Fuß zu fassen, das sich seit dem 16. Jahrhundert von der übrigen Welt zurückgezogen und unter dem Tokugawa-Shogunat eine vergleichsweise hohe Zivilisation entwickelt hatte, mit dem Anspruch eines Kunstwerks, sich selbst zu genügen. Die Berührung mit den Russen stellte sie auf die bisher stärkste Probe. Im Frühjahr 1811 tauchte Kapitän Wassili Michailowitsch Golownin mit seiner Fregatte *Diana* in den südlichen Kurilen auf, um sie zu erkunden und zu kartographieren. Diese Absicht betrachteten die Japaner, welche die südlichen Kurilen als eigenes Territorium besetzt hatten, als unfreundlichen Akt, wozu ihnen vorausgegangene Überfälle von Agenten der Pelz-Compagnie allen Grund gegeben hatten. Als Golownin, zur Aufnahme von Proviant gezwungen, auf der Insel Kunaschir an Land ging, um mit dem Kommandanten der japanischen Festung zu verhandeln, wurde seine Gruppe – drei Offiziere, vier Matrosen und ein kurilischer Dolmetscher – gefangengenommen, unter den Augen seines Stellvertreters und Freundes Rikord, der mit der übrigen Besatzung der *Diana* in der Bucht ankerte und gegen die feindliche Übermacht nichts ausrichten konnte, ohne das Leben der Gefangenen aufs Spiel zu setzen. Als diese abgeführt wurden, verschwanden sie, wie Alice im Wunderland, durch den Spiegel – vielleicht auf Nimmerwiedersehen.

Mit diesem Schock wurden Angehörige einer europäischen Kultur zu Geiseln einer ganz anderen, und das gerade in der Zeit, wo Rußlands militärische Kraft durch die Invasion von Napoleons Grande Armée gebunden war. Damit wurde Golownins Gefangennahme auf einem Hinterhof der Weltgeschichte zum ersten Akt eines interkulturellen Dramas. Wenn es glimpflich abgehen sollte, mußten zwei nicht kompatible Regelwerke, von denen keines mit Gewalt außer Kraft zu setzen war (es sei denn, man hätte die Gefangenen gleich umgebracht), so gestimmt werden, daß Spielraum für die Ausnahme entstand: eine Lage, in der nicht nur die Gefangenen frei wurden, sondern auch ihre Wärter so frei, sie ziehen zu lassen. Es waren, auf beiden Seiten, sensible Akteure nötig und ein Spiel mit unberechenbarem Einsatz, um das gute Ende herbeizuführen.

Für die reale Geschichte war es weder typisch noch von Dauer. Es hat den Russisch-Japanischen Krieg (1904/05) so wenig verhindert wie jeden andern. Aber das Zeug zum Frieden bleibt auch in kleinsten Spuren ein kostbarer Stoff. Für meine Erzählung suchte ich eine Figur, die sich etwas daraus machte – ein Kleid, das er sich allerdings nicht anziehen konnte, ohne zugleich seine Blöße zu zeigen, und das heißt ja, seine eigene Menschlichkeit. Sie mußte sich, auf ihrer Japanreise, eine für mich selbst noch unabsehbare Verwandlung gefallen lassen.

Ich kam wieder auf Hermann Ludwig Löwenstern. Er war nicht dabeigewesen. Was qualifizierte ihn dann zum Erzähler? Daß man nicht mitgefangen gewesen sein muß, um mitzuhangen. Löwenstern sei mein Zeuge, daß die Hoffnung auf den Menschen, soweit sie denn haltbar ist, sich nie halten läßt, ohne der Erwartung ihres Trägers zu spotten. Er darf von Glück reden, wenn sie ihn nur lächerlich macht, ohne daß er an ihr oder sich selbst verzweifeln muß. Nebenbei: Absenzen, Verspätungen und Versäumnisse, gerne durch Volksabstimmung legitimiert, gehören auch zur insularen Praxis meines eigenen Landes und bleiben immer vom Verdacht begleitet, etwas verpaßt zu haben. Nicht dabei (-gewesen) zu sein, ist, als Not- oder Glücksfall, eine historische Spezialität der Schweiz. Um das Thema romanhaft zu entwickeln, dachte ich daran, meinem Seeoffizier, der Japan gesucht und verpaßt hatte, eine Klausur in der Gryllenburg zu verschreiben, wollte ihn nachsitzen lassen bei Tinte und Papier. So mußte er wohl oder übel in eine Lage geraten, in der wir einander etwas zu sagen hatten. Denn Erzählen, sich Erinnern, was gewesen sein könnte, ist die Kunst, sich von Verlusten plastisch Rechenschaft zu geben und Absenzen jene Gegenwartsform abzugewinnen, die man literarisch nennt.

Um eine passende Form dieses Stoffes hatte ich viele Monate gekämpft, in denen mir nicht ganz nebenbei die Grenzen meiner Gesundheit gezeigt wurden. Nach einer Operation wollte ich als erstes die Gegend mit Augen sehen, die Golownins unfreiwilliger Aufenthalt gewesen war. 1811 war er mit seinen Mitgefangenen von der Kurileninsel Kunashiri nach Hokkaido, damals Ezo genannt, überführt worden, dann über Hakodate, ihren größten Hafen, in die Provinzhauptstadt Matsumai, das administrative und militärische Zentrum für die Kolonisation der neuen Nordgebiete. Als wir fast genau zweihundert Jahre später einen Flug nach Japan buchten, um Verwandte zu besuchen und in Hokkaido zu recherchieren, hatten wir keine größere Sorge, als an der «Golden Week» vorbeizukommen, Urlaubstagen, an denen das ganze Land unterwegs ist, und reservierten ein Zimmer im einzigen Hotel von Matsumae noch vor der Kirschblütenzeit: in Hokkaido würde sie am längsten auf sich warten lassen. Am 4. April wollten wir reisen.

Dann kam etwas dazwischen.

3

Am 11. März 2011 wurde Japan von einem Seebeben der Stärke über 9 erschüttert. Es löste an der pazifischen Nordküste der Hauptinsel einen Tsunami aus, der sie, aller Befestigungen spottend, einige hundert Kilometer breit überflutete und ihre Besiedlung, dicht wie überall im knappen Flachland der Inseln, in einen endlosen Trümmerzug verwandelte und in ein Massengrab für zwanzigtausend Menschen, die unter ihren Häusern verschüttet oder ins Meer gerissen wurden. Das ungeheure Ereignis flog mit flatternden Bildern in die übrige Welt, denen anzusehen war, daß diejenigen, die sie einfingen, fürchten mußten, im nächsten Augenblick selbst weggespült zu werden. Als auf der andern Seite des Globus noch Tageslicht herrschte, starrte man fernsehend auf eine surreale, immer wieder von Lautsprecherwarnungen, Not- und Hilfeschreien zerrissene Szenerie, in der Schiffe auf Hausdächern gestrandet waren, während ganze Dörfer wie Herden ins offene Meer hinausschwammen. Man sah zu, wie Menschengruppen auf der Flucht überrollt wurden, von einer graubraunen Flut, die mit treibendem Fahrzeug die Gassen verstopfte, dann in breiter Front ins Landesinnere vorrückte und Kolonien von Treibhäusern scheinbar gemächlich flachlegte. Nach Einbruch der Dämmerung waren, aus Hubschrauberhöhe, nur noch lautlose Nester von Funken zu sehen, eine bis zum Horizont hingezogene Kette von Brandzeichen, die in höllischer Festlichkeit die ganze Nacht vor sich hin glommen. Man konnte nur ahnen, ohne es zu fassen: die Arbeit vieler Generationen, von der Flut kurz und klein geschlagen, fackelte jetzt ab wie Müll, der mit Treibstoff übergossen wird.

Nach der sichtbaren Katastrophe schlich sich eine ganz andere ins Bild und fixierte sich auf den Umriß einer nebelhaften, wie im Leeren hängenden Industrieanlage, die etwas widersinnig Sakrales hatte wie eine zerrüttete Kathedrale. Aus weiter Distanz, die das spezielle Objekt gebot, ließ sich der Fortschritt der Zerstörung nur erraten; noch weniger konnte man absehen, was er zu bedeuten hatte. Die Naturgewalt hatte auch die Tresore der Kernenergie leckgeschlagen und ihre obligatorische Kühlung gelähmt; nun begann das Werk, zu strahlen und die gefesselte Energie austreten zu lassen, selbsttätig, unkontrollierbar. Explosionen hatten die Büchse der Pandora noch weiter geöffnet. Über Nacht wurde *Fukushima Daiichi* zum Inbegriff für alles, was die globale Zivilisation, außer einem atomaren Weltkrieg, am meisten gefürchtet, seit Tschernobyl lieber nicht mehr berührt und mit Vergessen bedeckt hatte. Aber nun hatte die Krypta das Siegel ihrer Verschwiegenheit gebrochen; sie lag offen, und niemand sollte ihr nahekommen. Die dennoch dazu verurteilt wurden, von den ratlosen Betreibern der Anlage, umgab die Aura des Menschenopfers. Aber es waren keine Kamikaze-Kämpfer, sondern Leiharbeiter, *nuclear gypsies*, von der *Tokyo Electric Power Company* dafür (schlecht) bezahlt, daß sie in weißer Vermummung die Strahlung des Schwarzen Loches, in das sie steigen mußten, wenigstens ein paar Minuten aushielten, nur damit *etwas geschah* – und der Bestätigung, daß es nicht zu stopfen war, ihre Gesundheit opferten. Sie waren die ersten Abgeschriebenen einer Rechnung, die nur darum so kostengünstig – gar umweltschonend! – ausgesehen hatte, weil sie ohne den Wirt gemacht war. Die Fachleute hatten nicht mehr mit der Unzurechnungsfähigkeit der Natur gerechnet; auch nicht derjenigen der menschlichen Natur, die sich von keiner avancierten Technologie revidieren ließ.

4

Viele Ausländer nahmen das nächste Flugzeug und machten sich aus dem radioaktiven Staub, den ein ungünstiger Wind auf die Dreißig-Millionen-Agglomeration Tokyo zuzutreiben drohte. Wenn sie evakuiert werden mußte – wohin? Der Super-GAU, noch nicht beim Namen genannt, zeigte sich zuerst an der Kernschmelze verläßlicher Information. Alle bekannten Koordinaten wurden biegsam; weil die Sprecher logen? das wäre die in Japan weniger wahrscheinliche, doch gnädigere Variante gewesen: nein, weil sie nichts wußten. Die Fachleute waren auf einen Fall, den sie ausgeschlossen hatten, nicht vorbereitet.

Für uns stand im März nur soviel fest: wir würden unseren Flug Zürich-Japan nicht absagen. Keine Heldentat: unsere Reisepläne berührten das unmittelbare Katastrophengebiet nicht, Ausgangspunkt blieb die Kansai-Region, wohin bereits viele Botschaften ausgewichen waren. Dem deutschen wie dem Schweizer Botschafter begegneten wir immerhin in Tokyo, wo kurzfristig ein Anlaß arrangiert wurde, mit den Dagebliebenen ins Gespräch zu kommen.

Solange wir in Japan vor dem Fernseher saßen, war es nicht viel anders als in der Schweiz: der Ausnahmezustand beherrschte alle Stunden des Tages. Als wir reisten, machte er sich nur noch diskret bemerkbar. Was erkennbar fehlte, waren Touristen; im Hotel von Matsumae waren wir die einzigen, und später hatten wir die Fähre von Otaru nach Maizuru fast für uns allein. In Hokkaido, dem alten Ezo, führte die Spur meines russischen Kapitäns durch Wälder, vor denen wir dringend ge-

warnt wurden. Sogar in die Schlucht am Stadtrand, wo eines von Golownins Gefängnissen gestanden hatte, nahm der ortskundige Führer
eine Trillerpfeife mit, zur Abschreckung der Bären, und ließ alle paar
Schritt einen scharfen Ton hören. Durch diese Wälder hatte Golownin
mit fünf Gefährten, um irgendwo an ein unbewachtes Boot zu gelangen,
seinen verzweifelten Fluchtversuch unternommen.

Als wir in die Schweiz zurückflogen, hatte die *Tokyo Electric Company*
für die Rückkehr der Vertriebenen in die Reaktorumgebung noch abseh-
bare Fristen in Aussicht gestellt. Inzwischen gehen die Jungen weg, die
keine fünfzig Jahre in Notunterkünften abwarten wollen; Ältere, die weniger Lebenszeit zu verlieren haben, kehren, Verbot hin oder her, in ihre
Häuser zurück. Sie können immer noch hoffen, an etwas anderem zu
sterben als am Strahlenkrebs. Ich wäre, mit meinem Jahrgang, für längeren Aufenthalt in der Sperrzone ebenfalls qualifiziert. Man schreit nicht
mehr «Wolf», wenn er vor der Tür steht. Ich lerne mich an die Tatsache
gewöhnen, daß meine Frist gemessen ist.

5

Nach der Heimkehr ins energiepolitisch hochbewegte Europa sollte
ich in Tallinn auf einem Kongreß reden, der dem Brückenschlag im neu-
en EU-Europa gewidmet war, zwischen «alten» und «neuen» Ländern,
deren Verständigung zu wünschen übrigläßt. Ich verschrieb mir eine Aus-
zeit von der Agenda, um die Fährten aufzunehmen, die mich vom Zürcher Astronomen zum russischen Kapitän geführt hatten, und suchte
Rasik, das Gut Hermann Ludwig von Löwensterns (1777–1836), des
unverblümten Protokollanten der ersten russischen Weltumsegelung.

Ich kenne zwei Porträts von ihm. Das erste zeigt einen jugendlichen
Gentleman in der Uniform eines Seeoffiziers, der sorglos in die Welt zu
blicken scheint. Sein Ausdruck ist der eines guten, doch nicht nur braven Jungen, mit einem Hauch von Dandy; die Züge sind aus weichem
Stoff, man weiß noch nicht, was aus diesem Gesicht wird, wenn es der
unfeine Griffel der Erfahrung gezeichnet hat. Sein weißblondes Haar,
mit wehender Tolle, ist nach vorn gekämmt, nach jakobinischer Mode;
der weiße Kragen, mit steifem roten Aufschlag verstärkt, hat die Höhe
einer Nackenstütze. Eine sensible, doch nicht leidenschaftliche Natur;
man traut ihm nicht zu, daß er dicke Stricke zerreißt. Vielleicht hatte er

auf der *Nadeschda* seine beste Zeit, wenn sie nicht schon hinter ihm lag, auf seinen Wander- und Irrjahren auf dem Mittelmeer, von Neapel bis Istanbul, wo er fast Muslim geworden wäre. Aber schon vor der Weltumsegelung, und als ihr Teilnehmer erst recht, war er sich wichtig genug, Buch darüber zu führen, gewissenhaft, aber in lockerem Stil; Orthographie kümmerte ihn nicht.

Das zweite Bild, eine Miniatur, zeigt dasselbe Gesicht vielleicht zwanzig Jahre später, deutlicher gezeichnet, aber leicht verrutscht und gequollen wie ein Teig, der auseinander-, doch nicht aufgegangen ist. Die starke Röte deutet auf Bluthochdruck oder Alkohol, die Vergißmeinnichtaugen blicken matt, der Bart, den es jetzt gibt, wirkt eher melancholisch als martialisch. Dieser Mann *hängt*, und sagt uns nicht mehr, worin; denn er hat aufgehört, Tagebuch zu führen, als wäre es nicht mehr der Mühe wert. Er hat sein Gut Rasik, aber froh macht es ihn nicht.

Jetzt heißt es Raasiku, und ich wollte es mit eigenen Augen sehen.

6

Das Hotel hatte einen Wagen mit verdunkelten Scheiben besorgt und einen Fahrer, der mich in gutem Englisch ansprach, aber dankbar schien, wenn sich die Verständigung aufs Notwendigste beschränkte. Es war, inmitten einer Regenperiode, der erste helle Maitag; wir fuhren durch die Plattenbausiedlung einer Vorstadt, hinter der die Ostsee zu ahnen war. Ein Stück Autobahn sah so aus, als führe man darauf wirklich nach Petersburg weiter, aber dann bogen wir ab, in weit offenes Land unter einem großen Wolkenhimmel, und fuhren durch eine flache Gegend, deren unauffällige Erhebungen durchsichtig bewaldet waren. Die weitgespannten Felder zeigten noch kein Grün, dasjenige der Wiesen wirkte matt. Die verstreuten Häuser setzten kaum Zeichen. Klein und bunt, meist einstöckige Bungalows, wirkten sie wie Fertigfabrikate, Datschen in einem weitläufigen Schrebergelände, das hie und da etwas Parkartiges annahm oder an einen Golfplatz denken ließ. Im offenen Feld ein Ortsschild «Raasiku», aber es kam kein Ort; der Fahrer erklärte, es handle sich um den Namen des ganzen Bezirks oder der Grafschaft; immerhin waren wir jetzt in Löwensterns Revier. Aber die Streusiedlung verdichtete sich kaum, historische Gebäude zeigten sich nirgends, nur hie und da ein Betonblock mit der Aufschrift KONSUM, eine Spital- oder

Apothekenbaracke. Schließlich fuhren wir über eine Gleisanlage im leeren Land. Dies war der Bahnhof Raasiku.

Wo war ein Bahnhof? Am Rand der Schienen, die sich schnurgerade
in die Ferne zogen, stand nur ein kopflastiger Ziegelbau, das Stellwerk
– oder ein Wasserturm? Rampen auf beiden Seiten, die gab es. Und
einen Gedenkstein.

Hatte ich etwa gar nicht hierhergewollt?

Der Stein erinnerte an Transporte aus dem KZ Theresienstadt. Raasiku war ein Umschlagplatz der Vernichtung gewesen, für Frankfurter
und Berliner Juden, die hier in Busse umgeladen und in Sammellager
verfrachtet wurden. Das las ich nachträglich im Netz; der Fahrer aber
hatte mich offenbar als Gedächtnistouristen gesehen. Ich kam mir wie
ein Querulant vor, als ich auf einem *älteren* Raasiku bestand. Er mußte
aussteigen und nachfragen und erhielt immer dieselbe Antwort: ein Gut
gebe es hier nicht. Waren in der Sowjetzeit womöglich alle Gutshöfe
abgerissen worden? Schließlich trafen wir auf eine Kirche mit Spitzturm;
sie war mir schon als Google-*Image* begegnet, aber konnte nicht älter
sein als hundert Jahre. Es war nicht mehr das St. Johannis, in dem Hermann Ludwig, der vierte Sohn, auf den Namen seines Vaters getauft
worden war. Daneben gärtnerte ein Mann, der sie mir öffnete: ein evangelischer Kirchenraum, mit Bibelsprüchen in deutscher Fraktur, weiß
gestrichen und durchdringend leer, teilweise eine Baustelle. Der letzte
Eintrag im Gästebuch war drei Jahre her. Ob mein freundlicher Begleiter
hier Pastor sei? Nein, *Diakon.* Der Pastor komme nur alle paar Wochen
für einen Gottesdienst vorbei. Das alte Gut Rasik gebe es nicht mehr. –
Ob er wenigstens die Stelle zeigen könne? Ich war dankbar, als er zu-
stieg. Erst mußten wir noch den alten Friedhof besuchen, aber so viele
rostige Eisenkreuze wir abschritten: auch unter den ältesten, deutsch
beschrifteten lautete keins auf den Namen Löwenstern.

7

Schließlich landeten wir vor einem mit Buschwerk überwucherten und
jungen Bäumen bestandenen Hügel an der Straße. Was ich sah, war ein
kleines Ladengeschäft, aufgelassen und verstaubt; erst auf den zweiten
Blick stellte ich fest, daß es der An- oder Einbau einer größeren Ruine
war: des Hügels, den die Vegetation bedeckte. Vorn senkte sich das

Gelände gegen ein gemauertes Kellergewölbe ab, zwischen stehenge-
bliebenen Mauerbögen gähnten tiefe Löcher, die als Müllgruben dienten, mit verstauchten Pet-Flaschen, Plastikfetzen, rostenden Kanistern.

Und in diesem Augenblick traf mich die Gewißheit: hier bist du schon
gewesen! Der Schlüssel zu diesem Déjà-vu fiel mir erst später zu, beim
Tagebucheintrag, als ich das Wort «Zone» schrieb. Ja doch: ich war in die
Zone des «Stalkers» geraten, die Szenerie von Tarkowskis Film, den ich
vor Jahrzehnten gesehen und nicht vergessen hatte. Was mir die Suchmaschine erst nach der Rückkehr verriet: viele Passagen waren in Estland gedreht worden, wenige Kilometer von Raasiku entfernt. Die *Zone*,
eine Unterwelt bei lebendigem Leib; getilgtes Land, das immer noch da
ist, weil sein Verschwinden zu auffallend gewesen wäre.

Ist der böse Blick einmal geweckt, greift er auch andere Bilder an und
zeigt selbst Tallinn, die schöne hanseatische Altstadt des alten Reval,
als Souvenir ihrer selbst. Ich nahm an einer Stadtführung teil, die kaum
vom Fleck kam, denn für jedes Haus gab es eine dreifache Geschichte
nachzutragen, die unter dem pastellfarbenen Anstrich begraben lag. Estland begegnete mir wie ein Isotop; seit es in der schönen neuen EU-Welt
angekommen ist, putzt es seine Denkmäler heraus, um sie so unvergan-
gen wie möglich aussehen zu lassen, doch Unvergangenheit ist sowenig
Gegenwart wie ein Untoter ein Lebendiger. In meinem Wagen mit verdunkelten Scheiben war ich hinter jene Bühne geraten, auf der wir die
Zukunft Europas verhandelten: aus der Szene in die *Zone*.

Ich pflückte einen weißblühenden Zweig vom Baum, der neben Löwensterns Kellerresten wuchs; meine Begleiter kannten ihn als *tomin-
gas*. Aber was mir die Suchmaschine an Übersetzung und Illustration
bieten konnte («Vogelkirsche»), hatte mit meinem Zweig nichts zu tun. Er
war schon unterwegs bis zu Unkenntlichkeit abgewelkt. Die Blende war
wieder zu.

8

Einige Schritte von der Ruine entfernt zeigte sich ein baumgesäumter
Teich, vielleicht der Rest einer Parkanlage; er hätte mit Schwänen besetzt sein können. Dahinter stand auf grüner Wiese ein schmuckes drei-
stöckiges Holzhaus mit geknickter Dachfläche, gewiß nicht zweihundert
Jahre alt. Ein Mann kam auf uns zu, mit Baseballmütze, blauer Farmer-

hose und groben Stiefeln. Er begrüßte meine Begleiter als Bekannte und reichte mir eine große zerarbeitete Hand: Ivar. Auch er sprach ein wenig Englisch; ich brauchte keinen Übersetzer, um mein Interesse an einem gewissen Löwenstern zu erläutern. Zwar kannte Ivar die adligen Vorbesitzer des Anwesens nicht, das er von seiner Großmutter geerbt hatte, bot aber an, seine Ökonomiegebäude vorzuführen; einige seien noch aus wirklich alter Zeit.

Wir schritten einen weitläufigen Gebäudekomplex ab, der aus Ställen, Speichern, Scheunen und niedrigen Wohnhäusern bestand und im Karree einen leeren Hof umschloß. Die weißgetünchte, weithin fensterlose Außenmauer erinnerte an eine Festung oder japanische Tempelanlage. Aus der Nähe betrachtet, war alles verfallen, und Ivar führte die Stellen vor, wo er mit Reparatur begonnen hatte und das Flickwerk in übersichtliche Architektur überging. Die Renovation, die Ivar offensichtlich allein verrichtete, verlangte einen Herkules oder Sisyphus. Noch waren die Ställe leer, aber in der Scheune hatte sich ein Fuhrpark angesammelt, der ebenfalls überholungsbedürftig war. Viele Traktoren stammten noch aus der Zeit kollektiver Landwirtschaft.

Ivar bat zum Tee, doch meine Begleiter, wohl ahnend, daß ich mit Ivar ein persönliches Geschäft hatte, empfahlen sich für eine Stunde. Er führte mich ins Haus; es zeigte sich, daß es hinter seiner Fassade alles andere als fertig war. Wir kletterten über eine frisch gezimmerte Stiege in den bewohnbaren Teil des Oberstocks. Hier gab es eine gute Stube ganz in Holz, mit antiquarischen Möbeln, einem Büchergestell und einem «Schneewittchensarg», der alten Braun-Phono- und Radiotruhe mit Plexiglashaube, an der zwei neue Lautsprecherboxen hingen. Eine vierte Wand hatte der Raum einstweilen nicht; die Dielen führten an die freie Luft und verlängerten sich zu einer Art Veranda mit Korbstühlen, wo man wie auf einem Schiffsdeck saß, mit Blick durch Baugerüste in offenes Land. Die Sonne zündete schon tief durch die benachbarte Birken- und Ulmenreihe, deren Blattwerk gerade auszuschlagen begann.

9

Die russischen Weltumsegelungen vor zweihundert Jahren waren Ivar neu. Er brachte ein Tablett mit Täßchen, das Service, Meißener Porzellan, war auch ein großmütterliches Erbstück. Der Tee schmeckte nach

Rauch, und wir leerten das erste Glas Aquavit auf unser Wohl. Ivar hatte die Baseballmütze nicht abgenommen. Sein Gesicht erinnerte an Gregory Peck als Kapitän Ahab in einem alten Moby-Dick-Film.

Da du dich für die alte Zeit von Raasiku interessierst, will ich dir etwas zeigen.

Er verschwand im bereits real existierenden Haus, und als er wiederkam, hatte er ein Konvolut unter dem Arm, den graumelierten Pappband mit dem Etikett 1826. Unter der Titelseite von *Cobbell's Political Register* kam ein Stoß handgeschriebener Blätter zum Vorschein, der in den Band eingelassen war wie Schmuggelgut. Ich hatte von Löwensterns Handschrift erst faksimilierte Proben gesehen, aber sie war nicht zu verkennen. Auf den ersten Blick waren es Briefe, aber für eine spontane Niederschrift wirkten sie zu akkurat. Die Blätter waren beidseitig eng beschrieben, als hätte der Verfasser mit Papier haushalten müssen.

Nachdem ich ein paar Seiten überflogen hatte und bekannten Referenzen – etwa dem Namen Golownin – begegnet war, zweifelte ich nicht mehr: ich hatte ein unbekanntes Manuskript Löwensterns in der Hand. Es mußte unschätzbare Aufschlüsse für mein Projekt enthalten und präzisierte, widerlegte oder erübrigte vielleicht so manche Vorstellung, die ich mir schon gemacht hatte. Aufgeregt, wie ich war, hörte ich nur mit halbem Ohr, was mir Ivar über seinen Gang zum Antiquar berichtete.

Ich würde gern eine Kopie machen, sagte ich, leihst du mir die Handschrift bis morgen?

Er schenkte nochmals die Gläser voll. Die Landschaft war schon etwas unscharf geworden.

Like some music? fragte er.

Schon war er weg und machte sich an der Tonanlage zu schaffen. Als er wiederkam, war es durchdringend still.

Einen Braun TK 4, sagte ich, habe ich mir von meinem ersten Lohn gekauft.

Jetzt begann die Musik zu schallen; Ivar hatte die Lautsprecher aufgedreht, daß sie gewiß bis zum Bahnhof Raasiku zu hören war. Schostakowitsch, das zweite Klavierkonzert, der zweite Satz.

Er war in Amerika, schrie er in die Trompetenpassage hinein. Zum Kulturkongreß in New York, 1946, im Waldorf-Astoria. Er war nie Kommunist!

Ich schüttelte den Kopf.

Aber ein Musiker war er – so! Seine Arme fuhren auseinander, als umfaßten sie ein Klafter Holz.

Ich starrte ins Grüne, denn jetzt waren die Bäume grün und zwinkerten mir zu. Die Musik schwieg, und Ivar ging in sein angefangenes Haus zurück. Als er wiederkam, blieb er am Rand des Sitzplatzes stehen, die Arme auf eine Gerüststange gestützt; auf den Ellbogen seines braunen Pullovers saßen schwarze Lederflicken. Unten stand der Fahrer und schwenkte die Arme; dann bildete er mit den Händen eine Schalltüte und rief.

Du mußt gehen, sagte Ivar. – Dann bückte er sich, hob das Konvolut aus meinem Schoß, zog es einen Augenblick an seine Brust und überreichte es mir zum zweiten Mal.

Keep it, it's yours.

Oh, wow. Thanks.

Er füllte zwei Gläser. *To Levenshtein's health.*

To you, antwortete ich. Wir leerten das Glas in einem Zug.

You need a bag, sagte er. – *By the way*, warum hat Löwenstern die Zeitschriften versteckt?

Ich glaube nicht, daß man sie im alten Rußland lesen durfte.

Wer war *Cobbett?* fragte er.

Keine Ahnung.

Das möchte ich jetzt wissen, sagte er. – Ich besorge mir die Zeitschriften wieder. Mal sehen, wieviel sie jetzt kosten.

Er war sichtlich nicht gewohnt, daß jemand ihn umarmte. Dazu hatte ich die Tüte mit dem Konvolut abgesetzt. Sie trug das Logo APOTEK.

10

Auf dem Rückweg fuhren wir doch noch an einem Gutshof vorbei. Er war zum leeren Gehäuse geworden, ließ aber etwas von der Lebensform erkennen, die ihn erbaut und beseelt hatte. Es war eine dreistöckige gelbe Villa, zurückhaltender Klassizismus mit zwei Flügeln und einem Säulenportikus unter dem dreieckigen Giebel des leicht erhöhten Mittelbaus. Eine Gruppe junger Fußballer zeigte den Weg über eine bröckelnde Mauer, mit der man den Gitterzaun überlisten konnte. Dann hatte man das von verwildertem Taxus gesäumte Rondell als Spielplatz für sich, mußte nur aufpassen, daß der Ball nicht in eins der leeren Fensterlöcher flog. Auf der Rückseite verödete eine Parzelle, die früher wohl ein Rosengarten gewesen war. Hier hatte man gutsherrlich gelebt, Nachbargüter besucht, sich zur Jagd versammelt oder zum Glücksspiel, hatte Bälle veranstaltet, Leseabende, Hauskonzerte. Aber trotz der nahen «Kulturhauptstadt Europas» würde diese Hülle nicht so bald wiederbelebt werden. Fast-food-Buden, Garagen, eine Minigolfanlage, ein *Hangout* für Camper, eine Rotlicht-Ranch mit karibischem Dekor. Ein amerikanischer Historiker hat diese Gegend neu getauft: *Bloodlands*; in ihnen enden die Wetten, wer das meiste Blut verschuldet, wer das meiste gelassen hat. Der Bahnhof von Raasiku, über den man von Tallinn bis Petersburg fahren kann, wirkt immer noch wie ein totes Gleis. Er wird ferngesteuert, als wäre er für Menschen nicht mehr zu betreten. Die Rampen sind geblieben.

Ich habe den Text Löwensterns ohne weitere Zwischenfälle nach Hause gebracht und wieder in einen Tresor eingeschlossen – ich hoffe, der Luftschutzraum ist sicher genug, den die Vorschriften noch 1991, als mein Atelier errichtet wurde, für jeden Neubau verlangten. Ich habe zwei Kopien hergestellt. Ein paar Blätter begleiten mich auf jede Reise, und in manchem Vertreterhotel des In- und Auslandes habe ich Vormittage mit der Transkription von Löwensterns Handschrift auf meinen Rechner verbracht und mich in seiner Sphäre akklimatisiert, statt Bekannte zu treffen oder eine Stadt zu besichtigen. In die Kopien kann ich auch Seitenzahlen eintragen, die im Original fehlen, und mir Notizen zur Datierung machen; denn diese hat ihre Tücken.

11

Bisher hatte man angenommen, Löwenstern habe das Tagebuch auf Krusensterns Weltumsegelung nur für sich selbst geführt. Aus dem neuentdeckten Manuskript scheint aber hervorzugehen, daß er im Dienst einer nie mit Namen, nur als «Exzellenz» angeredeten hochgestellten Person stand, die ihn als Informanten auf die *Nadeschda* plazierte und ihm später eine Fortsetzung seiner prekär gewordenen Existenz ermöglichte. Viele Indizien deuten auf Peter Ludwig Graf von der Pahlen (1745–1825), der unter Katharina der Großen militärisch und diplomatisch Karriere gemacht hatte. Unter ihrem Sohn Paul I. war Pahlen abwechselnd in Ungnade gefallen und in höchste Staatsämter zurückgerufen worden. Als Militärgouverneur von Petersburg bereitete er mit Umsicht die Beseitigung des Zaren und die Inthronisierung seines Sohnes Alexander I. vor, von dem er dann nach dem Machtwechsel 1801 entlassen wurde.

Für eine direkte Verbindung Pahlens zu Löwenstern habe ich allerdings keinen Beleg gefunden. Gewiß gehörten die graue Eminenz und der kleine Seeoffizier gesellschaftlich verschiedenen Welten an, doch sie haben auch viel gemeinsam. Das livländische Ritterregister verzeichnet ihre Familien in derselben Klasse, denn beide Stämme hatten schwedische Wurzeln. Beide sprachen und schrieben das Deutsch ihres Landsmanns Johann Gottfried Herder, das heißt, sie waren eher völkerkundlich interessierte Kosmopoliten als national gesinnte Russen. Von Löwenstern ist bekannt, daß er das Russische nicht viel besser beherrschte als das Estnische der sogenannten «Undeutschen», das ihm im Verkehr mit seinen Dienstboten nötig war. Ohnehin sprach die Oberschicht des Zarenreichs Französisch, und das Englische war Löwenstern auf seinen Wanderjahren zur See zur zweiten Muttersprache geworden. Daß er die liberalen Ideen teilte, die in dieser Sprache transportiert wurden, darf man aus der Subskription von *Cobbett's Political Register* schließen, das im Rußland der Zensur nur schwarz nach Rasik kommen konnte und das er zum Gefäß seiner geheimsten Mitteilung machte. Pahlen und Löwenstern waren Freimaurer, wie übrigens auch Zar Alexander selbst – bis er aus Furcht vor Verschwörungen und unter dem Einfluß der frommen Frau von Krüdener geheimbündlerische Tätigkeit verbot. Doch Löwenstern verkehrt mit seinem «Paten» in einer Vertraulichkeit, zu der ihn gewiß keine maurerische Brüderschaft berechtigte, sondern ein Auftrag, der in seinen Papieren nur in Umrissen erscheint – und dessen Dunkelheit auffallend mit der oft halsbrecherischen Offenherzigkeit des Verfassers kontrastiert. Könnte es sein, daß ihm auch die Narrenkappe als Tarnkappe diente? Löwensterns Manuskript wurde in einer englischen Zeitschrift versteckt, auf der das Etikett 1826 steht. 1825 ist auch Peter Ludwig Graf von der Pahlen auf seinen Gütern in Kurland gestorben. Wenn er die Exzellenz der «Briefe» Löwensterns gewesen sein sollte, hätten sie keinen Adressaten mehr gehabt.

1825 ist ein besonderes Datum der russischen Geschichte: nach dem Tod Alexanders I., im Dezember 1825 wurde, auf dem Schloßplatz von Petersburg, der Aufstand der «Dekabristen» niedergeschlagen. Der Nachfolger auf dem Thron, Nikolaus I., ließ die Blüte des dissidenten

Adels von seiner Garde zusammenkartätschen. Die Dekabristen sind seither ein großes Thema der russischen Geschichte. Tolstois «Krieg und Frieden» war als Vorspiel dazu gedacht. Der Nachspiele war kein Ende bis heute – von der Ermordung des reformwilligen Zaren Alexander II. über die Oktoberrevolution bis zur Implosion der Sowjetunion. Aber was ist im Zeitraum, den das Manuskript – freilich mit Rissen und Sprüngen – abzudecken vorgibt, von Löwensterns Biographie überhaupt bekannt?

12

Nach seiner Weltumsegelung wurde er keineswegs, wie sein Kapitän Krusenstern, gefeiert und befördert, sondern kränkelnd und mittellos, ins gottverlassene Archangelsk kommandiert, den ältesten und kältesten Seehafen Rußlands. Er war «Scheff» einer schwimmenden Kanone, die eine Hafensperre gegen die Engländer decken sollte, aber statt der Engländer kamen nur Mückenschwärme, und wenn das Eis die Befestigung übernahm und das Floß wieder eingezogen werden konnte, gab es nichts mehr zu tun, als sich mit häßlichen Vorgesetzten herumzustreiten und unwillige Untergebene exerzieren zu lassen, um nicht in der elenden Unterkunft einzufrieren. Löwenstern, der auch noch seine Krätze nie loswurde, mußte schließlich froh sein, nach fünf Jahren kaltem Elend weitere fünf Jahre in das schwüle Elend des neuen russischen Südens um die Donaumündung versetzt zu werden. Auch darüber hat er, wenn auch nur noch sporadisch, ein Journal geführt, das man nur als fortgesetzte Klage lesen kann. Es läßt Lust und Laune gänzlich vermissen, die seinem Kommentar zu den Hahnenkämpfen an Bord der *Nadeschda* Würze und Witz gegeben haben. Ist Löwenstern in Ungnade gefallen, und warum? Das Journal registriert 1815 nur noch seinen dringenden Wunsch, den Dienst zu quittieren und sich in Rasik als «Landmann» niederzulassen. Als er ihm – kraft Eheschließung mit der vermögenden Wilhelmine von Essen – erfüllt wurde, führt er bis zu seinem Tod 1836, mit noch nicht sechzig Jahren, kein Tagebuch mehr. Oder muß man die neu gefundenen Aufzeichnungen als solches lesen – oder vielmehr: *statt* eines solchen?

Daß die Ehe mit Wilhelmine darin keine Rolle spielt, sowenig wie Rasik, der Ort seiner Kindheit, der wieder zum Lebensmittelpunkt seiner beiden letzten Lebensjahrzehnte wurde, ist immerhin auffällig. Der Briefteil, das Mittelstück der Aufzeichnungen, reicht bis in seine Pariser Zeit um 1803 zurück. Die Erzählung, die ihm vorausgeht, setzt sogar noch etwas früher an. Da es sich beim gleichfalls erzählenden Schlußteil «Palfer», der 1820 datiert ist, um eine Szene handelt, die jede autobiographische Behandlung ausschließt, liegt der Verdacht nahe, daß es sich auch bei den anderen Stücken, eingeschlossen den in Ich-Form verfaßten Briefen, um eine Fiktion handelt. Aber es könnte auch die Form sein, in welcher er dokumentarisches Material aus früheren kritischen Lebensperioden verwendet. Sogar die «Gryllenburg», die sich geographisch nicht verorten läßt, könnte das Gefäß für Begebenheiten sein, die sich nicht nur im Innern des Autors abgespielt haben; man sollte das Gemäuer darum nicht vorschnell als Metapher betrachten.

Allerdings: seit sich Hermann Ludwig Löwenstern 1815 in Rasik niedergelassen hat, weiß keine meiner Quellen eine größere Bewegung zu melden; keine Auszeichnung, kein Avancement, kein erheblicher Ortswechsel – auch von Nachwuchs wurde mir nichts bekannt. Die Partnerin Nadeschda, gleichnamig mit dem Schiff seiner realen Japanreise, scheint gänzlich eine Erfindung des Autors zu sein, die er am Ende in Versen Chamissos aufgehen läßt, des Dichters aus der Fremde. Die Musik, die sich das Stiftsfräulein von Essen (eine Verwandte von Löwensterns realer Ehefrau) 1820 dazu gewünscht hat, wurde erst 21 Jahre später von Schumann komponiert, in seinem op. 42 «Frauenliebe und -leben».

13

Jedes der Blätter ist ganz unten, am Rand der Seite, mit zwei Buchstaben gezeichnet, aus denen ich lange lange nicht klug geworden bin: *d. G.* Initialen sind es nicht, mit denen etwa in einem Testament die Unterschrift des Verfassers bezeichnet und die Zusammengehörigkeit der Papiere beglaubigt würde. Hieße es *Deo gratia*, so wäre die umgekehrte Großschreibung angezeigt. Die Suchmaschine bot für die Letternkombination zahllose Vorschläge an, vom «Dachgeschoß» bis zur «Deutschen Gesellschaft für Gentherapie», aber kein Schlüssel wollte passen.

Und wieder hatte ich Glück. Als ich Hartmut von Hentig besuchte, gab er mir einen Brief an meine Frau mit, in dem er sich für eine Abendeinladung bedankte. In die linke untere Ecke des verschlossenen Um-

schlags hatte er die zwei Buchstaben gesetzt: «d. G.» Was heißt das? –
Das weiß man nicht mehr? fragte er seinerseits erstaunt. *«Durch Güte»*.
Das schreibt man auf Briefe, die *persönlich* überbracht werden.

Ich hatte zu danken. Denn wer immer der Adressat von Löwensterns
Papieren war: sie waren «durch Güte» auszuliefern, von Hand zu Hand.

14

Ich sehe:

Hermann Ludwig von Löwenstern sitzt an seinem Teich, das Guts-
haus im Rücken, ein Taschenbuch auf den Knien, den Bleistift im Mund
– dieser könnte sich zu leicht im Gras verlieren. Es müßte gemäht werden; Löwenstern sollte sich bewegen. Er wird fünfzig, der Arzt in Reval
hat ihm eine schlagflüssige Konstitution attestiert und vorsorglich zur
Ader gelassen. Viel reiten! Statt dessen sitzt er und schreibt, denn er
hat das Notizbuch mitgenommen. Aber die Seiten sind immer noch leer,
und er läßt den Bleistift zwischen den Zähnen wippen. Der Arzt hat ihm
das Rauchen verboten. Sein Blut sei zu dick. Es tritt nur noch träge, als
müsse es sich bitten lassen, unter dem Schnepper, dem mechanischen
Blutegel, hervor.

Es ist später Nachmittag im September und wird nach vier Uhr kühl; die
Sonne steht da, wo ich sie im vergangenen Mai gesehen habe, tief zwi-
schen den Bäumen, aber Ulmen und Birken tragen noch ihr volles Laub.
Die Luft ist still. Kein Amselgeläut mehr, auch die Frösche schweigen.

Was soll er schreiben? Tagebuch? Aber seine Tage gleichen einander,
werden nur kürzer. Minchen benützt das Tageslicht, solange es dauert,
für ihre Handarbeit. Sie sitzt im Salon am Fenster; frische Luft bekäme
ihr auch.

Bis zum Abendessen hat er noch zwei Stunden Zeit. Aber wofür?

Minchen ruft ihn, wenn sein Leibgericht bereit ist, Königsberger Klop-
se, fast ohne Fett. Sie hat es nicht nötig gehabt, kochen zu lernen, aber
jetzt tut sie es für seine Gesundheit. Die estnische Köchin glaubt, viel
und fett essen sei gesund. Das weiß Minchen besser.

Ermolai hat keinen Stoff. Er ist ja auch kein Schriftsteller, und sein
Leben ist zu lange her.

Seine Pfeifentasche geht im hohen Gras nicht verloren. Man braucht
sie nur nicht auf den ersten Blick zu bemerken. Langsam stopft er sich

eine Pfeife, anzünden will er sie noch nicht. Aber den Bleistift nimmt er schon aus dem Mund und legt ihn in den Falz des Taschenbuchs.

Er hat auch etwas zum Lesen mitgenommen, die neue Lieferung von *Cobbett's Political Register*, die mit dem englischen Packetboot, einer Dampffregatte, in Reval angekommen ist. Kolja, der unermüdliche Bediente, hat sie abgeholt, zusammen mit der Lieferung Tabak – über englischen Shag geht nichts, mit seiner Beimischung von schwarzem Kraut, Latakia. Würzig und ungesund. Aber er hat sich seit dem letzten Türkenkrieg daran gewöhnt.

Griechenland ist befreit. Und das dampfkraftgetriebene Schiff wurde fällig. Natürlich haben es die Engländer gebaut. Die Segelschiffahrt geht zu Ende.

War denn sein Leben kein Stoff?

Er zündet sich die Pfeife an, und während er die ersten Züge tut, tiefe Züge der zwanghaften, doch wohlschmeckenden Befreiung, fällt ihm ein:

Wenn man diesen Stoff neu zuschneiden könnte.

Und beginnt, den Satz zu notieren, und immer noch einen, ohne zu bemerken, daß die Seite immer weniger leer wird und daß er schon die nächste angefangen hat.

«Gulliver in Japan». Diese Fortsetzung von Swifts Erzählung hat er sich vor dreißig Jahren vorgenommen. Dann kam etwas dazwischen, eine unvollendete Reise nach Japan, die Jahre als Seemann, sein nacktes Leben. Was hat es zu wünschen übriggelassen? War es je nackt genug?

Text ist Verkleidung.

Jetzt hat der Gutsherr von Rasik Zeit; er hat – wenn er auch hört, was der Arzt verschweigt – nicht mehr allzuviel davon. Was hindert ihn, über sie zu verfügen? Seine Geschichte neu zu schreiben – nicht *ganz* neu. Aber so, wie er sie erlebt haben möchte, wäre er damals derjenige gewesen, der er jetzt schon nicht mehr ist. Da gibt es viel Spielraum. Er braucht die nötige Ruhe, ihn gut zu nützen. Aber er muß sich beeilen.

Es wird kühl, jeden Tag früher, und es kommen jetzt Tage, an denen er es nicht mehr spürt. Er ist in seiner Geschichte gefangen. Für die andern ist er immer noch da, am Rande des Teichs.

Ermolai, du verkühlst dich!

Er kommt ja. Die Geschichte kann warten. Wenn er sie hat liegen lassen, empfängt sie ihn oft mit verdächtig offenen Armen, dann weiß er: sie hat inzwischen etwas angestellt. Aber er bringt es ihr aus. Sie hat es nicht ihm zuleide getan, sondern für sich, zu ihrem eigenen Vorteil. Er läßt sich wieder auf sie ein, ohne Begleitung als seine gute Pfeife; die Tage vergehen, er mit ihnen, aber davon merkt er gerade nichts.

Es wird Winter; er sitzt am Kamin.

Du solltest nicht soviel rauchen.

Ich schreibe nur noch ein wenig.

Komme ich darin vor?

Du doch nicht.

Versprochen?

Versprochen.

Natürlich die Seefahrt. Du hast Heimweh nach Schiffen.

Das ist vorbei.

Was schreibst du denn immer?

Ehrlich, ich weiß es nicht.

Memoiren?

So etwas. Mein anders Leben.

Dann geh ich schon schlafen. Es macht mir übrigens nichts aus, wenn du über mich schreibst. Aber bitte mit Anstand.

Dann könnte ich das Beste gar nicht schreiben.

Dann tu's auch nicht. Du bist kein Schriftsteller, Ermolai. Und ich werde alt.

Davon merke ich nichts, Minchen. Gute Nacht.

Oft schrieb er die ganze Nacht, jede Stunde einmal mit schlechtem Gewissen; denn dann kam Kolja, den er nicht schlafen ließ, lautlos herein, um ein neues Birkenscheit nachzulegen. Kolja wollte nicht mit seinem japanischen Namen angesprochen sein. Er erzählte dem Gutsherrn nicht, wie er nach Rußland gekommen war. Er war kein Schiffbrüchiger mehr und betete jeden Tag für Herrn und Frau Löwenstern; seine Kammer war ein kleines Gotteshaus. Ob er darin auch für seine Ahnen betete, sagte er nicht. Er war ein frommer Christ geworden und hatte eine Russin geheiratet, Ilona, und Löwenstern war der Pate des vierten Sohns.

Er schrieb im Licht des Kaminfeuers, über das Taschenbuch gebeugt, das auf seinen Knien lag; es kam vor, daß er zu rauchen vergaß. Aber immer wieder richtete er sich auf, um mit einem Schluck Bordeaux – bei sich nannte er ihn immer noch *claret* – auf seine Gesundheit zu trinken; es konnte ihr jedenfalls nicht schaden.

Er war von einer zweiwöchigen Kur in der Nähe Revals zurückgekehrt, als ihn Minchen um Mitternacht vor dem Kamin ertappte. Er fütterte gerade das Feuer mit den Kladden, die sie ihn allnächtlich hatte vollschreiben sehen, im gleichen Sessel, und ebenso selbstvergessen betrachtete er nun, wie sie brannten.

Was tust du? fragte sie erschrocken.

Ich habe zuwenig gesagt, und noch immer zuviel. Du hattest ganz recht: ich bin kein Schriftsteller.

Um Gottes willen! sagte sie. – Aber warum gleich so!

Ich hab mit dem Tod in der eigenen Brust den sterbenden Fechter gespielet, sagte er.

Sie erblaßte.

Nur ein Zitat, Minchen, lachte er. – Von Heine.

Was hat dir Doktor Espenberg gesagt?

Handle so, als ob die Maxime deiner Handlung durch deinen Willen zum allgemeinen Naturgesetze werden sollte.

Weiter nichts? fragte sie.

Sonst geht es mir gut. Sieh nur, sie brennen. Gebundenes Papier brennt gar nicht so leicht.

Ach, Ermolai! – Sie fiel ihm um den Hals. – Wenn es dir nicht gutgeht, kann ich morgen doch nicht nach Reval.

Natürlich fährst du, sagte er. – Und grüße sie schön von mir, Paps und Maman von Essen, Herrn und Frau Bezirkshauptmann.

15

Was er ihr nicht erzählt hatte:

Er hatte den Aufenthalt bei Doktor Espenberg, dem alten Schiffsarzt der *Nadeschda*, dafür verwendet, den Inhalt seiner Taschenbücher mit enger Schrift, doch lesbar, auf Folioblätter abzuschreiben. Und jetzt benützte er die Abreise seiner Frau dazu, das Konvolut mit Hilfe des schärfsten Papiermessers in einen Band des *Political Register* zu versenken und, zusammen mit weiteren Jahrgängen, in eine Schiffstruhe einzuschließen. Diese aber mauerte er, mit Hilfe des verschwiegenen Kolja, in eine Nische des Pferdestalls ein, die ihn seit Jahren hohl angestarrt hatte, ohne ihren Zweck zu verraten. Frisch getüncht war die Wand viel unauffälliger.

Nun schrieb er in Ruhe sein juristisches Testament. Er hatte wenig zu hinterlassen. Eigentlich erbte Minchen nur, was sie schon besaß.

Was Ivar und mich betrifft:

Er konnte die in alter deutscher Handschrift eng, aber reinlich beschriebenen Blätter nicht lesen. Aber das Versteck im Versteck stellte ein Rätsel dar, das er, statt es als Altpapier beim Antiquar zu entsorgen, aufzuheben beschloß, bis jemand bereit war, sich die Zähne daran auszubeißen. Er überließ es mir zu treuen Händen, obwohl wir uns kaum eine Stunde kannten. Ich habe fast zwei Jahre mit der Transkription zugebracht und erwarte nicht, daß Ivar meine Sprache lernt, um sie zu lesen. Seine Mühe ist beim Ausbau von Löwensterns Ställen besser angewandt. Der Gutshof dazu bleibt verloren. Dennoch öffnet der Schlüssel, den mir Ivar zugespielt hat, einen Raum, den ich provisorisch bewohnt oder intensiv genutzt habe – ohne zu vergessen, vielmehr: um mir immer besser zu vergegenwärtigen, daß er mir nicht allein gehört. Nachrichtenloses Vermögen, Öffentliches Gut? Wenn es rechtmäßige Erben gibt, möchte ich sie durch diese Bekanntmachung gebeten haben, sich zu melden.

Johann Wolfgang von Goethe im <u>dtv</u> – eine Auswahl

Faust
Erster und zweiter Teil
ISBN 978-3-423-**12400**-3

Die Leiden des jungen Werther
Hg. v. Erich Trunz
ISBN 978-3-423-**12401**-0

Italienische Reise
Hg. v. Herbert von Einem
ISBN 978-3-423-**12402**-7

Die Wahlverwandtschaften
Hg. v. Erich Trunz
ISBN 978-3-423-**12403**-4

Wilhelm Meisters Lehrjahre
Roman
ISBN 978-3-423-**12404**-1

Aller Anfang ist heiter
Ein Goethe-Brevier
Hg. v. Heinz Friedrich
ISBN 978-3-423-**12678**-6

West-oestlicher Divan
Hg. v. J. Kiermeier-Debre
ISBN 978-3-423-**13513**-9

Joseph Kiermeier-Debre
Goethes Frauen
44 Porträts aus Leben und Dichtung
ISBN 978-3-423-**14025**-6

Werke
Hamburger Ausgabe
in 14 Bänden
Hg. v. Erich Trunz
ISBN 978-3-423-**59038**-9

Bitte besuchen Sie uns im Internet: www.dtv.de

Hiromi Kawakami im <u>dtv</u>

»Hiromi Kawakamis Kunst aber besteht in der
erotischen Dehnung, im subtilen Spannungsaufbau und
in der virtuosen Gegenläufigkeit.«
Andreas Breitenstein in der ›Neuen Zürcher Zeitung‹

**Der Himmel ist blau, die
Erde ist weiß**
Eine Liebesgeschichte
ISBN 978-3-423-**13857**-4

Eine selbstbewusste Frau, ein
weiser, alter Mann, reichlich
Sake, ein wenig Walfischspeck
und immer wieder Lotuswur-
zel: Zutaten dieser frühlings-
haft zarten Liebesgeschichte
aus Japan. Eines Abends
begegnet Tsukiko in einer
Kneipe ihrem viel älteren ehemaligen Japanischlehrer. Beide
leben allein, jeder sucht die
Nähe des anderen und bleibt
doch respektvoll auf Distanz.

Herr Nakano und die Frauen
Roman
ISBN 978-3-423-**13979**-3

Der eigenwillige Nakano liebt
neben schönen alten Dingen
auch schöne junge Frauen.
Sein Geschäft, eine Enklave in
der hektischen Innenstadt
Tokios, wird zum Treffpunkt
liebenswert-skurriler Zeitgenossen. »Ein Roman wie
aus anderer Zeit. Im Trödel

des Ladens manifestieren sich
jene Formen altmodischer
Eleganz, denen auch der
Roman seinen Reiz verdankt.«
(Paul Jandl in der ›NZZ‹)

Am Meer ist es wärmer
Roman
ISBN 978-3-423-**14099**-2

Ein Fischerdorf, zwei Bahn-
stunden von Tokio entfernt:
Manazuru. Jenes Wort schrieb
Keis Ehemann in sein Tagebuch, bevor er spurlos verschwand. Warum hat er sie
verlassen, und wohin ist er
gegangen? Kei versucht, dem
Rätsel seines Verschwindens
auf die Spur zu kommen. Eine
geheimnisvolle Unbekannte
scheint mehr zu wissen.

**Bis nächstes Jahr im
Frühling**
Roman
ISBN 978-3-423-**14327**-1

»Eine der unvergesslichsten
Liebesgeschichten der Gegen-
wartsliteratur.« (Denis Scheck)

Alle Titel wurden übersetzt von
Ursula Gräfe und Kimiko Nakayama-Ziegler

Bitte besuchen Sie uns im Internet: www.dtv.de

Nördliches Eismeer

Ostsibirisches
Meer

O s t - S i b i r i e n

● Ochotsk

Ochotskisches
Meer

Kamtschatka

● Petropawlowsk

Sachalin

Iturup

Kunaschir

Kurilen

Matsumae ○● Hakodate

Japanisches
Meer

J A P A N

● Edo

Nagasaki ○